너울

너울

초판 제1쇄 인쇄 2014. 3. 3.
초판 제1쇄 발행 2014. 3. 7.

지은이   강 승 원
펴낸이   김 경 희
펴낸곳   (주)지식산업사
　　　　본사 ● 413-832, 경기도 파주시 광인사길 53
　　　　　　　전화 (031) 955-4226~7 팩스 (031)955-4228
　　　　서울사무소 ● 110-040, 서울특별시 종로구 자하문로6길 18-7
　　　　　　　전화 (02)734-1978 팩스 (02)720-7900
　　　　한글문패 지식산업사
　　　　영문문패 www.jisik.co.kr
　　　　전자우편 jsp@jisik.co.kr
　　　　등록번호 1-363
　　　　등록날짜 1969. 5. 8.

책값은 뒤표지에 있습니다.

ISBN 978-89-423-7059-7 (03810)

이 책을 읽고 저자에게 문의하고자 하는 이는
지식산업사 전자우편으로 연락 바랍니다.

너울

강승원 장편소설

지식산업사

차례

1. 옛날 옛적

"이 새끼들 지금 뭣들 하는 거야? 조용히 못해!?"

유치장 간수가 도끼눈을 부라리며 왜가리처럼 소리를 질렀다. 그러나 감방 한쪽 구석에서는 시끌벅적한 소란이 가시지 않았다. 간수가 의자에서 벌떡 일어서더니 소리가 들려오는 감방을 향해서 다시 암팡지게 고함을 질러댔다.

"야! 이 새끼들아! 내 말이 안 들려?!"

간수가 걸쭉하게 욕지거리를 걸러 붙이더니 벽에 걸려 있던 열쇠 꾸러미를 덥석 집어 들고 한 감방 앞으로 다가가서 육중한 철문을 덜컥 열어젖혔다.

"방금 전까지 고함을 지르면서 싸움질을 한 놈들이 누구야?

자진해서 복도로 나와! 새로 부임하신 유치장 간수 나리가 어떤 어른인지 빨리 진면목을 보고 싶다 그런 뜻이겠지?"

간수가 퉁방울 같은 눈으로 노려보는 가운데 두 사내가 고개를 숙이고 복도로 걸어 나왔다. 한 사내는 몸집은 깡말랐는데 키는 미루나무처럼 훌쭉 컸고, 다른 사내는 깍지똥만큼이나 몸집은 푸짐했지만 키는 난쟁이처럼 짜리몽땅했다. 그런데 두 사람의 상다구들이 모두 현상금이 걸린 수배범들처럼 아주 고약스러웠다. 두 사내는 이내 시멘트 바닥에 무릎이 꿇려졌다.

엎드려뻗쳐 기합을 받기 시작한 키가 큰 사내의 턱주가리를 간수가 왼손으로 야멸차게 걷어올렸다.

"이 새끼야! 넌 뭣 땜에 들어왔어?"

큰소리로 물었지만 사내는 냉큼 대답하지 않았다.

"이게 대답을 안 해? 갑자기 벙어리가 됐냐?"

종주먹을 들이댔는데도 대답을 하지 않자 얼굴에 시뻘겋게 핏대가 오른 간수가 자기 책상 쪽으로 성큼성큼 걸어가더니 서랍 옆에 세워 뒀던 팔뚝 크기만 한 몽둥이를 집어 들었다.

"겁을 주시겠다는 거요?"

묵묵부답 입을 다문 채 곁눈질로 간수의 짓거리를 살피던 키가 큰 사내가 생각보다는 당차게 지껄였다.

"어라, 벙어린 줄 알았더니 입이 저절로 벌어졌네. 나로 말씀하면 시시하게 겁만 주는 사람이 아니야! 이 미친놈의 새끼야!"

욕설을 내뱉음과 동시에 손에 거머쥐었던 몽둥이를 순식간에 머리 위로 치켜들더니 이죽거리는 키 큰 사내의 엉덩판을 향해서 힘껏 내리치는 것이었다.

"어이쿠! 이거 간수가 생사람 잡잖아?"

사내는 겨우 한 차례의 몽둥이세례를 받았는데도 이내 시멘트 바닥을 나뒹굴면서 죽어가는 시늉으로 비명을 질러댔다. 어찌 보면 실제 같기도 했고 또 어찌 보면 엄살을 부리는 것도 같았다.

"너희들은 아직 나를 잘 모르겠지만 나는 생각보다 무서운 사람이야. 나는 즉각 본때를 보이지 시시하게 겁이나 주는 사람은 아니란 말이야."

간수는 시커먼 눈알을 아래위로 굴리더니 시멘트 바닥에 널브러진 사내의 궁둥이를 향해서 다시 한번 의기양양하게 몽둥이를 내리치는 것이었다.

"어이쿠! 정말로 생사람을 잡는구나. 유치장 간수가 피의자를 이렇게 마구 구타해도 되는 거야 뭐야? 여기는 어느 나라야 법도 없고 인권도 없나!"

사내는 가냘픈 몸집에 어울리지 않을 정도로 더욱 크게 아우성을 질러댔다.

"개새끼들! 너희 같은 도둑놈들은 도대체 인간대접을 해 줄 수가 없단 말이다. 도둑질을 하다가 유치장에 들어온 새끼들이 가죽피리는 살아가지고……. 더 아우성을 쳐봐라. 더 소리를 질러보라고? 높은 사람들 들으라고 엄살을 부리는 모양이지만 그 건 헛발질이야. 나는 그들로부터 이 유치장의 질서를 완벽하게 잡아 달라는 특별 부탁을 받고 배치된 사람이야. 내가 끈줄도 없는 시시껄렁한 간수인 줄 알았냐? 난 과거의 간수들과는 위상이 다른 사람이란 말이야 이 미친놈의 새끼들아!"

간수는 입으로 연신 게거품을 뿜어내면서 이번에는 구둣발을 들어서 엎어져 있는 사내의 엉덩이를 다시 한번 걷어찼다.

"어이쿠 엉덩이야! 간수의 발길질에 엉덩이가 아예 으스러지네. 이건 숫제 순사가 아니라 흉악한 깡패야 깡패."

사내는 계속 시멘트 바닥을 이리저리 뒹굴면서 아우성을 쳤다.

"이 새끼야 그러니까 내가 다정한 말로 훈계를 할 때 고분고분 들어야지 왜 안 들어먹어? 난 빽이 없어서 유치장 간수나 하는 무능력한 경찰관이 아니란 말이야. 말하자면 너희들 같은 인간쓰레기들을 청소하려고 반 징역살이를 자원한 간수란 말이야!"

최 순경은 제풀에 흥분을 했는지 가쁜 숨을 몰아쉬기까지 했다.

"네 놈은 죄목이 뭐야?"

이번에는 함께 불려나온 난쟁이 같은 사내를 윽박질렀다. 같이 어울려서 싸움질을 했던 유치장 또래가 몽둥이로 야멸차게 얻어터지는 모습을 목격한 때문인지 키 작은 사내는 이미 기가 죽어서 눈꼬리를 바닥으로 떨어뜨린 채 기어들어가는 목소리가 돼 있었다.

"특수절도……."

"너도 저 새끼와 같은 뚜룩재비란 말이지. 이 똥물에 튀겨 죽일 새끼들 같으니라고. 가정집 담장을 넘나들거나 잠겨 있는 장터의 점방 쇠때나 따는 주제에 뭐가 잘났다고 유치장이 떠나가도록 소란을 피우고 지랄들이냐 말이야?"

최 순경은 타원형으로 지어진 유치장 안의 모든 감방에서 피의자들이 이 모습을 바라보고 있다는 사실을 의식했는지 그야말로 본새를 보이는 것 같았다. 간수로 부임한 지 겨우 이틀밖에 지나지 않았지만 자신의 권위를 세워서 유치장의 질서를 잡아보겠다는 의뭉스런 짓거리인지도 몰랐다.

일곱 개의 감방이 갖춰져 있는 이 유치장에는 평소 고작 십여 명 안팎의 피의자들이 수감돼 있을 뿐이었다. 그런데 요즘은 검찰지청이나 지방법원에서 재판을 받아 도청 소재지에 있는 감옥으로 넘겨지는 확정범의 숫자는 적지만 각종 사건에 얽혀서 들어오는 피의자들은 나날이 늘어나고 있어서 유치장이 생긴 이후에 가장 포화 상태를 이루고 있다는 것이었다.

이제까지 지방 소도시의 경찰서 유치장에 수감되는 피의자들이란 대체로 절도 폭행 강도 강간 사기 등 파렴치범들이 주종을 이뤘었는데, 군사반란이 일어나 비상계엄령이 선포된 뒤로부터는 하루에도 조직폭력배를 비롯하여 각종 포고령 위반자들이 몇십 명씩이나 잡혀오고 있었다. 게다가 어제부터는 징집영장을 받고도 제 날짜에 군대를 가지 않은 병역기피자들까지 무더기로 잡혀왔기 때문에 유치장은 그야말로 콩나물시루를 이루고 있었다.

포고령 위반으로 잡혀온 사람들은 유치장 간수가 눈알을 부라리면서 큰소리를 질러대면 이내 눈을 내리깔고 설설 맬 정도여서 다뤄먹기가 쉬운 편이었다. 그렇지만 읍내 중심지의 상업지역이나 음식점 다방 당구장 등 여러 유흥업소를 떠돌면서 남의 주머니만 털어먹고 살아온 폭력배들이나 사기 절도범들은 호락호락 다뤄지지가 않았다. 도무지 유치장 간수의 말을 귓전으로 흘려버리기 일쑤였다. 수사과장이 이틀 전에 간수를 전격적으로 교체한 것은 이런 유치장의 무질서를 잡아보려는 계산된 조치였는데, 안타깝게도 두 절도범이 새로 온 간수의 본때보이기에 걸려들었던 것이다.

간수 최 순경은 상판대기부터가 깡패를 찜 쪄 먹을 만큼 험상궂었다. 눈썹이 여덟 팔 자로 치켜 찢어진 데다가 볼따구니에는 흉측하고 날카로운 칼자국이 서너 개나 나 있는 꼬락서니가 그것을 증명하고도 남았다. 몸에다 경찰관 제복을 걸쳤으니까 망정이지 평복을 입고 길거리에 나가면 숫제 흔해빠진 폭력 전과자의 인상 바로 그것이었다.

첫날, 그러니까 그저께였다. 최 순경은 전임간수 박 순경과 임무교대를 한 직후에 유치장 안의 일곱 개 감방 피의자 모두를 철창 앞으로 다가서게 하고는 한바탕 훈시를 늘어놓은 바 있었다.

"내가 오늘부터 이 유치장의 간수 근무자로 발령이 난 최 순경이다. 전임 간수는 너희 피의자들을 어떤 식으로 통솔했는지 모르지만 내 방침은 한마디로 말해서 원리원칙이다. 이유 여하를 막론하고 유치장의 기본수칙을 위반하는 피의자는 누구든 절대로 용서하지 않고 엄중하게 다스릴 것이다.

첫 번째 위반자는 경고로 다스리겠다. 그런데도 아랑곳하지 않고 계속 수칙을 어긴다면 두 번째부터는 몽둥이 뜸질로 닦달하겠다. 입과 귀를 가진 인간끼리 말로 너나들이가 안 된다면 다른 방법이 없지 않은가. 절대로 간수인 나를 원망하거나 미워하지 말라. 내 말은 협박이나 공갈이 아니다. 되풀이하지만 나는 원리원칙대로만 처리하겠다.

또 이건 구태여 말하고 싶지 않았지만 참고삼아서 전달하겠다. 나는 오랫동안 군대에서 복무하다가 약 한 달 전에 전역한 예비역 장교다. 현역 시절에는 어떤 병과에서 무슨 업무에 종사했느냐? 개괄적으로 말한다면 나는 남북이 대치하고 있는 군사분계선을 자유롭게 넘나들면서 중차대한 국가적 임무를 수행했었다는 사실을 똑똑히 기억해 주기 바란다. 내 말이 무엇을 뜻하는지 모두들 알아듣겠는가!"

최 순경의 말하는 자세는 그야말로 초등학교 학생들을 모아놓고 지껄이듯이 오만방자하기가 이를 데 없는 교장의 훈시 바로 그것이었다. 그가 실제로 장교였는지 아닌지는 피의자들이 알아야 할 필요가 없는 일이었다. 또 자신의 그런 경력을 굳이 유치장의 피의자들에게 강조해서 말하는 이유가 무엇인지도 알수 없었다. 다만 수사과장이 느슨해진 유치장의 질서를 잡아 보자는 뜻에서 특수부대 장교로 제대했다는 최 순경을 유치장 간수로 뽑아 배치했을 것 같은 생각은 들었다.

최 순경은 유치장 안 중앙 복도로 불러내서 치도곤을 내리고 한바탕 엎드려뻗쳐 기합까지 줬던 두 사내를 일으키더니 이번에는 자기 등 뒤의 바람벽을 향해서 다시 꿇어앉히는 벌칙을 내려놓고 감방 안의 수감자들을 향해서 한바탕 연설을 늘어놓았다.

"이 시간 이후부터 감방 안에서 내 눈을 속이고 강아지(담배)를 돌리거나 부시를 쳐서(불을 켜서) 연기를 뿜어내는 피의자가 발견되면 사흘 동안 수정을 채울 것이다. 첫 번째로 적발되면 강아지를 압수하는 것은 물론이고 벌칙으로 빠따 열 대를 맞게 될 것이다. 또 똑같은 행위로 두 번째 적발되는 피의자는 팔을 등 뒤로 꺾어서 수정을 채우는 한편 사흘 동안 잠을 재우지 않을 것이다.

이밖에 정숙해야 할 감방 안에서 시끄럽게 소란을 피우거나 옆 사람과 공연한 시비를 벌이는 자는 방금 전에 목격한 바와 같이 복도로 끌려 나와서 몽둥이 뜸질을 받을 것이다. 또 간수가 정당하게 지시하는데도 이유 없이 반항하거나 불복하는 피의자는 무조건 한 끼니의 밥을 굶길 것이다. 배고픈 것이 얼마나 견디기 어려운 벌칙인가는 여러 모로 세상의 경험이 많은 너희들이 더 잘 알 것이다.

다음은 똥 뼈역하는 피의자에 대한 벌칙이다. 남들이 다 잠자는 사이에 옆 사람의 알몸을 더듬는다든가 작슨을 세워 가지고 뒤를 달라고 못살게 구는 놈이 발각되면 손목에는 수정, 발목에는 족쇄를 채울 것이다. 너희들은 내가 지금 무슨 말을 하는지 정확하게 알아듣고나 있는가?

다음에는 따통쟁이들에게 한마디 하겠다. 강아지도 금지하는 유치장 안에서 따통(아편 또는 히로뽕)은 더더욱 용납될 수 없는 범죄행위이다. 피의자들이 밖으로 면회를 나갔다가 빵이나 과일 같은 차입물품 속에다 현금과 히로뽕이나 대마초를 몰래 숨겨서 반입하는 속임수를 나는 족집게처럼 찾아낸다는 사실이다. 따라서 내 눈을 속이고 못된 짓거리를 하려다가 큰코다치지 않기를 미리 귀띔해 주는 것이다.

피의자들 가운데 이미 누구누구는 나로부터 따통 경력자가 아닐까라는 의심을 받고 있다. 행여 내 눈을 속이고 못된 짓거리를 벌이다가 고된 징역살이를 자초하지 말기를 바란다. 따통을 하는 현장이 발각되면 그자 역시 손을 뒤로 묶어서 사흘 동안 수정을 채우고 밥을 굶길 것이다. 내가 무슨 말을 하고 있는지 모두들 알아들었는가? 알았으면 큰 소리로 알았다고 복창하라."

간수 최 순경은 일장훈시를 마치고 나더니 몽둥이를 오른손에 거머쥔 채 한바탕 시위라도 하듯이 감방 앞을 서성이면서 얼이 빠지고 놀란 토끼눈이 되어 있는 모든 피의자들을 호랑이가 먹이를 바라보듯 노려보는 것이었다.

"거 감방의 규율이 갑자기 너무 엄격해지는 것 아닙니까?"

어느 감방에선지 굵직한 바리톤의 목소리가 흘러나왔다.

"어느 놈이야, 몇 감방이야?"

최 순경이 즉시 도끼눈을 해 가지고 여러 감방을 휘둘러 봤다. 자기의 훈시에 쐐기를 박는 피의자를 용납할 수 없다는 표정이 역력했다.

"여기올시다."

침묵을 깨고 세 번째 감방에서 누군가가 지껄이면서 벌떡 손을 흔들어 보였다. 얼굴이 넓적하게 생겼고 검붉은 피부에다 양쪽 턱주가리에는 구레나룻이 거뭇거뭇하게 돋아 있어서 흡사 옛날 만화책에 등장하는 무시무시한 산적 모습이었다. 첫 눈에 아주 듬직해 보이기는 했지만 실제 나이는 젊어 보였다. 아직 서른 살이 못 됐을 싶은 이십 대 청년이었다.

"넌 무슨 죄목으로 들어온 놈이야?"

무조건 반말이었다. 아예 어린애 취급이었다.

"거 기분 나쁘게 반말 좀 집어치울 수 없소? 당신은 집에서 평생 애새끼만 키우고 삽니까? 젠장 빌어먹을……."

감방 안에서 대거리를 하는 사내의 품이 예사롭지가 않았다. 사내의 말이 떨어지기가 무섭게 최 순경이 빨끈하고 나섰다.

"뭐야? 내가 하는 반말이 귀에 거슬리고 듣기 싫다 이런 말이지? 죄를 짓고 유치장에 들어온 주제에 사람대접은 받고 싶다 그런 말인가?"

"허허! 정말로 입정이 아주 고약한 친구구만! 내가 법을 어기고 들어왔는지 억울하게 잡혀 왔는지 진실을 당신이 알기나 해? 내 더럽고 아니꼬워서……."

감방 안의 사내는 만만찮게 대거리를 해왔다. 몸통의 살집이 피둥피둥할 만큼 허우대가 우람했고 눈매마저도 험악해 보였다. 최 순경이 손을 들고 일어선 그 사내의 거동을 곁눈질로 살피는 것 같았다.

"뭐 친구? 내가 어떻게 네놈의 친구야?"

최 순경이 정면충돌을 피하고 싶었는지 샛길로 빠지는 것이었다. 그것으로 미뤄보면 서슬이 약간 꺾인 것 같기도 했고 전혀 아닌 것도 같았다.

"내가 경찰관인 당신한테 굳이 존대를 받고 싶다는 말은 아니야. 아무리 우리는 피의자 신분으로 유치장에 들어와 있고 당신은 우리를 관리하고 있는 간수의 입장이지만 상호 간에 기본적인 예의는 갖추자 이런 말이야. 왜, 내 말이 틀렸소?"

사내는 최 순경을 당신이라고 호칭하면서 아주 점잖게 타이르듯이 말했다. 누가 들어봐도 사내가 기선을 잡은 것 같았다.

"못 하겠다면……. 내가 그걸 받아들이지 못 한다면 어쩔래?"

"내 말대로 행동을 하고 안 하고는 당신의 생각에 달렸지만 우리 너무 그렇게 막 가지는 말자 이런 말이야. 여기 감방에 들어온 우리가 모두 재판을 받아서 형이 확정된 기결수들도 아니지 않소? 경찰과 검찰의 취조를 받다가 혐의가 풀리면 이삼 일이내에 집으로 돌아갈 수도 있는 사람들도 섞여 있을 것인데 도거리로 기결수처럼 몰아붙이고 욕지거리로만 상대하는 것은 너무 지나친 것 아니요? 옛말에도 노봉협처에 난회피라고 했소."

감방 안의 피의자가 훈계조로 꼬박꼬박 대거리를 하자 최 순경은 부아가 끓어오르는 모양이었다. 얼굴이 갑자기 붉으락푸르락 변색하기까지 했다. 절대적 권위자로 행세하려는 간수의 일장훈시에 딴죽을 거는 피의자를 용납할 수 없다는 표정이 역력했다. 그러나 사내의 눈매나 행동거지로 봐서 만만하지 않다는 판단이 섰는지 최 순경이 다음 행동으로 선뜻 옮기지 못하고 잠시 머뭇거렸다.

최 순경은 이 고비를 어떻게 넘길까 머리를 굴리고 있는 게 분명했다. 이것은 간수의 권위에 관한 것이자 앞으로 유치인들을 통솔하는 문제와도 직결돼 있기 때문에 슬기롭게 넘겨야 한다고 저울질을 하는 모양이었다.

"노봉협처 난회피, 그게 도대체 무슨 말이고 어쩌겠다는 것이야?"

피의자가 내뱉은 한문 문자의 뜻을 전혀 알 수 없는 최 순경으로서는 어정쩡하게 대응할 수밖에 없었다.

"당신이 내 말을 분명하게 알아들었는지 아닌지는 따지고 싶지 않지만 그 문자를 풀어서 말한다면 사람이 외나무다리에서 원수를 만나면 피하기가 어렵다 뭐 그런 뜻이요. 간단히 말해서 우리 피의자들을 너무 잡도리하지 말라, 언제 어디서 어떻게 만나게 될지 알 수 없다, 그런 말이지. 유치장에 들어온 피의자들에게 감방의 수칙을 철저하게 주지시키면 되는 일이지 몰밀어서 양반집 머슴이나 종놈 부리듯 하지는 말라 이겁니다."

사내는 최 순경의 입장이 난처하지 않도록 마무리 발언까지 하는 것이었다. 간수가 벗어날 길을 적당히 열어 주었다. 최 순경은 속으로 뜨끔하지 않을 수 없었다. 이 자가 어떤 혐의로 들어왔는지 피의자 명부를 다시 살펴봐야겠다는 생각이 들었다. 입놀림으로 봐서는 꽤나 진한 먹물임이 틀림없는 것 같았고 허우대로 봐서는 자기네 고을에서는 한가닥 하는 왈패로 보이기까지 했다. 어쨌든 최 순경은 이 사내가 예사로운 피의자가 아닌 것만은 분명하다고 생각했다.

"좋다. 감방 안에는 당신 말고도 나이가 지긋한 피의자들이 더러 섞여 있는 것 같은데 내가 몰밀어서 반말 지껄이를 한 것은 좀 슬기롭지 못했다는 생각이 든다. 그 점은 앞으로 내가 시정을 하겠다."

최 순경은 사내의 발언을 그럴듯한 명분을 달아서 대충 쓸어 덮었다. 이런 정도로 어물쩍 넘어가면 피의자들 앞에서 간수로서의 권위도 별로 훼손되지 않을 것이고 또 발언한 피의자도 나름대로 알아들었을 것이라고 계산을 한 것이다.

그때 수사과 조사계의 이 순경이 새로 들어온 피의자 두 사람을 데리고 유치장에 나타났다. 손목에 수정을 차고 있는 이십대 초반으로 보이는 젊은이들이었다.

"이치들은 뭐야?"

최 순경이 끌려온 피의자들을 인계받아서 그들의 얼굴을 번갈아 훑어보며 이 순경에게 말했다.

"사서방들입니다."

"또 사기꾼들이야?"

"둘 다 기소중지자인데 한 놈은 사타구니가 근질근질했는지 서울 청량리 역전의 오팔팔을 배회하는 걸 잡아 왔고요, 다른 한 놈은 간땡이도 크게 제 집 안방에서 마누라와 엎어져 잠을 자고 있는 걸 불시수색을 나갔다가 잡아왔다고 합니다."

"뭐야? 사기범 주제에 사창가를 기웃거려? 하기야 사기치는 놈들이라고 여자를 사고 싶을 때가 없겠어. 그런데 다른 한 놈은 범행을 저지르고도 배짱 두둑하게 제 집에서 여편네와 정분을 나누고 있었다고?"

최 순경은 두 피의자들에게 다가서더니 번갈아 구둣발로 불문곡직 정강이를 걷어찼다. 그러나 지레 겁을 먹어서 그런지 몸을 비틀고 아프다는 시늉은 하면서도 아우성을 치거나 다른 대거리는 하지 못했다. 최 순경은 그들을 피의자의 숫자가 가장 적은 감방으로 배정했다.

이렇게 하루에도 몇 차례씩이나 쉴 새 없이 피의자들이 유치장으로 들어왔고 또 풀려 나갔다. 그러나 누가 무슨 혐의로 들어왔다가 어떤 경로로 풀려 나가는지는 유치장 관리자인 간수와 피의자들만 알 뿐이었다.

그 시간 경찰서 서장실에서는 수사과장과 정보과장이 경찰서장과 함께 머리를 맞대고 무슨 이야기인가 오래도록 속삭이고 있었다. 중요한 숙의를 하고 있는 게 분명했다.

"그자가 몇 시까지 온다고 했소?"

귀밑 머리털이 희끗희끗하고 경찰관 정복 저고리 어깨에 무궁화 네 개를 단 경찰서장이 같은 또래로 어림되는 사복 차림의 수사과장에게 물었다.

"오전 열 시 정각에 오겠다고 연락해 왔습니다."

"그 작자가 아직도 백천여관에 투숙하고 있소?"

"그렇습니다. 서장님도 잘 아시다시피 그 여관이 우리 읍내에서는 시설이 제일 깨끗한 데다 차려내는 음식도 정갈하며 종업원들이 손님접대도 잘하니까 그 친구들이 숙소를 다른 곳으로 옮길 생각이 전혀 없는 것 같습니다."

"계급이 뭐더라?"

"대위지요."

"육군인가?"

"그럼요. 낙하산부대에서 중대장을 하다가 왔답니다."

"나이는 몇 살이나 먹었는가?"

"글쎄요, 몇 년생이냐고 딱히 물어보지를 않아서 정확하게는 모르지만 대충 서른 살 안팎쯤으로 돼 보이던데요."

"서른 살 좌우간이라……. 우리 집 둘째 녀석하고 같은 또래로군."

"그런 셈입니다."

"그 대위의 나이로 미뤄본다면 일정 때 일본군대에 들어가서 복무했던 사람은 아닐 것 같은데?"

"아닐 겁니다."

"수사과장도 잘 아는 사실이지만 해방 직후에 국방경비대의 창설요원으로 들어간 부사관이나 장교들은 구 할 이상이 일본군 출신들로 채워졌었거든. 일본군대에서 사병으로 근무했던 사람들은 부사관으로, 부사관 경력자는 초급 장교가 되었고 장교 출신들은 고급 장교로 임관이 되었는데 그 가운데서도 정치권에다 줄대기를 잘하는 발 빠르고 약삭빠른 작자들은 잠간 사이에 장군으로 승진들이 되었지.

그런 걸 보더라도 해방 직후 남한에 진주했던 하지 중장 등 미 군정청의 고위 장성들과 이승만 박사가 대단한 영웅이야 영웅! 김구 주석을 비롯하여 한학을 배웠거나 서양학문에는 아예 불학무식한 임시정부 요인들과 민족주의자들이 일본 정부에 협조했던 친일인사들을 새로 출범하는 정부요직에 등용하면 안 된다고 얼마나 반대를 했었소. 그런데도 미군 장군들과 그 어른이 소신대로 강력하게 밀어붙였기 때문에 경찰과 국군의 조직을 우리와 같은 일정 때의 공직자들이 다시금 장악하게 되었고 일제식민통치시대와 다름없이 이 나라의 지배세력으로 살아가게 된 것일세. 안 그래 수사과장! 좌우지간 자식 놈 또래의 새파랗게 젊은 장교에게 이래라저래라 업무에 관한 지시를 받고 있으니까 심사는 좀 사납지만 말이야."

경찰서장은 일본사람들의 앞잡이로 활약했던 친일파들을 중용해 준 미군들과 이승만을 하늘의 태양이나 되는 것처럼 높이 추앙하고 있었다. 자신들이 조국과 민족을 배신하고 일본 제국주의자들에게 충성했던 과오가 씻을 수 없는 역사적 큰 죄라는 것은 전혀 반성하지 않고 있었다. 참으로 후안무치한 사람들이었다.

"세상이란 다 그렇고 그런 것 아닙니까?"

"새파란 군인 장교 녀석들에게 그냥 업무지시만 받아도 찜찜한데 때로는 호통까지 당하니까……."

"울화통이 치밀고 속이야 상하시겠지만 참으셔야지 어쩝니까? 비상계엄령을 선포한 이 사태가 설마 오래야 가겠습니까?"

"하기야 달리 뾰족한 수가 없지 않소? 내가 정부 수립 이후에 다시 입은 순사 제복을 벗어버리고 경찰조직을 떠나지 않는 담에야 말이야."

"그렇습니다. 우리들도 열통이 터질 때가 하루에도 여러 번입니다. 그자가 서장님에게는 나름대로 예의를 갖추는 편입니다. 수사과나 보안과 그리고 정보과 사무실에 나타나서는 과장이나 계장들을 자기 부대의 직속 부하 다루듯 한답니다. 아가리를 벌릴 때마다 쌍 입을 놀려대는 것은 다반사요 심지어 젊은 형사들에게는 마구 손찌검까지 한답니다."

"그런 일까지 일어납니까?"

"서장님께 일일이 보고를 드리지 않아서 그렇지 별 해괴한 일이 다 벌어진답니다. 우리 경찰의 통상업무를 온통 불한당이나 사기꾼들이 벌이는 불손한 일이나 되는 것처럼 불신하고 비하한답니다."

"저런 고약한 일이……."

"그렇지만 속이 상해도 참을 수밖에 없습니다."

"과장 이하 모든 경찰관들이 비상계엄령 하에서 고생들을 하고 있다는 사실을 내가 충분히 인지하고 있으니까 참아냅시다."

"그럼요."

"그건 그렇고 그동안에 주먹깨나 쓴다는 깡패 녀석들은 모두 몇 명이나 잡아들였습니까? 다른 경찰서와 비교해서 검거 실적이 어떠냐는 말입니다."

"우리 읍내의 수십 개소나 되는 다방이나 당구장 또 식당 술집 여관 여인숙 같은 유흥 접객업소에 상습적으로 진을 치고 있던 지방 폭력배들은 거지반 씨를 말리다시피 다 잡아들였지만 고한 사북 장성 예미 함백 석항 꼴두바우 같은 강원도의 광산지대와 산판으로 도망쳐 버린 녀석들은 아직 검거하지 못했습니다."

"계엄사에서 잡아들이라고 넘겨준 최초의 깡패들 명단이 있었지? 그 숫자가 대략 몇 명이었더라?"

"하달된 검거 목표는 이백 명이 넘습니다만 이미 절반 정도가 검거됐습니다. 비율이 일단 오 할은 넘어섰다는 말입니다."

"전체적인 비율이 중요한 게 아니잖소? 계엄사 군인들 쪽에서는 잡아들인 깡패가 대가리냐 졸개냐 그걸 구분해서 따지지를 않소?"

"그건 그렇습니다. 대가리라고 불리는 깡패 오야붕들은 비상계엄령이 선포되자마자 거의 삼십육계 줄행랑을 놔버렸으니 자연히 졸개들인 똘마니들만 잡아들일 수밖에 없지 않습니까? 숫자는 채워야 되니까요……."

"오늘 그자가 경찰서에 나오겠다는 속내도 바로 그런저런 당면한 현안들을 중간점검하겠다는 것 아니겠소?"

"그렇습니다. 깡패소탕 업무가 지지부진하다는 것입니다. 우리 관내의 깡패와 건달들이 도내 십삼 개 시군 가운데서 가장 많은데도 검거 비율은 가장 낮다고 시비하지 뭡니까? 정말 신경질이 나서 못 견디겠습니다."

"검거율이 실제로 도내에서 꼴찌가 틀림없습니까?"

"죄송합니다만 실제가 그렇습니다. 왜 그런가 하면, 깡패와 건달 녀석들이 본적이나 주소는 우리 경찰서 관내에 그대로 놔둔 채 서울이나 강원도 탄전지대 등 타지로 떠나간 숫자가 절반이나 되기 때문에 어쩔 도리가 없습니다. 일반 범죄사건을 전담하는 외근 형사들을 일시 그쪽으로 투입한다면 검거율이야 조금은 올릴 수 있겠지만 통상적인 수사업무가 마비될 테니까 그렇게 할 수도 없고요."

"깡패 문제는 그렇다고 치고 병역기피자의 숫자는 얼마나 되는가?"

"명단으로 넘겨받은 숫자는 백여 명이나 됩니다."

"그동안 얼마나 잡아들였는데?"

"절반 가깝게 검거했습니다."

"그 정도라면 아주 불량한 실적은 아니잖아?"

"우리 계산으로는 그런데 계엄사 입장에서는 부족하다는 것입니다. 완벽하게 발본색원하라고 야단야단입니다. 서 대위는 자기가 책임자로 나와 있는 지역의 검거 비율이 다른 시군 지역에 비해서 불량하기 때문에 본대로부터 기합을 받고 있다고 여간 불만이 아닙니다."

"아무리 비상계엄령이 선포됐다고 하더라도 국가치안을 맡은 경찰의 기본업무를 군대식으로 밀어붙이겠다는 것은 생판 언어도단이 아닌가?"

"그러게 말입니다."

"참, 현재까지 그자들의 여관숙식비는 어떻게 해결하고 있소?"

"어떻게 해결하다니요? 우리 경찰에서 꼬박꼬박 물어 주고 있습니다. 그뿐이 아닙니다. 그들이 이 지역에 주둔한 뒤부터 업무를 추진하는 데 들어가는 자질구레한 일상 잡비도 다 우리 경찰에서 조달해 주고 있습니다."

"그렇다면 상부에서 그런 특별예산이 내려왔습니까?"

"네에? 서장님은 잘 아시면서 왜 이러십니까? 정부 예산에서는 형사들의 일반 수사비도 제대로 나오지 않습니다. 백천여관에 투숙하고 있는 군인 녀석들이 돈 낼 생각은 전혀 안 하면서도 숙식은 계속하고 있으니까 여관을 소개해 줬었던 우리 경찰에서 여관비를 지불하는 수밖에 더 있겠습니까?"

"그럼 무슨 예산으로 그자들의 숙식비를 조달하고 있습니까?"

"방법이 달리 있겠습니까? 우리 수사과와 보안과에서 경찰 자문위원들과 지역 유지들 그리고 접객업소 업주들의 협조를 받아서 해결하고 있습니다."

"나는 금시초문입니다."

"제가 그 문제를 서장님께 보고를 드린다고 하면서 깜박했습니다."

"현재 계엄사에서 파견을 나와 있는 병력은 얼마나 됩니까?"

"한때 읍내에 주둔했던 수백 명의 계엄군 병력은 모두 철수했고 책임자인 서 대위를 포함해서 도합 여덟 명의 파견대원들만 남아 있습니다."

"수사과장의 수고가 많습니다. 하지만 어쩌겠소. 이 비상 상황이 끝날 때까지 우리 관내에서 근무하는 수백 명의 경찰 식구들이 별 탈 없이 이 고비를 넘기려면 그 도리밖에는 달리 길이 없을 것 같소."

"그렇습니다. 그러잖아도 그것과 관련된 사안을 보고 드리려던 참입니다. 이미 조달 중인 숙식비와 잡비 말고도 파견대장 판공비를 정기적으로 더 지원해 달라는 것이 서 대위 쪽의 은근한 요구입니다. 우리가 더 이상의 능력은 없지만 업무추진을 위해서는 서 대위의 요구를 뿌리칠 수가 없는데 서장님의 생각은 어떠십니까?"

"군인들의 요구를 들어줄 수만 있다면 좋지요. 판공비를 받아먹는 서 대위가 지금보다는 극성을 덜 부릴 듯도 싶으니까 말입니다. 그러나 상부에서 내려오는 정규예산이 한 푼도 없는 상황이니 서장인 내가 수사과장에게 어떻게 하라고 딱부러지게 지시를 내릴 수가 없소."

"그래서 저는 이렇게 했으면 어떨까 하고 생각 중입니다."

"어떻게 말이요?"

"관내 경찰 자문위원들과 기관장 유지와 업자들에게 새로운 조건으로 손을 내밀어서 협조를 구하는 방법이지요. 상말로 만만한 것이 홍어 뭐라고 하지 않았습니까?"

"허지만 그런 일이 계속되니까 영 찜찜하고 언짢아서……."

"서장님이 눈을 찔끔 감고 결심만 해 주시면 추진은 저와 보안과장이 알아서 하겠습니다. 경찰업무 특성상 돈쓸 일이 생기면 언제나 지역사회의 기관장들이나 유지들 그리고 접객업소 업주들의 협조를 받아서 해결해 오지 않았습니까?"

"그러나 때가 때인지라 잡음이 생기면 서장인 내 입장이 난처해집니다."

"그래서 서장님의 결심이 필요하다는 말씀입니다. 허나 특별히 걱정은 안 하셔도 됩니다. 저나 보안과장이 누굽니까? 서장님도 아까 말씀을 하셨지만 우리가 일제식민통치시대 때부터 이 경찰계통에서 밥을 먹어 온 지가 벌써 수십 년이 아닙니까? 그 정도의 문제는 일체의 소리 소문도 없이 깨끗하게 처리할 수가 있습니다. 우리가 비상계엄령이 내려져 있는 이 고비를 잘 넘기려면 군인들의 입을 틀어막는 수밖에는 다른 방법이 없을 것 같습니다."

"좋소. 난 수사과장만 믿고 모든 걸 위임할 것이니 보안과장과 둘이서 책임을 지고 주선해서 처리하도록 하시오."

그렇게 경찰서장의 결론이 떨어지자마자 수사과장이 갑자기 자기 양복저고리 안주머니 속에서 두툼한 흰 봉투 한 개를 꺼내어 서장 앞으로 밀어 놓았다.

"아니 이게 뭐요?"

"서 대위에게 건넬 판공비를 미리 마련했습니다."

"그걸 벌써 준비했다는 말이오?"

"다른 돈을 입체해서 일단 봉투를 만들었습니다. 이따가 브리핑이 끝나면 서 대위에게 넌지시 쥐어 주십시오."

"좌우간 수사과장의 주도면밀함에는 내가 당할 재간이 없소!"

"우리들이 살아남으려면 다른 길이 없지 않습니까?"

"하여간 군인들이란 영악한 놈들이야."

"우리야 와신상담이지요."

"그건 그렇고, 참 잊을 뻔 했는데 거 중앙공설시장 번영회장의 아들 문제, 이야기 들었지요? 수사과장!"

"서울에서 대학에 다닌다는 번영회장의 아들 녀석 말이지요?"

"그렇소. 그 아들이 병역기피를 했다고 엊그제 아침에 번영회장이 관사로 전화를 했습디다. 자기 아들 좀 구해 줄 수 없느냐고 아주 목을 매더라고."

"그 건은 이미 완벽하게 처리를 했습니다. 불구속으로 입건만 하고 곧바로 기소유예 처분하도록 검찰과 이미 합의가 됐습니다."

"잘 됐구먼. 번영회장이 어찌나 애걸복걸하는지 원."

"제가 번영회장의 호소를 듣자마자 재빨리 조치를 취한 것은 그 분이 평소에도 우리 경찰에 협조를 잘하기 때문입니다. 그런 분의 아들 문제를 제때 돌봐 줘야 우리가 어려울 때 또 손을 내밀 수가 있지 않겠습니까?"

"내게 보고도 하기 전에 봐줄 수 있는 구멍을 만들었으니 수사과장의 재간이 역시 최고야. 나 같은 사람은 족탈불급이란 말이야."

"백여 명이나 되는 병역기피자들의 문제를 다루면서 그런 정도를 끼워서 해결하지 못하면 되겠습니까? 수사과장 자리 내 놔야죠."

"그리고 참, 이야기 나온 김이라 생각이 나는데 경찰 자문위 원장의 막내아들이 한다하는 깡패 무리의 오야붕이라면서?"

"그렇습니다. 자문위원장이 아들 셋을 뒀는데 위로 두 아들은 그런대로 아버지의 말을 잘 들어서 별일 없이 장성한 모양인데 그 막내아들이 속을 무던히도 썩이는 모양입니다. 저한테도 두 번이나 전화를 해왔습니다."

"그 건은 어떻게 조치를 하면 좋겠소?"

"이미 멀리멀리 줄행랑을 놓으라고 귀띔을 했습니다. 경찰의 일제 단속이 끝나거나 비상계엄령이 해제된 뒤에나 고향 땅에 나타나라고 말입니다. 자기 아버지가 경찰 자문위원장임을 믿고 당구장이나 다방에 죽치고 앉았거나 목에 힘을 주고 시장판을 싸돌아다니다가 계엄사 군인들의 불심검문에 걸려들면 우리도 손을 써 줄 수가 없다고 말입니다."

"자문위원장도 우리로서는 괄시할 수가 없는 분 아닌가?"

"그렇습니다. 경찰에 무슨 일이 생길 때마다 매번 그 양반에 게도 손을 벌려서 협조를 얻고 있으니까요."

"글쎄 말이야. 세상일이라는 것이 모두 그렇지. 아무리 법을 어겼더라도 돈이 있거나 줄이 있는 사람들은 요리조리 다 빠져 나가게 돼 있어요. 그것은 어쩔 수 없는 현실이고 사회구조란 말이야. 힘 없고 돈 없는 사람들만 법을 지켜야 하고 법의 제재를 받게 돼 있는 것이 우리가 살아가는 세상이니까. 사실 경찰 업무를 다루는 최일선의 우리가 편파적으로 일을 처리해서는 안 되지만 사회구조가 그렇게 돼 있으니까 용뺄 재주가 없어요. 눈 감고 아웅! 하는 것이지 별수 있겠소?"

"그게 자고로 인간사의 내력이고 관습 아니겠습니까?"

"내력이고 관습!"

"네, 좀 안된 얘기지만 그게 이치 같습니다. 우리가 일선에서 법을 집행하면서도 안타깝고 불쌍하고 억울한 사람들이 더러 눈에 뜨일 때가 있지만 어쩔 도리가 없습니다. 그런 사사로운 인정사정에 매이다 보면 우리에게 부하된 경찰의 기본업무를 제대로 처리할 수가 없으니까요."

"아무렴."

"그런데 며칠 전에는 묘한 병역기피자 한 놈이 우리 유치장에 들어왔다고 보고가 올라왔습니다."

"뭐가 묘한데?"

경찰서장이 다그쳐 물었다.

"새로 잡아들인 병역기피자 한 놈을 수사과 사무실로 데려다 놓고 형사가 취조를 시작하면서 무슨 이유로 병역을 기피했느냐고 캐물으니까 이 녀석이 한다는 말이 '같은 백의민족인 북한 동포들에게 총부리를 겨눌 수가 없어서 입영을 거부했다'고 당당하게 말하더랍니다."

"뭐야? 같은 백의민족이기 때문에 총부리를 겨눌 수가 없어서 입영을 기피했다고? 아니지, 기피가 아니라 거부했다고?"

"그렇습니다. 전에 특정 종교를 믿는다는 녀석들이 태극기에 경례를 할 수가 없다고 얼토당토않은 주장을 펴다가 구속된 경우는 있었지만 남과 북의 백성이 같은 민족이기 때문에 총부리를 겨눌 수가 없어서 군대를 못 가겠다고 하는 생판 미친 녀석은 처음입니다."

"어디 사는 놈인데?"

"읍내에 삽니다."

"읍내라면 아주 흉악한 산골 촌놈도 아니잖아?"

"그렇습니다."

"나이는 얼마나 됐고?"

"징집영장을 받고 기피를 했으니까 제 놈이 나이를 기껏 많이 먹어 봐야 서른 살 이내가 아니겠습니까?"

"그렇다면 그 녀석은 무식하고 몽매해서 그런 것이 아니라 사상이 의심스럽군 그래. 단순히 병역법 위반만으로 다스려서는 안 되는 것 아니야?"

"그래서 다시 한번 수사과로 불러내서 다각도로 조사를 해 보고 추가로 무슨 법을 적용할지 검찰에 지휘를 받아 보라고 지시했습니다. 그리고 미심쩍어서 조사반장에게 그 피의자의 팔촌 이내 일가친척들까지를 연좌제의 범위 안에서 사상에 관한 문제도 조사하라고 했습니다."

"잘했어요. 경찰 조사를 받는 자리에서 북한 괴뢰도당을 동족이라고 거침없이 발언했다면 그건 단순한 병역기피자가 아니야. 그런 주장은 북괴에 동조하고 북괴를 찬양하는 발언과 무엇이 다른가 말이야. 당장에 국가보안법을 추가로 적용할 수 있는지 검찰의 지휘를 받아 보시오. 내 생각으로는 틀림없이 북한 괴뢰도당들의 사주를 받았을 것 같아."

"알겠습니다."

"북한 괴뢰도당들을 동족이라고 말했다니까 그 놈은 아주 정신이 돈 놈이거나 아니면 빨갱이 중에서도 진짜 빨갱이인지도 몰라."

"그 가족들은 어떻게 처리를 할까요?"

"가족이 몇 명이든 조사해서 젊은 놈들은 무조건 다 구속을 시켜요."

"늙은 어머니 한 사람뿐이라고 합니다."

"뭐? 늙은 어머니뿐이라고?"

"네."

"가만있자? 그럼 그 사건은 성격상 수사과에서 관장하지 말고 곧바로 대공 문제를 전담하고 있는 정보과로 넘기도록 하시오."

경찰서장이 즉석에서 그 사건을 정보과로 이관시키라고 명령했다.

"우리는 요즘 들어 별로 할 일이 없어서 개점휴업 상태나 다름없었는데 아주 잘됐습니다. 이번에 우리 정보과에서 빨갱이 몇 놈 잡게 되는 것 아닌지 모르겠습니다."

지금까지 옆에 배석만 한 채 말없이 경찰서장과 수사과장의 들러리만 서던 정보과장이 갑자기 생기가 돋는다는 듯이 말했다.

"초동수사를 진행한 우리 수사과의 공적도 무시하면 안 됩니다."

수사과장이 금방 빨갱이를 잡기라도 한 듯이 말했다.

"벌써부터 공적싸움 벌이지 마시오. 제발 빨갱이만 잡아준다면 그 공은 수사과와 정보과로 적당히 양분할 것이니 걱정들 마시오."

경찰서장이 과장들의 시샘을 말리고 나섰다.

그때 여직원이 문을 열고 들어와서 군복을 입은 손님이 왔다고 귀띔했다. 오전 열 시 정각이었다. 계엄사에서 파견을 나와 있는 낙하산부대의 서 대위가 경찰서장을 찾아온 것이었다.

2. 토박이

아침이었다. 하풍마을회관 앞 널찍한 동네 마당에서는 아이들의 공놀이가 한참 벌어지고 있었다. 아래땀의 성규가 자기 아버지의 회갑 잔치 손님들을 접대하려고 어미돼지를 한 마리 잡았는데, 아이들이 그 돼지의 오줌통을 얻어다가 바람을 넣어서 공놀이를 하는 것이었다. 도시 아이들이 큰 운동장에서 가지고 노는 가죽이나 고무로 만든 공에 비할 바는 아니지만 꿩 대신 닭이라는 셈으로 두 쪽으로 편을 짜서 축구 놀이를 하고 있었다.

그 모습을 마을회관 마당에 모인 마을 사람들이 구경하고 있었다. 이장도 있었고 아래땀 조고원 부부를 비롯해서 일찍 들녘으로 나가지 않는 늙은 농부들의 얼굴이 여럿이나 보였다. 또 그 옆에는 종윤이를 비롯해서 성조 영근이 상구 석교 같은 청년들의 얼굴도 보였다. 구경꾼들은 공이 서까래를 박아서 만든 골대 안으로 들어갈 때마다 손뼉을 치면서 환호성을 올렸다. 바람이 들어가 잔뜩 부풀어 난 돼지 오줌통 공이 아이들의 발길에 차여서 하늘로 날아다니는 것이 꽤나 신기한 모양이었다.

막 그때였다. 물색이 낡은 군인 작업복 뙈기를 걸쳐 입고 장총을 어깨에 둘러맨 청년들 십여 명이 난데없이 작은 트럭에 올라탄 채 마을 안으로 들이닥쳤다. 군인 같기도 하고 아닌 것 같기도 했지만 총을 가졌다는 것이 마을 사람들에게는 두려웠다. 그들은 마을 사람들이 모여 있는 회관 앞에 이르러서 일단 트럭이 멈추더니, 짐칸에 타고 있던 청년 속에서 한 사람이 길바닥으로 성큼 내려서는 것이었다.

"이 동네가 하풍이지요?"

동네 사람들을 둘러보면서 물었다.

"그렇습니다."

"이장네 집이 어디쯤에 있습니까?"

군복을 입어서 그런지 청년의 언동이 아주 시건방졌다.

"내가 바로 이 마을의 이장입니다. 댁들은 무슨 일로 어디서 나온 분들인데 이장을 찾습니까?"

"아, 그렇습니까? 우리는 특무대에 파견을 나가 있는 의용경찰들입니다. 우리는 오늘 상부에서 하달된 지시사항을 집행하려고 이렇게 나왔습니다."

"무슨 일인데요?"

"하하하. 말하자면 '빨갱이 소굴'을 소탕하러 나왔습니다. 이 동네에 작은 고아의 집이 하나 있다고 하는데, 그 운영자가 적색분자라고 합니다. 그래서 그 고아의 집을 폐쇄하고 건물을 철거하려고 출동했습니다."

군복을 입은 청년은 자기들이 금세 빨갱이를 잡기라도 한 것처럼 어깨를 우쭐거리면서 사방을 휘둘러보는 것이었다.

"뭐라고요? 적색분자가 운영하는 고아의 집……. 우리 마을에 전쟁고아들이 살고 있는 작은 고아의 집이 하나 있기는 있지만 그런 이상한 사상을 가진 사람이 운영하는 곳은 아닙니다. 어디서 잘못 듣고 찾아오신 것 같습니다."

"당신은 이 동네의 이장이라면서 아직까지도 뭘 잘 모르고 있군요. 그렇다면 이 동네에 김우주라는 청년이 살고 있는 사실은 알고 있습니까?"

"그럼요. 살고 있지요."

"그자가 엊그제 경찰에 체포 수감된 사실도 알고 있습니까?"

"알고말고요. 내가 명색이 마을의 이장인데 그걸 모를 리가 있습니까?"

"좋습니다. 중요한 것은 입영을 거부한 혐의로 경찰에 검거된 그자를 수사해 보니까 단순히 병역을 거부했을 뿐만 아니라 좌익사상을 가진 적색분자라는 사실이 새롭게 밝혀졌다 이런 말입니다."

"네에?"

이장을 비롯해서 마을 사람들 모두가 움칠 놀라고 말았다.

"이제는 우리가 왜 출동했는지 충분히 납득하겠습니까?"

군복을 입은 의용경찰이 아주 의기양양하게 말했다.

"김우주가 군대에 안 간 사실은 이장인 나뿐만이 아니라 우리 마을 일판이 다 알고 있습니다. 그러나 김우주는 우리 마을의 청년 가운데서 대단히 모범적일 뿐 아니라 사상도 아주 건전한 애국청년입니다. 김우주는 의용경찰에서 말씀하시는 그런 적색분자가 절대로 아닙니다."

"그만한 모범청년은 어디 가서도 찾아보기가 드뭅니다."

"아니 자기 어머니와 함께 온 정성을 기울여서 전쟁고아들을 먹여 기르는 자선사업가인 그를 적색분자라고 말하다니 뭔가 잘못 알고 하는 말입니다."

이장을 비롯하여 모여 있던 많은 마을 사람들이 이구동성으로 김우주를 변호하는 발언을 했다.

"사상이 아주 건전한 모범청년이라고? 여러분들이 남의 사상에 대해서 뭘 안다고 변호를 하고 나섭니까? 특히 이장! 당신은 김우주의 신상에 대해서 뭘 얼마나 안다고 새빨간 적색분자를 앞장서서 대변하고 있습니까? 김우주의 사상 문제를 이장인 당신이 끝까지 보증하거나 책임질 수가 있다는 말입니까? 법정에 출두해서도 김우주의 신원을 보증할 수 있습니까?"

"네에?"

"거듭 말하지만 김우주는 그동안 북한 괴뢰도당과 암암리에 내통해왔음이 경찰의 수사과정에서 밝혀졌습니다. 그러니까 고정간첩이나 다름없는 명백한 공산주의자란 말입니다."

"네에? 나는 지금 경찰관님이 무슨 말씀을 하시는지 모르겠습니다."

"북한 괴뢰도당과 암암리에 내통해 왔다는데도 이장과 마을 사람들은 아니라고 방파매기를 하겠단 말입니까?"

의용경찰은 화를 벌컥 내며 말했다. 그러나 이장과 마을 사람들은 영문을 알 수 없다는 듯이 머리를 절래절래 흔들 수밖에 없었다.

"나는 경찰의 수사에서 밝혀진 사실을 그대로 말했습니다. 그런데도 여러분들은 내 말을 믿지를 못하는군요. 그렇다면 당신들 맘대로 생각하십시오."

의용경찰들이 그렇게 나오는 데는 이장도 더 이상 말을 못했다. 한 마을에서 오랫동안 함께 살아온 자신의 판단으로는 김우주가 공산주의자거나 그런 사상을 가진 인물이라는 말을 믿을 수가 없었다. 그렇지만 의용경찰의 계속되는 다그침에 이장도 주춤거리면서 한발 물러설 수밖에 없었다.

"이장님! 의용경찰은 무엇하는 사람들입니까?"

청년들이 물었다.

"의용경찰이란 국립경찰의 보조원일세. 말하자면 빨갱이를 때

려잡으려고 경찰에서 만든 별동대라는 것이야.”

의용경찰들이 듣지 못하도록 이장이 입을 청년들 쪽에다 대고 작은 목소리로 말했다.

“좌우지간 우리는 상부에서 하달된 공무를 집행하려고 나왔으니까 이장이 우리 일행을 문제의 고아의 집까지 안내를 하시오!”

그들은 이장을 앞세우고 김우주네 고아의 집으로 몰려갔다. 회관 앞에 모여서 동네 아이들의 공놀이를 구경하고 있던 마을 사람들도 긴 행렬을 지어서 그들을 뒤따랐다. 김우주가 운영하는 고아의 집은 살림집과 원생들의 숙소가 한 끈에 이어져 있었다. 마당에는 마침 학교에 갔다가 오전 수업을 마치고 돌아온 어린 원생들 몇 명이 마당에서 뛰어놀고 있었다. 그때 집 안에 있던 김우주의 어머니가 트럭이 멎는 소리를 듣고 대문 밖으로 달려 나왔다.

“아주머니! 큰일 났습니다. 이상한 일이 생겼습니다. 특무대에서 나왔다는 의용경찰들이 고아의 집을 폐쇄하고 철거하겠답니다.”

이장이 근심어린 표정으로 말했다.

“네에? 우리 집을 철거하다니요? 그게 무슨 해괴한 말입니까?”

김우주의 어머니는 영문을 모르겠다는 표정이었다.

“의용경찰들의 말은, 경찰서에서 김우주를 데려다가 수사해 보니까 공산주의 사상을 품은 빨갱이라는 사실이 밝혀졌기 때문에 그가 운영하는 이 고아의 집을 철거하러 나왔다는 것입니다."

"내 아들 김우주가 빨갱이라니요? 이장님이나 동네 분들이다 잘 아시다시피 우리 우주가 그런 사상을 가졌거나 그렇게 행동을 해온 사람이 아니고 그럴 리도 없지 않습니까? 이건 아닌 밤중에 날벼락입니다."

김우주 어머니가 펄쩍 뛰었다. 이장과 우주의 어머니가 주고받는 이야기를 옆에서 듣고 있던 의용경찰이 두 사람의 대화를 자르고 나섰다.

"아주머니가 고아의 집 주인인 김우주의 모친됩니까?"

"그렇습니다."

"나는 특무대에서 나온 의용경찰입니다. 이미 이장에게 말한바 있습니다만 오늘 우리는 이 고아의 집을 직권으로 폐쇄함과 동시에 철거하라는 명령을 하달 받고 나왔습니다. 특무대에서 집행하는 공무는 집주인의 양해나 허락을 받지 않습니다. 통보만 하고 우리 직권으로 처리한다는 사실을 알아주십시오. 아주머니! 무슨 말인지 알아듣겠습니까?"

서슬이 시퍼런 의용경찰이 우주 어머니에게 협박조로 말했다.

"나야 특무대가 무엇을 하는 기관인지 모르지만 어쩐 이유로 사람이 사는 집을, 그것도 불쌍한 고아들이 살아가고 있는 집을 주인의 승낙도 받지 않고 멋대로 철거를 한단 말입니까? 우리 아들을 빨갱이로 몰아붙이고 그애가 운영하던 고아의 집을 빨갱이 소굴이라는 굴레를 씌워서 철거를 한다니 세상에 이렇게 무지막지한 일도 있다는 말씀입니까?"

김우주의 어머니는 기가 막혀서 말이 안 나온다는 듯이 허탈해 했다.

"아주머니! 우리한테 따지지 마십시오. 우리는 상부기관인 특무대의 지시를 받고 그 지시대로 움직이는 사람들입니다. 우리에게 반박하거나 하소연해 봐야 소용이 없습니다. 우리는 높은 사람의 지시를 받고 당사자에게 일방적으로 통보만 하는 것입니다. 아주머니! 이쪽 건물이 살림집이고 저쪽 집이 고아들의 숙소입니까?"

의용경찰들은 즉각 집을 철거할 태세였다.

"이장님! 세상에 이럴 수가 있습니까? 이런 맹랑한 일도 있습니까? 이 난리를 막을 수가 없습니까?"

김우주 어머니는 생떼 같이 달려드는 의용경찰들을 바라보면서 이장에게 하소연하듯 말했다.

"글쎄 말입니다. 이게 도무지 어떻게 된 일인지 저도 알 수가 없네요."

그때 의용경찰의 우두머리가 근엄한 목소리로 말했다.

"아주머니! 잘 들으십시오. 이 고아의 집 시설은 적색분자인 김우주가 설립 운영해온 빨갱이 소굴이나 다름없기 때문에 정부에서 오늘 날짜로 폐쇄와 동시에 강제철거를 단행합니다."

의용경찰은 무슨 주문이라도 외우듯이 엄숙하고 무섭게 말했다. 김우주의 모친은 이미 몸을 부들부들 떨고 있었다.

"이 고아의 집은 전란 통에 부모를 잃고 길거리를 떠돌던 아이들이 살아가는 보금자리입니다. 그리고 이 고아의 집을 운영해온 우리 아들은 절대로 빨갱이가 아닙니다. 권력을 가진 의용경찰이라고 그렇게 해서는 안 됩니다. 고아의 집은 철거할 수가 없습니다. 내 아들의 집인데 누구 맘대로 철거한단 말입니까? 지금 이 집에는 일곱 명이나 되는 부모 없는 고아들이 살아가고 있습니다. 사람이 살고 있는 집을 어떻게 철거를 한단 말입니까? 의용경찰 아저씨들! 이렇게 하시면 안 됩니다."

김우주의 어머니는 철거를 지휘하는 우두머리 의용경찰에게 매달려서 울부짖듯이 말했다.

"아주머니! 사람이 살고 있는 집을 철거한다는 것이 인간적으로 대단히 박절한 일이라는 것을 우리도 모르지 않습니다. 그러나 우리도 우리 맘대로 할 수가 없습니다. 이것은 다 상부의 지시를 받아서 하는 일입니다."

"순경 아저씨들! 누가 우리 아들이 빨갱이라고 합디까? 우리 아들은 절대로 빨갱이가 아닙니다. 우리 아들이 손수 지었을 뿐 아니라 지금도 버젓이 사람들이 살고 있는 집을 때려 부수면 어떻게 합니까? 안 됩니다. 앞으로 우리 아이들은 어디서 생활하고 어떻게 살아간단 말입니까?"

"다시 말씀을 드리지만 우리한테 그렇게 하소연해 봐야 아무

소용이 없습니다. 이 고아의 집을 폐쇄하고 철거하는 문제는 이미 경찰과 특무대 측이 합의를 봐서 결정한 것입니다. 가슴은 아프겠지만 당국의 조치를 순순히 받아들이는 것이 신상에 이로울 것입니다. 우리는 곧 작업에 들어가야 합니다. 어서 비켜나세요."

"뭐라고요? 순순히 받아들이는 것이 신상에 좋다고요? 당신들 맘대로 결정한 폐쇄조치도 받아들일 수 없지만 철거는 더욱 못합니다. 폐쇄하고 철거하려면 나를 죽이고 하세요. 나는 내 몸에 어떤 위험이 닥쳐도 상관없습니다. 죽는 한이 있어도 고아들의 집을 철거하는 꼬락서니를 그대로 보고만 있을 수는 없습니다. 우리 아이들의 집은 절대로 못 부숩니다."

김우주의 어머니는 그렇게 울부짖다가 그만 마당에 실신해 쓰러지고 말았다. 사랑하는 아들이 칠팔 년이 넘도록 운영해오던 고아의 집이었는데 빨갱이가 운영한다는 누명을 씌워서 갑자기 폐쇄시키고 철거한다는 통고에 기가 막혔던 것이다. 건물이 철거되는 것도 용납할 수 없었지만 어린 고아들이 또다시 거리로 내몰릴 판이어서 그저 앞날이 막막하고 아득했던 것이다. 동네 아이들의 공놀이를 구경하다가 갑자기 들이닥친 의용경찰들의 뒤를 따라와서 이 광경을 목격하게 된 이장과 마을 사람들도 이 사태를 그대로 방관만 하고 있을 수는 없었다. 동네 사람들 가운데 몇몇 부인네들은 실신해 쓰러진 김우주의 어머니를 부축해서 이웃집으로 데려갔으며 남자들은 의용경찰들을 향해서 마구 악다구니를 벌이기 시작했다.

"무슨 근거로 이 고아의 집을 철거한단 말입니까? 못합니다. 이 고아의 집에는 지금 일곱 명이나 되는 나이 어린 원생들이 살아가고 있습니다. 사람이 살고 있는 집을 철거한다는 것이 세상에 말이나 됩니까?"

이장이 목청을 높여서 말했다.

"절대로 철거할 수 없습니다. 우리는 이 마을의 주민들이고 청년들이며 이 고아의 집의 주인인 김우주 씨의 이웃들입니다. 이 고아의 집이 문제가 있다면 법과 절차에 따라서 정당하게 처리하면 될 일이지 집주인이 부재중인 상태에서 갑자기 철거한다는 것은 상식 밖의 무법이고 가혹한 처사입니다."

청년회원들을 비롯한 다른 마을 사람들도 한 목소리로 목청을 높였다.

"당신은 이장이지만 당신들은 뭔데 나서고 야단들이야?"

의용경찰의 대장 같은 사람이 이장과 청년들을 싸잡아서 호통을 쳤다.

"아시다시피 나는 이장이고 저 사람들은 우리 마을의 어른들이고 청년들입니다. 마을에 이런 불상사가 생겼는데 어떻게 방관할 수가 있습니까?"

"이건 불상사가 아니고 공무요. 지금 당신들이 집단으로 국가기관의 공무집행을 방해하겠다는 말이요? 경찰의 공무집행을 방해하면 어떤 처벌을 받는지 모르시오? 지금 이 시간부터 우리의 공무집행을 저지하거나 방해하는 사람들은 노소를 가리지 않고 가차 없이 체포해서 경찰서로 연행하겠소. 알아서 행동하시오!"

일본 순사들이 쓰다가 버리고 달아난 구구식 소총을 무기랍시고 어깨에 둘러맨 의용경찰들 몇 명이 이장과 마을 주민들의 접근을 막아서자 나머지 의용경찰들은 지휘자의 구령대로 집에 있던 도끼 괭이 삽 쇠스랑 등 농기구들을 거머쥐고 고아의 집 건물을 부수기 시작했다. 그야말로 무법천지였다. 명색 경찰 행색을 한 사람들이 백성들의 재물을 무차별로 파괴했다. 이것은 명백한 만행이었다. 공무집행이라는 이름을 빙자한 국가폭력이었다. 그러나 이장과 마을 청년들은 의용경찰들의 위세에 눌려 겁을 먹은 채 숨을 죽이고 바라볼 수밖에 없었다.

의용경찰들은 고아의 집에서 울먹이던 원생들을 깡그리 집 밖으로 몰아낸 뒤 동네 사람들의 항의도 아랑곳 하지 않은 채 고아들이 오랫동안 생활해 온 김우주네 집 지붕의 이엉을 마구 걷어낸 뒤 서까래를 들어내고 집을 떠받치고 있던 기둥과 도리 중방들을 차례로 해체해 나갔다. 그리고는 방과 방 사이의 흙벽을 떡메와 도끼로 마구 찍어내고 부쉈다. 그럴 때마다 흙먼지가 연기처럼 흩날렸다. 아이들이 기거하던 숙사 건물과 그 건너편에 잇대어 서 있던 살림집 등 두 채의 건물이 삽시간에 폐허로 변하고 있었다.

이 북새통에 겁을 먹고 한동안 집 밖으로 쫓겨나가서 서성거리던 고아들이 마당 안으로 다시 몰려들어 왔고, 왜 자기들의 집을 부수느냐고 울부짖으면서 아우성을 치기도 했지만 의용경찰들은 들은 척도 하지 않았다.

"경찰 아저씨들! 우리는 전쟁 통에 부모를 잃은 고아들이에요. 이 집은 우리들의 집이고 생활터전입니다. 왜 우리들의 보금자리를 부숴요. 제발 부수지 마세요. 경찰 아저씨 네?"

"경찰 아저씨들! 여기는 불쌍한 고아들이 사는 집입니다. 우리들이 살고 있는 집을 그대로 놔둬 주세요. 네 경찰 아저씨들!"

고아의 집 아이들 가운데서 초등학교 상급반에 다니는 학생들 두서너 명이 의용경찰들의 몸에 엉겨 붙어서 자기들이 살고 있는 고아의 집을 헐어내지 말아달라고 애원하고 있었다. 그러나 나머지 나이 어린 아이들은 겁을 잔뜩 먹은 채 먼발치에 서서 집이 철거되는 모습을 바라보면서도 말은 못하고 눈물을 훌쩍이기만 했다.

삽시간에 두 채의 고아의 집 건물을 폐허로 만든 의용경찰들은 집터 부근에 몰려 앉아서 울부짖고 있던 일곱 명의 원생들을 강제로 트럭에 태운 뒤 마을을 바람같이 빠져나갔다. 잠깐 사이에 일어난 끔찍한 난리였다.

이장을 비롯한 마을 사람들 모두는 겁에 질려서 어안이 벙벙했다. 그들은 의용경찰들로 말미암아 순식간에 해체되는 고아의 집 파괴현장을 속수무책으로 바라볼 수밖에 없다는 사실이 참으로 억울했던 것이다. 법을 빙자하여 폭력을 휘두르는 의용경찰의 만행에 허탈함을 느낄 수밖에 없었다. 착하고 순박한 농촌 사람들이라 군복을 입고 국가공권력임을 앞세워 폭력을 무자비하게 행사하는 의용경찰들을 제지할 힘도 용기도 없었다.

입영을 거부한 혐의로 검거되어 내토경찰서 유치장에 오랫동안 수감되어 있던 김우주는 충북지구 계엄군법회의로 넘겨지면서 청주감옥으로 이감되었다. 마을 이장과 어른들 청년회원 등이 읍내를 드나들면서 힘이 있다는 유지 기관장들을 접촉하여 어렵사리 구명운동을 펴 봤었지만 병역법 위반에다 국가보안법이 추가로 적용되었기 때문에 애석하게도 기대했던 효과를 얻지 못했던 것이다.

김우주가 경찰서에 수감돼 있던 한 달 남짓한 동안에 유치장으로 잡혀 온 병역기피자들은 무려 백여 명이 넘었지만 거의가 아침나절에 연행돼 왔다가 깊은 밤이 되면 풀려났고, 그도 아니면 이삼일 정도 유치장에 수감됐다가는 모두가 소리 소문도 없이 슬그머니 풀려나갔다. 그러니까 끝내 보통군법회의에 기소가 되면서 김우주와 함께 청주감옥으로 넘겨진 병역법 위반사범은 내토 관내에서도 아주 흉악한 산골이라고 이름난 덕산면 도기리와 송학면 오미리 같은 산골짜기에서 잡혀온 농촌 청년 둘을 포함하여 고작 다섯 사람뿐이었다. 이런 기막힌 현상을 놓고 유치장 간수 최 순경은 자기 멋대로 빈정거렸다.

"여기 수감돼 있는 피의자들은 무전유죄 유전무죄라는 한국의 속담이 서양의 어떤 명언보다도 진솔한 만고불변의 진리라는 사실을 깨달아야 할 것이며, 이 속담을 앞으로 세상을 살아가는 좌우명과 지표로 삼아야 할 것이라고 생각한다. 너희들 두 눈으로 똑똑히 봤을 것이다. 돈이 있거나 빽이 있는 사람들의 자식들은 아예 유치장까지 잡혀오지 않는 것이 기본이고 설사 일이 얽혀서 한때 유치장까지는 잡혀왔더라도 하루 이틀이 지나가기 전에 모두가 뒷구멍으로 돈을 쓰거나 권력을 이용해서 무사하게 방면이 되었다는 사실을 두 눈으로 똑똑히 보았을 것이다.

돈이 있고 빽이 있는데 미쳤다고 유치장이나 감옥에 들어와서 썩겠느냐는 말이다. 눈만 뜨면 사시장철 구린내가 진동하는 유치장으로 들어오는 놈이 미친놈이고 못난 놈이란 말이다. 만일 이 유치장 안에 들어와 있는 수감자 가운데서 자기는 이 나라의 법과 규정을 어겼기 때문에 그에 합당한 벌을 받는 것이라고 생각하고 일시나마 속죄를 하는 놈이 있다면 그놈이야말로 양심적이거나 정직한 놈이 아니라 아주 바보천치나 숙맥이 틀림없다고 나는 믿어 확신하는 바이다."

최 순경은 입에서 게거품을 뿜어내면서 말했다. 들어보면 최 순경의 말은 현실 그대로를 말하는 직설이었다. 돈이 있거나 권력과 줄이 닿는다면 누구든지 자신이 벌을 받거나 범법한 자기 자식을 경찰서 유치장에 들어가거나 감옥에 넘겨지도록 방치하지는 않을 것이라는 주장이었다.

민주주의를 내세우고 법치주의를 시행하는 국가에서는 법과 규정이 마땅히 모든 사람들에게 평등하게 적용되어야만 옳을 것이었다. 그래야 누구건 법을 따르고 지킬 것이며 국가를 위해서 충성할 것이었다. 그러나 자세히 살펴보면 이 나라는 정부가 수립된 이후부터 법을 지키는 사람은 오직 힘없는 서민들뿐이었다. 돈이 있는 사람이나 권력을 거머쥔 상류 지배층 사람들은 별별 수단과 방법을 써서 법망을 피하거나 벗어나는 무법 탈법이 기본이고 상식이었다.

김우주가 감옥으로 넘어가 보니 그곳도 갑자기 불어난 수감자들로 감방이 북새통을 이루고 있었다. 도청이 있는 큰 도시에서 발생하는 각종 범죄자들이 모두 이 감옥에 수감되는 데다 도내 각 시군 경찰서 유치장에서 매일 같이 이관돼 오는 여러 갈래의 피의자들이 여간 많지 않았던 것이다. 이것은 군사반란이 일어나 비상계엄령이 선포되면서부터 사소한 경범들마저 포고령 위반으로 마구 잡아들였기 때문이었다. 그래서 청주감옥은 미결수와 기결수들이 한데 얽혀서 마치 도떼기시장처럼 북적거렸다.

죄수들이 수감돼 있는 일반감방은 방 한 칸이 될까 말까 할 정도의 크기였는데, 방바닥에 송판으로 마루를 깐 길쭉한 직사각형 모양이었다. 그 감방에는 쇠틀로 문골을 짜고 튼튼한 나무로 빈 공간을 막은 보통사람의 키만큼이나 크고 육중한 출입문이 달려 있었다. 그 철문 한가운데는 일어선 사람의 눈높이에 유리를 달아서 안과 밖의 동정을 살필 수 있는 작은 통창이 있었고, 그 아래쪽에는 음식물을 넣고 꺼낼 수 있는 네모난 구멍이 뚫려 있었다. 수감자들은 그곳으로 하루 세 끼의 밥을 받아먹었다.

끼니마다 양은 식기에 담아 주는 밥은 모양이 동글납작했다. 보리쌀 구 할 이상에다 흰 쌀과 흰 콩을 약간 섞어서 틀에 찍어내는 이른바 통밥이었다. 이 밥에다 한두 가지의 건건이를 소금국과 곁들여 줬다. 흰 콩을 밥에 섞어 주는 것은 일제식민통치시대 때부터 수감자들의 단백질 부족을 보충해 주려는 배려였다고 기결수들은 말했지만 그 말이 근거 있다고는 누구도 믿지 않았다.

감방의 출입문에서 곧바로 바라보이는 방 끝자락에는 수감자들의 배설물을 처리하는 뺑끼통이 자리 잡고 있었다. 이 뺑끼통에는 송판으로 만든 덮개가 있어서 수감자들이 볼일을 본 뒤에는 항상 덮어두게 돼 있었다. 그러나 따로 칸막이가 돼 있지 않았기 때문에 앉아서 배설하는 모습을 수감자들이 서로 바라볼 수밖에 없었다.

따라서 새로 들어온 수감자들은 먼저 들어온 수감자들의 이런 모습을 보고 처음에는 진저리를 쳤지만 며칠이 지나지 않아서 그들도 똑같은 모습으로 변해갔다. 무더운 여름이면 이 뺑끼통에서 풍겨나는 진한 구린내가 감방 안에 진동했지만 수감자 누구 하나 이 냄새를 들먹이지는 않았다.

이런 감방에 비상계엄령이 선포되고 포고령 위반자들을 마구잡이로 잡아들이면서는 수감자들이 감방마다 십여 명씩으로 갑자기 늘어났던 것이다. 그렇다고 금세 감방을 새로 지을 수도 없는 일이어서 그 많은 기결수와 미결수들을 잠재우고 먹이는 것만으로도 청주감옥의 질서는 뒤죽박죽이고 엉망진창이나 다름없게 되었다는 것이었다.

감옥으로 이감되고 이튿날이었다. 김우주는 다른 미결수들과 같은 오랏줄에 엮여서 검찰관의 취조를 받으러 보통군법회의로 나갔다. 그런데 김우주를 담당한 검찰관은 새파랗게 젊은 사람이었다. 미처 서른 살도 안 돼 보였다. 그해 이른 봄에 고등고시 사법과에 합격해 임관한 풋내기라는 것이었다.

"피의자는 이름이 뭐지?"

"김우주입니다."

"거주지는 어디야?"

"내토입니다."

"왜 여기까지 왔는가?"

"입영영장을 받았지만 소집에 불응했기 때문입니다."

"피의자 김우주는 흔하게 병역을 기피한 사람이 아니라 해괴하게도 입영을 거부한 인물이야. 신체가 건강하고 정신이 멀쩡한 청년으로 보이는데 도대체 무슨 이유로 신성한 국민의 의무를 저버리고 입영을 거부했는가?"

"한마디로 간단하게 말씀드릴 수는 없습니다."

"이야기가 아주 장황하고 복잡한가?"

"그렇습니다."

"피의자에게 배정된 시간이 그다지 많지 않으니까 짧게 간추려서 요점만 진술해 봐."

김우주는 침을 꿀떡 삼키고 용기를 내서 말을 시작했다.

"검찰관님! 조선이 삼십육 년 동안 일본 제국주의자들의 식민 통치를 받다가 대망의 해방을 맞았으니 곧바로 자주독립이 되었어야 할 것 아닙니까? 그런데 강대국들에 의해서 국토가 남쪽과 북쪽으로 반 동강이 나면서 이질적인 두 개의 정부가 들어섰습니다. 이 때문에 우리 민족의 비극이 시작되었습니다."

"간략하게 말하라고 했는데 서론이 뭐가 그렇게 복잡해?"

검찰관이 인상을 찡그리면서 신경질을 부렸다.

"그런데 소련과 중공의 지원을 받은 북쪽의 인민군이 느닷없이 불법으로 남쪽을 침범해 왔습니다. 육이오를 일으킨 것입니다. 그러나 평화를 사랑하는 자유 우방의 연합군들이 남쪽의 국방군을 지원하면서 육이오 전란은 민주주의 진영과 공산주의 진영의 대리전처럼 확대가 되었습니다. 따라서 수많은 인명이 살상되고 엄청난 재화가 불탄 뒤에 전쟁은 다행스럽게도 삼 년 만에 휴전이 되었습니다. 그러나 지금도 백오십오 마일의 군사 분계선에서는 남쪽과 북쪽 두 나라의 군인들이 무력대치를 계속하고 있습니다. 나는 그 동족상잔의 대리전쟁에 꼭두각시처럼 동원될 수는 없다는 절박한 심정에서 입영을 거부한 것입니다."

"뭐야? 이봐! 피의자는 북쪽 공산당들이 대한민국을 적화하겠다는 야욕으로 도발한 육이오 전쟁을 강대국들의 대리전쟁이라 주장하면서 입영을 거부했단 말이야? 피의자는 두말할 필요 없이 사상이 불온한 공산주의자야."

검찰관은 큰 목소리로 호통을 쳤다. 얼굴이 금세 붉으락푸르락 변했다.

"검찰관님! 국토가 분단되면서 민족의 교류는 끊어졌지만 북쪽과 남쪽의 백성들은 오천 년 역사를 가진 같은 겨레가 아닙니까? 물론 먼저 남침을 감행한 북쪽에게 전쟁도발의 책임이 있지만 일제에서 해방된 우리 한반도가 왜 남쪽과 북쪽으로 분단되었고 각기 다른 성격의 정부가 수립될 수밖에 없었는지 먼저 그 원인부터 살펴봐야 한다고 생각합니다. 안 그렇습니까?"

우주는 경찰에서와 똑같이 말했다.

"이거 빨갱이 사상이 아주 가슴속까지 속속들이 물든 인간이로군! 거듭 말하지만 북한 공산주의자들이 도발한 동족상잔의 육이오는 용감한 국방군과 미국을 비롯한 유엔군들이 피를 흘려서 북한 공산군을 격퇴한 숭고한 십자군의 전쟁이었단 말이다. 그런데 뭐야? 피의자는 한반도가 남과 북으로 분단된 그 원인이 문제라고 주장했고, 나아가서는 대한민국을 수호하기 위해서 군대에 입대하는 신성한 병역의무를 강대국들의 대리전쟁에 참여하는 꼭두각시 행동으로 간주하고 거부했지? 그렇다면 피의자는 대체 어느 나라의 국민인가?"

검찰관은 숨을 몰아쉬면서 말했다.

"물론 나는 이 나라 국민입니다."

"이 나라의 국민이라면 의무가 무엇이고 권리가 무엇인지를 잘 알 것 아닌가? 알면서 의도적으로 입영을 거부했으므로 그런 비국민은 엄벌에 처해져야 마땅하지 않은가?"

"그렇습니다. 저는 의무를 이행하지 않았으므로 당연히 법의 제재를 받아야 되겠지요. 나는 입영거부에 대한 벌책을 달게 받을 각오입니다."

"법의 제재가 조금도 무섭지 않은 모양이군!"

"무섭다고 법망을 피하지는 않겠다는 말입니다."

"당당하게 벌을 받겠다니? 피의자는 국가보안법을 위반한 행위가 무슨 무공훈장이라도 되는 줄로 착각하는가?"

"전혀 그렇지 않습니다. 다만 대한민국은 민주공화국이고 주권은 국민에게 있으며 법 앞에서는 국민 모두가 평등하기 때문에 그 법을 자랑스럽게 여길 뿐입니다."

"좋아. 다 좋지만, 피의자 김우주 한 사람이 입영을 거부한다고 해서 극한 대치상태의 남북관계가 금방 유화적으로 달라지거나 세상이 돌변할 수가 없는데 대체 어쩌자고 입영을 거부한 거야?"

"앞에서 말씀 드리지 않았습니까. 미국과 소련이 주도한 한반도의 분단정책이 천부당만부당하게 생각될 뿐 아니라, 포성이 멎었는데도 남쪽과 북쪽 간의 평화협정이 맺어지지 않은 채 군사분계선이 그대로 존속함으로써 남쪽과 북쪽의 젊은이들이 강대국들의 전쟁 꼭두각시가 되고 있는 사실이 서글프기 때문입니다. 물론 나 한 사람이 입영을 거부한다고 당장 한반도에서 전쟁이 종식되거나 통일이 앞당겨질 수도 없다는 것을 잘 알고 있습니다. 그러나 이 땅에 살고 있는 민족의 일원으로서 미국과 소련의 임의대로 국토와 민족이 분단 분열된 이 한민족의 비극을 그대로 받아들여서는 안 된다는 생각이 가슴속에서 분출하는 데야 어떻게 하겠습니까?"

"대단한 애국자로군! 피의자가 어떤 명분을 내세우더라도 그것이 입영거부에 대한 정당한 반론은 될 수가 없어."

"나는 기정사실에 대한 굴복도 싫습니다."

"그건 또 무슨 궤변이야?"

"남들이 모두 다 하니까 나도 어쩔 수가 없이 따라서 한다. 안 하면 남에게 따돌림이나 눈총을 받을까봐 은근히 주눅이 들고 겁을 먹어서 남의 눈치를 슬금슬금 보면서 원숭이처럼 따라 하는 노예성 행동을 나는 '기정사실에 굴복'이라고 나름대로 정의합니다."

"누가 누구에게 굴복을 강요한다는 말이야?"

"강요의 주체가 때로는 정부이기도 하고 공공질서이기도 합니다. 그러나 실체는 집권세력의 정권안보라는 허상입니다. 그러니까 심약한 우리 서민들은 오랜 세월 동안 관습적으로 그런 기정사실에 굴복을 강요당해 왔었다는 사실입니다. 그것은 역사가 시작되면서부터가 아닐까 생각됩니다. 그러나 일본 제국주의자들의 식민통치 시기 삼십육 년 동안에 그 상황이 더욱 굳어졌고, 해방 이후에 들어선 반공보수 정권에 의해서 아예 법률보다 더 우위에 존재하게 되었습니다."

"무슨 잠꼬대 같은 소리야?"

"적으로부터 국가를 수호한다는 명분의 국민개병 제도, 고등학생들에게 실시한 학생교련 제도, 밤부터 새벽까지 시민의 자유왕래를 제한한 통행금지 제도, 군부가 자의적으로 실시하는 비상계엄령 선포, 적의 침공을 막는다는 명분의 향토예비군 제도, 재난에 대비한 민방위대 조직과 민방공 훈련, 일제에 의해 시행되었던 반상회의 부활 등등이 전국토의 병영화 정책에 맞물려서 열거하기 어려울 만큼 많은 생활규제를 낳았고, 이것들이 은연중 힘없고 가난한 서민들에게 굴복과 종속을 강요해 왔다는 말입니다.

그러나 지배층 사람들은 이런 규제에 전혀 동참하지 않았습니다. 검찰관님! 지배층 사람들이 그런 데 동원된 적이 있다고 생각하십니까? 돈과 권력이 없는 서민들에게만 애국이라는 이름 아래 강압적으로 이행시켰습니다. 그물망같이 얽혀 있는 정권의 이런 갖가지 통제행위들이 서민들의 일상생활을 굴종시키고 노예적으로 옥죄어 온 기정사실에의 굴복이라고 나는 믿고 있습니다."

"그것은 한반도의 분단이라는 특수상황에서 반공을 국시로

삼을 수밖에 없는 국가시책을 전혀 고려하지 않은 그야말로 반국가적 언동이다. 항시 북한괴뢰의 침략위험을 받고 있는 대한민국 정부는 그런 조치들을 실행하지 않을 수가 없다. 그런 건 전타당한 정부시책을 부당한 규제, 기정사실에의 굴복이라고 비판한다는 것은 골수 공산주의 사상을 가진 종북주의자들만이 내뱉을 수 있는 망언이 아니고 무엇인가?"

검찰관은 의기양양하게 말했다.

"대한민국은 민주주의 공화국입니다. 민주주의 국가에서 국민은 정부가 시행하는 비현실적이고 부당한 행정조치와 규제를 당연히 지적하고 비판할 수 있어야 합니다. 정부시책에 무조건 순응하지 않는다고 선량한 국민을 모두 공산주의 사상을 가진 사람으로 몰아붙이는 것은 독재정권의 상투적인 정권안보 정책이자 국민협박 수단입니다. 그것은 일본 제국주의들이 우리 민족에게 자행하던 식민시대의 국민압박 정책과 조금도 다름이 없습니다."

"분단된 대한민국에서는 정부가 시행하는 법과 제도를 거부하거나 비판하는 국민과 세력은 공산주의자이고 그런 낙인이 찍힐 수밖에 없다."

"그래서 입영을 거부한 나에게 무시무시한 국가보안법을 적용했습니까?"

"내가 고등고시에 합격해서 검찰에 처음 배치됐을 때 선배 공안검사들은 이렇게 말했다. '대개의 공산주의자들은 자신이야말로 절대 공산주의자가 아니라고 주장한다. 말도 잘하고 논리가 정연하다'고 말해 주었는데 그 사실을 오늘에 와서야 실감하는 것 같다.”

“나를 아주 공산주의자로 엮지 못해서 안달이십니다.”

“국민의 의무를 성실하게 이행하는 선량한 국민들을 기정사실에 굴복하는 사람들이라고 오도하는 피의자의 생각이 바로 공산당식의 해석이란 말이다. 극히 일부이긴 하지만 열혈청년들은 공산주의자들을 때려 부수고 조국과 민족을 수호하겠다면서 손가락을 잘라 혈서까지 쓰고 군대에 자원입대까지 하고 있다는 사실을 피의자는 어떻게 생각하는가?”

“정부라는 집단에게 맹목적으로 충성하는 사람도 있고 나처럼 민족 문제를 내세워서 입영거부를 실행하는 사람도 있는 나라가 민주주의 국가가 아니겠습니까? 내가 알기로 국가란 국민을 위해서 존립하는 것이지 국민이 국가에 충성하기 위해서 살아가는 것은 아니라고 생각합니다. 나는 북쪽에 살고 있지만 우리들과 같은 모습을 지녔고 같은 말을 쓰는 겨레들을 동족이라고 말했을 뿐 추호도 공산주의자들 모두를 동족이라고 말한 적은 없습니다. 그것은 북쪽의 이천만 겨레 모두를 공산주의자라고 말할 수 없기 때문이기도 합니다. 북쪽 땅에는 모르긴 몰라도 공산당 정부의 학정 밑에서 죽지 못해 어쩔 수 없이 살아가는 동족들도 많을 것이라고 생각합니다.”

“내 생각이지만 북한 땅에는 모두가 빨갱이들뿐일 것이다. 빨갱이들의 정치가 싫고 공산당 통치에 반감을 가졌다면 삼팔선이 생긴 해방 직후에, 또 국군이 북한으로 진격했다가 다시 일사후퇴 당시에 모두 자유 대한으로 월남했어야 될 것 아니냐? 그러므로 지금까지 북한 땅에 살고 있는 주민들은 모두 빨갱이고 공산주의자들이라고 나는 확신한다.”

검찰관은 단호하게 말했다. 그에게는 북쪽 주민들 모두를 공산주의자로 몰아버리는 편향과 독선이 넘쳐났다. 반공 이데올로기의 선봉이 되어 일방적인 억지논리를 내세우는 젊은 검찰관의 모습에 자신감이 넘쳤다. 그러나 김우주의 눈에는 참으로 안타깝고 측은해 보였다.

“경찰에 검거될 당시까지 고향에 있는 피의자의 집에서 전쟁고아들을 다수 수용하고 있었다면서?”

“길거리를 떠도는 전쟁고아들을 우리 집에 데려다가 같이 살아온 것은 사실이지만 이 자리에서 그 아이들에 대한 이야기는 대답하고 싶지 않습니다.”

“어쩐 이유로?”

“내 피의 사실과는 아무런 연관이 없지 않습니까?”

“관련 여부는 검찰관인 내가 판단하는 것이다. 피의자는 내 질문에 그렇다 아니다만 사실대로 진술하면 되는 것이다.”

“대단히 강압적이군요.”

“경찰에 검거되기 직전까지 고향에서 고아원을 운영해 온 것이 틀림없는 사실인가?”

"굳이 진술을 요구하신다면 그렇다고 대답을 하겠습니다. 그러나 고아원이라는 이름을 붙일 만한 시설도 규모도 아니었습니다."

"전쟁고아들을 보육하고 있었다면서?"

"전란 통에 부모를 잃고 굶주림에 지쳐서 길거리를 방황하는 아이들을 발견하고서 그들의 처지가 딱하고 불쌍해서 그냥 한 명 두 명, 내 집으로 데려다가 나와 같이 먹고 자고 살아 왔을 뿐입니다."

"그렇게 전쟁고아들을 보호하게 된 본래의 목적과 의도는 무엇인가?"

"방금 말씀드린 그대로입니다. 전란으로 부모를 잃고 길거리에 버려져서 굶주리며 떠도는 아이들이 측은하고 불쌍해서 내 집으로 데려와서 같이 살았을 뿐입니다. 무슨 유별난 목적이나 의도가 있을 수 있겠습니까?"

"진실로 순수한 의지에서 시작했다는 말이지?"

"그렇습니다."

"모두 몇 명이나 수용하고 있었다고?"

"내가 집을 떠나던 날까지 우리 집에서 나와 생활을 같이하고 있었던 아이들은 모두가 일곱 명입니다."

"그 고아의 집을 언제부터 시작했는가?"

"한 팔구 년 전쯤 됐을 겁니다."

"그렇다면, 그 기간 동안에 군청이나 읍사무소 같은 지방의 말단 행정기관이나 독지가 등으로부터 고아원 운영에 보태라고 현금이나 양곡을 지원받았거나 또는 의류 밀가루 우유 학용품 같은 외국에서 들어온 구호물자를 배급받았던 사실은 더러 있었겠지?"

"말씀을 드렸듯이 허가를 받지 않은 시설이었고 관청에 찾아다니면서 아이들의 생계를 도와달라고 말하지 않아서 그랬는지 모르지만 단 한 번도 돈이나 구호물품을 받아본 적은 없습니다. 물론 그런 독지가들도 없었습니다."

"정말 한 번도 없었다고?"

"그렇습니다."

"그렇담 패패 젊은 피의자가 무슨 돈이 있어서, 또 어떤 방법으로 일곱 명이나 되는 전쟁고아들을 먹이고 입힐 수 있었는가?"

"지금까지는 내가 어머니와 함께 남의 논을 소작해서 얻는 소출로 같이 먹고 살았습니다. 그러고도 식량이 모자라거나 어려움이 생겼을 때에는 마을의 어른들께서 조금씩 도와주시기도 했습니다."

"전문적인 사회사업가나 재산가들도 운영하기 어렵고 골치가 아프다는 고아원을 아무런 재력도 없는 젊은 피의자가 자청해서 운영하고 있었던 진짜 이유가 있을 것 아닌가? 그 속내를 시원하게 털어놔 보란 말이야."

"글쎄, 앞에서 말씀드린 그대로입니다. 굶주리는 아이들이 불쌍해서 하나 둘 데려다가 생활하다 보니까 숫자가 일곱 명으로 늘어나게 되었습니다. 무슨 특별한 사유가 있겠습니까? 부탁입니다. 아이들과 함께 살아왔던 사실과 입영거부 문제는 엄연히 별개의 일이므로 여기서는 그 이야기를 더 이상 들추지 말았으면 좋겠습니다. 정말 지겹습니다."

"싫다고? 왜 싫어?"

"내 피의 사실과 아이들의 보육 문제를 연계시키는 것이 아주 불쾌합니다. 순수한 아이들의 영혼에 때를 묻히고 싶지 않습니다."

"피의자는 아직도 내 문초의 진의를 정말로 모르겠는가?"

"그걸 내가 어떻게 알겠습니까?"

"나는 피의자 김우주가 공산주의 활동을 합법적으로 펼치고 그것을 위장하기 위해서 고아들을 매개체로 수용해 왔었다는 증거를 확보하고 싶은 것이다."

"네에?"

"고아의 집을 운영한 본래의 뜻이 공산주의 활동을 위장하려는 방책의 하나가 아니었느냐 말이다."

"정말로 생사람 잡지 마십시오. 나와 비슷한 연령의 젊은 검찰관님이 세상을 꼭 그런 식으로만 바라보셔야 합니까? 왜 평범한 사람들의 순수한 세상살이를 그런 편향되고 경직된 눈으로 매도하십니까?"

"그러니까 병역거부와 고아의 집을 운영했던 것은 별개의 문제니 연계시키지를 말아 달라 그런 말인가?"

"더 이상 대답하고 싶지 않습니다."

"피의자 김우주는 누가 뭐래도 아주 악질적인 공산주의자란 말이야!"

검찰관은 어금니는 갈지 않았지만 몸을 부르르 떨면서 말했다.

"검찰관님은 그런 확신으로 나를 심문하고 있지만, 정말이지 나는 인도주의자도 못되지만 그렇다고 공산주의자도 아닙니다."

"공산주의자가 아니라면 한때 자기의 판단이나 생각이 잘못 됐었다고 반성하면서 법에 용서를 빌어야 할 것 아닌가?"

"뭘 반성하고 뭘 용서를 빕니까? 내가 공산당에 입당했었거나 공산주의자라고 선언하지 않았으며 공산당 활동을 한 적도 없습니다. 내가 뭘 어떻게 반성하라는 말입니까?"

"살아서 감옥을 나갈 생각이라면 '북한 공산주의자들을 동족 이라고 말한 것은 불학무식한 소치였고 한때의 착각이었습니다' 라고 용서를 빌어야 된다는 말이야."

"거듭 말씀드리지만 나는 삼팔선 북쪽의 동포들을 같은 겨레 라고 말했을 뿐 공산주의자 모두를 동족이라고 말한 적은 한번 도 없습니다."

"감옥은 무서운 곳이야. 가급적이면 들어가지 않는 것이 좋 아. 햇살이 비추는 양지에서 편안하게 살아갈 생각이 있다면 지 금이라도 법이 요구하는 대로 무엇이든지 실행하는 것이 좋을 것이야."

"내가 공산주의 활동을 한 이력이 없는데도 끝내 내 주장을 빨갱이의 발언으로 둔갑시켜서 처벌을 하겠다는 말씀입니까?"

"피의자가 주장한 '북쪽 동포들도 우리와 동족'이라는 발언 자체가 공산주의자라는 분명하고 중요한 증거가 되는데 또 무엇이 필요한가? 그 발언 자체만 가지고도 피의자를 중형에 처할 수가 있다. 김우주! 너는 아주 간악한 빨갱이야."

검찰관은 자기 앞에서 용서를 빌면서 잘못했다고 반성하지 않는 김우주에게 엄벌을 내리려는 표정이고 행동이었다. 그날 충북지구 계엄보통군법회의로 끌려갔던 김우주는 여러 시간에 걸친 검찰관의 조사를 받고 다시 감옥으로 돌아왔다.

김우주가 감방으로 들어가자 곧바로 신고식이 기다리고 있었다. 하루 전 김우주와 함께 감방에 들어온 신입자 세 사람이 먼저 들어와서 징역을 사는 기결수들을 상대로 신상신고를 하는 것이었다. 첫 번째로 신고식을 하게 된 사람은 산림법 위반으로 잡혀 왔다는 서른 살 안팎으로 보이는 젊은이였다. 보통 키에다 몸이 깡마른 편이었고 어쩐 연유에서인지 한쪽 다리를 절름거렸다.

"나는 청원군 가덕면에 사는 박정로라는 사람이유. 난 내 조부님이 돌아가시면 장사를 지낼 때 쓸 관을 짤라구 우리 집 뒷산에서 자라던 한 그루의 아름드리 잣나무를 비었시유. 그런데 그게 산림법을 위반한 것이라구 산림간수들한테 잡혀 왔시유. 참말루 억울허유. 내가 내 산에다 심어서 가꾼 내 나무를 내가 비었는데두 그게 죄가 된다니 이게 도통 어떻게 된 시상일인지 모르것시유?"

신고식을 하려고 자리에서 일어선 세 사람을 빼고 고참 수감자들 모두가 까르르하고 웃음보를 터뜨렸다.

"뭐여! 자네 할아버지가 죽으면 그 시체를 넣어서 땅에 파묻을 관을 만들려고 느네 산에서 잣나무 한 그루를 벌목했다는 말이지?"

"야."

"그러니까 내가 내 소유의 내 산에서 내 잣나무를 내 맘대로 베었는데 그게 무슨 죄가 되느냐 그런 말이지?"

"야."

"자네의 말을 들어보니 나름대로 충분히 이해가 가기는 간다. 그렇다면 자네는 자네 말대로 생판 무죄여 무죄!"

어떤 수감자 하나가 나서서 조롱조로 그렇게 말하니까 감방 안 여러 수감자들의 입에서 다시 까르르하고 웃음이 터져 나왔다.

"개 상놈의 새끼 좆까고 자빠졌네. 야, 이 어버리 같은 촌놈아! 그게 어떻게 네놈의 생각대로 죄가 아니란 말이야? 느네 산에 있는 느네 나무라고 해도 관청의 허가를 받아가지고 벌목을 해야 합법이지, 그런 법규와 절차를 무시하고 네놈 멋대로 베었는데 그게 왜 죄가 안 돼? 별 개소리를 해도 너는 틀림없는 산림법 위반이니까 더도 덜도 말고 징역 일 년이다 일 년."

고참 수감자의 이야기를 듣고 난 뒤에 감방장이 상스런 말투로 징역 일 년을 언도했다.

"여보시오 감방장! 아무리 비상계엄령이 선포되어서 온갖 것들을 군인 놈들 맘대로 싹쓸이하는 세상이라고 하지만 자기네 산에서 자기가 심었던 잣나무 한 그루를 베었다고 일 년 징역을 언도하는 것은 너무 가혹하지 않소? 생판 무죄라고 볼 수는 없지만 아주 큰 죄는 아니니까 형량을 좀 에누리해 주는 것이 어떻겠소? 거 어지간하거든 삼분지 일 정도로 깎아 줍시다."

어떤 수감자가 감방장을 향해서 정식으로 건의를 하듯이 말했다.

"듣고 보니 당신 말에도 일리가 있기는 있군. 잣나무 한 그루에다 징역 일 년은 좀 심하고 무겁다 이거지."

"우리들끼린데 좋은 게 좋잖아요?"

또 다른 수감자 하나가 앞 사람의 말에 다시 종을 달았다.

"좋다 좋아. 그러면 청원군 가덕면에서 산림법 위반으로 잡혀 온 박정로에게는 대폭 감형을 해서 징역 삼 개월을 언도한다!"

감방장은 큰 선심이나 쓰듯이 산림법 위반으로 들어온 박정로에게 선고했던 일 년 징역형을 선뜻 석 달로 낮춰 주었다. 그 박정로가 자리에 앉고 두 번째 신고자로 일어선 수감자는 보은 속리산 북녘 코밑인 괴산군 연풍면 희양산 밑의 아주 후미진 산골 마을이 고향이라는 도씨 성을 가진 칠십 대 중반의 노인이었다.

"나넌 이른 봄에 우리 동네 산골짜기 막바지의 산화전 감자밭 속에다 앵속갓 씨갑 씨를 한 종지 뿌렸다가 이렇게 잡혀 왔구먼!"

어눌하고 질박한 충청북도 중부 지역 사투리에다 말투마저 기름기가 흐르듯이 느물거렸다.

"앵속갓이 뭐지요?"

새파랗게 젊은 어떤 수감자가 감방장에게 물었다.

"너는 별이 두 개씩이나 된다면서도 여태 앵속갓도 모르냐? 그 물건을 어떤 지방에서는 비상이라고 부르기도 하고 또 양귀비라고도 말하는데 통칭 아편이라고 하는 따통쟁이들의 밥이야 밥. 그래 영감은 그 앵속갓 씨를 무엇 하려고 감자밭에다 뿌렸단 말이요?"

감방장의 목소리에는 법정에 임한 재판장의 말처럼 위엄이 실려 있었다.

"우리게서는 너남웂시 봄이면 감자밭에다 배차 씨갑 씨 허구 앵속갓 씨갑 씨를 섞어서 뿌린단 말이여. 파종하구서 달소수가 지나 배차가 겉절이감이 되면 솎아내서 나물루 먹으려구 말이여. 그때쯤이면 싹이 튼 앵속갓도 대궁이 엄지손가락 굵기만큼 자라구 작은 감자 알갱이만한 대가리가 생기게 되는데 그걸 통째로 뽑어다가 처마 밑 서까래에다 매달어서 말린단 말이여. 그걸 어떻게 하느냐? 여름철은 물론이구 사시장철 때를 가릴 것 웂시 식솔들이 이질 설사를 하거나 토사곽란 같은 배앓이를 할

라치면 그때마다 무시루 앵속갓 대궁을 짤러서 삶아 멕이는 것이여······.

그 앵속갓 대궁을 푹 달인 국물을 한 종지 마시구 나면 희안하게 언제 어디가 아팠더냐는 식으루 씻은 듯이 병이 낫는단 말이여. 그게 내장에만 효험이 있는 게 아니여, 몸뎅이 거죽에 생기는 온갖 흔다나 종기에두 대궁 삶은 물을 한 모금씩 먹고 환부에다 문질러 바르면 고대 쾌차를 하니까 시상의 약 중에서 앵속갓이 선약은 참 선약이여!

인적이 드믄 산골짜기에 스머들어서 불밭을 일궈먹구 사는 화전민들이나 끈줄 없넌 부잣집의 드난살이들이 몸에 병은 났는데 손에 쥔 돈이 없어서 면 소재지에 있는 공의한테조차 갈 형세가 못될 적에 항용 조약으루 먹을라구 심는 것이 앵속갓인디 그게 죄가 된다구 그러는구먼."

도씨 노인은 자신이 못내 억울하다는 표정이 역력했다.

"영감은 정말로 양귀비가 마약이라는 사실을 전연 몰랐단 말이지?"

감방장이 도씨 노인에게 다그치듯이 말했다.

"내가 앵속갓이 마약이라는 걸 일껀 알았다면야 애시당초 뭐하러 법을 에기구서 밭에다가 심었을라구?"

도씨 노인은 감방장의 다그침을 냉파리처럼 잡아떼었다. 그러나 그 억양 속에는 어딘가 석연찮은 냄새가 풍겼다.

"시간이 걸리지만 전과를 조회해 보면 누구든지 과거의 범죄

경력이 다 드러나게 돼 있습니다. 두메산골에 있는 경찰지서의 어리버리한 순경들 눈은 속일지 몰라도 내 눈은 못 속인단 말입니다. 영감! 이번으로 마약법 위반 몇 번째요? 원산폭격을 실시하기 전에 이실직고하시오."

감방장은 도씨 노인을 지그시 흘겨보면서 흔들리는 그의 양심을 옥죄었다. 오랫동안 감옥을 자기 집처럼 들락거린 누범의 달관한 직관력이었다. 고개를 좌우로 흔들면서 한참 동안이나 참말이야! 라고 거듭 되뇌던 도씨 노인이 풀이 죽어서 그예 고개를 떨어뜨리는 것이었다.

"그렇게 묻는 감방장이야말루 이번에 몇 번째루 들어왔간디?"

도씨 노인은 자신의 범행을 실토하기 이전에 상대방의 전과 경력부터 확인하고 싶은 모양이었다.

"물귀신 작전으로 나오시는구면! 내 감옥 경력부터 알고 싶다 이것이지? 좋소. 나는 이번으로 별이 모두 아홉 개가 됐소. 숙박비가 걱정이 없는 국립호텔에서 징역을 산 세월을 모두 합치면 한 이십오륙 년쯤 될라나."

"지금 감방장 나이가 얼만디?"

"내 나이가 얼만지 그것마저도 알고 싶다는 말이지? 좋시다! 까짓 영감님에게 내 나이쯤 공개한다고 해서 손해 볼 일이 뭐가 있겠소. 열세 살 먹던 해에 처음으로 동네 저자거리의 점방에 들어가서 용용이 거리를 얌생이하다가 잡혀서 소년원에 들어갔으니까 어디 잘 계산해 보시오?"

감방장의 거침없이 쏟아내는 고백을 들은 도씨 노인은 그때서야 얼굴을 환하게 펴면서 입을 열었다.

"미안혀. 감방장만은 못하지만 나두 이번으루 감옥에 들어오는 게 여섯 번째일세. 첫 번째는 아까 말한 대루 앵속갓을 배차 씨 하구 섞어서 감자밭에 뿌렸다가 일본 순사놈들에게 들키는 바람에 감옥에 들어가서 넉 달 징역을 살았다네. 감방장이 생각 하넌 것처럼 아편쟁이들한테 팔어서 가용 돈을 융통할 요량으로 그랬던 것은 아니여. 실지루 가솔들이 아플 때 조약이나 하려구 심었던 것인디, 그것으루 마약 전과자가 되구 나니까 너무 억울하더란 말이여. 그래서 그 이듬해에는 오기루 다시 한번 더 많이 심었지. 그런데 어느 쥐일 나무꾼 눔덜이 또 군청에 댕기는 산림간수들한테 찔러 박었지 뭐여. 두 번째는 열 달, 세 번째는 삼 년, 그렇게 감옥과 집을 왕복하다 보니까 이번이 어느덧 여섯 번째여."

"그러면 지금 고향 집에는 가족들 가운데서 누가 살고 있소?"

"집이 어디 있구, 살긴 누가 살어? 고향에 가 봐야 아무두 읎지. 처자식 같은 식솔들이 있다면 낫살이나 먹은 늙은 눔이 누 범이 되었을라구. 젊어서 감옥을 나와 잠시 객지를 싸돌아다닐 때 다리 한쪽을 저는 부실한 아낙네를 우연히 만나서 몇 해 동안 한 이불을 덮구 지내기는 했는디, 그 여자두 네 번째 징역을 살구 나가니까 이미 어디룬가 종적을 감춰 버리구 말었드라구."

도씨 노인이 허탈한 표정으로 말했다.

"모두들 들었지요? 좌우간 내 눈은 아무도 못 속입니다. 내가 신참들의 죄명과 범행동기 같은 전후사정을 상세하게 청취한 뒤에 내리는 판결은 진짜 판사들이 내리는 실제 판결하고 별반 차이가 없다 이런 말씀이야."

감방장은 수감자들의 범죄행위에 대한 자기의 판단이 누구보다도 출중하다는 듯이 아주 의기양양하게 말했다.

"그럼 이번에 내 징역은 을매나 될까?"

"이번에도 마약법 위반이요?"

"아니여, 이번에는 절도지. 여러 달 전에 김천감옥에서 만기루 석방이 되었지만 날은 춥구 수중에 돈은 읎구 갈 곳이 있어야지. 서너 달가량 이곳저곳을 풍찬노숙으루 떠돌면서 목구녕을 구걸하자니까 산다는 게 너무 고역이구 힘이 들더라구."

"그래서 이번엔 국립호텔로 자원해서 들어오셨구면."

"별 수 있어야지. 벌건 대낮에 사람들이 북적거리넌 저자거리의 어떤 잡화 가게루 들어가서 주인이 멀건이 바라보구 있는 가운데서 값나가는 물건 몇 점을 주섬주섬 들구 나왔지 뭐."

"알겠소. 이번에야말로 감옥에서 죽어서나 나갈 것이니 더 이상 살아가는 걱정은 하지 않아도 될 겁니다."

일흔다섯 살의 의지가지없는 노인, 전과 육범의 늙은이가 이제 마지막 징역살이를 자청해서 들어왔다고 실토하는 것이었다.

"마지막 신고자는 당신이야!"

감방장은 신고를 마친 도씨 노인이 방바닥에 털버덕 주저앉자 김우주를 바라보며 말했다.

"나는 내토에 사는 김우주라고 합니다."

"김우주라, 이름은 그럴듯한데……. 여긴 무슨 죄목으로 들어왔나?"

"병역법 위반으로 경찰에 잡혀 왔었지만 나중에 국가보안법이 추가됐습니다."

"오오라! 그럼 그 흔한 병역기피자로군. 혈기방장한 애국청년들은 북한 괴뢰도당들이 호시탐탐 남침을 노리는 삼팔선을 굳게 지켜야 한다면서 자원입대도 한다고 하는데 그 신성한 병역의무를 기피하다니, 당신 신체장애자야? 아니면 군대에 못 갈 어떤 사정이 있었나?"

"이것도 저것도 아닙니다."

"그럼 무슨 이유로 병역을 기피한 거야?"

"그냥 기피자로만 알아둡시다. 더 자세한 내막까지 이 자리에서 꼭 밝혀야만 합니까?"

"입을 열기가 도통 귀찮아?"

"붙잡혀온 뒤에 경찰과 검찰에 불려다니면서 똑같은 취조를 하도 여러 번이나 받고 나니까 이제는 그 얘기를 꺼내기가 아주 지겨워서 그렇습니다."

김우주가 눈살을 찌푸리면서 말했다.

"언제까지가 될는지 모르지만 같은 감방에서 함께 생활해 나가는 감옥의 동지들에게 그런 정도의 이야기도 들려주기 싫단 말이야?"

"그렇게까지 몰아붙인다면 굳이 말 못할 것은 없지요."

"그러니까 말을 해보라구!"

감방장은 끝내 김우주의 사연이 듣고 싶은 모양이었다.

"지난해 가을입니다. 현역병으로 입대하라는 징집영장이 나오지 않았겠습니까? 그런데 영장을 받아놓고 가만히 생각해 봤습니다. 대체 언제 끝날지 모르는 남쪽과 북쪽 민족 간의 대결을 우리는 왜 계속하고 있는 것인가? 멀쩡한 한반도의 우리 국토가 왜 남과 북으로 갈라졌으며 같은 우리 민족끼리 무슨 철천지 원한이 있었다고 총부리를 마주대고 싸우는 것인가?"

"당신 지금 무슨 주문을 외우고 있는 거야?"

감방장이 마땅치 않다는 듯이 빈정거렸다.

"이야기를 하라고 강요해 놓고서 윽박지르는 경우는 또 뭡니까?"

"무슨 서론이 왜 그렇게 길고 복잡하냔 말이야?"

"복잡다단하더라도 좀 들어 보십시오. 여러분들도 잘 아시는 일이지만 일본 제국주의자들이 우리나라를 침략해서 강압적으로 삼십육 년 동안이나 식민통치를 했을 뿐 아니라 아시아의 맹주가 되려고 태평양전쟁을 일으켰다가 미국에게 패하면서 을유년에 조선민족이 해방되지 않았습니까?"

"그렇지."

"악랄한 일본놈들이 물러갔으니까 그렇다면 우리 조선은 그야말로 민족해방이 되고 자주독립이 됐어야 할 것 아닙니까?"

"그렇지, 당연히 독립이 됐어야지."

"그런데 일본군이 물러간 조선반도의 남쪽과 북쪽에 누가 들어왔습니까? 우리 민족이 생전에 알지도 못하고 본 적도 없는 코 큰 미군하고 소련군이 점령군으로 진주하지 않았습니까?"

"그렇지."

어떤 수감자가 계속 맞장구를 쳤다.

"당신은 뭘 조금 아시네요. 그런데 그 뒤에 어떻게 됐습니까? 여러분들이 유리알처럼 더 잘 아시지 않습니까. 남쪽은 미군들의 조종을 받는 민주주의 정부가 들어섰고 북쪽은 소련군의 조종을 받는 공산주의 정부가 들어서지 않았습니까?"

"당신의 이야기가 옛날소설같이 아주 재미있습니다. 계속해 보시오."

아까 그 수감자가 말했다.

"그런데 소련과 중공의 지원을 받은 북쪽 공산군들이 어느 날 소리 소문도 없이 우리가 살고 있는 남쪽 땅으로 쳐내려오지 않았습니까? 같은 동포들이 평화롭게 사는 남쪽을 불법으로 남침했다는 말입니다."

"암 그래서 공산당들은 철천지원수이고 악질인 것이야."

감방장이 말했다.

"침략을 받은 남쪽의 국방군은 즉각 한반도에 투입된 연합군과 합세하여 남침한 공산군들을 물리쳤습니다. 그리고 사 년 가까이 계속됐던 전란은 휴전이 되었습니다. 그렇지만 지금도 남쪽과 북쪽은 휴전선에서 계속하여 무력으로 대치하고 있습니다.

그런데 중요한 것은 전란이 일어나기 이전에 우리 남쪽과 북쪽에 살았던 조선민족끼리는 아무런 원한이 없었다는 사실입니다. 우리 생각해 봅시다. 있습니까? 없습니까? 전혀 없잖아요? 그렇게 우리 민족끼리는 아무런 원한이 없는데 강대국들이 만들어 놓은 공산주의와 민주주의라는 이데올로기, 그 개도 안 물어가는 사상 문제 때문에 같은 민족이 남쪽과 북쪽으로 갈라져서 원수니 악수니 하며 지금까지 싸우고 있는 것입니다.

사실 따지고 보면 우리 민족은 그 공산주의나 민주주의라는 이념과는 아무런 관련이 없습니다. 해방 직전의 통계를 보면 이천만 조금 넘던 조선인구 가운데 낫 놓고 기역 자도 모르는 문맹이 무려 구 할이 넘었다고 합니다. 그 무지몽매한 사람들이 이데올로기가 뭔지 사상이 뭔지 알기나 했겠습니까? 그러니까 지금 우리 민족은 강대국들이 만들어 놓은 민주주의와 공산주의라는 사상의 함정에 빠져서 수십 년 동안이나 뜻도 모르고 영문도 모른 채 동족끼리 편싸움을 벌이면서 허우적거리고 있다는 사실입니다.”

“당신 지금 무슨 이야기를 하고 있는 거야?”

감방장이 다시 말꼬리를 잡았다.

"공연한 성깔 부리지 말고 잠자코 내 이야기를 더 들어 보시오. 우리 민족은 하루빨리 이런 강대국의 조종에서 벗어나야 된다는 말입니다. 올바른 생각을 가진 젊은이들은 이런 휴전상태를 저주해야 하고 지속되고 있는 전쟁행위를 규탄해야 된다고 생각합니다. 그런 분명한 생각을 가졌기 때문에 나는 정정당당히 입영을 거부했던 것입니다."

"군대에 가기가 싫고 겁나기 때문에 병역기피를 했다고 한마디로 말하면 될 일인데 그렇게 빙빙 돌려서 복잡하게 이야기를 둘러댈 게 뭐야?"

역시 감방장의 말이었다.

"그런데 저 사람의 말 가운데서 병역기피가 아니라 입영거부라는 말이 나왔었지. 그 '병역거부'라는 말은 그야말로 생판 처음 들어보는데……."

다시 어떤 수감자가 말했다.

"병역기피가 아니라 입영거부라고? 그야말로 생소한데. 국가보안법이 그래서 추가로 적용된 모양이군."

또 다른 수감자가 말했다.

"맞아, 그거 아주 맹랑한 말이로군. 대한민국 국민이 삼대 의무의 하나인 군 입대를 어떤 사정 때문에 일시적으로 기피한다는 것은 어느 정도 이해가 가는데 동족에게 총부리를 겨눌 수가 없다면서 입영을 거부했다는 것은 말도 안 되는 억지지. 북한 공산도당이란 우리 대한민국을 침략한 철천지원수인데 그들이 무슨 놈의 동족이야? 그런 공산당들을 쳐부수는 군대에 입대하지 않았으니까 당신은 사상이 의심스럽단 말이야. 두말할 것 없이 공산주의자 취급을 받아야지. 감옥에 들어오는 게 너무도 당연하단 말이야."

감방장이 흥분된 어조로 말했다.

"지금 당신이 한 말이 제정신으로 한 말이야?"

그 밖의 다른 수감자들까지도 감방장의 흥분에 맞장구를 치면서 김우주를 바라보고 험악한 인상들을 썼다.

"무슨 법을 위반해서 감옥에 들어왔느냐고 종주먹을 대 놓고서 사실대로 말하는 사람에게 그렇게 흥분들을 하고 야단법석을 치는 건 또 무슨 경우입니까? 나 참 알다가도 모를 일이네."

김우주가 점잖게 대꾸했다.

"우리가 흥분하는 게 이상해? 당신의 말이 사실이라면 당신은 엄벌에 처해야 마땅하다고. 우리 대한민국은 엄연히 반공을 국시로 하는 민주국가인데 공산주의자들을 동족이라고 말하는 사람을 어떻게 처벌하지 않는단 말인가? 여러분들 안 그렇소?"

감방장이 다시 동의를 구하듯이 말했다.

"글쎄 내가 공산주의자인지 아닌지, 그리고 내가 벌을 받게 되는지 안 받는지는 앞으로 재판정에서 법관들이 분명하게 판결해 줄 일이니까 여러분들은 남의 일에 지나치게 흥분들은 하지 마십시오. 제발 부탁입니다."

김우주가 다시 말했다. 그러나 감방장을 비롯해서 거의 모든 수감자들은 북쪽 동포들을 같은 민족이라고 말하는 데 대해서 무서운 적개심을 가지고 있었다. 이것은 국민들이 오랜 세월 동안 반공방첩과 북진통일이라는 정권 이데올로기에 순치되었기 때문이었다.

한반도에서 수천 년 동안이나 함께 살아온 한민족이 우리들 자신이고 우리의 동배라는 사실은 애초 까맣게 잊고 있었다. 더구나 도둑질이나 사기 강간 횡령 같은 파렴치한 반사회적 범죄를 저지르고 감옥에 들어왔으면서도 국가관이나 애국심은 누구보다 투철하다는 듯이 으스대는 행동들이 정말로 가소로웠다. 김우주는 외로운 섬에 갇혀 있는 것 같았다.

"우리들이 일방적으로 그렇게 몰아붙일 일만은 아닌 것 같습니다. 저 사람의 이야기를 들어 보니까 정말로 일리가 있습니다. 우리야 가방끈이 짧고 불학무식해서 잘 모르지만 민주주의 국가에서 국민에게는 의무도 있고 권리도 있다는 것 아닌가요? 입은 가로 찢어졌더라도 말은 바로 하라고 했는데, 입영을 거부하면 처벌을 받는 줄 뻔히 알면서도 그렇게 했다니까 나는 저 사람의 주장도 일리가 있다는 생각이 들어요. 우리 조선의 역사는 오천 년이고 이 땅에 살고 있는 사람들은 모두가 같은 백의민족이라고 어릴 때부터 귀가 따갑도록 들어오지 않았습니까?

삼팔 이북인 북한 땅에 살고 있는 사람들도 정확하게 말한다면 우리와 동족이고 한겨레인 것은 분명하다는 생각이 듭니다. 안 그렇습니까?"

어떤 나이 지긋한 수감자 한 사람이 좌중을 휘돌아보면서 김 우주의 말에 동조를 하고 나섰다.

"당신, 감옥으로 넘어오기 전에도 경찰 조사를 여러 번 받았 었지?"

감방장이 다시 우주에게 물었다.

"물론이지요. 경찰에서도 여러 차례나 조사를 받았고 오늘도 계엄사령부에서 운영하는 보통군법회의에 나가서 담당검찰관에 게 조사를 받고 방금 돌아오지 않았습니까?"

"오늘도 그때와 똑같이 진술을 했소?"

"당연하지요."

"그렇다면 당신의 징역살이는 엄청나게 길어지겠는데."

감방장이 다시 경력자답게 말했다.

"길어지든 짧아지든 주사위는 이미 던져졌으니까 할 수 없는 일 아닙니까? 난 입영거부가 합법이라거나 죄가 될 수 없다고 주장하는 사람은 아닙니다. 미안하지만 입영을 거부한 것은 내 소신이었으니까요."

"당신이 그렇게 당당하게 진술하니까 조사하는 경찰관이나 검찰관의 반응은 어땠습니까?"

"설사 그런 주장을 가지고 입영을 거부했었더라도 조사를 받으면서까지 그렇게 곧이곧대로 당당하게 진술할 필요는 없다는 말이었습니다."

"그래서 오늘 검찰관에게는 뭐라고 진술을 했소?"

"뭐라고 말했느냐고요? 더 빼지도 더 붙이지도 말고 내가 진술한 그대로만 조서에 기록해 달라고 말했습니다."

"도대체 당신 뒤에는 얼마나 큰 빽이 있기에 그런 똥배짱을 부립니까?"

감방장은 김우주의 발언을 자기 멋대로 폄하해서 말했다. 우주는 아주 기분이 나쁘고 우울했다.

"돈이 있거나 빽이 있었다면 이 구린내 나는 감옥까지 잡혀 왔겠습니까? 그런데 감방장은 남의 소신을 왜 똥배짱이라고 비난하고 몰아세웁니까?"

"그럼 그게 소신이란 말이요? 지금같이 비상계엄령이 선포되고 군인들이 모든 것을 싹쓸이를 하는 세상에서 힘없는 서민들이 소신을 펴다가는 온몸에 피멍이 든다는 사실을 알아야지."

감방장은 감방이 떠나갈 만큼 큰 소리로 떠들었다. 감방 안이 갑자기 조용해졌다. 수감자들은 모두가 파렴치한 잡범들이었지만 누범들이기 때문에 법이나 재판에 대해서는 검사나 판사 또는 변호사 같은 전문가들 못지않은 상식을 가지고 있다고 자부하고 있었다.

"그래 앞으로 재판에서는 어떻게 대처할 생각이요?"

감방장은 자기가 모든 피의자들의 후견인이라도 되는 것처럼 아주 의젓하게 물었다.

"알다시피 감옥에 넘겨져서 처음으로 계엄군법회의 검찰관에게 불려가서 조사를 받았습니다. 그런데 그 검찰관이 나를 공산주의자로 엮어 넣으려고 시종 안달이었습니다. 나름대로 건수를 올리겠다는 계산이 분명했습니다. 그러나 나는 그들의 어떤 회유나 협박이 가해지더라도 내 소신과 주장을 뒤집을 생각은 없습니다."

"고집불통이로군."

김우주가 거듭 소신대로 분명하게 말하자 감방장도 더 이상 그 문제로 왈가왈부하고 싶지 않은지 그만 입을 다물었다. 그때 도씨 노인이 감방장을 바라보면서 나지막한 음성으로 입을 떼었다.

"왜 그 청년을 욱박지르구 야단들이여! 내가 듣기루 그 청년의 말이 하나두 틀린 데가 없더구먼. 아 돈 있구 빽 있는 사람들은 군대를 안 가구두 적당하게 네 활개를 치구 사는 시상인데 분명히 동포들을 동족이라구 말하구 동족이기 때문에 총부리를 들이댈 수가 없어서 군대를 안 갔다는 말은 증말루 옳은 말이구 또 일리두 있단 말이여. 옛날부터 우리 조선 땅에 살구 있는 사람덜은 모두가 같은 백의민족이라구 했으니까 그 말이 동족이란 말이 아니감? 너남없이 우리 모두가 부끄러운 죄를 짓구서 감옥에 들어온 주제에 뭐가 잘난 데가 있다구 왜 그 깨끗한 청년한테 달겨들어서 짓까불구 못살게 굴구 야단들이여!"

도씨 노인은 역정을 부리듯이 말했다. 그때부터 감방장을 비롯한 모든 수감자들이 김우주의 병역거부 문제에 대해서 입을 다물었다.

그날 밤 우주는 집에서 잡혀온 뒤 오랜만에 단잠을 잤다. 경찰서 유치장에 수감돼 있던 한 달 이상의 긴 날들에는 단 하룻밤도 편하게 잠을 이룰 수가 없었다. 밤마다 유치장 안에서는 피의자들이 술을 마시고 소리를 질러대며 술주정을 벌이는 등 폭력사태가 그칠 날이 없었지만, 원리원칙대로 한다고 큰소리를 치던 내토경찰서 유치장 간수 최 순경의 엄포는 피의자들로부터 뒷돈을 얻어먹겠다는 귀띔이나 다름없었던 것이다.

돈 가진 유치인들에게서 얼마나 푼돈을 받아먹었는지 수사과로 면회를 나갔던 유치인들이 술과 담배를 마구 유치장 안으로 숨겨 들여오도록 눈감아 줬을 뿐 아니라, 면회를 가장하여 유치인들을 초저녁에 바깥으로 내보냈다가 새벽녘에야 되돌아오게 하는 기이한 행태까지 벌였던 것이다. 그야말로 경찰서 유치장이 피의자들을 일시 가둬두는 곳이 아니라 권력과 돈을 가진 사람들의 치외법권 지대나 다름없었던 것이다.

그런데 김우주가 막상 감옥으로 넘어와 보니 경찰서 유치장보다는 한결 질서와 규율이 잡혀 있었다. 행형 질서가 엄격했지만 수형자들 누구나 똑같은 대우와 규제를 받았으므로 개인적으로 불만이 표출될 수가 없었다.

그러나 정치인이나 고급 관리, 또 돈 많은 경제인들은 엄청난 범법을 하고 감옥에 들어왔는데도 호텔 수준의 특별감방에 따로 수감돼 있었다. 같은 지붕 아래 있었지만 그들은 딴 세상을 살고 있었다. 일반 죄수들과는 수형환경 자체가 판이하게 달랐던 것이다.

감옥 안에다 그런 특수시설을 만들어 놓은 것은 정부의 의도된 탈법이나 다름없었다. 그것은 정부가 일본 제국주의 식민통치시대의 행형 제도를 그대로 답습하겠다는 선언이나 다름 아니기 때문이었다. 범법을 하고 감옥에 들어왔다가 나간 전과자들이 유전무죄요 무전유죄라는 불만과 비난을 내뱉는 원인의 하나도 바로 그 때문이었다.

그러나 평범하게 징역을 살고 있는 보통의 수감자들은 이런 감옥 안에 자리 잡고 있는 행형의 불평등에 대해서는 시비를 걸거나 불만을 호소하지 못했다. 왜 입을 닫았을까? 그것은 자기들이 저지른 범죄행위에 대한 수형 자체로도 벅차고 힘들기 때문이었다.

일반 감옥에서는 아침 점심 저녁 하루 세 끼의 식사시간이 되면 똑같은 분량의 밥을 줬고 예정된 시간이 되면 전등불이 저절로 꺼지면서 누구든 눈을 감고 잠을 자야만 했었다. 이런 평범한 생활규칙들이 무질서한 경찰서 유치장에서 오랫동안 몸과 마음이 찌들었던 김우주에게는 그나마 다행스런 일이 아닐 수 없었다. 제기랄! 징역살이가 무섭다는 감옥이 오히려 경찰서 유치장보다 편안하게 여겨지다니…….

우주는 지그시 눈을 감고 낯모르는 죄수들과 등을 대고 누워 이런저런 생각에 잠겼다. 지금 어머니는 미거한 자식 생각에 얼마나 마음을 졸이시면서 잠을 이루지 못하실까. 아버지가 작고 하신 뒤에 몇십 년 동안을 홀로 살아오신 어머니가 이번에는 아들의 병역거부 문제로 또다시 고통을 겪으시게 되었으니 자신이 저지른 불효에 저절로 눈시울이 젖어왔다.

'내가 현역병 징집영장을 받고 군소리 없이 입대했더라면 어머니에게 이런 고통을 드리지는 않아도 됐을 일인데…….'

3. 수자리

　얕은 산봉우리를 감아 흐르던 능선이 남쪽으로 비켜서면서 잘록하게 고개를 숙인 지점에서부터 꽤나 펑퍼짐한 분지가 시작되고 있었다. 그곳에도 어쩌면 마을이 있을 것 같았지만 민가들은 전혀 눈에 뜨이지 않았다. 대신 지붕에 이엉을 얹은 나지막한 여러 채의 붉은 흙벽돌 건물이 학교 교실처럼 동쪽과 서쪽으로 가지런히 열을 지어 앉아 있었고, 그 한가운데는 넓은 연병장이 펼쳐져 있었다. 그러니까 분지에 들어선 건물은 군부대 막사였다. 가까운 사격장에서 들려오는 포탄 터지는 소리가 펑 펑! 산골짜기를 울렸다.

　그때 군용 지프 한 대가 뽀얀 먼지를 일으키며 부대 연병장 안으로 미끄러지듯이 들어왔다. 지프가 막사 건물 앞에 멈추자 자동차의 소음을 들었는지 새파랗게 젊은 초급 장교 한 사람이 건물 안에서 황급히 뛰어나왔다. 그리고 차렷 자세를 취함과 동시에 지프를 향해서 거수경례를 올려붙였다.

"노면이 엉망인 신작로를 달려오시느라고 얼마나 피곤하십니까?"

장교가 입은 군복 저고리와 모자에 달린 다이아몬드 계급장이 햇빛을 받아 번쩍번쩍 빛났다.

"안녕하세요. 김 중위님! 부대에는 별일 없지요?"

인사를 받으며 지프에서 내리는 사람은 뜻밖에도 군인이 아니라 젊고 아름다운 여인이었다. 삼십 대 중반이나 후반으로 보이는 여인의 몸에서는 짙은 향수 냄새가 풍겼다. 진보라색 투피스에 미색 바바리코트를 입었으며 목에는 연분홍 스카프를 두르고 있었다. 큰 키에 얼굴이 희고 목이 길어서 참으로 아름답게 생긴 미인이었다.

"연대장님은 지금 예하 부대를 순찰 중이십니다."

부관인 김 중위가 여인을 향해서 말했다.

"그렇습니까?"

"사모님께서는 우선 연대장실에서 휴식을 취하고 계십시오. 제가 연대장님께 무전을 치겠습니다."

"해가 떨어지기 전에 다문장터로 나가야 하니까 되도록이면 빨리 연대본부로 귀대하시라고 연락을 하세요."

여인의 목소리는 차갑고 날카로웠다.

그때 연대본부 행정반 막사 앞에서는 십여 명의 병사들이 야전삽을 손에 들고 화단가꾸기 작업을 하고 있었다. 꽃밭 주위로 자연석들을 모아 쌓으면서 어디서 가져왔는지 모를 꽃모종들을 심고 있었다. 병사들은 지프에서 내리자마자 곧장 연대본부 건물로 들어가는 여인을 부럽고 선망어린 시선으로 바라보고 있었다.

"저 깔치 누구야? 되게 미인이네?"

"이런 전방의 으스스한 군부대까지 군용 지프를 타고 나타나는 여자라면 누굴 것 같으냐? 척하면 알아봐야지."

"그러니까 말이야?"

"너도 고문관 다 됐구나! 우리 연대장의 어 부인이시다 어 부인."

"뭐야? 김 대령에게 저런 예쁜 마누라가 있었어?"

"연대장이 대위로 원주 일군 사령부에 근무할 때 결혼한 부인이래. 옛날 부인과는 헤어지고 명문대학 가정과 출신인 저 여자와 재혼했다는 것이야."

"연대장은 지금 나이가 얼마쯤 됐을까?"

"우리가 보기로는 사십 대 초반은 됐을 것 같은데……."

"참말로 군대가 좋고 계급이 좋다. 불학무식한 보병 대령에게 명문대학 출신의 삼십 대 여인이라. 개발의 편자는 아닌가?"

"부인이 부대에 나타나면 연대장이 부인의 눈치를 보면서 설설 긴다더라……."

"무식한 데다 나이까지 먹은 장교가 아름다운 대학 출신의 젊은 여자와 재혼을 할 때는 그런 각오야 당연히 했을 것 아니겠냐?"

"그것까지는 좋은데……. 병역의무를 이행하겠다고 군대에 들어온 남의 집 귀한 자식들을 자기의 개인사업장인 벌목장과 숯가마로 내몰아서 노예처럼 중노동으로 부려먹는 것은 무슨 악질적인 심보지?"

"야! 너 말 좀 조심해라. 연대장 귀에 들어가기라도 하는 날에는 골로 간다. 너 김대풍 대령이 보기보다 대단히 무서운 사람이라는 소문이더라."

"내가 없는 말을 꾸며내서 헐뜯는 것은 아니잖아?"

"그러니까 이제 그 입 좀 닥쳐라. 네가 여기서 울화통을 터뜨린다고 해서 달라지는 것은 하나도 없으니까……."

그렇게 병사들이 중구난방으로 수군수군 떠들어대고 있을 때 사병들을 인솔하고 미화작업을 감독하다가 말없이 사라졌던 연대본부 인사계 이 상사가 허리춤을 추스르면서 천천히 걸어왔다. 아마도 화장실에 다녀오는 것 같았다.

"인사계님! 묘령의 귀부인이 방금 연대본부 넘버 투 지프에서 내리는 것 같던데 도대체 이 척박한 전방의 병영에 나타난 저 리즈 테일러를 찜 쩌 먹을 만큼 아름다운 여인은 누구입니까?"

"야! 너희들도 익히 잘 알면서 느닷없이 무슨 소리야? 오늘 연대장 깔치가 온다고 했잖아."

이 상사가 오른손을 치켜들더니 새끼손가락을 까닥해 보였다.

"나는 처음 보는데, 겁나게 미인이던걸요?"

"너는 처음 본다고? 처음이고 두 번째고 일체 관심을 꺼라 꺼. 곰보면 어쩌고 절세가인이면 어쩔래? 이 정신 빠진 녀석들이 새까만 졸병 주제에 감히 하늘같은 연대장의 깔치에게 흑심을 품어!"

인사계 이 상사는 절대로 범접해서는 안 될 금기라도 된다는 듯이 코까지 벌름거리면서 능청거렸다.

"인사계님! 필경 오늘밤 연대장 숙소에서는 불이 나겠지요?"

"불! 당연하지. 불이 나기는 나는데 부대 안의 연대장 숙소가 아니라 다문 장터의 여관방에서 날 것 같구나. 아까 연대장이 예하 부대로 진지순찰을 나가는 걸 봤는데 부대로 돌아오면 곧바로 깔치하고 다문장터의 단골여관으로 나갈 것이 틀림없다."

"부대 안에 있는 연대장의 숙소가 다문장터의 여관방만 못한 모양이죠?"

"당연하지. 막사도 옛날에 사병들이 손수 엉터리로 지은 것이지만 상수도 시설이 안 돼 있고 침구 시설이 불편하기 때문인지 연대장 부인은 부대에 올 때마다 다문장터로 나가서 여관잠을 자고 간다더라."

"부대 안의 모든 장병들은 똑같은 막사에서 자고 먹고 생활하는데 자기만 중뿔나게 놀 게 뭐람."

"임마! 연대장 깔치잖아?"

연대본부 앞 화단의 미화작업을 하던 병사들과 감독관으로 나온 부사관이 그렇게 허튼 수작들을 부리고 있었다.

"그건 그렇고 참 인사계님! 들리는 소식통에 의하면 내일 우리 부대로 보충병들이 무더기로 전입한다던데 그게 사실입니까?"

"이미 너희들도 알고 있었구나! 벌목장에 투입될 대체병력이니까 한 육십여 명 올걸."

"논산훈련소에서 바로 옵니까? 병과학교를 수료한 특기병들입니까?"

"야 임마! 병과학교를 수료한 특기병들이 왜 집단으로 전방부대로 오겠냐? 논산훈련소에서 사 주 간의 전반기 훈련을 마친 작대기 두 개에 공 하나인 일일공 소총수 주특기를 가진 신병들인데, 좀 특수한 병력들이지."

"특수하다니요?"

"너희들이 그것까지 자세하게 알 필요는 없잖아?"

"우리는 좀 알면 안 됩니까?"

"이 새끼들 참 끈질기게 보채네. 암튼 입대하기 전 사회에 있을 때는 공안당국의 골치깨나 썩이는 존재들이었다는 것만 알아두면 돼."

"그럼 전원이 정치범들입니까?"

"한때 시국사범들이었다는 것이지."

"남한산성 빨깐 출신들입니까?"

"아니야. 대학 때 시위를 벌이다가 처벌을 받았던 대학생들이거나 국가보안법이나 반공법 위반으로 빨깐에 갔었던 세칭 시국사범들이지."

"그럼 빨갱이 사상을 가졌던 불온한 사람들 아닙니까?"

"시국사범이라고 무조건 사상이 불온한 사람들은 아니야."

"거의가 시위를 일삼던 학생들이고 처벌을 받았던 사람들이라면서요?"

"좌우간 대학 캠퍼스를 뛰쳐 나와서 한때 풀뿌리 민주주의를 외치고 진정한 자유를 달라고 주장하면서 정부당국을 골치 아프게 만들었던 친구들인 것만은 사실이지만 그렇다고 사상이 불온한 공산주의자들은 아니야."

"이미 우리 부대로 전입특명이 났습니까?"

"그럼. 특무대에서는 병력이 도착하거든 곧바로 연락하라고 지시전화까지 왔다고 하더라."

"그 병력들은 보나마나 벌목장으로 들어가겠군요?"

"당연하지. 그동안 벌목장에 들어가서 일 년 가까이 중노동을 한 병사들을 이제는 다른 곳으로 빼줄 때가 됐잖아?"

"그 신병들도 신세 고달프게 됐습니다."

"그러니까 연대참모부 행정반에서 근무하고 있는 너희들은 농땡이 부리지 말고 성실하게 군대생활을 해야 된다는 말이다!

벌목장이나 숯가마에 들어가서 중노동으로 죽사리를 치는 불쌍한 병사들에 비하면 너희들의 군대생활은 정말로 신선놀음이나 다름없으니까 말이다."

"각종 현안처리 때문에 밤잠을 제대로 못 자가면서 통상업무에 시달리고 있을 뿐 아니라 오늘처럼 사흘도리로 미화작업이다 뭐다 해서 사역에 동원되는 우리들인데도 그게 신선놀음입니까?"

"행정반에서 문서를 끼적거린다는 구실로 매일 처먹고 노닥거리기만 하는 주제에 화단에 꽃을 심는 미화작업을 노동이라고 생각하는 모양이구나? 내가 보기로 그것은 노동이 아니라 가벼운 운동이야 운동."

"우리는 어떤 군인들보다도 열심히 복무하는 군대생활인데 왜 신선놀음처럼 노닥거린다고 생각하십니까? 우리들도 우리에게 부하된 임무를 차질 없이 수행하는 국군병사들입니다."

"너희들이 열심히 복무하고 있다고?"

"인사계님은 우리를 너무 과소평가하십니다."

"정말로 웃기고들 자빠졌네."

그렇게 병사들과 잡담을 벌이던 인사계 이 상사가 사역작업의 종료를 선언하면서 인사과 행정반으로 들어가 버리자 각 참모부에서 차출돼 나왔었던 사역병들도 하나 둘 흩어져서 자기들이 소속된 행정반이나 내무반으로 빨려 들어가 버렸다.

어느덧 햇살이 서녘으로 빗기면서 스산한 전방의 병촌에 스멀스멀 어둠이 내리기 시작했다. 김대풍 대령은 예하 부대 진지 순찰을 마치고 연대본부로 돌아오자마자 연대장 별실에서 기다리고 있던 아내를 지프에 태운 뒤 손수 차를 몰고 이내 부대를 떠나 다문장터로 향했다.

"그래 그동안 별일 없었지요?"

김 대령은 오랜만에 집을 떠나서 전방의 부대로 남편을 찾아온 아내를 만나자 싱글벙글 얼굴에 웃음이 가시지 않았다.

"아이들도 공부 잘하고 다 괜찮아요. 당신도 별일 없었지요?"

"보시다시피 나야 특별한 일이 없이 잘 지냈었지."

"얼굴이 좀 탄 것 같은데요?"

"아니야 타긴 어디가 타. 지난 주말에 야전군사령부의 지휘검열이 있어서 그 준비를 하느라고 좀 바빴을 뿐이야."

"야전군사령부의 지휘검열이라면 부대에서 제일가는 큰일이지 그보다 뭐가 더 큰일이 있어요."

"하긴 큰일은 큰일이었지."

"그래 아무런 지적사항 없이 잘 넘어갔어요?"

"그럼. 내가 누군가?"

"너무 자만하지 마세요. 당신만 못한 지휘관들이 있겠어요? 후방에 근무하는 수많은 대령들이 너도나도 전방의 연대장 자리를 차지하려고 군침들을 삼키고 있을 테니까 당신은 항상 자리보전에 신경을 쓰셔야만 합니다."

"좋은 충고야. 특히 연초에 새로 승진하는 대령들이 전방부대의 연대장 자리를 차지하려고 전방위로 로비를 하고 난리들을 치니까 말이야. 보병 장교들은 누구든지 대령으로 승진을 하게 되면 일단은 연대장 경력을 가져야 다음에 스타로 승진할, 말하자면 별을 달 우선순위에 들어가니까 말이야."

"그래 지휘검열이 끝나고 검열관들은 잘 대접을 했어요?"

"아무렴. 검열을 일사천리로 마무리한 뒤에 검열관들을 몽땅 다문장터에 있는 큰 색시 집에다 집어넣고 밤늦도록 코가 비틀어지게 먹여 보냈는걸."

"그깟 술만 먹여서 돼요? 돈도 집어주고 그리고 또 있잖아요."

"당연히 그거야 뒤따라야지."

"그런 걸 잘해야 검열 준비를 잘했다고 칭찬을 받는 것입니다."

"이 사람이 이제는 모르는 것이 없어."

"나도 알만한 것은 다 알아요! 좌우간 말이 나왔으니까 말인데 당신은 남자이면서도 너무 배포가 작고 손이 작아요."

"내가 배짱이 너무 작은가?"

"지난번에 국회 국방분과위원들이 연대시찰을 나왔을 때 말입니다. 여자들이 있는 요리집에 가서 푸짐하고 융숭하게 대접을 해야지 그게 뭐에요! 그래서야 되겠습니까? 어깨에다 빛나는 별을 달겠다고 야심에 차 있는 고참 대령께서 너무 인색하셨습니다."

"그때는 내가 착각을 했었나봐."

"앞으로는 제발 그런 중요한 사안이 생겼을 때 절대로 인색하게 굴지마세요. 그때 당신이 일을 그르치고 난 뒤에 내가 국방부와 국회 쪽 사모님들을 통해서 백배사죄하고 인사를 따로 하면서 수습을 했으니까 망정이지……."

"지나간 뒤에 생각해 보니까 그땐 정말로 내가 실수를 했던 것 같아. 그래서 역시 당신이 최고 아니겠어."

"그런 문제에 대해서 나는 이렇게 생각합니다. 정부의 고관들도 비자금이 있어야 명령권자인 높은 분을 상대로 승진운동을 할 것 아닙니까? 또 국회의원들도 정치자금이 있어야 정부여당 수뇌부에 뇌물도 바치고 자기 선거구의 유권자들을 돌볼 것 아니에요? 고위 공직자들은 모두가 똑같습니다. 그 두 가지를 제대로 처리하지 못하게 되면 고관대작의 길이 멀어지는 것은 물론이고 정치인으로서 생명이 끊어지는 것입니다.

나는 군의 고급 장교들도 마찬가지라고 봅니다. 국군 통수권자에게 최종적으로 결정권한이 있기는 하지만 국방위원회 소속 국회의원들이 장군승진에 음성적으로 영향력을 끼치고 있는 현재의 제도 아래서는 그분들의 눈에도 들어야 합니다. 그러니까 당신은 어깨에 별을 달 때까지는, 아니 별을 단 뒤에도 마찬가지입니다만, 부대에서 나오는 모든 부수입을 조금도 아끼지 말고 몽땅 진급 로비자금으로 쏟아부어야 합니다."

"그래그래. 당신 말이 공자 말씀의 가운데 토막이야. 앞으로는 당신이 하라는 대로 시키는 대로 할게. 너무 걱정하지 말아요."

"내가 여러 번 다짐했듯이 나는 서울 살림을 책임지고 있으니까 당신은 육군의 직속상관들만 죽자 사자 붙들고 늘어지란 말입니다. 벌목장과 숯가마에서 나오는 특별수입금은 서울로 보내오는 족족 전액을 은행에다 예치하고 있습니다. 당신이 로비가 필요하다고 연락만 해주면 국방부 쪽이든 국회 쪽이든 어디건 간에 그때그때 내가 그 힘을 가진 사모님들을 움직여서 요리는 다 할 테니까요."

"그래서 당신만 믿잖아."

"여보!"

"응?"

"우리가 얼마만에 만나는 거지?"

"내가 육군본부로 출장을 나갔다가 집에 들러서 당신과 하룻밤 자고 오고는 처음인 것 같은데?"

"그럼 얼마나 된 것 같아요?"

"한 달이 넘었나?"

"이 양반이 정말로 세월 가는 것도 모르시네. 한 달이 뭐예요 벌써 석 달이 가까워 오는데……."

"벌써 그렇게나 됐나?"

"여보!"

"곧 여관방에 도착할 것이니까 그때까지 조금만 참아요."

"몰라요 몰라."

김대풍 대령은 지프의 속력을 높였다. 자동차가 금세 다문장 터에 들어섰다. 언제나 하던 대로 지프를 단골여관 뒷마당에 세워 놓고 종업원을 불러 방을 잡았다. 아내가 전방에 오면 김 대령이 언제나 이용하는 특실이었다. 두 남녀는 방으로 들어서기가 무섭게 겉옷만 벗은 채로 포옹에 이어 애무를 시작했다. 불붙은 여인이 남자를 끌어당겼다. 흥분한 남자가 강한 힘으로 여인의 몸속을 파고 들어갔다. 숨결이 고조되면서 그들은 금세 천상에 떠올라 운우의 정염을 만끽하고 있었다.

그리고 아침이었다. 창문이 희끄무레하게 밝아오고 있었다. 부부는 눈을 비비고 두런두런 이야기를 나누기 시작했다.

"이건 뭐요?"

남자는 여자가 건네주는 쪽지를 펴면서 말했다.

"보면서도 모르겠어요?"

"졸병들의 관등성명이 적혀 있는데……."

"그게 지금 당신의 부대 안 어딘가에 배속돼 있는 사병들의 명단이에요."

"이게 어디서 나온 거야?"

"어디서 나오다니요? 내가 적어가지고 온 것이에요."

"무엇하려고?"

"그 메모지에 적혀 있는 사병들을 현재보다 좀 편안한 보직이나 좋은 부대로 모두 이동을 시켜야 한다는 긴급 요망사항입니다."

"누가?"

"누구긴 누구에요 당신의 부인인 나지. 거기에는 내 초등학교와 중고등학교 동창생의 자식들도 있고 대학 때 친구, 그 밖의 친구 아들도 있고 아무튼 적혀 있는 사병들을 몽땅 지금보다 군대생활하기가 수월한 보직이나 먹을 국물이 있는 부대나 직책으로 이동을 시켜야 됩니다."

"당신의 학교 동창생들이라면 모두가 돈도 있고 배경도 있고 우리나라에서는 한다하는 상류 지배층 사람들 아니요? 그들의 자식들이 군대에는 무엇을 하려고 들어 왔고 또 전방까지 배치가 됐는지 도통 이해가 안 되네."

"당신의 말씀을 들어보니까 딴은 그렇기도 하군요."

"뭔가 말 못할 딱한 사정들이 있는 아이들이군."

"이왕 뽀록이 났으니까 내가 솔직하게 말하지요. 내가 다녔던 중고등학교나 대학교의 동창생들 자식들은 하나도 섞이지 않았어요. 그러니까 그 명단 속에는 나와 절친한 사람의 자식들은 거의 없습니다. 그렇지만 친구의 일가친척들 자식도 섞여 있을 것이고 또 친구의 친구 아들들도 있을 것이고⋯⋯. 아무튼 내가 얼굴도 본 적이 없고 잘 알지도 못하는 사람들의 자식들이에요. 그렇지만 당신이 그런 자세한 연고 같은 걸 따져서 뭐해요?"

"하긴 그렇지."

"미안하지만 이건 지상명령이예요. 그러니까 이번은 당신이 몇천 명 군인의 생사여탈권을 거머쥔 막강한 지휘관이자 연대장이라는 위세도 보여 주는 절체절명의 기회이고, 그리고 또 더 중요한 것은 당신이 별을 따는 데 들어갈 상당액의 떡고물을 자연스럽게 마련할 수 있는 양수겸장의 길이라는 사실입니다."

"모두 열일곱 명이나 되는군."

"언제쯤 전출명령을 낼 거예요?"

"언제가 뭐야? 오늘 부대에 들어가는 길로 인사과장에게 당장 기안을 시키고 내가 결재를 하고 특명을 긁으라고 해서 즉시 이동시키도록 명령해야지. 우리 집 내무대신의 지시니까 접수 즉시 시행해야지 지체할 것이 없어."

"그렇게 해 주세요. 그래야만 내가 모임들에 나가서 목에 힘도 주고 좀 으스대지요. 거기다 꼭 첨가할 것은 그 사병들을 새 부대로 전속과 동시에 일주일씩 청원휴가를 줘서 각자 집으로 보내 줘야 한다는 사실입니다. 그래야 그 사병들의 부모들이 자기네 자식들이 남들보다 특별한 혜택을 받았다는 사실을 몸으로 절실히 느끼게 된단 말입니다. 무슨 말인지 아시겠지요?"

"당신도 이제는 반 지휘관이 다 됐어요."

"친구들의 말을 들어보면 거기 적혀 있는 아이들 전부가 최말단 소총소대에 있다는 것 같아요. 이 사병들이 혹시 당신 부대에서 복무하기가 가장 열악하다는 벌목장이나 숯가마에 배치돼 있는지도 모릅니다. 어떤 힘이 들더라도 부모들이 다 뒷받침을 하겠다면서 제발 그곳에서만 탈출을 시켜달라는 거예요. 그러니까 지금 소속돼 있는 곳보다는 복무여건이나 환경과 분위기가 한결 좋고 수월한 부대나 보직으로 전속을 시키도록 하세요."

"알겠습니다, 부인! 당신이 알다시피 내 부하가 이럭저럭 일천 명이 가까워요. 그 병력들은 언제나 우리 부대 안에서는 내 마음대로 움직일 수가 있으니까 앞으로도 이런 명령은 사양하지 말고 얼마든지 내리시오. 연대 밖의 다른 부대로 전속시키는 문제라면 그쪽 부대장과 협의를 해야 하니까 좀 시간이 걸리지만 우리 부대 안에서 부하 사병들을 배치하고 움직이는 것이야 내 명령과 내 사인 하나면 끝이지. 내가 부대로 들어가는 즉시 담당자들을 불러서 조치를 할 것이니 그리 알아요."

"여보 고마워요."

"고맙긴 뭐가 고맙단 말입니까. 당신 일이 곧 내 일인걸."

"그건 그렇고 당신은 항상 몸을 귀중하게 돌보시고 건강유지에 신경을 쓰세요. 벌써 당신의 나이가 사십 대 중반이 되었잖아요? 여러 살이나 손아래인 나를 거느리려면 첫째도 둘째도 당신이 건강해야 됩니다."

"별걸 다 걱정하는군 그래. 난 내 또래들에 비해서 월등하게 건강하고 정력이 넘치지 않소. 간밤에 당신 그걸 못 느꼈나?"

"왜 못 느껴요. 어젯밤에는 정말로 황홀하고 즐거웠습니다. 글쎄 아직이야 젊으니까 걱정이 없지만…… 건강할 때 건강과 정력을 축적해야 늙어서도 우리가 육체적으로 행복할 수 있잖아요?"

"그 점은 안심하고 붙잡아 매도 좋습니다, 부인! 며칠 전에도 숯가마에서 작업하던 병사들이 참나무를 베다가 희귀한 백사 한 마리를 잡았다고 선임하사가 가져왔기에 우리 부인을 생각하고 즉각 끓여서 먹지 않았겠소."

"뱀 말이에요?"

"응."

"에그 징그러워라."

"그게 남자들의 정력보강에는 끝내준다는 것 아닌가."

"당신도 뱀을 자주 먹어요?"

"자주는 아니고 가끔 먹을 때가 있지. 병사들이 참호작업 같은 것을 하다가 독사 살모사 능구렁이 같은 뱀들을 사로잡게 되면 제놈들이 먹어버릴 때도 있겠지만 대개는 연대장인 내게 가지고 오지. 그래서 뱀도 많이 먹지만 그보다 더 좋은 보약도 더러 먹을 때가 있어요."

"더 좋다는 보약은 뭔데요?"

"오래 묵었다는 산더덕."

"산더덕도 보약이 돼요?"

"한번은 어떤 소총소대에서 교통호 보수작업을 하다가 땅속에서 백 년도 더 넘었다는 큰 더덕을 캤다는 것이야. 거짓말을 조금 보태면 어린아이의 다리통만 한데 향기가 어찌나 황홀하던지 지금도 잊을 수가 없네."

"그 귀한 산더덕은 어떻게 했어요?"

"뭘 어떻게 해. 전속부관이 오십 돈가 육십 돈가 된다는 도수 높은 배갈을 구해다가 큰 유리 항아리에 넣어서 술을 담가왔기에 연대장 별실에다 신주단지처럼 잘 보관하고 있지."

"얼마나 됐다가 먹어야 한대요?"

"오 년이고 십 년이고 오래 둘수록 좋다는 것이니까 당신이 이번에 집으로 돌아갈 때에 가지고 가서 잘 간직해 두시오."

"그건 영험한 산삼이나 못지않겠지요?"

"그럼."

"그런 보물들이 가끔 생깁니까?"

"예하 부대 애들이 가끔 그런 귀한 것들을 가져오기도 해. 얼마 전에는 아주 좋은 보물을 손에 넣어서 내가 먹기도 하고 윗분들에게 선물도 했지."

"어떤 좋은 보물인데요?"

"몇백 년 묵었을 성싶다는 귀중한 산삼!"

"산신령이 살고 있다는 금강산이나 백두산이 아닌 이런 평범한 산골짜기에도 희귀하고 영험하다는 산삼이 자라고 있어요?"

"아무렴 있고말고. 우리 부대가 주둔한 이 지역은 지정학적 명칭으로 '추가령지구대'라고 부르는 곳이야. 한반도의 남쪽과 북쪽을 아우르는 구조선이며 서울과 원산 사이에 자리 잡은 긴 골짜기야. 그런데 이 지역 가까이로 국토의 남과 북을 분단하는 북위 삼십팔도선이 지나가고 또 남한과 북한 군대의 주력이 주둔하고 있다는 것은 참으로 야릇한 현상이 아닐 수 없지.

좌우간 이 추가령지구대 우리 사단 파운다리 안에는 별로 알려지지는 않았지만 높이 일천 미터 안팎의 오성산 백암산 복계산 대성산 금학산 적근산 같은 험악한 큰 산들이 자리 잡고 있는데, 그 산속에는 수많은 희귀 동식물들이 서식하거나 자생하고 있다는 것이야. 지나간 이른 봄에는 어느 대대 보급관으로 근무하는 신참 준위 한 사람이 글쎄 백 년 이상 묵었을 성싶다는 산삼 다섯 뿌리를 내게 가져오지 않았겠어.”

　“어머나! 그래서 그 진귀한 것을 어떻게 했어요?”

　“어떻게 처리를 했을 것 같아?”

　“당신이 다 먹었을 것 같아요.”

　“틀렸습니다. 땡이에요 땡! 몸에 좋다는 것만을 따진다면 그 다섯 뿌리의 산삼을 내가 다 먹어도 시원찮겠지. 하지만 그럴 수가 있나. 오래 묵은 산삼은 우리 같은 계급이 낮은 사람들보다도 옥체를 보중하려는 장군들이나 지체가 높은 분들이 더 선호하시고 좋아하신다는 데야 어쩔 것이야.”

　“그래서요?”

　“보냈지.”

　“어디로?”

　“한번 맞춰 봐요.”

　“내가 당신이 진상한 곳을 어떻게 맞춰요.”

　“직속상관인 사단장에게 한 뿌리, 그리고 가장 높은 어른께 두 뿌리를 진상하고 나머지 두 뿌리는 내가 드시고…….”

"군사령관이나 참모총장 같은 다른 상관들이 산삼을 윗분들에게 상납한 사실을 알게 된다면 당신의 입장이 곤란해지거나 미움을 받지 않겠어요?"

"그런 비밀이 새어나갈 일은 절대로 없습니다."

"당신도 이제는 상납하는 버릇을 배우셨나 봐요?"

"나는 그런 것도 모르는 숙맥인 줄 알았소?"

"정말 잘하셨어요."

"보급관이 느닷없이 나타나서 '연대장님 드십시오'라면서 놓고 가기에 못 이기는 체하고 그대로 혼자 먹어버릴까 하다가 가만히 생각해 보니까 문득 상납을 해야 되겠다는 생각이 떠오르더란 말이야. 금은보화도 상납을 하는데 그것보다 더 귀중한 산삼을 진상하면 만수무강하려는 지체 높은 분들이 얼마나 좋아할까, 그런 생각이 들지 않겠어? 그래서 두 눈 딱 감고 전속부관을 시켜서 즉각 진상해 버린 것이야."

"그렇게 귀한 산삼을 보급관 자신은 왜 한 뿌리도 안 먹고 당신에게 다 가져왔을까요?"

"글쎄, 캔 걸 몽땅 다 가져온 것인지, 몇 뿌리는 현장에서 저희들이 먹어치우고 나머지를 가지고 왔는지 그것이야 알 수가 없지만 어쨌든 오래 묵은 산삼을 무려 다섯 뿌리나 가져왔으니 고맙고 기특한 일이지."

"그 귀한 걸 왜 당신에게 상납을 했는지 궁금하네요?"

"직속상관으로서 부하인 자기를 잘 봐달라는 뜻이겠지."

"당신이 뭘 잘 봐줘야 해요?"

"아마도 보급관 자리에 더 오래 있도록 해 달라는 의미일 것이야."

"그런 중요한 일급정보를 왜 지금에서야 보고를 합니까? 직무태만이에요. 호호호!"

"하하하! 정말로 업무태만에 해당되네."

김대풍 대령도 한참을 소탈하게 웃어 젖혔다.

벌써 자정을 넘긴 시간이었지만 병력을 실은 트럭은 자꾸 깊은 산골짜기를 달렸다. 신작로 주변을 감싸고 있는 울창한 나무숲의 높은 산봉우리들이 달빛을 받아 희끄무레하니 윤곽만 드러내고 있었다. 한나절쯤에 논산훈련소 배출대대를 떠나 기차로 열 시간을 넘게 달려온 뒤에 다시 트럭으로 갈아타고 달리기를 또 몇 시간인지 몰랐다. 방향을 알 수 없었다. 지리를 도통 가늠할 수도 없었다. 그냥 달리는 트럭 밖으로 펼쳐지는 주변 산야의 분위기가 으스스하고 적막하다는 생각만 들었다.

"우리는 지금 어디로 가고 있을까?"

병사 하나가 혼잣말처럼 지껄였다.

"최전방으로 가겠지?"

"당연히 최전방이지 우리가 후방으로 배치되는 줄 알았니?"

옆의 동료병사가 핀잔을 줬다.

"휴전선이 가까운 중부나 동부 전선으로 부대배속을 받게 되면 주말이 돼도 휴가나 외출을 나가기가 아주 힘들다고 하던데……."

"벌써부터 외출 타령이냐?"

"야, 그런 소리 하지마라. 군대생활 중에서 외출 외박이나 휴가가 가장 중요한 희망사항이라고 군대 다녀온 사람들 모두가 이구동성으로 말하더라."

"그야 물론 중요하겠지. 그러나 지금은 우리가 어느 부대로 배치가 되느냐 나는 그게 더 궁금하고 걱정스럽다는 말이지."

"그거나 저거나 마찬가지 아니야?"

"어느 부대로 가게 되는지 모르지만 부대장과 고참병들을 잘 만나야 잔밥 생활이 수월하다고 하던데……."

"잔밥, 훈련소 수료했다고 벌써 너도 군대문자를 쓰는구나."

"자식! 내 잔밥 경력이 얼만 줄이나 아냐? 내가 훈련소를 수료한 시간부터 지금까지 수용연대에 입소한 신병들을 일렬종대로 세운다면 그 대열이 아마도 논산에서 대전까지는 닿고도 남을 것이다. 그러니까 이런 고참병한테 까불지 마라."

"대전에 닿는 것 좋아하시네. 이제 겨우 솜털만 가신 이등병 주제에 잔밥 타령을 다 하고, 너 기성부대에 배치돼서 그렇게 건방지게 지껄이다가는 고참병들에게 밉상받기 십상이겠다."

병사들은 서로 입씨름을 했다. 트럭이 어둑어둑한 굽이진 산길을 한동안 달리다가 높은 고갯마루에 올라서더니 호루라기 신호와 함께 모두 그곳에서 정차하는 것이었다. 맨 앞 트럭의 선임 승차자 좌석에 타고 있던 호송책임자인 새파란 소위가 운전석 문을 열고 신작로로 내려서더니 트럭들을 향해서 소리를 질렀다.

"사병들은 전원 트럭에서 하차하여 오 분 간 휴식한다."

소위의 고함소리와 함께 두 대의 트럭에 타고 있던 병사들이 우르르 신작로로 내려왔다. 옷에 묻은 먼지를 터는 소리가 요란하게 울려나더니 이어서 풀섶에 떨어지는 병사들의 오줌을 깔기는 소리도 들렸다. 이와 함께 병사들이 일제히 피워 문 담배 불빛이 칠흑 같은 산속을 영롱하게 수놓았다.

"휴식 완료. 전원승차할 것."

그렇게 채 삼 분도 지나지 않았을 것 같은데 다시 호루라기 소리가 들리면서 호송책임자인 소위의 목소리가 울려났다. 잠시 펑퍼짐한 광장에서 웅성대던 병사들이 다시 트럭 짐칸으로 올라타자 발동을 건 트럭들이 움직이기 시작했다.

이번에는 가파른 언덕길을 내려가고 있었다. 트럭이 구절양장 같은 산모롱이를 전조등 불을 켜고 구불구불 자꾸 감돌면서 달렸다. 그렇게 얼마쯤을 내려왔다고 느껴졌을 즈음인데, 갑자기 널따란 분지가 나오면서 도로 옆으로 군부대의 막사가 나타났다. 연병장과 막사를 에워싸고 있는 이름 모를 나무 울타리가 트럭의 전조등 불빛에 비춰졌다. 그 모습이 병영을 더욱 을씨년스럽게 만들고 있었다.

"이제 다 온 모양이다."

"글쎄 그걸 어떻게 알아?"

"육감이라는 게 있지."

"난 전혀 감을 못 잡겠는데."

병사 두 명이 그렇다 아니다라고 입씨름을 하는 사이에 트럭들이 신작로를 벗어나 왼쪽으로 몸체를 기우뚱거리면서 검은 철판에다 흰 글씨로 '결사항전'이라고 쓴 철제 아치 밑을 지나서 부대 연병장 안으로 들어서는 것이었다.

이미 밤이 깊은 시간이었지만 연병장에는 신병들의 도착을 기다리는 한 무리 기간사병들의 모습이 사열대 중앙에 설치된 탐조등 불빛 아래 어른거렸다. 두 대의 트럭이 연병장 중앙에 정차해서 육십 명의 신병들이 자기들의 피복과 소지품이 들어 있는 더블백을 어깨에 둘러메고 짐칸에서 내려와 삼 열 종대로 정열을 마치자 왼쪽 팔에 붉은 바탕에다 노란 줄이 세 개나 쳐진 완장을 찬 초급 장교가 사열대 위로 올라갔다. 그는 확성기를 손에 들고 훈시를 시작했다.

"이곳은 중동부 전선이다. 우리 부대를 찾아서 최전방까지 이동해 오느라고 제군들은 참으로 수고가 많았다. 나는 이 부대의 오늘밤 주번사령이다. 이곳은 앞으로 제군들이 삼 년 동안의 군대생활을 하게 될 무적연대 본부다. 우리 부대가 주둔해 있는 위치는 중부 전선과 동부 전선이 맞물린 추가령지구대의 한 분지다. 여기서 직선으로 전방 이십 킬로 지점에 아군과 적군이 대치하고 있는 군사분계선이 소재한다. 우리 부대는 아군의 주저항선 남쪽에 위치해 있으며 일촉즉발의 유사시에는 곧바로 전방에 투입되는 예비사단 소속의 독립연대이다.

어두운 밤이라 제군들은 아직 목격하지 못했겠지만 연병장 정면에는 병사들의 내무반 건물이 여러 동 자리 잡고 있으며 후면에는 우리 부대의 심장이라 할 연대본부 행정반 건물이 들어서 있다. 오늘밤은 일단 연병장 정면에 있는 본부중대 소속의 두 개 내무반에서 전체병력이 절반으로 나눠서 취침을 하도록 조치한다.

제군들은 해산과 함께 즉시 내무반으로 들어가서 관물대에 비치돼 있는 모포와 닭털 침낭과 모 침낭 등 침구들을 한 개씩 꺼내서 침상 위에다 자신의 잠자리를 보도록 한다. 내일 아침의 기상시간은 신병훈련소와 동일한 정각 새벽 여섯 시다. 군악병의 기상나팔이 울리면 모든 병사들은 단독 무장으로 오 분 이내에 연병장에 전원 집합하여 아침 점호준비에 대비하라.

기타 자세한 공지사항은 날이 밝는 내일 오전 중에 하달하게 될 것이다. 장시간에 걸친 지루한 이동과정에서 혹시 몸이 불편한 환자가 발생했다면 지체하지 말고 신고하라. 환자 없나! 환자가 없으면 이상으로 부대를 해산한다! 병사 전원은 기간사병들의 안내에 따라 즉시 내무반으로 들어가서 십 분 안에 취침을 완료하도록 한다. 점호는 취침점호로 대치한다."

"질문 있읍니다."

그때 어떤 병사 하나가 대열 가운데서 고함을 질렀다.

"무슨 질문인가?"

"오늘밤 우리들이 잠자게 되는 내무반의 불침번은 누가 섭니까?"

연병장의 병사들 속에서 까르르하고 웃음이 터져 나왔다.

"아주 적시에 나온 적절한 질문이다. 오늘밤만은 제군들이 불침번을 안 서도 된다. 지금 이 시간부터 새벽까지는 연대본부의 기간사병들이 대신 불침번을 서 줄 것이다. 그러나 단 오늘 하루뿐이라는 사실을 명심하라. 지금부터 제군들은 모든 근심걱정을 홀홀 털어버리고 대한민국 군대에서 가장 안전하고 편안한 자세로 취침에 임하기 바란다. 알아들었나! 알았으면 큰 소리로 복창하라!"

"알았습니다. 멸공!"

보충병들의 함성은 높았지만 사기는 완전히 죽어 있었다. 깊은 밤중에 트럭을 내려서 바라본 부대의 막사들 모습은 군부대의 병영이라기보다는 부랑인 수용소 같이 올망졸망하고 을씨년스러웠다. 더구나 내무반 안으로 들어가 전등 불빛 아래서 자세히 살펴보니 병사들이 생활해 나갈 내무반 환경이 열악하기 이를 데 없었다. 침상 자체도 울퉁불퉁 엉망진창이었고 개인 화기와 지참물을 넣어 두는 관물대의 모습은 조잡하고 지저분했다.

"너희들도 이젠 죽었다고 각오해라."

"삼 년 동안의 고생문이 열렸다."

내무반 복도를 서성이면서 침상 위에다 잠자리를 보는 보충병들을 바라보던 기간사병들이 안타깝다는 듯이 지껄였다. 그러나 보충병들은 아무런 반응도 보일 여유가 없었다. 침구를 깔고 자리에 눕자마자 피곤이 몰려오면서 곧바로 꿈나라로 들어가고 말았다. 훈련소의 배출대대를 떠나 전방까지 오는 길고도 긴 하루 동안의 이동으로 신병들은 몸과 마음이 지쳤던 것이다.

이튿날 날이 밝았다. 오전 여덟 시 반, 아침식사를 끝낸 신입 보충병들이 연병장에 옹기종기 집합해 있었다. 그때 지프 한 대가 정문을 무정차로 통과하더니 연병장의 사열대 앞으로 쏜살같이 질주해 들어왔다. 정문 위병이 멸공! 이라는 구령을 내지르면서 차렷총 자세를 취하는 것으로 미뤄 지휘관이 타고 있는 것 같았다.

"연대장이다!"

연대본부 앞 행정반 쪽에서 들려온 소리였다. 이어서 기간사병의 호루라기 소리가 울리더니 연병장 여기저기에 흩어져 있던 보충병들이 중앙으로 모여들면서 잠깐 사이에 대열이 다시 정리되었다. 감색 서지 겨울 정복에 국방색 시오리 점퍼를 겉에 껴입었고 점퍼 어깨에 대령 계급장과 함께 청색 지휘관 휘장을 달고 검은 색안경을 낀 장교가 지프에서 내리더니 은빛 지휘봉을 오른손에 거머쥐고 보무도 당당하게 사열대 위로 성큼성큼 올라갔다. 이내 보충병들을 향한 훈시가 시작됐다.

"본인은 제군들과 생사고락을 함께하게 된 연대장 김대풍 대령이다. 논산훈련소에서 전반기 과정을 마치고 전통에 빛나는 우리 부대로 전입한 것을 진심으로 환영하는 바이다. 이미 어젯밤 주번사령으로부터 우리 부대에 대한 기본적인 현황설명은 청취했을 것으로 사료하기 때문에 오늘은 제군들이 앞으로 군대생활을 하는 동안에 유의해야 할 몇 가지 사항에 대해서만 간단하게 설명하겠다.

이곳은 군사분계선과 인접해 있는 최전방 지역이라는 사실이다. 또 우리 부대는 전쟁이 발발할 경우 최우선으로 투입되는 예비 연대이다. 따라서 병사들은 항재전장의 정신으로 무장하면서 촌음이라도 방심한 자세로 복무에 임해서는 안 된다는 점을 강조하고자 한다.

따라서 앞으로 병사들에게는 매일같이 교육훈련이 실시되는데 전투사단 못지않게 혹독하다는 사실을 상기해야 할 것이다. 병사들에게 있어서 훈련이란 전장에 임해서 승리할 수 있는 견인력이라고 말할 수 있다. 우리 연대는 육이오 전쟁을 통해서 백전백승의 전과를 거양한 전통을 가진 부대이며 그것을 불후의 명예로 자랑삼고 있다는 사실이다. 우리 연대가 어떤 부대보다도 혁혁한 전공을 세우면서 불멸의 승리를 거양했던 본바탕은 바로 평소에 전술훈련을 부단하게 연마했던 데 있었다고 나는 확신하고 있다.

앞으로 제군들은 복무기간 중에도 끊임없이 교육훈련을 연마하게 될 것이다. 일상의 업무를 핑계 삼아서 추호도 전술훈련을 기피하거나 게을리해서는 안 될 것이다. 이 시간 이후부터 제군들은 씩씩한 대한민국 국방의 간성으로서 또 최전방을 지키는 군인으로서의 임무에만 성실하게 매진해 줄 것을 요망하는 바이다."

연대장은 짧은 훈시를 통해서나마 부대장의 위엄을 보여주려고 고심했다. 그러나 연대장의 이런 훈시는 그야말로 속 다르고 겉 다른 두 얼굴의 언행이었다. 전쟁에서 승리하기 위해 병사들에게 전술훈련을 연마시키겠다는 주장은 허망한 구두선이었다. 전투력을 연마해야 할 병력들을 자신이 운영하는 벌목장과 숯가마에 투입시켜서 중노동을 시키고 있는 연대장의 입에서 그런 위선적인 거짓말이 서슴지 않고 발설된다는 것은 정말로 웃기는 일이었다.

연대장의 훈시가 끝나자 신병들은 기간사병들의 인솔에 따라 더블백을 어깨에 둘러메고 덮개를 씌운 트럭에 다시 올라탔다. 이날 그들 육십 명이 도착한 곳은 연대본부에서 멀리 떨어져 있는 산속의 벌목장이었다. 그러나 보충병들은 자기들이 왜 이런 곳에 배치가 됐는지, 이곳이 무엇을 하는 곳인지, 또 앞으로 무엇을 하게 되는지 아무 것도 알 수가 없었다.

그런데 벌목장에 배치된 이번 보충병들은 벌목 작업에 곧바로 투입되지 않고 이날부터 한 달 동안 특수훈련을 받아야 한다는 것이었다. 그들이 이수해야 할 특수훈련은 태권도 수련과 완전무장하고 달리기 봉체조 단련 등 세 가지 종목이었다. 훈련이란 이름으로 실시된다는 것이지만 이것은 누가 봐도 단체기합이었다.

이런 훈련은 그동안 벌목장에 배치되던 병사들에게는 한 번도 실시한 적이 없었다. 그런데 이번에 느닷없이 그 교육훈련을 시킨다는 것이었다. 이 훈련은 새로 전입한 보충병들을 벌목 현장에 적응시키기 위해서 연대장이 스스로 고안했다는 소문이 나돌기도 했고, 사단이나 군단 같은 상급 부대에서 내려온 지시라는 말도 있었지만 정확한 것은 알 수가 없었다.

어찌 됐든 벌목장에 배치된 보충병 육십 명은 이 훈련규칙에 따라서 한 달 동안 매일 새벽 다섯 시에 기상하여 한 시간 동안 이 특수훈련을 받은 뒤에야 아침식사를 하고 하루의 벌목장 기본작업에 들어갈 수가 있었다.

"제기랄! 꼭두새벽에 기상을 시켜가지고 육군규정에도 없는 힘겨운 특수훈련을 실시하는 것은 우리들의 기백마저 착취하겠다는 의도가 아닌가?"

"이것은 강제징집된 병력들에 가해지는 특수한 형벌이 아닌가?"

"제놈들 맘 꼴리는 대로 하는 짓이니까 우리로선 달리 방법이 없잖아?"

보충병들은 자기들끼리는 불만을 토로했다. 그러나 두려움 때문인지 공식적으로는 입 밖으로 한마디도 내뱉지 못했다.

그러니까 새벽 다섯 시, 벌목장에 배치된 보충병들은 규정된 기상시간보다 일찍 일어나서 여섯 시까지 꼬박 한 시간 동안 특수훈련을 받아야만 했다. 그런데 훈련담당 교관으로 연대본부에서 내려온 직업군인 하사가 아주 기고만장한 녀석이었다. 얼굴이 흉악 험상할 뿐 아니라 툭하면 보충병들에게 손찌검하는 고약한 버릇까지 가지고 있었다.

보충병들은 이 직업군인의 구령에 따라서 태권도 수련과 완전군장하고 달리기 봉체조 수련 등 세 가지의 훈련을 받았는데, 첫 번째 훈련인 태권도 수련 종목까지는 대체적으로 불만이 없었다. 그러나 이십오 킬로그램 무게의 군장을 짊어지고 왕복 이 킬로미터에 이르는 달리기를 실시하는 것과 그 뒤 십오 분 동안 실시되는 봉체조 수련에 들어가면 병사들 거의가 초주검이 되었다.

교관은 병사들이 쓰러질 정도로 혹독하게 훈련을 시키면서도 절대로 개인적인 애로사항을 들어주지 않았다. 훈련 도중에 기력이 떨어진 병사들이 휴식을 원하거나 대열에서 탈락할 경우에는 잔꾀를 부린다면서 몽둥이로 매질을 하거나 원산폭격 같은 무시무시한 기합을 줬다. 훈련이라고 이름 붙여진 이 단체기합은 단 하루도 빠짐없이 계속되었다.

보충병들 속에서 이 특수훈련을 실시하는 것에 대한 불만이 나돌자 연대장 김대풍 대령은 "논산의 신병훈련소에서 이수한 사 주 간의 기초훈련으로는 정신상태가 낡아빠진 강제 징집 병력들이 군대생활에 정상적으로 적응하기 어렵다고 보기 때문에 부득이 추가훈련을 시행하는 것"이라고 떠벌인다는 것이었다.

이전에 전입되었던 벌목장 병사들에게는 한 번도 실시하지 않았던 특수훈련이었지만 이번에 들어온 보충병들은 예정대로 한 달 동안을 꼬박 받고서야 끝이 났다. 보충병들은 이 특수훈련이 끝남으로써 그동안 긴장했던 몸과 마음이 풀려난 해방감도 있었지만 교관요원으로 내려왔던 흉악한 얼굴을 가진 그 직업군인의 꼬락서니를 보지 않게 된 것이 더 즐겁고 행복하다는 것이었다.

보충병 육십 명은 벌목장으로 배치되면서 훈련소에서 지급받아 입고 왔던 신품 군복과 군화를 반납하고 진흙이 덕지덕지 묻은 누더기 작업복을 지급 받아서 갈아입었다. 또 병사의 기본장비인 소총과 철모 대검과 배낭 같은 병사의 기본화기와 군장을 지급받은 이외에 나무를 자르는 톱과 낫을 두 명에 한 자루씩 지급받아서 공동으로 관리하게 되었다.

이 보충병들이 한 달 동안의 특수훈련을 마치고 첫 번째 작업출장을 나가던 날은 벌목장의 책임하사관인 김만돌 중사가 연대장이 지켜보는 가운데 벌목작업의 시범을 보여줬다. 소나무 숲속에 들어가서 그 많은 나무들 가운데서 벌목할 나무를 가려내는 요령과 가려진 소나무를 톱으로 자르는 방법, 그리고 잘라진 소나무를 간이제재소로 옮기는 일련의 작업과정들을 차출된 조교를 통해서 차례차례 보여줬던 것이다.

나무의 몸체가 꾸불꾸불하게 굽어서 목재로 만들기 어려운 소나무는 처음부터 아예 제외되었고, 지름이 이십오 센티미터 안팎이 못 되는 더디게 자란 소나무들도 규격미달로 낙제가 되었다. 원목을 제재한 뒤 각재나 판재로 사용할 수 있는 소나무, 곧 시중에 상품으로 만들어서 출하할 수 있는 소나무들만 벌목하라는 것이 시범작업의 알맹이였다.

보충병들은 이 벌목장이 왜 운영되고 있으며 어떻게 움직이는지 알 까닭이 없었다. 그렇지만 누구도 말해주지 않았고 다그쳐서 묻는 병사도 없었다. 그저 하루 세 끼씩 주는 밥을 먹고 정해진 시간에 소나무 숲속으로 들어가서 여덟 시간 동안 자신들에게 할당된 벌목작업량을 해내고 내무반으로 돌아오면 하루 일과가 끝난다는 설명이었다.

이튿날부터 신병들은 아침밥을 먹은 뒤 김만돌 중사의 인솔에 따라서 내무반을 떠나 벌목현장인 산속으로 들어가서 해가 저무는 저녁때까지 벌목작업을 수행했다. 처음 며칠 동안에는 가벼운 찰과상을 입거나 톱에 베이는 병사들이 종종 발견되기도 했었다. 그러나 날이 가고 달이 지나면서 병사들도 벌목작업이라는 중노동에 차차로 적응해 나가게 되었다.

4. 수복지구

　육십 명의 신병들이 보충된 뒤에도 벌목장의 시간은 전과 똑같이 흘러갔다. 아침에 밥을 먹고 산속에 들어가서 소나무를 베어서 목재소로 옮겨 제재를 하는, 다람쥐가 쳇바퀴를 돌리듯이 똑같은 작업을 되풀이하기 때문이었다. 뚜렷한 내일의 계획도 없고 행복한 희망도 갖지 못한 채 살아간다는 것은 어쩌면 생존을 빙자한 죽음 같은 시간인지도 몰랐다. 벌목장의 신출내기 병사들은 그렇게 무덤덤한 하루하루를 오직 숨만 몰아쉬면서 정신이 깃들지 않은 허수아비들처럼 중노동을 하면서 살아갔다.

　그들은 엄연히 이 나라의 국방의무를 수행하는 병사들이었다.

그러나 연대장이 상급 부대의 눈을 속이고 상관들의 묵인 아래서 운영하는 벌목장으로 배치 투입되어 노예처럼 중노동을 하면서 살아가고 있었다. 그렇게 너덧 달쯤이 가까워 온 어느 토요일 오후 막 점심을 끝냈을 무렵이었다. 벌목장의 작업책임자이자 선임하사인 김만돌 중사가 서무계 김우주 일병과 공급계 최 일병을 느닷없이 불렀다.

"야, 너희들 다문장터 구경해봤냐?"

전혀 뜬금없는 질문이었다.

"우리들이 부대로 전입해 온 이후에 외출이나 외박을 나가본 일이 한번도 없는데 그 유명한 다문장터를 어떻게 구경했겠습니까?"

"그렇구나!"

"장교들이나 부사관들이 주고받는 말들 속에서 수없이 듣기는 들었지만 우리는 그곳이 어느 쪽에 붙어 있는지 방향도 잘 모릅니다. 대체 군인들을 뜯어먹기 위해서 생겨났다는 그 대단한 장터가 어디쯤에 자리를 잡고 있는데 군바리들이 입만 열면 모두들 다문장터 다문장터 합니까?"

"듣기만 하고 한 번도 가보지 못했다면서 내가 어디라고 일러준다고 느네가 짐작이나 하겠냐?"

"하긴 그렇습니다."

"오늘 그 동네로 군바리들 구경을 한번 나가보면 어떨까?"

"군인이 군인 구경을 간다, 참 재미있는 말입니다. 군인도시라고 소문이 난 그 동네는 우리 부대의 위수지구 안에 있습니까, 밖에 있습니까?"

"여기서 자동차를 타고 가면 별로 멀지는 않아. 걸어서도 삼십 분이 안 걸리는 우리 사단의 위수지구 안이야."

"김 중사님이 오늘 거기에 볼일이라도 있습니까?"

"내가 개인적인 볼일이 있어서 그곳으로 외출을 나가겠다는 말이 아니고 벌목장에서 오랫동안 중노동에 시달려온 너희들 육십 명을 모두 데리고서 집단외출을 나가고 싶다는 말이지?"

"네에?"

"왜요?"

"뭐가 왜야?"

"중노동하는 노예나 다름없는 우리들을 갑자기 집단으로 외출을 시키겠다고 말씀하시니까 필경은 무슨 곡절이 생긴 것 같아서 그렇습니다."

"특별한 곡절이나 사연이 있는 것은 아니고. 다만 너희들이 벌목장으로 보충돼 온 지가 사 개월이 가까워 오는데도 그동안 개별적으로나 집단적으로나 한 번도 부대 밖으로 내보내주지 못 했기 때문에 관리책임자로서 좀 미안하고 찜찜하다 이런 말이야. 직속상관인 연대장이나 본부중대장으로부터는 너희들의 휴가나 외출 외박에 대해서 아직까지 가타부타 아무런 지시가 없으니까 벌목장의 현장책임을 맡고서 매일같이 너희들과 생활하고 있는 내가 나서서 주선을 할 수밖에 없는 일 아니겠냐?"

"부대책임자이자 사실상의 주인인 연대장으로부터 아무런 지시가 없는데 같은 심부름꾼이나 다름없는 선임하사님이 독자적으로 그렇게 주선해도 되는 것입니까?"

"글쎄 연대장의 지시가 없는 상태에서 일을 주선하는 것이 좀 찜찜하긴 하지. 내 독단으로 육십 명의 대부대 병력을 이끌고 외출을 나갔다가 생각 밖의 엉뚱한 돌발사고가 발생하지 않을까, 그게 조금은 걱정이란 말이야. 만에 하나 사고가 생긴다면 그걸 수습하는 일도 골치가 아프니까 말이야."

"집단외출을 나갔다가 만일의 사고가 발생한다면 분명히 골치가 아프죠. 그렇게 위험부담이 있는 일을 구태여 만들 필요가 있겠습니까?"

"물론 위험부담이 있는 일을 추진할 필요가 있느냐고 말할 수도 있겠지. 그렇지만 교대병력으로 벌목장에 들어온 너희동기들 육십 명이 그동안 불상사 한 건 일으키지 않고 벌목장 일을 너무도 성실하게 잘해 줘서 현장의 실무책임자인 내가 뭔가 작은 보답이라도 하고 싶어서 그래. 지금 너희들이 제일 좋아하고 희망하는 것은 단 몇 시간만이라도 부대에서 가까운 밖으로 외출을 나가서 자유롭게 바람을 한번 쏘이는 것 아니겠냐?"

"그렇긴 합니다. 입 밖으로 내놓고 말은 못하지만 일반사회와 민간인들을 몇 달째나 접촉을 못하고 지내니까 모두가 몸이 쑤시는 모양이더라고요. 그냥 각자 외출을 시켜줘도 할아버지 할 텐데, 말로만 들어온 군사도시 다문장터를 집단으로 구경시켜 준다면 즐거워서 방방 뛸 것입니다. 김 중사님!"

"한번 외출을 나가서 바람을 쐬고 돌아오면 그동안 가슴 속에 쌓여 있었던 울화들이 조금씩은 풀리지 않을까?"

"그럼요. 그럴 수만 있다면야 좋지요."

"그렇다면 오늘 저녁때 집단외출을 나가보도록 하자. 이제야 하는 말인데 나는 너희들이 벌목장으로 배속된다는 통보를 받고 얼마나 가슴을 졸였었는지 모른다. 모두가 시국사범이라는 전력을 가지고 있었고 대부분이 대학을 다닌 공부꾼들인데 벌목장에 들어와서 그 험악한 중노동을 제대로 해낼 것이며 부대생활을 하는 동안 또 사고와 말썽들은 얼마나 부릴까, 그야말로 전전긍긍했었지. 그런데 막상 벌목작업장에 투입을 시켜놓고 보니까 그런 기우가 말끔히 사라졌지 뭐냐? 너무도 맡겨진 일들을 성실하게 잘해낼 뿐 아니라 성품들도 착하고 순박하니까 오히려 다른 걱정이 생길 정도였지."

"그랬었습니까?"

"정말이야. 그래서 나는 너희들에게 진심으로 고마움을 느낀다."

"강제징집을 당한 것이야 우리 모두가 희망하지 않았던 돌발사건이었지만 달리 도피할 수 없으므로 그냥 받아들일 수밖에 없었던 것이고, 그 뒤로는 징집당한 자의 자위적인 행동으로 복무해 왔었던 것입니다. 타의이긴 하지만 일단 우리에게 주어진 임무는 성실하게 이행한다는 그런 행동원칙이었습니다. 우리가 처한 그 자리와 그 시간에서 우리는 최선을 다한다는 생각이었습니다."

"어쨌거나 나로서는 감동이었지. 그래서 뭔가 색다른 위로를 해 줘야 되겠다고 생각을 해 보니까 그래도 집단외출이 제일 좋을 것 같더란 말이야. 오늘 육십 명을 이끌고 단체로 외출을 나갔다가 만일에 어떤 돌발사고가 발생한다면 내가 그 책임을 짊어지면 되겠지 뭐. 마침 오늘부터 이박 삼일 동안은 연대장이 야전군사령부와 육군본부 회의에 잇달아 참석하기 때문에 부대를 비우게 되니까 아주 좋은 기회라고 생각되거든."

"만에 하나 사고가 발생한다고 하더라도 부대에 있는 계급 높은 장교들을 제쳐 두고 왜 부사관인 선임하사님이 혼자서 모든 책임을 져야 합니까?"

"군대는 선임자나 인솔자에게 전적으로 책임이 있으니까."

"그런 위험부담이 있는 외출이라면 아예 나가지 맙시다."

"그렇지만 설마하니 별일이야 있겠냐? 너희들을 이끌고 외출을 한다면 그동안 부대 안에서 못 먹었던 음식과 술을 먹고 마셔야 되고 또 소위 깔치들이 있는 술집에도 가게 될 텐데 움츠리고 지내던 병사들이 밖의 바람을 쏘이고 술을 마시면 작은 사고라도 발생하지 않는다는 보장은 없지 않을까? 그렇게 되면 백차를 타고 순찰을 나와 있는 사단이나 군단사령부 헌병들의 군기단속에 걸리는 것은 십중팔구거든. 그런 정도는 각오해야 되겠지."

"듣고 보니까 그런 점도 전혀 배제할 수는 없습니다. 육십 명의 병력들이 입대 후 첫 외출을 나가는데 그 중에서 필경 뚜껑이 열리고 군기가 빠지는 병사들이 나타나게 되는 것은 너무도 당연할 것 같습니다."

"그래서 그 위험부담을 내가 책임진다는 말이야."

"그렇지만 그건 안 됩니다. 직업군인인 선임하사님이 어떻게 쌓아온 군대생활입니까? 우리들의 집단외출을 주선했다가 생각밖의 사고가 발생해서 혹시라도 문책을 당하게 된다면 오랫동안 기대해 왔던 상사 진급에 지장이 생길지도 모르는 일 아닙니까? 그러니까 다문장터로 단체외출은 애초부터 없었던 일로 합시다."

"그러면 안 되지, 내가 오랫동안 생각해 왔었던 일이고 또 오늘 실행하자고 말을 꺼냈다가 이대로 중둥무이해 버리면 내 마음이 불편해서 안 돼. 잔말 말고 지금 곧장 내무반으로 달려가서 잔류인원 한 사람도 없이 전원 외출할 준비를 하라고 알려, 빨리!"

"글쎄 우리들은 외출을 나가지 않아도 그런대로 별일 없이 잘 견딜 수 있습니다. 그만 두십시오. 영 찜찜하고 불안합니다 김 중사님!"

"야 임마! 명령이야! 선임하사관의 명령이다!"

"정말로 외출을 안 나가도 되는데……."

그렇게 해서 그날 저녁때 벌목장 병사들은 부대에 배치된 뒤 처음으로 즐거운 집단외출 길에 나섰다. 해가 뉘엿뉘엿 저물 무렵 김 중사의 부탁에 따라 수송부에서 보내준 스리쿼더 한 대와 지엠시 한 대에 육십 명 전원이 집단으로 올라타고 지긋지긋한 벌목장을 잠시나마 벗어났던 것이다.

주말이라 그런지 다문장터는 듣던 대로 외출을 나온 군인들의 천지였다. 장터 안 골목마다 군복들이 물결을 이루고 있었다. 인근에 주둔해 있는 보병사단과 그보다 작은 몇 개의 단위 부대들에서 쏟아져 나온 장교와 사병 등 '군바리'들이 식당과 술집은 물론이고 여관 여인숙까지 몽땅 점거하고 있어서 작은 장터답지 않게 시끄러웠고 북적거렸다.

이윽고 해가 서산으로 넘어가자 이 골목 저 골목에서는 술에 취해서 장터가 들썩들썩하도록 고래고래 소리를 지르는 군인들이 나타나기 시작했고, 목로술집에 앉아 접대부들과 어울려서 흘러간 유행가를 목청껏 불러대는 풍류 있는 병사들의 모습도 더러 보였다.

벌목장의 신병들은 일단 김 중사가 이끄는 대로 다문장터 뒷골목에 자리 잡은 철원집으로 몰려갔다. 철원집은 집이 꽤나 크고 넓은 식당이었다. 큰 대문을 들어서면서 시작되는 넓은 마당 안에 있는 앞채와 뒤채에는 방이 여러 개나 있어서 다문장터에서는 규모가 제일 큰 식당이자 술집이었다. 따라서 인근에 주둔하고 있는 웬만한 군부대치고 장교들이나 부사관들의 회식이나 모임은 예외 없이 이 철원집 식당에서 가질 만큼 손님들이 많이 들고나는 음식점이었다.

벌목장을 운영하는 김만돌 중사의 연대도 이 철원집이 단골이었다. 연대장인 김대풍 대령이 자주 출입하는 것은 물론이고 연대장을 의식해서인지 예하의 대대장들이나 참모들 그리고 단위 부대장들과 부사관들도 줄줄이 드나들었다. 특히 연대장 김대풍 대령이 사단의 부사단장이나 참모장 그리고 본부사령 또는 일반참모들에게 음식을 대접할 때는 꼭 이 철원집 식당을 이용하고 있었다.

사단의 중요한 장교 가운데서 병참참모와 병참중대장이나 예하 부대의 보급관들이 이 철원집 식당을 자주 이용하는 이유는, 부대창고에서 훔쳐낸 일종과 이종 군수물품들을 서울에서 내려온 상인들에게 처분한 뒤 조용하게 회계를 보면서 한잔하는 데 이 철원집만큼 조용한 곳이 없기 때문이었다. 더구나 이 철원집에는 장터 안의 어느 음식점보다도 얼굴이 반반한 접대부들이 많기로 유명했던 것이다.

김 중사도 이 철원집 안주인과는 오래전부터 거래가 터 있는 처지였다. 벌목장의 실질적인 책임자로서 벌목장과 관계되는 일들이라면 무엇이든 빼놓지 않고 집행해야 하는 연대장의 심부름꾼이나 다름없기 때문이었다. 더구나 월초와 월말 등 한 달에 두 번에 걸쳐서 서울로 실어 보낸 목재와 참숯 대금을 지불하려고 내려오는 서울의 배때기가 불룩 튀어나온 목상들을 이 철원집 식당에서 연대장과 함께 만나서 회계하고 수금하였던 것이다.

"장모 잘 있었소!"

김 중사는 출입문을 열고 들어서면서부터 큰 기침을 한바탕해 댔다. 정말 처갓집에 나타난 진짜 사위나 되는 듯이 위풍이 당당했다. 매상을 많이 올려주게 될지 아닐지는 알 수 없었지만 육십 명이나 되는 대병력을 이끌고 보무도 당당히 나타났으니 주인이나 종업원들 앞에서 한번쯤 으스대며 거들먹거릴 만도 했다.

"오늘은 무슨 바람이 불어가지고 우리 김 중사가 이렇게나 많은 병력들을 손수 인솔하고 왕림을 하셨는가?"

안주인은 몸집이 뚱뚱한 데다 얼굴이 둥글고 널찍해서 첫눈에 보기에도 마음씨가 후하게 생긴 부잣집 마나님 타입이었다.

"장모는 내가 찾아오는 것도 불만입니까?"

김 중사가 약간 엇가는 소리로 말했다.

"천만에 말씀이지. 손님들을 이렇게 많이 모시고 왕림을 하셨는데 오직 반가울 뿐일세. 늘 말쑥한 군복에 말똥이나 다이아몬드 계급장을 단 장교들만 모시고 나타나던 사람이 갑자기 깡통 계급장을 단 후줄구레한 졸병들과 같이 몰려나오니까 조금은 이상한 기분이 든단 말일세."

"역시 장모는 보는 눈이 다르단 말이야. 오늘은 내가 우리 벌목장에서 중노동에 시달리는 신병들에게 군사도시인 다문장터 구경이나 시켜주려고 이렇게 데리고 나왔습니다. 이 녀석들이 글쎄 우리 벌목장으로 전입한 이후 사 개월이 다 되도록 한번도 외출이나 외박을 못해본 그야말로 아다라시들이라 이겁니다."

김 중사가 입에 거품을 물며 말했다.

"김 중사가 오늘은 상급자 노릇 한번 제대로 하는구먼. 얘들아! 여기 귀한 손님들이 일개 중대나 왕림하셨다. 제일 크고 넓은 뜰아랫방으로 모시고 가서 맛있는 저녁밥을 지어 올리고 푸짐하게 술과 안주도 올려라."

철원집 안주인이 걸걸한 목소리로 고함을 질러대며 수선을 떨었다. 김 중사도 냉대를 못할 처지이지만, 벌목장에서 죽을 고생을 하는 신병들을 입대 후에 처음으로 외출을 시키려고 나왔다는 김 중사의 말에 감동을 한 것 같았다.

군부대 주둔지 근처에서 군인들을 상대로 장사를 벌이는 상인들이란 대체로 인색하고 약아빠졌다는 것이 세상 사람들의 말이었다. 그러나 그들도 자식들을 기르는 부모들이었다. 자기 아들들과 비슷한 청년들이 벌목장이나 숯가마 같은 험악한 곳에 배치를 받아서 중노동을 하고 있다는 사실을 유리알처럼 들여다보고 있었다. 그런 불쌍한 졸병들에게 장터 구경을 시켜주려고 집단으로 외출을 감행했다는 것은 김 중사 같이 우직해서 뚝심이 있고 인정이 있는 부사관이 아니고는 실행할 수 없는 큼지막한 사건임을 철원집 안주인은 잘 알고 있었다.

김 중사는 오늘 벌목장 병사들에게 모두가 좋아하면서도 오랫동안 먹어보지 못한 돼지고기를 먹이고 싶었다. 돼지고기 가운데서도 비계와 살이 적당하게 붙어 있어서 얕은맛이 있다는 '세겹살'을 구워 먹이고 싶었다. 쇠고기보다 값이 삼분의 일도 안될 만큼 헐한 돼지 세겹살이지만 오늘은 그것만이라도 실컷 먹이고 싶었던 것이다.

"아주머니 우리는 오늘 돼지고기 세겹살을 숯불에다 구워 먹으려고 합니다. 우리 인원이 모두 육십 명이니까 우선 육십 인분 아니지, 아주 근으로 쳐서 한 예순 근 가져오시지요?"

김 중사가 밥상을 닦으러 들어온 아줌마 종업원에게 말했다.

"이 방 손님들은 음식을 따로 주문할 필요가 없을 것 같네요. 벌써 주인 아주머니가 부엌에다 육십 명의 군인 아저씨들이 잡수실 여러 가지 음식들을 잔뜩 시키는 것 같던데요."

"뭐라고요 아주머니? 아시다시피 우리들은 금방 이 집에 들어왔고 인솔책임자인 내가 아직까지 아무것도 주문을 안 했는데 도대체 누가 뭔 음식을 시켰다는 겁니까?"

김 중사가 펄쩍 뛰었다.

"자세히 듣지를 않아서 잘은 모르겠지만 아무튼 주인 아주머니가 주방장에게 이 방 손님들이 잡술 음식들을 이것저것 준비시키는 것 같더라고요."

"이거 도통 알다가도 모를 일이네."

그렇게 김만돌 중사와 심부름하는 아주머니가 이야기를 주고

받는 참인데 철원집 안주인이 미닫이를 밀치고는 얼굴을 빼꼼히 방 안으로 들이 밀었다.

"김 중사! 오늘 저녁에 우리 집에서 먹는 벌목장 병사들의 술과 음식은 내가 대접하는 것이니까 그런 줄 알아요. 피골이 상접한 데다가 얼굴색이 아프리카 흑인들같이 새카만 병사들 전부가 우리 아들들만 같아서 내 손으로 밥이나 한 끼 먹여 주고 싶어서 그래. 김 중사! 내 뜻을 알겠지?"

"아니⋯⋯. 좋은 말씀입니다만 장모님! 우리의 식솔이 대체 몇 명이나 되는지 알기나 하세요? 나를 포함해서 이 개 소대 병력인 무려 육십 명입니다 육십 명. 그 많은 사람들에게 공짜로 술과 밥을 주신다고요? 그렇다면 오늘 이 철원집의 하루 장사는 허탕을 치시는 겁니다. 장모님 왜 그러세요? 저 오늘 돈 있습니다. 오까네 있어요. 이 병사들 육십 명과 고기도 밥도 먹고 술도 사 마실 만한 돈을 미리 준비해 가지고 나왔다고요."

김만돌 중사의 말투에는 어딘지 모르게 자신감이 묻어 있었다.

"김 중사! 자네는 아직도 내 말의 뜻을 못 알아들었단 말인가? 명색이 사위라고 주절거리고 댕기는 사람이 그래 장모의 심중을 그렇게도 알아채지 못해서야 원⋯⋯. 김 중사! 잔소리 말게. 벌목장 병사들이 오늘 우리 집에서 먹는 술과 저녁밥은 내가 대접하는 것일세. 뭔 소린지 이제는 알아듣겠는가?"

안주인은 김 중사의 대답도 듣기 전에 미닫이를 콱 닫아 버렸다.

"야. 너희들하고 집단외출을 나오니까 생각하지 못한 횡재를 다 하는구나. 이 다문장터에서 후하기보다는 깐깐하기로 이름이 난 철원집 안주인의 인생관이 오늘부터 확 달라지는 것 같다야. 저 아주머니가 너희들을 보고 감동을 먹은 게 분명해."

아무튼, 그날 벌목장의 신병들은 철원집 안주인이 차려낸 잔치상 같은 푸짐한 여러 가지 음식으로 주렸던 배를 채웠다. 돼지고기는 세겹살을 청해서 구워 먹으려고 했지만 부엌에서 아예 김치와 고추장을 섞은 두루치기로 만들어서 내왔고, 그 다음에는 처녀들 볼살처럼 연하다는 한우 갈비와 불고기도 곁들여서 나왔다. 고마운 일이고 감격스러운 일이었다. 한 시간이 넘도록 고기와 밥과 술로 배를 잔뜩 채운 일행은 고맙다는 인사를 남기고 철원집을 벗어나 좁아터진 장터거리 구경을 나섰다.

길가에 즐비하게 늘어선 게딱지같은 집들은 거의가 부대의 군인들과 그 군인들을 면회하러 전국에서 몰려오는 부모와 가족 친지들을 상대로 하는 건물들이었다. 좀 심하게 말해서 군인들을 뜯어먹고 사는 장사꾼들 집이었다. 주단포목점도 한두 곳 있었고 식품점이나 잡화상과 구멍가게들도 있었지만 대부분이 술집이고 음식점이고 여관이고 여인숙이었다. 특히 식당을 곁들인 술집 앞에서는 반나체의 젊은 아가씨들이 짙은 화장품 냄새를 뿜어내면서 지나가는 군인들을 몸으로 유혹했다.

김 중사는 병사들을 이끌고 다문장터를 한 바퀴 돌았다. 일제 식민통치시대에 말광대 단원들이 지방공연을 나와서는 나팔을 불고 북을 치는 악대를 앞세우고 장터를 한 바퀴 돌면서 관람객들을 모으듯이, 앞뒤 골목을 한바탕 돌아본 뒤에 좀 널찍하다고 생각되는 어느 목로술집으로 일행을 이끌고 들어갔다. 말하자면 입가심으로 한 잔 더 하려는 수작이었다. 그곳에도 화장기 짙은 아가씨들 여럿이 술청에 앉아 담배를 피우고 있다가 갑자기 나타난 군인들을 반색으로 맞아들였다.

"부대마크는 낯이 익은데 얼굴은 처음 보는 군바리들이네."

"전방으로 전입 온 지 얼마 안 된 신병들이잖아?"

아가씨들이 제각기 한마디씩 했다.

"귀신 씨나락 까먹는 소리는 집어치우고 어서 술이나 가져오시오. 이 병사들은 우리 부대로 몇 달 전에 전입한 신병들인데 오늘 부대 밖으로 첫 외출을 나오셨으니까 아가씨들이 기분 좀 맞춰 줘야 합니다."

김만돌 중사가 아가씨들에게 말했다.

"그럼 벌목장이나 숯가마에서 나왔어요?"

"그렇소. 아가씨들이 알다시피 벌목장에서 중노동을 하느라고 생고생을 하는 병사들이란 말이오. 애들아! 무슨 술로 마실까? 소주로 할까 막걸리로 할까? 철원집에서 막걸리를 마셨으니까 짬뽕을 하면 안 되지. 그래 그 유명한 막걸리 있지 않습니까, 그걸로 주시오."

김 중사가 좌중의 분위기를 띄우려고 서둘러 술을 시켰다. 처음에는 배가 불러서 막걸리를 마시지 못하겠다는 병사들이 있었지만 술잔이 몇 순배 돌고난 다음에 젓가락 장단에 맞춰 아가씨들의 유행가 가락이 흘러나오기 시작하자 젊은이들의 본색이 여지없이 드러났다. 일어서서 아가씨를 끌어안고 멋들어지게 춤을 추는 병사들이 나타나는가 하면 유행가를 가수 뺨치게 부르는 병사들도 있었다.

"나도 오랜만에 뽕짝 한 곡 불러 볼 거야."

"아냐 내가 먼저 할 거야."

"무슨 소리야. 내가 먼저 부를 거야. 이 형님의 노래를 듣고 난 다음에 너의 노래를 듣자."

부대 안에서는 한번도 전우들 앞에 나서지 않았던 병사들이지만 뱃속에 술이 적당하게 들어가자 갑자기 간덩이들이 부었는지 배짱이 여간들 아니었다. 몇 곡의 흘러간 옛 노래들이 차례로 이어지면서 술집은 흥분으로 넘쳐났다. 노래가 시작되자 모든 병사들이 자연스럽게 일어서서 손을 잡고 춤을 추면서 합창을 했다. 노랫말과 리듬에 공감했기 때문이었다. 한 곡의 노래가 끝나자 이번에는 또 다른 병사가 노래를 하겠다면서 마이크를 넘겨받았다.

"넌 무슨 노래를 부를 거니?"

"나는 '향기품은 군사우편'"

"그건 옛날 유행가인데 네가 가사를 알겠냐?"

"걱정 붙잡아 매셔."

한쪽에서는 노래를 서로 먼저 부르려고 야단들인데 구석

진 곳에서는 아가씨를 품에 껴안고 남달리 애무에 빠진 병사도 있었다. 또 술이 가득한 술잔도 비우지 않은 채 부처님처럼 말없이 앉아서 즐겁게 노는 전우들을 바라보기만 하는 백면서생같은 병사도 있었다. 그야말로 각양각색이었다.

"이번에는 내가 부를 거야."

오랫동안 두 눈을 감고 묵묵히 앉아 있던 조현수 일병이 성큼 일어서더니 마이크를 거머쥐었다.

"야! 너도 노래할 줄 아냐?"

옆에 있던 어떤 전우가 조 일병에게 말했다.

"원체 노래라면 별로지만 오늘만은 한 곡 부르고 싶다."

"제목이 뭐야?"

"가거라 삼팔선."

"뭐야?"

"오늘 조현수가 한 곡조 뽑는다니까 어디 들어보자."

조 일병은 자리에서 일어서더니 비어 있는 양은주전자의 뚜껑을 열고 술상 위에 흩어져 있던 숟가락 몇 개를 집어넣어 장단채를 만들어 흔들면서 흘러간 노래 '가거라 삼팔선'을 단숨에 삼 절까지 불러 젖혔다.

조현수 일병의 노래 실력은 뜻밖에도 출중했다. 음정도 정확했고 박자도 잘 맞았다. 가창력 또한 돋보였다. 그렇게 노래를 잘 부르면서도 지금까지 전우들 틈에서 한 마디의 노래도 부르지 않았다는 것이 신기했다. 조 일병의 노래가 끝나자 이번에는 그 옆에서 조용히 노래를 듣고 있던 술집 아가씨가 냉큼 마이크를 넘겨받았다.

"이 아가씨가 창가 한 곡조 할라나 보네?"

조 일병이 마이크를 넘겨주면서 말했다.

"군인 아저씨들끼리만 노래를 하면 너무 재미가 없잖아요. 내가 좋아하는 노래를 한 곡 부를 테니까 여러분들도 함께 부르자고요."

"어떤 노래인데?"

"나는 '통일의 노래'를 부르겠어요."

"뭐야? 그 노래는 술집에서 어울리지가 않아요……."

여기저기서 병사들이 말했다.

"왜요, 그 노래가 어때서요? 술집에서 부르는 노래가 어디 따로 있습니까? 왜 우리나라 젊은이들은 서양에서 들어온 팝송이나 일본 냄새가 풍기는 뽕짝만을 진짜 노래로 여기는지 모르겠어요? 나는 통일을 희망하는 우리 민족의 노래, 남북분단의 뼈아프고 슬픈 정서가 담겨져 있는 이 노래가 사무치게 좋아요. 삼천리 금수강산에 삼팔선이 그어지면서 국토가 분단되었으니 우리 백의민족의 소원이 무엇이겠어요?"

"뭐라고?"

"야 그런 유식한 말 처음 들어보겠는데……."

"이 아가씨, 정말로 별난 아가씨네?"

병사들이 이구동성으로 떠들어댔다.

"우리의 소원은 통일
꿈에도 소원은 통일
이 민족 살리는 통일
이 반도 살리는 통일
통일이여 오라 통일이여 오라.

우리의 소원은 통일
꿈에도 소원은 통일
그 누가 막고 있나 통일
누구도 막지 못할 통일
통일이여 오라 통일이여 오라.

남북의 소원은 통일
겨레가 하나 되는 통일
첫째의 희망도 통일
둘째도 우리는 통일
통일이여 오라 통일이여 오라.

기다리다 지쳤다 통일
가슴속에 응어리졌다 통일
우리가 이루자 통일
마침내 이뤄진다 통일
통일이여 오라 통일이여 오라."

처음에는 찡찡대던 병사들도 술집 아가씨가 통일의 노래를 힘차게 부르기 시작하자 어느 사이엔가 덩달아 합창을 시작했다. 아가씨는 노랫말을 자기 맘대로 지어서 불렀다. 참으로 엉뚱한 아가씨였다. 술집은 금세 통일의 노래로 들썩들썩했다. 금방 휴전선이 무너져 내리기라도 하는 것 같은 분위기였다. 병사들은 서로 어깨동무를 하면서 덩실덩실 춤을 추었다. 병사들 모두가 그 아가씨를 에워싸고 통일의 노래를 부르면서 춤을 추었다.

후방과 달리 전방 지역의 통금시간은 꽤나 일렀다. 김만돌 중사는 아홉 시가 가까워지자 노래를 곁들인 술판을 서둘러 마무리했다. 약속된 시간에 맞춰서 병사들을 태우고 벌목장으로 들어갈 트럭들이 이미 술집 앞에서 발동을 걸어 놓고 기다리고 있었다. 병사들이 개별적으로 외출을 했더라면 다문장터의 여인숙에서 하룻밤을 지새우고 들어갈 병사들도 더러 있었을 것이지만 육십 명 전원이 집단외출을 나온 터여서 통금시간 이전에는 어김없이 부대로 복귀해야만 했다.

그런데 우려했던 대로 사단이 생기고 말았다. 노래도 부르고 술집 아가씨와 어울려서 춤까지 추면서 분위기에 한껏 고무돼 있었던 조현수 일병이 다문장터의 여인숙에서 하룻밤을 자고 가겠다며 고집을 부렸던 것이다. 남들이 술을 마시면서 즐기는 사이에 짝이 되었던 아가씨와 하룻밤 풋사랑을 약속이라도 한 모양이었다. 조현수 일병은 김 중사를 붙들고 애걸복걸이었다.

"김 중사님! 내일 부대에 들어가서 어떤 기합이 내려지더라도 달게 받겠습니다. 단 오늘밤은 이 다문장터의 여인숙에서 하룻밤 묵새기하도록 허락해 주십시오. 부탁합니다 김 중사님!"

전혀 예상치 못했던 일이었다. 병사들 가운데 누군가가 술주정을 하다가 순찰을 나온 헌병들에게 군기문란으로 적발이 될지도 모른다는 우려 정도야 했지만 절간에 온 색시처럼 얌전하기만 했던 조현수 일병이 얄궂게 사단을 부릴 줄은 정말로 몰랐던 것이다.

"야 이 얌체 같은 녀석아, 육십 명이 단체로 외출을 나왔다가 단체로 복귀하는데 너만 이곳에 남아 외박을 하겠다는 건 너무 불공평하잖아?"

김만돌 중사가 핀잔을 주듯이 말했다.

"김 중사님! 동료 전우들에게는 미안한 일이지만 오늘은 한번만 봐 주십시오. 처음이자 마지막 부탁일지도 모릅니다."

"뭐야? 마지막 부탁일지도 모른다……."

그렇게 말한 조 일병은 술집 방 안으로 들어가더니 아예 큰대 자로 누워 버리고 말았다. 주위에서 병사들이 달래고 만류했지만 일어나서 일행들과 부대로 들어갈 기미가 전연 보이지 않았다. 그야말로 똥배짱이었다. 이 모습을 지켜보던 김우주 일병이 상기해 있는 김만돌 중사의 손을 이끌고 술집 밖 골목길로 나갔다.

"일이 엉뚱하게 벌어져서 미안합니다. 조현수 일병의 꼬락서니를 보니까 들어갈 기미가 전혀 없습니다. 선임하사님이 양해해 줘야 할 것 같습니다."

"너희들 육십 명 모두가 아쉬움을 안고 그대로 귀대하는데 그 녀석만을 이곳에 남겨 놓는다는 건 정말 공평하지 않은 일이잖아……."

"허지만 지금으로서는 그럴 수밖에 없을 것 같습니다. 김 중사님이 선처해 주신다면 동료 병사들에게는 내가 따로 양해를 구하도록 하겠습니다."

"별수 없지. 네 말대로 하자. 내가 마침 비상용으로 가지고 있는 백지 외박증이 한 장 있으니까 거기다가 조현수의 관등성명을 적어서 넘겨주도록 하고. 그리고 어떤 경우가 되더라도 절대로 사고치지 말고 얌전히 있다가 내일은 일찍 귀대하라고 단단히 이르란 말이야?"

"고맙습니다. 김 중사님!"

"저 얌체 같은 놈!"

노래 '통일의 노래'를 구성지게 부른 술집 아가씨에게 홀딱 반해서 귀대를 거부하는 조현수 일병을 다문장터 여인숙에 남겨둔 채 입대 이후 첫 외출을 나갔던 벌목장 소속 신병들은 트럭에 올라 콧노래를 부르면서 부대로 돌아왔다. 신병들에게는 짧고 안타까운 시간이면서도 한편으로는 즐겁고 신명나는 외출이었다.

다문장터의 여인숙에 홀로 잔류한 조현수 일병은 서울의 어떤 예술대학에서 연극 연출을 공부했다는 경상도 진주 출신의 친구였다. 술집에서 흘러간 노래 '가거라 삼팔선'을 불러서 병사들의 가슴을 찡하게 만들었던 바로 그 녀석이었다. 평소에는 별로 군말도 하지 않는 과묵한 성품의 병사였었다.

그런데 다문장터 여인숙에 홀로 남았던 조현수 일병은 이튿날 오전 일과가 다 끝나도록 부대에 나타나지 않았다. 그뿐만 아니었다. 점심시간이 지나고 벌목장으로 중노동을 나갔던 병사들이 하루 작업을 마무리하고 모두 내무반으로 복귀한 해질녘이 가까워서야 어슬렁어슬렁 부대로 돌아왔던 것이다. 조현수 일병은 행정반으로 김 중사를 찾아가서 귀대신고를 했다.

"신고합니다. 조현수 일병 외박에서 돌아왔습니다!"

김만돌 중사는 어정쩡하게 거수경례를 받으면서 마지못해 싱긋이 웃었다. 겉으로는 표시도 못한 채 온종일 불안한 마음으로 걱정하고 있었는데 아무런 사고 없이 부대로 돌아왔으니까 우선은 반가웠던 것이다.

"살아왔으니 다행이다."

"예! 제가 죽기라도 한 줄 아셨습니까?"

"여인숙에서 잠만 자고 오전에 일찍 들어오라고 그렇게 신신당부를 했는데도 오후가 되도록 안 돌아오니까 필경 사고라도 생긴 것은 아닌가 하고 내내 근심걱정을 많이 했었단 말이다."

"김 중사님! 어제는 정말로 감사했습니다. 그리고 또 죄송했습니다."

"감사해, 그리고 정말로 죄송하다고 생각하는가?"

"네!"

"어제 마신 술이 아직 덜 깬 것은 아니겠지?"

"정상입니다."

"야 임마! 정작 고마운 인사는 너희 전우들에게 해야 되는 거야! 알았냐? 나는 외박증만 넘겨줬을 뿐이야."

"알고 있습니다."

김 중사는 아무렇지도 않은 듯이 시치미를 떼고 있는 멍한 표정의 조현수 일병을 뚫어져라 하고 바라봤다.

"우리 상호 간에 가슴을 툭 터놓고 솔직하게 이야기 좀 해 보자. 어젯밤에 너 그 깔치하고 진짜로 재미를 보기는 봤냐?"

김만돌 중사가 장난끼를 섞어서 말했다.

"김 중사님! 왜 이러십니까?"

조현수 일병은 의외로 차분하게 대응했다.

"내가 보기로 너는 어제 분명히 술독에 빠진 생쥐였으니까 아무런 저지레도 치지 못했을 것 같아서 그런단 말이야……."

"선임하사관은 졸병의 사생활까지 건드려도 되는 겁니까?"

"어라, 사생활 좋아하네."

"그런 질문에 나는 일체 입을 열지 않겠습니다."

"그렇다면 개인의 인격을 모독하니까 말을 안 하겠다는 것이야? 아니면 상급자는 하급자의 사생활을 간섭해서는 안 된다는 거야? 어느 쪽이지?"

"뭐가 그렇게 복잡합니까? 두 가지 답니다."

"에이 도둑놈! 보기로는 순박한 녀석 같았는데 알고 보니까 보통 까진 놈이 아니로구나."

김만돌 중사는 한바탕 낄낄거리며 웃었다. 김우주 일병을 비롯해서 옆에서 이 모습을 바라보던 병사들도 덩달아 웃음보를 터뜨리고 말았다.

"야 김우주 일병! 조현수 일병 저 새끼 말이야, 오늘 보니까 여간 음흉한 놈이 아니다 그치? 이건 내 추측인데 조 일병 저 놈은 술에 곯아떨어지는 바람에 아마 어젯밤에 그 황홀한 술집 여자의 보들보들한 살결도 못 만져 봤을 것 같구나. 너희들 그렇게 생각 안 하냐?"

김 중사가 주위에 서 있는 병사들을 둘러보며 말했지만 모두들 빙그레 웃기만 할 뿐 누구도 가타부타 입을 떼지 않았다.

"놀리지 마십시오. 저는 계속 발언을 거부하겠습니다."

조 일병이 다시 말했다.

"거부하겠다고? 언제는 내가 진술을 강요했었나?"

김 중사는 계속 히죽이 웃음을 터뜨렸고 조 일병은 고개를 숙인 채 입을 한 일 자로 다물고 있었다.

"됐다 됐어, 다행히 아무런 사고도 치지 않고 무사히 돌아왔으니까 외박임무 완수다. 그만 내무반으로 가봐."

조 일병은 그때서야 비실비실 김 중사의 시야에서 사라졌다.

"우주야! 우리끼리 얘긴데 저 조현수 일병 놈 혹시 이상주의자 아니냐? 이번 외박 사건을 보면서 문득 그런 생각이 들더란 말이다."

"이상주의자가 아니라 지극히 순박하기 때문일 것입니다."

"그럴까?"

"순박하지 않으면 그렇게 행동할 수 없습니다. 사회경험이 많았다면 분명히 달리 행동했을 테니까요."

"각박한 세상물정에 전혀 시달리지 않았다?"

"어찌 됐든 어제 저녁에 조현수 일병의 응석을 받아주신 것은 참으로 잘 하신 처사입니다."

"내가 잘한 처사라고? 저 음흉한 놈! 네놈이 그렇게 하자고 협박을 해서 나는 네놈이 하자는 대로 따라서 허락했을 뿐이야."

"그게 어떻게 협박입니까. 그렇게 했으면 좋겠다는 건의였습니다."

"저 능구렁이 같은 놈, 나를 여인숙 앞 길거리로 끌고 나가서 압력을 넣고서도 이제 와서는 그야말로 오리발을 내미네."

"김 중사님! 왜 저만 나쁜 놈으로 만드십니까?"

"임마, 실은 네놈이 대견해서 그렇다는 말이지."

김우주와 김만돌 중사는 다시 한번 낄낄거리고 웃었다.

"그런데 선임하사님은 도대체 언제부터 이 벌목장의 책임자가 됐습니까?"

"나? 벌써 여러 해 됐지."

"자원했습니까?"

"부사관 주제에 자원이 어디 있냐? 열쇠마크 사단에서 이곳으로 전속을 오자마자 연대장에게 전입신고를 갔더니 대뜸 '중사 김만돌, 오늘 날짜로 벌목장의 책임하사관으로 임명한다'고 말하더라고. 그 시간부터 꼼짝없이 벌목장의 연대장 사역병이 된 거야."

"벌목장 책임하사관이 된 뒤에 연대장이 모두 몇 명이나 바뀌었습니까?"

"김대풍 대령이 세 번째 인물이지."

"옛날에는 벌목장의 노동조건이 지금보다 더 열악했겠지요?"

"당연하지. 너희들이 지금 그곳에 들어가서 중노동을 하고 있으니까 내가 더 설명할 필요가 없는 일 아니냐?"

"벌목장의 폐쇄와 존속은 상부에서 결정할 일이지만 사병들의 작업조건 개선여부는 연대장이나 본부중대장 그리고 김 중사님에게 달려 있는 것 아닙니까?"

"굳이 따진다면 그런 셈이지."

"그렇다면 명목상 직속상관인 본부중대장은 열외로 제쳐 두고 김 중사님만이라도 벌목장 운영에 대해서 연대장과 업무적인 이야기를 격의 없이 나눠본 적은 있습니까?"

"연대장이 자청한 일도 없고 내가 요구한 바도 없었지."

"어째서요?"

"목상들이 서울에서 돈을 가지고 내려오는 날만 연대장의 얼굴을 볼 수 있을 뿐이니까. 평소에는 연대장과 내가 먼 거리에 떨어져 있으므로 벌목장 운영에 대해서 전혀 이야기를 나눌 기회가 없지. 또 왜 그런지 모르지만 어쩌다가 두 사람이 만나게 되고 내가 어떤 이야기를 할 눈치가 보이면 연대장이 금방 피해 달아나버려."

"그건 납득할 수 없는 핑계입니다. 벌목장의 작업조건이 지금처럼 열악한 상태라면 현장책임자인 김 중사님이 자발적으로 연대장을 직접 찾아가서 현안을 건의하거나 작업조건 개선을 협의해야 되는 것 아닙니까?"

"오래 전이긴 하지만 내가 한두 번인가 연대장과 자리를 같이한 적이 있었지. 그때 벌목장의 작업여건이 열악하므로 장비와 도구를 보충해 주고 작업강도도 완화해 달라고 건의를 했었지만 연대장이 자세한 이야기를 듣기도 전에 화를 내면서 대답을 하지 않는 거야. 연대장이 그렇게 나오는데 내가 더 어떻게 하겠냐."

"연대장 김대풍 대령은 좌우간 악질입니다. 벌목장에서 나오는 엄청난 돈은 꼬박꼬박 받아 챙기면서 벌목하는 병사들의 작업환경 개선이나 운영 문제에 대해서는 아예 나 몰라라 하다니 그게 수전노지 인간입니까?"

"상종하기 힘든 사람이야."

"구두쇠 중에서도 상 구두쇠로군요."

"내 처지에서는 뭐라고 더 말할 수가 없어."

"김 중사님만이라도 우리 벌목장 병사들을 더 이상 고달프게 들볶지 않는 것은 고맙지만 그런 뜨뜻미지근한 태도는 정말 마음에 안 듭니다."

"아무런 능력과 권한이 없는 나는 중간에서 어쩌란 말이야? 그래서 나는 연대장과 병사들의 눈치를 아울러 보는 박쥐 신세가 된 거야."

"어찌 보면 김 중사님의 처지도 충분히 이해가 가긴 가지만 그 우유부단한 태도가 전혀 마음에 안 든다, 이겁니다."

"내 처지도 생각도 좀 해 줘."

"뭘 어떻게 이해를 해야 합니까?"

"김대풍 연대장이 다른 부대로 전속을 가거나 장군으로 진급을 해서 이 부대를 떠날 때까지만 나를 봐 줘. 부탁이야."

"임시 모면만 하시겠다, 뭐 그런 말씀입니까?"

"그 이야기는 그만해."

"듣기가 싫다는 것입니까?"

"알았다는 말이야."

"벌목장 병사들이 착하니까 이 고통을 감수하는 것입니다. 좀 까탈스러운 병사들을 만났다면 연대장 김대풍 대령 골치깨나 아플걸요."

"그건 정확한 발언이야. 내가 이 벌목장의 책임자가 된 뒤 지금까지 수없이 많은 신병들을 배치받았다가 떠나보내고 했지

만 너희 동기들과 같이 착한 놈들을 만났던 적이 없었어. 지금
처럼 친하게 가슴을 터놓고 가깝게 지냈던 경우는 거의 없었단
말이야."

"우리 동기들과 김 중사님이 지금 가깝게 지내는 편입
니까?"

"야 엇가지 마. 지금 와서 돌아보니까 그동안에 벌목장으
로 배치돼 왔었다가 제대해서 떠나간 그 수많은 병사들은
인간미가 전혀 없었던 녀석들이 아니었던가 하는 생각마저
들어."

"왜요?"

"서로 속마음을 주고받은 적이 거의 없었으니까."

"글쎄 지금은 우리들이 서로 속마음을 주고받는다고 생각합
니까?"

"야 그러지 좀 말라니까. 지금 생각해 보니까 지나간 시절에
배치됐었던 병사들이 격의를 가지고 나를 대했기 때문에 나 또
한 그들을 달갑게 감싸 안지 못했던 것이 분명해. 그러니까 군
대라는 울타리 안에서 직업군인 상급자와 의무병 하급자들이
서로 가슴과 입을 닫은 채 적당하게 눈치껏 세월을 보내다가
떠나가고 떠나보냈던 것만 같아."

"군대가 원래 그런 것 아닙니까?"

"하기야 벌목장으로 배치된 뒤에 소나무를 베어서 목재를 만
들고 또 그것들을 서울로 수송하는 일련의 작업들이 팔려온 노

예들이나 감옥의 죄수들에게 부하된 중노동 같은 것이지 군대 생활이라고 말할 수는 없지."

"그건 세월이 많이 흘러갔다는 지금도 똑같지 않습니까?"

"물론 변함은 없지. 그런데도 너희 동기들의 의식이나 행동은 본받을 만큼 정직하고 정의롭거든. 그래서 내가 너희들을 좋아하는 것이다. 어제 다문장터로 짧은 나들이는 너희들이 어떻게 받아들이든 간에 평소 내가 가지고 있었던 속마음을 일부분이나마 표현했던 것이야. 너희 동기들 육십 명에 대해서는 내 나름대로 부채감 같은 것을 느끼고 있었으니까 말이야."

"김 중사님이 우리들에게 그런 부담감을 가질 필요는 없습니다. 또 연대장이라는 사람이 돈밖에 모르는 철면피든 아니든 그것을 비판할 생각도 이제는 없습니다. 우리 동기들이 비록 강제징집은 당했지만 우리의 인격대로 눈앞에 닥친 의무병 생활을 깨끗하게 이행하고 싶을 뿐입니다."

"그건 그렇고 과거의 관행대로라면 너희들도 앞으로 몇 달이 지난 뒤에는 이 벌목장을 벗어나게 되겠지. 그동안에 벌목장으로 배치됐었던 병사들도 대충 육 개월이나 일 년 이내에 연대 본부로 원대복귀 특명을 받았으니까 말이다. 그러나 특수한 병력으로 낙인이 찍혀서 배치된 너희들의 경우는 어떻게 처리가 될지 아직은 누구도 귀추를 모를 일이다.

'강제징집'이라는 아름다울 수 없는 훈장을 달고 있기 때문에 무기한으로 벌목장에 더 처박아서 중노동을 시키게 될지, 과거의 병력들처럼 일정한 기간이 지나면 다른 곳으로 재배치를 할 것인지의 여부는 오로지 연대장의 권한이고 그의 의중에 달렸으니까 말이다. 부대 안에서 크레믈린이라고 소문이 난 연대장의 심중을 아는 사람은 아무도 없거든."

김우주 일병은 김만돌 중사의 긴 이야기를 새겨서 들었다. 벌목장 생활이 몇 개월이나 되었지만 김만돌 중사와 이같이 진지하게 이야기를 나누기는 실로 처음이었다.

"나는 너희들이 매일 아침 벌목장으로 작업을 나가는 모습을 바라볼 때마다 가슴이 찢어지는 것같이 아프다. 나처럼 또는 네 말대로 농촌에서 자라나 육체노동에 익숙한 병사이건 평생 풀 한 포기 뽑아본 적이 없는 도시 출신이건 간에 병역의무를 치르겠다고 군대에 들어온 젊은이들을 군의 기본임무와는 동떨어진 중노동현장으로 내몰아서 그 정력을 착취하는 현실이 너무나도 가슴 아프고 안타깝기 때문이다."

"말이 나왔으니까 말인데 우리 벌목장에서 매월 병사들이 생산하는 목재가 도대체 얼마나 되며 벌목장에서 생산되는 목재를 판매한 돈을 독식하는 사실상 사장이나 다름없는 연대장의 수입은 매월 얼마나 됩니까?"

"너희들이 들으면 깜짝 놀랄 것이다. 여러 종류의 목재가 지엠시로 대략 열 트럭쯤이 생산되는데, 그걸 팔아서 들어오는 수익은 서울 변두리에 새로 지어지는 스무 평대의 작은 불란서식 부흥주택 한 채를 살 수 있는 어마어마한 금액이지."

"네에!? 그 정도로 엄청난 액수인지는 정말 몰랐습니다. 어쨌거나 그것이 연대장 한 사람의 수중으로 들어가는 것은 분명한 일 아닙니까?"

"당연하지. 그 많은 수입금을 자기 혼자서 독식을 하는지 상급부대 지휘관들에게 일부분 상납을 하는지 그것이야 내가 전혀 알 수 없는 일이지만……."

"김대풍 연대장은 진짜 해도 해도 너무하는군요."

"우리가 생산하는 목재들은 전량이 대도시의 목재업자들에게 팔려 나간다. 목재는 생산되는대로 서울로 수송해 주고 그 목재 대금은 업자들이 다문장터로 내려와서 지불하는 방식을 취하고 있는데, 너희들이 잘 알고 있듯이 방대한 국유림 속의 소나무를 무허가로 멋대로 벌채하기 때문에 원목 값도 일 원 한 장 지불하지 않고 있다.

또 소나무를 베어서 목재와 판재로 만드는 과정에도 군용 트럭을 산골짜기로 끌어들여다 놓고 거기다 제재기를 연결하여 운용하고 있으니까 비용이 전혀 들어가지 않는다. 또 그 목재 제품을 서울의 목상들에게 수송하는 모든 과정의 비용도 거의 들어가지 않는다고 말할 수가 있다. 이렇듯이 생산원가가 전혀 들어가지 않으니까 목재를 판매해서 얻어지는 매출액 전부가 수익금이라고 계산해도 지나친 말이 아니다.

이런 비리가 비록 우리 연대에서만 일어나고 있는 것은 아니다. 불행하게도 이 추가령지구대 지역에 주둔한 몇 개 사단

예하의 몇 개 연대가 거의 비슷한 형태의 벌목장과 숯가마를 개설하고 있으므로 그 부정의 규모를 통합한다면 엄청나다고 볼 수가 있다. 휴전 이전까지는 모두가 북쪽의 영토이던 세칭 수복지구인 이곳의 울창한 산림들이 점차 벌거숭이로 변하는 과정에서 그야말로 또 다른 국방비리의 온상이 되고 있는 것이다.

그러니까 현재 중동부 주저항선 이남에 주둔하고 있는 사단급 이하의 단위 부대장들 가운데 군 상층부와 정부 고위층에 든든한 배경을 가져서 배짱이 두둑한 고급 장교들이, 군사작전과 훈련에만 사용해야 할 장비와 병력을 개인적으로 동원하고 투입해서 치부와 영달을 꾀하고 있는 이런 악질적인 범법행위는 반국가적 범죄라고 아니할 수가 없는 것이다."

"다른 부대의 벌목장들도 운영방식은 우리 연대와 비슷비슷하겠지요?"

"그렇지. 우리 모두가 알다시피 벌목장에서는 미군이 쓰다 넘겨준 지엠시 트럭을 제재기와 연결해서 목재를 생산하고 있는데, 엔진을 가동하는 데 들어가는 휘발유와 제재기의 각종 부속품들도 모두 훈련용으로 배정된 군수품을 빼돌려서 사용하고 있는 것이다.

벌목장에서 생산하는 목재는 무허가 제품이므로 명백하게 부정임산물이다. 그러나 밤을 틈타 군용 차량에 실어서 수송하기 때문에 최전방에서 서울의 미아리까지 사이에 설치 돼 있는 수십 개소의 헌병검문소(경찰과 합동으로 근무함)를 검문검색 없이 무사하게 통과할 수가 있는 것이다.

내가 몇 번 정도 목재를 실은 군용 트럭의 운전병 옆에 타고 선임승차자가 되어서 검문소를 통과해 보니까 이것이 얼마나 잘못된 비리인가가 저절로 수긍이 되더라. 트럭의 운전병 옆에 탄 호송책임자는 대부분 직업군인인 부사관들이다. 그들은 연대장의 지시에 따라서 마련한 돈 봉투를 검문소를 지나갈 때마다 한 개씩 검문헌병에게 제공하는 것이었다. 이는 오랜 관행으로 굳어져 있었다. 그러니까 앉은 도둑놈들이 지나가는 도둑놈들로부터 뇌물을 상납 받는 기막힌 현상이 아주 자연스럽게 이뤄지고 있었던 것이다.

목재를 실은 트럭이 검문소 앞에 일단 정거를 하면 검문소 안에 있던 헌병이 밖으로 나와서 호송책임자에게 인사를 한다.

'수고가 많으십니다.'

'피차일반입니다.'

'오늘도 지난번과 똑같은 화물입니까?'

'그렇습니다.'

그렇게 인사말을 주고받는 사이에 호송책임자가 트럭 옆으로 다가선 헌병의 손에다 돈 봉투를 재빨리 쥐어 주는 것으로 거래는 순식간에 끝난다."

"헌병이 받은 봉투 속의 돈은 누가 먹습니까?"

"검문소 근무자들이 나눠 먹겠지."

"검문소에는 헌병과 경찰이 합동으로 근무하지요?"

"그렇지. 하지만 특무대 정보원과 공갈을 일삼는 지방기자와 이들과 연루되어 있는 깡패 등 검문소를 들락거리면서 개평을 뜯는 예외자들도 있지."

"그러니까 헌병과 경찰들은 검문소를 드나드는 어중이떠중이들 모두와 수입을 골고루 나눠 먹는다는 그런 말씀이지요?"

"좀 부끄러운 이야기지만 그들 검문소에서는 돈 봉투만이 아니라 현물도 거둬들이지. 그러니까 헌병은 군인들을 상대로, 경찰은 민간인들을 상대로 검문검색을 한다는 전제 아래 현물이나 돈 봉투를 받는다는 말이야."

"그러니까 군용 차량이든 민간인 차량이든 불법부정한 물건을 싣고 검문소를 지나갈 경우에는 모두가 비공식적인 통과료를 내는 셈이군요?"

"그렇지."

"세상의 어느 한 구석도 깨끗한 곳이 없네요."

"생각하면 할수록 아주 속상하는 일이야."

"부패가 군부만 아니라 사회 전체로 좀먹듯이 번졌군요."

"어디부터 어떻게 손을 대야 수습이 될지 잘 모를 지경이지."

"세상 사람들 모두가 그냥 가는 데까지 가보자는 것 아닙니까?"

"그러니까 날만 밝으면 산속으로 들어가서 소나무를 벌목하고 제재하느라고 중노동에 시달리고 있는 노예 같고 송충이나 다름없는 벌목장의 병사들이 오히려 거룩한 존재들인지도 모른다."

"목재를 팔아먹은 돈에는 혀도 못 대고 있는 처지라고 하지만 벌목 작업을 진행하는 김 중사님에게도 일말의 책임이 없는 것은 아닙니다."

"나도 사실상의 공범이니까 그 책임을 부인하고 싶지는 않아. 다만 일반병사들은 복무기간이 '언제까지'로 정해져 있으니까 그때까지라는 시한성 때문에 이를 악물고 악조건을 견뎌내고 있겠지만 나 같은 직업군인은 언제까지라는 기약도 없으니까 참으로 암담할 뿐이야."

"선임하사님의 오늘 발언은 아주 구체적일 뿐 아니라 약간은 비판적이며 진지했습니다. 언제나 자신은 생판 무식하고 못 배운 농사꾼이었다고 늘어놓기에 나는 주체적인 자아의식이 전혀 없이 단순한 상명하복의 직업군인으로만 알았습니다. 우리들이 신병들이라 우습게보고 그렇게 말했습니까?"

김우주 일병이 빈정거리듯 말했다.

"솔직히 나는 무식한 직업군인이야. 집안이 가난해서 겨우 중학교 교육만 받고 군대에 들어왔는데 직업군인이 되다보니까 국가로부터 융숭한 봉급만 또박또박 타먹고 살아가는 것이 좀 미안할 때가 있지. 내가 무식한 사람이라고 말한 것은 너희들을 의식하고 한 말이 아니라 내 평소의 생각이야."

"선임하사님은 언제까지 직업군인 생활을 계속하실 생각이십니까?"

"글쎄. 어떻게 할까 궁리는 계속하는데 결정은 쉽사리 못 내리겠는걸."

"군사반란을 일으켜서 군인이 정권을 잡고부터는 직업군인들의 생활도 나름대로 할 만하지 않습니까? 과거보다 봉급이 월등하게 많이 인상됐을 뿐 아니라 복지후생 문제도 좋아졌다는 것이고, 예비역으로 전역한 이후의 연금 혜택이나 대우도 여러 부문에서 전보다 훨씬 나아졌다니까 말입니다."

"의무병들 입장에서는 그렇게 볼 수도 있지."

"샘이 나서 하는 말이 아니라 지금은 아예 직업군인들의 세상이 열린 것 아닙니까? 내가 보기로는 우리나라에서 젊은이들이 최우선적으로 선택할 만 한 직업이 육해공군의 장교가 되거나 부사관으로 임관하는 것 같은데요?"

"글쎄 한쪽으로 보면 그런 부러움을 살 만도 하겠지."

"측면이 아니라 전면적으로 그렇지 않습니까? 내가 예를 하나 들어볼게요. 일반직 공무원이나 교육 공무원들은 삼십 년이고 사십 년이고 국가에 장기근속을 하고 정년퇴직을 해도 맨 나중에 국가로부터 받는 창현이란 것이 고작 국민훈장인데 그 훈장이란 것이 어떤 대우를 받고 있느냐, 참말로 웃깁니다. 간단히 말해서 국립공원에 무료입장하는 출입증으로도 써먹지 못한다는 말입니다. 이게 말이나 됩니까? 다 같이 국가를 위해서 봉사를 했는데 왜 군인들만 특별한 혜택을 받아야 합니까?"

"정말 그런가?"

"그것은 군인들의 경우 군인사법이라는 것이 있어서 현역이고 예비역이고 간에 그 법을 적용받으므로 일반 공무원들과는 처우가 엄청나게 다르다는 것입니다. 김 중사님은 아직 예비역이 돼 보지 않았으니까 전역 후의 대우에 대해서는 까맣게 모르실 것입니다."

"군인들이 참말 그 정도의 대우를 받고 있는가?"

"부사관이고 장교고 간에 군에 복무하는 중에 근무성적이 좋으면 표창도 받고 훈장도 받게 되지 않습니까? 그런데 무공훈장을 받은 사람들이 전역을 하면 자동적으로 국가유공자가 되면서 유공자가 받을 수 있는 여러 가지 대우와 혜택을 누린다는 것입니다. 훈장의 급수에 따라서 연금을 차등 지어서 받는 것은 물론이고 정부에서 시행하는 모든 행사와 의식에서 특대우를 받으며 심지어 철도와 항공기를 탑승할 때 브이아이피 대우를 받는 등 이루 열거할 수 없을 만큼의 혜택을 받는다고 합니다."

"정말이야?"

"그런데 일반 공무원이나 교육 공무원들은 재직 중에 아무리 국가를 위해서 헌신을 했더라도 겨우 훈장 하나 받는 것으로 그치는데 그 훈장이라는 것이 아무리 등급이 높은 것이라 해도 글쎄 전철이나 지하철을 무료로 승차할 수 있는 승차증으로도 써먹지 못한다는 것입니다. 그러니까 모든 보통 사람들이 군인을 부러워하고 국가유공자들을 선망하고 있는 것입니다."

"나는 실감을 못 하겠는데……."

"부사관이나 대령 이하 장교로 근무했던 사람들도 그런 대우를 받지만 만일 준장 이상 장군으로 진급을 해서 전역을 하게 되면 그 분들은 그야말로 우리 사회에서 특등 대우를 받고 있습니다. 살아 있는 동안에 국가로부터 여러 가지 예우를 받는 것은 말할 것도 없고 사망한 다음에는 부부가 국립묘지에 묻히는 것에서부터 보통사람들과는 천양지차의 대우를 받는다고 합니다.

국가를 위해서 싸우라고 양성한 군인들이니까 전쟁을 하는 기간에 전사를 했거나 부상을 입어서 상이용사가 됐다면 당연히 그런 대접을 받아야 마땅합니다. 그러나 휴전이 되고 정규적인 전쟁이 없었는데도 무공훈장을 남발해서 국가유공자를 만든다는 것은 좀처럼 납득이 안 가는 일입니다. 군인들을 그렇게 특대우하니까 누군들 군인들을 부러워하지 않겠으며 군인되기를 기피하겠습니까? 좌우간 지금은 군인들 세상이 되었다고 야단들입니다."

"야 김우주는 군인들의 처우에 대해서 어떻게 현역 부사관인 나보다도 더 잘 알고 있는 거야?"

"우리 이웃 동네에 육군사관학교를 나와서 장군으로 전역한 사람이 있는데 그 사람이 늘 동네 사람들 앞에서 대놓고 자랑을 하기 때문에 우리 이웃 동네의 모든 사람들은 국가유공자들의 대우 내용을 줄줄 외울 정도입니다."

"군인들을 대우하는 사회가 좋은 사회인 것이야. 안 그래?"

"군인들이 사회로부터 대우받는 것을 시샘하는 게 아니라 대우를 받는 것만큼 잘못을 저지르지 말아야 할 뿐 아니라 자체적인 정화를 시행해서 국민들의 지지를 받는 군대로 거듭 태어나야만 된다는 그런 말씀입니다."

"옳은 지적이야."

"김 중사님이야말로 현역으로 있을 때나 전역을 한 뒤에나 군인으로서 특급 대우를 받으면서 살아가게 되었으니까 참으로 행복한 분입니다."

"제발 정떨어지는 소리하지 말아라. 너 내가 어떻게 직업군인으로 장기복무자가 됐는지 그 경위를 한번 들어볼래? 참말로 기가 막힌다. 병장으로 근무하다가 막 제대를 몇 개월 앞두고 있을 때였어. 내가 복무하고 있던 전방 소총중대의 인사계로 있던 어떤 무지막지한 특무상사가 어느 날 본인인 나에게는 가타부타 일언반구의 귀띔이나 언질도 주지 않고서 자기 맘대로 내 이름을 장기복무 부사관 희망자 명단에다 적어 넣었던 것이야."

"제대를 앞두고 있는 의무사병을 말입니까? 사생결단이 날 일이지 그게 말이나 됩니까?"

"말도 안 되는 것 같은 일이 어떻게 생기게 됐느냐? 그때는 삼 년 간의 육이오 전란이 휴전으로 들어가고 얼마가 지나지 않았을 때라서 장교와 부사관들이 너도나도 왕창 제대신청을 하는 바람에 한때 군대를 현상유지하기 힘들 만큼 직업군인들이 모자랐지. 이 사태를 어떻게 마무리할까 하고 묘수를 찾던 국방부에서는 복무 중인 모든 장교와 부사관들에게 장기복무 희망자를 적극적으로 유치하고 확보하라는 지시를 내렸던 것이야. 그러면서 개개인에게 희망자 몇 명씩을 추천하도록 강제로 배정했었던 모양이야.

추천 실적이 좋은 사람에게는 진급에 우선권을 주는 등 푸짐하게 포상을 하고 반대로 추천 실적이 불량한 사람에게는 불이익같은 것을 주겠다고 말이야. 그런데 우리 중대 인사계는 자기에게 배당된 목표치를 채우지 못해 벌칙을 받게 될 것이 두려웠던지 마침 제대가 임박했던 의무사병인 내 이름을 자기 맘대로 장기복무 부사관 희망자 명단에다 적어 넣었던 것이야.

자기 독단으로 몰래 저지르고 숨긴 일이니까 장본인인 나는 전연 모르고 있었지. 글쎄 학수고대하며 손꼽아 기다리던 제대 날짜가 훌쩍 지나갔는데도 상급부대로부터 '제대특명'이 내려오지 않는 거야. 내가 이상하고 불안한 생각이 들어서 연대 인사과에 알아보니까 글쎄 내가 장기복무 부사관 희망자로 이미 육군본부까지 보고가 돼버렸기 때문에 제대특명에서 제외가 됐는 것 아니겠어.

하늘이 무너지는 것처럼 기가 막혔지. 참말로 환장하겠더라. 청원휴가를 얻어가지고 육군본부 인사참모부와 부관감실을 몇 번이나 찾아가서 호소를 하고 또 서류로도 탄원을 하고서 하회를 기다렸지만 한번 결정된 일이라 되돌릴 수가 없었어. 무력한 일개 병사의 입장에서는 기정사실을 그대로 받아들이는 것 말고는 다른 방법이 없었어. 그래서 하는 수 없이 이렇게 직업군인이 되어서 매달 국민의 세금으로 월급을 타먹으면서 운명적으로 살아가고 있는 거야."

"인사계를 하던 특무상사가 자기 입장만 생각하고 김 중사님을 장기복무자로 멋대로 끌어들인 셈이군요? 군대 안에서도 그런 일이 생기네요."

"군대 안이니까 그런 일이 더욱 가능하지."

"나는 중사님과는 달리 생판 엉뚱한 문제를 스스로 만들어서 생고생을 좀 하다가 군대에 들어왔습니다."

"오래전부터 너에게 그 대목을 물어보고 싶었지…… 너같이 심성이 착한 놈이 무슨 엄청난 잘못을 저질렀기에 국가보안법 전과자가 됐는지 그게 궁금했었거든. 어디 그 기막힌 사연이나 좀 들어보자."

"얘기하자면 좀 길어요."

"길든 짧든 어디 좀 말이나 해 봐."

바로 그때 아침나절에 연대본부로 올라갔던 문서수발 전령이 공문과 우편물이 잔뜩 들어 있는 가방을 둘러메고 벌목장으로 돌아왔다.

"멸공!"

전령이 어깨에 메었던 가방을 벗어 놓으면서 김 중사에게 거수경례를 했다.

"오늘은 우편물이 좀 많은 것 같구나."

"일주일 만이라서 그런지 평소보다 배는 많습니다."

"긴급 전통문은 없나?"

"없습니다."

"나에게 오는 개인적인 우편물도 없고?"

"없습니다."

"그럼 가 봐."

"알겠습니다. 참 김우주 일병! 너한테 편지가 왔더라."

전령이 편지 한 통을 김우주 앞으로 내밀었다.

전령이 사라지자 김우주 일병은 곧바로 편지 봉투를 뜯었다. 편지는 어머니가 아니라 고향 후배 정남에게서 온 것이었다.

　　우주 형에게.

　　무슨 말부터 써야 할런지 모르겠습니다. 암튼 형이 집에 알리지도 못하고 감옥에서 곧바로 강제징집을 당해서 현지입대하게 되었었다는 것과 논산훈련소를 수료한 뒤에 최전방 보병연대의 말단소대로 배치가 됐다는 소식은 아주머니에게 보낸 편지로 알고 있었습니다.

　　　　　　……

　　놀라지 마십시오. 아주머니께서 보름 전에 작고하셨습니다. 그동안 읍내에 있는 경찰서와 검찰지청 그리고 지방특무대 사람들에게 사흘이 멀다고 불려 다니시면서 형님의 입영 거부 사건과 관련해서 혹독한 시달림과 말 못할 정도의 고초를 겪으시는 것까지는 동네 사람들도 짐작하고 있었지만 그 고비를 넘기지 못하실 줄은 차마 몰랐습니다.

집 안에서 분명한 흔적을 찾지 못해서 그렇다고 단정하기는 어렵지만 아마도 공안기관 사람들에게 시달리기 시작하면서부터 시나브로 곡기를 끊으셨던 것이 사망으로 이어지지 않았나 하고 동네 어른들은 추측하십니다.

거듭 말해서 형님의 병역거부 사건이 발생한 뒤 관청 사람들의 시달림이 계속되자 아예 자진하실 생각을 굳히셨던 것 같습니다. 다른 가족들이 곁에 있었다면 눈치를 채고 만류했을 일인데 혼자 지내시는 처지이니 그런 정황을 동네 사람들 누가 알기나 했겠습니까. 나나 문수라도 자주 찾아뵈었어야 했는데 그러지를 못했으니 지금 형님에게 편지를 쓸 면목조차 없습니다.

돌아가신 아주머니의 장례는 동네 일판이 울력하여 삼일장으로 치렀으며 묘소는 마을 어른들의 합의로 동네 뒤 딱박골 들머리에 있는 아저씨의 산소에다 합장으로 모셨다는 걸 알려드립니다. 군에 복무 중인 사람의 마음을 어지럽힐 것 같아서 나중에 연락을 할까 했지만 아무래도 그럴 수가 없어서 뒤늦게나마 편지를 보내는 것입니다. 그런 줄이나 아시고 군 복무나 잘하기 바랍니다. 편지 받으면 답장이나 보내십시오.

정남 씀

청천벽력 같은 소식이었다. 어머니가 돌아가시다니……. 육체적으로 건강하셨고 정신적으로도 강인하셨던 어머니가 식음을 전폐하시다 돌아가셨다니 너무도 허망하고 슬픈 일이었다. 자식을 잘못 기른 탓으로 공안기관 사람들의 모진 부대낌에 지쳐서 아예 자진을 하신 것이었다.

어머니는 한국의 평범한 어머니들과 똑같은 분이었다. 아버지가 육이오 전란 때 보국대원으로 징발되어 이 년 가까이나 집을 떠나서 국군의 탄약과 군수물자를 수송하느라 전방에서 병영생활을 할 때에도 조금도 흔들림 없이 홀로 집안 살림을 꾸렸을 만큼 강직한 분이었다. 남편보다도 하나 둔 아들의 올바른 양육을 위해서 모든 애정을 기울였던 어머니였었다.

더구나 김우주가 길거리에서 울부짖던 전쟁고아들을 하나둘씩 집으로 데려왔는데도 꾸중하거나 나무라지 않고 깊은 애정으로 뒷바라지를 해주신 분이 어머니였었다. 집안 살림이 넉넉지 못했기 때문에 일곱 명이나 되는 고아들에게 먹이고 입히는 것은 큰 부담이었다. 그런데도 어머니는 황당한 일을 저질렀다고 꾸중하거나 불평하시지 않았던 어른이었다.

특히 서너 명이나 되었던 다섯 살 미만의 영아들에게 기울인 정성은 참으로 지극했었다. 대소변을 받아내가며 자신의 방에서 침식을 같이하면서 기른 것은 물론이고, 젖이 없는 아이들은 비싼 우유를 사서 먹일 수가 없으므로 쌀로 백설기를 만들어서 그 떡가루로 암죽을 끓여 먹여 길렀고, 어른들의 헌옷을 줄여서 아이들에게 입히는 등 자신이 낳은 자식들 못지않게 온갖 정성으로 길러 오셨던 어머니였었다.

그것은 운명이었다. 외동아들이 어느 날 느닷없이 길거리에 쓰러져 있던 걸인이나 다름없던 전쟁고아 한 아이를 무작정 데리고 집에 나타났을 때 아무런 꾸중도 하시지 않고 어머니가 반갑게 맞아 주시지 않았다면 김우주가 일곱 명이나 되는 전쟁고아들과 함께 어려운 합숙생활을 오래도록 이어나갈 수는 없었을 것이었다. 그것은 어머니가 아들 김우주에게 보여준 신뢰이고 애정이었다.

읍내에 나갔다가 돌아오는 길이었다. 마을로 들어오는 큰 개울에는 시멘트로 만든 다리가 놓여 있었다. 그 다리 밑에는 가끔가다 희귀병을 앓는 한센인들이 한동안 기거하기도 했었지만, 육이오 전란이 일어난 뒤로부터는 여기저기서 모여든 피난민들과 걸인들이 골판지 상자를 엮어 움막을 지어 놓고 일시적으로 생활터전을 삼고 있었다.

김우주가 그 다리 밑을 지나치고 있을 때, 일곱 살이나 여덟 살 정도 먹었음직한 아이가 길가에 죽은 듯이 쓰러져 있었지만 움막 안에 있는 어떤 누구도 이 아이를 거들떠보지 않았다. 그러나 이 광경을 못 본 채로 그냥 지나칠 수가 없었던 김우주는 가쁜 숨을 몰아쉬고 있는 아이를 흔들어 깨웠다. 그러나 빈사상태의 아이는 계속 눈을 뜨지 못했다.

측은지심이었다. 불쌍한 마음이 든 김우주는 숨이 끊어져

가는 아이를 그대로 버려두고 집으로 돌아올 수가 없었다. 아이의 옷은 남루했고 몸에서는 악취가 진동했다. 좀 망설여지기도 했지만 목숨 하나를 살려 보자는 마음으로 얼른 아이를 등에 들쳐 업고 집으로 달려오고 말았다. 마을 사람들이 흉을 보건 말건 그런 것은 상관하고 싶지 않았다. 다만 어머니가 야단을 치고 걱정을 할까봐 그것만이 두려울 뿐이었다.

그런 사연으로 시작된 김우주와 어머니의 전쟁고아들 돌보기는 형제자매를 잃어버렸던 고아들이 자기들의 핏줄과 절친한 동무들을 찾아서 하나둘 김우주네 집으로 몰려오면서 생각지 않게 오랫동안 계속되었던 것이다. 그러니까 다리 밑에 쓰러져 있던 고아를 일시 구원하려던 김우주의 착한 마음은 시간이 지나면서 일곱 명이라는 많은 고아들의 가정으로 늘어나면서 칠팔 년이라는 긴 세월 동안 이어졌던 것이다.

김우주 일병은 편지를 주머니에 찔러 넣고 막사를 빠져나와 옆 숲속으로 달려갔다. 전우들에게 눈물을 보이고 싶지 않았다. 먼 산 너머로 고향 마을이 눈앞에 어른거렸다. 어머니의 인자하신 얼굴이 떠올랐다. 활짝 웃는 모습이었다. 아들의 빨갱이 행적을 내놓으라고 모진 고문을 당하셨을 일인데도 전혀 고통스러워하시거나 찡그린 얼굴이 아니었다. 아들을 향해서 손을 흔드셨다. 평소와 조금도 다름없는 모습이었다. 마침내 김우주 일병은 엉엉 소리 내어 울었다. 흐르는 눈물을 주체할 길이 없었다.

"대체 무슨 일이야?"

김만돌 중사가 어느새 옆에 와 있었다.

"너 집에 무슨 일이 있구나?"

대답도 하지 않고 엉엉 울고 있는 김우주 일병의 어깨를 다독거리며 김 중사가 말했다.

"어머니가……."

"어머니가 어떻게 되셨다는 거냐?"

"돌아가셨다고 합니다."

"누구의 편진데?"

"고향의 후배가 소식을 알려 왔습니다."

"왜 갑자기 돌아가셨다는 거야?"

"식음을 전폐하시다가……."

"그럼 굶어서 돌아가셨다는 말이야?"

"말하자면 그렇습니다."

"왜?"

"나로 인해서입니다. 내가 엄청난 불효를 저질렀기 때문입니다. 내가 남달리 중뿔난 행동만 취하지 않았더라면 어머니가 이렇게 일찍 돌아가시지는 않았을 일입니다."

"남달리 중뿔난 행동이라니……."

김우주 일병은 울음을 그치고 김 중사와 풀섶에 나란히 앉았다.

"이 년 전이지요. 나에게 현역병으로 입대하라는 징집영장이 나왔었습니다. 그런데 입영할 날짜가 가까워지면서는 아무리 궁리를 해 봐도 내가 군대에 입대해서는 절대로 안 되겠다는 생각이 강하게 엄습했습니다."

"생뚱맞게 그게 무슨 소리야. 신체가 건장한 젊은 청년이 왜 군대에 가서는 안 될 것 같은 생각이 들었단 말이야?"

"내가 여러 해 동안 부모 잃은 전쟁고아들과 함께 살아오면서 절실하게 느꼈던 전쟁의 참혹함에 영향을 받았던 때문이 아닌가 생각됩니다. '이념이 다르다는 것 때문에 북쪽과 남쪽의 젊은이들이 서로 총부리를 맞대고 죽이고 죽는 것은 민족적 비극이고 불행이다. 이 동족상잔의 전쟁은 삼팔선이 생겼기 때문이다. 삼팔선을 만들어서 국토를 분단시킨 미국과 소련 같은 강대국을 저주하기 위해서라도 나는 군대에 입영해서는 안 된다' 암튼 뭐 그런 얄궂은 생각이 굳어졌던 것 같습니다."

"국토를 분단시킨 미국과 소련을 저주하고 응징하기 위해서라니?"

"그렇지 않습니까? 삼십육 년이라는 긴 세월을 악랄한 일본 제국주의자들의 식민통치에 시달리다가 해방이 됐으니까 우리 삼천만 조선 사람들끼리 오순도순 정답게 살아가도록 그냥 놔뒀어야지요. 그런데 미국과 소련은 왜 남의 나라 땅덩어리를 남과 북으로 허리를 끊어놨습니까?"

"그렇지. 그 말을 들어보니까 그 말도 일리가 있네."

"내가 억지를 쓰는 줄 알았습니까?"

"그런데 부모 없는 전쟁고아들과 함께 살았다는 말은 무엇이야?"

"입영을 거부하고 경찰에 잡혀오기 전까지는 우리 집에서 길거리를 떠돌던 전쟁고아들과 함께 먹고 자고 살았었거든요."

"누가?"

"누구긴 누굽니까 나지요."

"그러니까 김우주가 군대에 입대하기 전에는 고아원의 직원이었다는 말이야 뭐야?"

"고아원의 직원이 아니라 내가 작은 고아의 집을 차리고 있었습니다. 군청의 허가를 받은 정식 복지시설은 아니지만 길거리를 헤매던 부모 잃은 아이들 일곱 명을 데려다가 우리 집에서 같이 살았었다는 말입니다."

"나 별 야릇한 소리를 다 듣겠네. 도대체 김우주 네가 지금 몇 살인데 어른들도 쉽게 운영할 수 없는 고아원을 군대에 오기도 전인 나이가 어리던 옛날에 운영했었다는 거야?"

"좌우지간 군대에 들어오기 직전까지 고아의 집을 차려서 부모 잃은 아이들과 함께 살았습니다."

"기가 막히는 일이네. 어쨌든 그렇다고 하고."

"그러니까 세상을 영악스럽게 살아가는 사람들이 볼 때 내 행동은 정말 미친놈의 짓이었지요. 계란으로 바위치기 아닙니까? 나 한 사람이 입영을 거부한다고 해서 한반도에 금방 평화가 오겠습니까? 삼팔선이 깨져서 남북통일이 되겠습니까? 그렇지만 몸속에 붉은 피가 활개를 치고 돌아가는 젊은 내가 이런 잘못된 현실을 기정사실이라고 그냥 받아들일 수만은 없었습니다."

"김우주가 대한민국 젊은이의 대표자도 아니잖아?"

"그렇게 빈정대지 마십시오. 도대체 계산을 안 하고 살던 세대, 산수를 모르고 살던 시대, 정의가 아니라면 분명히 손해라는 걸 알면서도 무조건 부딪쳤었던 어리석은 바보 세대, 그런 머저리 세대가 우리 시대에는 있었습니다."

"나도 알아."

"그렇게 입영을 거부한 채 그해를 넘기고 다시 몇 달이 지나갔습니다. 나는 입영을 거부했던 사실도 까맣게 잊고 변함없이 아이들과 함께 열심히 살았습니다. 그러던 어느 날인데 우리 집으로 느닷없이 들이닥친 무장경찰들에게 체포가 됐고 손목에 오랏줄이 묶여서 경찰서로 끌려갔습니다."

"입병을 거부한 죄로?"

"그렇지요."

"그래서?"

"경찰서 유치장에 한 달쯤 구속돼 있다가 군법회의로 넘겨졌습니다."

"민간인이 왜 군법회의에 넘겨져?"

"그때 마침 군사반란이 일어나서 전국적으로 비상계엄령이 선포돼 있었기 때문에 모든 범죄자들을 군법회의에서 관장했거든요."

"여기도 그 비상계엄령의 피해자가 한 사람 있었군."

"김 중사님도 잘 아시겠네요. 자유당 독재정권이 사일구 학생

혁명으로 물러나고 칠이구 선거에 의해서 새로 출범했던 합법적인 민간정부를 반란군들이 붕괴시키면서 헌정중단 사태가 발생하지 않았습니까?"

"그랬었지."

"민족사에서 또 하나의 불행한 군사반란."

"군법회의에서의 재판 결과는?"

"입영을 거부하고 북쪽 사람들을 동족이라고 말했다는 혐의로 국가보안법이 적용돼서 무려 징역 오 년의 중형을 선고받았지 뭡니까? 당시로서는 아주 예외적인 형벌이었습니다."

"군대를 안 갔다는 단순한 죄목으로 그렇게 과중한 징역형을 선고받았는데 불복항고도 안 했나?"

"계엄보통군법회의 판결은 단심이기 때문에 항고도 할 수 없다는 것이었고 또 그렇게 해서 감형을 받을 생각이 전혀 없었습니다."

"그건 무슨 뚱딴지같은 소리야?"

"내가 입영을 거부하면서 국민의 의무를 이행하지 않았으므로 응분의 제재를 받는 것이 당연하다는 생각이었습니다. 비겁하게 형량을 깎아보겠다거나 에누리하고 싶은 마음이 전혀 없었습니다."

"형량을 깎으려는 것이 비겁하다니⋯⋯. 아주 똥배짱이었군!"

"나는 나의 행동이 민주국가의 시민으로서 당연하고 기본적인 자세라고 생각했었지 엉뚱하거나 별난 똥배짱은 아니라는 생각이었습니다."

"결과는 어떻게 됐는데?"

"뭐가 어떻게 됩니까, 오 년의 징역형이 확정됐으므로 곧 일반 감옥을 떠나서 군인죄수들만 따로 가둬 두었던 경기도 광주의 속칭 남한산성이라 불리던 군인형무소로 넘어갈 것이라고 각오하고 있었습니다."

"그런데?"

"어느 날 밤에 느닷없이 강제징집을 당했지 뭡니까?"

"그랬었지, 정부가 시위전력이 있는 대학생들과 감옥에 수감돼 있던 시국사범들을 강제로 군대에 징집을 했었지. 좌우간 국가보안법이 적용돼서 오 년 징역을 언도받기는 했지만 군인형무소로 넘겨지기 직전에 강제징집이 됐으니까 위기일발에서 특혜를 받았다고 볼 수도 있잖아."

"그것도 특혜라고 말할 수 있습니까? 좌우지간 그런 사연으로 내가 군복을 입고 이 벌목장까지 오다 보니까 김만돌이라는 중사님을 만나게 된 것입니다."

"그럼, 지금도 북쪽 동포들이 우리와 동족이고 한배이며 같은 민족이라는 생각에는 변함이 없는가?"

"그걸 말씀이라고 합니까? 너무도 당연하지 않습니까?"

"좀 특이한 녀석이라고 생각은 했었지만 들어보니 대단한 일이었구나."

"그런데 지금도 기분이 나쁜 것은, 그때 나는 명백하게 북쪽의 동포들도 같은 민족이므로 한배이고 한겨레라는 단서를 달고 말했었는데 검찰에서는 북쪽의 동포들이란 말을, 북한공산당들이라고 자기들 임의로 바꿔치기를 했었습니다. 솔직하고 엄밀하게 말해서 북의 동포들이 모두 공산주의자들은 아니지 않습니까? 나는 이 부분을 분명하게 말하고 싶습니다. 북의 겨레들도 틀림없이 우리와는 한 핏줄이고 같은 동족이라는 사실 말입니다."

"그냥 북쪽의 동포라고 한 말을 검찰에서 북한공산당이나 공산주의자로 몰아붙였다는 말이지?"

"그렇습니다."

"그런 좌파적이고 진보적인 생각을 가졌던 청년이 지금은 어떻게 군대에 입대해서 적군인 인민군에 대항하는 대한민국의 국군 병사로 병영생활을 하고 있는지 궁금하네?"

"비꼬지 마십시오. 속담의 말처럼 옴치고 뛸 수가 없으니까 달리 방법이 없고 정말로 어쩔 수가 없지 않습니까? 이럴 때 타의라는 말을 쓰는 것 같습니다. 더구나 불행 중 다행이라고 생각하는 것은 이렇게 시키는 대로 중노동만 하면 밥을 먹여주고 재워 주는 벌목장 같은 부대로 배치가 됐으니까 탈영할 생각도 겨를도 없이 제대하는 그날까지 삼 년 동안은 죽은 목숨이라고 계산하면서 세월을 보내고 있는 것입니다. 달리 생각해 보면 이것도 하나의 대체복무 같은 것이 아닌가 하는 생각도 듭니다."

"대단히 심각한 문제로군!"

"천만에요. 전혀 심각한 일이 아닙니다. 지금 한반도 남쪽을 휩쓸면서 콘크리트처럼 굳어지고 있는 미국 일변도의 반공이데 올로기 장벽이 큰 문제입니다. 민주주의와 평화, 정의, 자유, 인 권 같은 내 주장이나 생각이 결코 문제가 될 수는 없습니다. 앞 으로 많은 세월이 흘러간 뒤에 이 지구상에서 동서진영의 냉전 이 사라지고 공산주의와 민주주의라는 이념의 장벽이 무너지면 우리 한반도에서도 남쪽 정부와 북쪽의 정부가 서로 화해를 하 게 되고 전폭적인 민족교류가 실현되지 않겠습니까? 더 나아가 서 민족이 희망하는 국토통일이 이뤄진다면 병역법은 물론이고 그 거지같은 국가보안법이나 반공법도 명백하게 법전에서 삭제 폐기될 것이 아니겠습니까?"

"엉뚱한 병사의 개인적 희망이긴 하지만 그럴듯한 이야기야. 우리는 그런 날을 기대하고 살아나가야 하겠지?"

"그럼요. 머지않아서 그런 세상이 꼭 올 것이고 또 와야만 합 니다."

김 중사는 김우주 일병을 새롭고 달리 바라볼 수밖에 없었다. 지금까지 십여 년 가까운 군대생활을 해오는 동안에 남북 문제, 겨레 문제, 특히 이데올로기 문제에 대해서 깊이 생각하고 있거 나 그렇게 행동하는 병사들을 단 한 번도, 단 한 명도 발견한 적이 없었기 때문이었다.

"그래 어머니의 장례는 이미 모셨다는 얘기지?"

"그렇습니다. 어머니는 이십여 일 전에 작고하셨고 동네 어른들이 사흘장으로 장례까지 치러 주셨다고 합니다."

"아들에게는 왜 이제야 연락이 되었을까?"

"아마도 내가 정상적인 절차로 군대에 입대하지 않았으니까 마을의 이장이나 읍장이 부대장 앞으로 '관보'를 쳐서 우리 어머니의 부음을 알린다고 해도 나를 어머니의 장례를 치르고 돌아오도록 휴가를 보내 주지 않을 것으로 지레짐작을 했던 모양입니다."

"그럴 수도 있겠군."

"그래서 내가 더 서럽습니다."

"알 만하다."

"후배가 보낸 편지의 사연을 보면 내가 경찰에 구속수감된 뒤부터 공안기관 사람들이 매일같이 어머니를 찾아오거나 읍내 공안기관으로 불러서 아들의 공산당 행적을 내놓으라고 닦달을 했다는 것입니다. 자식 하나만 하늘처럼 바라보면서 주부로 살림만 하고 살아온 시골 아낙네인 어머니가 지옥의 문지기같이 악랄한 공안기관원들의 그 생떼 같은 고문과 핍박을 견뎌낼 수가 있었겠습니까?"

"알 만하다. 내 고향 마을에도 육이오 직후 인공정치 때 부역 행위를 하다가 월북한 사람의 가족이 살고 있었는데 그들이 경찰을 비롯하여 공안기관 사람들에게 조석으로 시달리는 것을 옆에서 바라보니까 참으로 불쌍하고 안타깝더라. 일단 공산주의

자라거나 빨갱이라는 낙인이 찍히면 이 나라에서는 죽은 목숨이더라. 좌익세력이라고 딱지가 붙어 버리니까 친절하게 지내던 이웃은 물론이고 일가친척들까지도 발길을 끊어버리니 얼마나 비참한 일이냐. 실제로 부모나 형제가 공산주의 활동을 하다가 월북한 사람의 가족들이야 그렇다고 치지만 너의 어머니의 경우에는 자식의 엉뚱한 돌출행동 때문에 졸지에 빨갱이 가족으로 몰렸으니까 그 억울하고 애달픈 심중을 누가 헤아릴 수 있었겠는가."

"앞으로 나는 어떻게 살아가야 될까요?"

"어떻게 하긴 뭘 어떻게 해. 어머니는 이미 안타깝게 돌아가셨으니까 되돌릴 수 없는 일 아니야? 그러니 너는 더 이상 아무런 잡념도 갖지 말고 군대생활이나 열심히 해야지. 그게 애달프게 한을 남기고 돌아가신 어머니의 영령을 위로하는 길이야."

"지금은 그냥 눈앞이 막막합니다."

"그 마음 알 만하다."

김우주 일병은 그날부터 며칠 동안은 전혀 표정 없이 지냈다. 김 중사에게서 이야기를 전해 들은 많은 전우들이 동정과 위로를 해 줬는데도 김우주 일병은 별다른 반응을 전혀 보이지 않은 채 조용하게 지내기만 했다. 흡사 넋 나간 얼간이가 된 것 같았다.

그러나 시간이 약이었다. 흐르는 시간과 함께 김우주 일병의 슬픔도 조금씩 사라져 갔다. 사람의 삶이라는 것이 야속할 만큼 끈질겼다. 더구나 군대라는 조직은 병사들 개개인의 사정이나 감정을 전혀 받아주거나 용납하지 않았다. 쉬지 않고 매일같이 계속되는 벌목장의 중노동에 지쳐서 다른 상념에 잠길 여유가 없었던 것이다.

5. 팔삭둥이

김우주가 어머니의 부음 소식이 담긴 편지를 받고 한 달쯤이 지나간 어느 날이었다. 김만돌 중사가 김 일병을 불렀다.

"야, 취사반의 길동이 때문에 대단히 골치가 아픈데……."

"집에 보내달라고 밥도 안 먹는다면서요?"

"밥만 안 먹는 게 아니라 일과 도중에도 노상 짜고 훌쩍거려서 취사반 동료들이 피곤해서 죽겠다는 거야. 그놈이 진짜로 여자를 알아서 장가를 들겠다는 걸까?"

"설마 여자를 모르겠습니까?"

"그 팔푼이의 심중을 도통 알 수가 없단 말이야. 자기 부모들이 연대장에게 편지를 보내서 아들의 장가를 보내겠다고 연락을 해오니까 이 녀석은 영도 철도 모른 채 무턱대고 좋아하는 것인지도 몰라. 김 일병 네가 날을 잡아서 길동이를 불러 놓고 성교육을 한번 시키면 어떨까?"

"성교육이라니요?"

"만일 장가를 들어서 신부는 집에다 데려다 났는데 신랑이란 녀석이 신방에 들어가서 정작 사내구실을 제대로 못하면 그거야말로 큰일 아닌가?"

"선임하사님은 길동이를 바보천치로 아십니까?"

"너는 걔를 생판 모르고 있구나. 걔는 일급 고문관이야. 그 녀석을 휴가보내려면 한 명의 인솔자가 길동이를 따라붙어서 집까지 데려다 줘야 할 정도란 말이거든……."

"네에? 그건 무슨 말씀입니까?"

"길동이는 한글도 모르는 문맹인 데다 군대 입대하기 전에는 한번도 동네 밖으로 나들이를 해 본 적이 없는 진짜 팔푼이란 말이야. 그런 녀석에게 휴가증만 달랑 들려서 부대 밖으로 내보내면 고향집도 못 찾아가고 행방불명이 될지도 몰라서 그래."

"길동이가 문맹입니까?"

"그 놈은 총소리가 겁이 난다고 날뛰어서 훈련소에서 사격도 안 했다는 녀석이야. 뿐 아니라 사병식당에 가서 제 밥도 못 찾아 먹는 진짜 팔푼이야. 그런 녀석임을 뻔히 아는 고향의 병무청에서 현역병 요원으로 징집을 했으니 이건 병력의 숫자만 채우겠다는 전시행정이 아니고 뭐야?"

"그렇다면 길동이에게는 정말 인솔자가 따라붙어야 되지 않겠습니까?"

"너는 지금까지 내가 농담하는 줄 알았냐?"

"우스개하시는 줄 알았습니다."

"지난번에 교대해 나간 병력들 가운데도 논산훈련소의 공민학교 과정을 수료한 병사가 두 명이나 있었는데 이번에도 또 길동이가 섞여 있잖아……."

"길동이가 훈련소의 공민학교 출신입니까?"

"공민학교를 수료하고 배출대대에서 한 달이 넘도록 무작정 대기하고 있었는데 강제징집 당했던 너희들이 훈련소를 수료하고 전방으로 전출특명을 받을 때 길동이도 덤으로 같이 묻어서 난 거야."

"그러고 보니까 조금은 이상했었다는 생각이 듭니다."

"내무반 안에는 제대를 앞 둔 고참병이나 장기복무 하사들이 몇 명 정도는 있어야만 부대에 어려운 일들이 생겼을 때 쉽게 풀어갈 수가 있는데 모두가 비슷비슷한 군번들뿐이니……."

"잔밥이 똑같다고 못 해낼 일이야 있겠습니까?"

"계급이 모두가 일등병들인데……."

"그건 고정관념입니다."

"어쨌거나 길동이와 동행할 인솔자로는 누가 적절할까?"

"우리 동기들 가운데 누구든 상관없습니다."

"적임자는 김우주 넌데……."

"나요? 나는 인솔자로 선발이 돼서 일주일간 청원휴가를 얻게 되더라도 이제는 딱히 갈 곳이 없지 않습니까."

"하긴 그렇지?"

그러고 며칠이 지난 어느 날 이길동 일병이 정기휴가를 떠나게 되었다는 소문이 벌목장 내무반에 나돌았다. 길동이가 휴가를 얻어 고향에 가서 아버지의 회갑 잔치를 차려먹은 뒤에 자신의 결혼식도 올린다는 것이었다.

길동이 아버지는 몇 달 전부터 연대장에게 편지를 두세 번이나 보냈다는 것이다. 편지의 사연은 이런 내용이었다. 자기의 회갑이 언제쯤 다가오는데 그때에 일가친척들과 마을 사람들을 모아서 잔치를 차려먹을 계획이므로 죄송하지만 오 대 독자인 아들 이길동이를 그 시기에 맞춰서 꼭 휴가를 보내 줬으면 좋겠다는 것이었다. 그때 길동이의 결혼식도 아울러서 올려주겠다는 말도 곁들이면서.

그 편지는 연대장에게 전달된 뒤 책상서랍 속에 묵어 있어서 길동이 아버지의 간곡한 청원이 불발되는 것으로 부대원들은 알고 있었다. 그런데 어느 날 연대장이 느닷없이 김만돌 중사를 불러서 길동이 아버지가 보내왔던 편지를 읽어보라고 던져주면서 이십오 일 동안의 정기휴가를 보내주라고 명령을 내리더라는 것이다.

김만돌 중사는 사병들의 신상명세서를 들여다보다가 고진국 일병의 고향이 충주라는 사실을 발견하고 그를 행정반으로 불렀다.

　"네 고향이 충주지?"

　"그렇습니다."

　"충주 부중 안이야 변두리야?"

　"변두리입니다. 충주 시내에서 경상북도 문경 쪽으로 한 사오십 리쯤 가다보면 제천시 한수면과 충주시 수안보 온천으로 가는 삼거리가 나오는데요. 저는 그 살미면 삼거리에서 왼쪽 골짜기로 조금 들어가는 작은 동네에서 나고 자랐습니다."

　"학교는 어디까지 다녔나?"

　"살미면에서 초등학교를 졸업하고 충주농업학교를 다녔습니다."

　"벌목장 생활이 힘들지?"

　"농촌 태생이지만 벌목작업이 워낙 중노동이라 힘이 많이 듭니다."

　"휴가 가고 싶지?"

　"그럼요."

　"취사반의 이길동 일병의 이야기를 들었나?"

　"장가들러 휴가를 간다는 이야기 말이지요?"

　"그래서 말인데 고진국이 네가 길동이를 인솔해서 휴가를 다녀오는 것은 어떤지 한번 생각해 봐."

"사지가 멀쩡한 길동이를 왜 남이 인솔을 합니까?"

"길동이는 자기 집을 못 찾아가거든."

"뭐라고요?"

"그래서 인솔자가 따로 붙어서 데려다 주고 데려 와야 해."

"길동이가 바보천치는 아니잖아요?"

"길동이는 군대문자로 고문관이야."

"그래서 다른 사람이 인솔자가 돼서 길동이를 집에까지 데려다 주고 집에 가서 다시 부대로 데려와야 한다는 말씀이군요?"

"그렇지."

"그렇다면 제가 길동이의 인솔자로 다녀오도록 하겠습니다. 단양하고 충주하고는 옆 동네나 다름없는 지척이고 그쪽 지리를 잘 아니까 제가 그 정도 임무는 잘 할 수가 있습니다."

"그럼 내일 아침에 길동이와 함께 떠나도록 휴가 준비를 하라고."

" 알겠습니다. 김 중사님! "

이튿날 이른 아침이었다. 김 중사가 공급계 최 일병을 불렀다.

"꼭두새벽부터 무슨 일이 생겼습니까?"

눈을 비비면서 나타난 최 일병이 투덜거리면서 말했다.

"창고에 가서 에이급 작업복을 두 벌만 꺼내와."

"에이급은커녕 비급도 한 벌 없습니다."

"피복재고가 아예 없단 말이야?"

"그렇습니다."

"왜 없지?"

"재고를 모두 반납했기 때문입니다."

"언제?"

"한참 됐습니다. 우리 동기들이 훈련소에서 입고 온 작업복들까지 모두 반납하고 지금 창고 안에는 비상용 피복도 없습니다."

"그런 상황을 나한테 보고도 안 했잖아?"

"보고했었습니다."

"난 기억이 없는데……."

"왜 그러십니까? 쫄다구 맘대로 재고물품을 반납할 리가 있습니까? 혹시 이런 일이 생길지 몰라서 그때 연대에서 내려온 반납지시 내용이 담긴 전언통신문을 선임하사님에게 보여드리고 결재사인까지 받아놨었습니다. 보관문서철에 있는데 그거 가져올까요?"

"내가 그랬었나?"

"저도 우리 동기들이 입고 온 피복이 미제신품 쫄쫄이 작업복인지라 그냥 우리 벌목장 창고에다 보관할 생각이었지만 연대장의 특별명령이라고 해서 할 수 없이 반납하고 말았는걸요."

"그럼 큰일이잖아?"

"뭐가요?"

"너도 알다시피 오늘 오전에 고진국 일병의 인솔로 이길동이가 정기휴가를 떠나는데 그래도 옷은 멀쩡한 것을 입혀 보내야 되잖아? 벌목장에서 작업을 할 때 입던 떨어진 누더기를 어떻게 그대로 입혀서 휴가를 보내."

김 중사가 부리나케 보급관에게 전화를 하고 최 일병이 연대 군수과로 달려가 중고품 작업복 두 벌을 얻어왔다. 그런데 두 벌 모두가 구랑만하게 큰 투엑스라지들이었다. 그때 한국군에 지급됐던 대부분의 피복과 군화들은 미군용으로 제작된 것을 넘겨받았기 때문에 한국 군인들의 체격에 맞는 작은 치수들이 거의 없었다. 최 일병도 그런 점을 익히 아는지라 병참창고 안에 있던 몇 벌의 작업복들 가운데서 눈알을 까뒤집고 스몰 사이즈를 골라 봤지만 하나도 찾아내지 못했던 것이다.

"두 놈 다 짜리몽땅한 체격들인데 큰 옷을 어떻게 입혀 보내지."

김 중사가 얻어온 작업복을 바라보고 말했다. 연대본부 근처 마을에는 군복을 수선해 주는 양복점 겸 세탁소들이 여러 곳이나 있었지만 그곳과 상당히 떨어져 있는 벌목장은 이럴 때 속수무책이었다.

"최 일병! 넌 대가리가 그렇게도 안 돌아가냐?"

"무슨 말씀입니까?"

"군수과 창고에 엑스라지밖에 없었으면 연대본부 근처에 널려 있는 세탁소에 들러서 작업복을 적당한 중간 사이즈로 줄여가지고 와야지 그냥 덜렁덜렁 들고 와."

"그 생각까지는 못 했습니다."

"지금 다시 옷을 고치러 그 먼 곳을 갔다올 수도 없고……."

"그대로 입고 가라고 해야지 할 수 없습니다."

"이번 일은 전적으로 공급계인 너와 관리자인 내 책임이다. 휴가를 나가는 병사들을 예상해서 중간 사이즈의 작업복을 몇 벌쯤은 준비를 해 놓았어야 되는 것인데……."

"그게 연대장의 욕심 때문이지 왜 우리 책임입니까?"

"누가 뭐래도 우리는 실무자들이니까."

"기왕에 말이 나왔으니 말이지만 우리 연대장은 참말로 고약한 사람입니다. 신병들이 훈련소에서 입고 온 미제 쫄쫄이 작업복이 비싼 값을 받을 것 같으니까 잽싸게 반납을 받아서 장사꾼들에게 팔아먹었지 뭡니까?"

최 일병이 입을 실룩거리며 말했다.

"야! 너 아가리 닥치지 못해! 부대 규정에 따라서 반납을 받은 것이겠지 팔아먹으려고 그랬겠어? 연대장이 팔아먹는 현장을 네 눈으로 직접 봤어?"

김 중사가 서슬이 시퍼렇게 다그쳤다.

"왜 선임하사님이 그렇게 쌍지팡이를 짚고 야단입니까? 물론 내가 현장을 직접 목격하지는 못했습니다. 그렇지만 연대장이 팔아먹었다는 이야기는 연대 군수과 병사들 입을 통해서 부대 안에 파다하게 퍼졌습니다."

"자기가 직접 목격하지 않은 사안에 대해서 남의 이야기만을 듣고 되는대로 마구 지껄이면 안 된단 말이야."

"오늘도 제 눈으로 현장을 확인하고 왔는걸요."

"뭘 확인을 해?"

"피복이 거의 없는 텅텅 빈 창고 현장을……. 군수과 박 병장과 함께 병참창고에 들어가 보니까 신품 작업복은 아예 한 벌도 없었고 중고품도 몇 벌뿐이었으며 사단 병참중대로 반납한다는 폐품 같은 넝마들뿐이었습니다."

"그거야 부대를 운영하다보니 그렇게 된 것이겠지. 너는 무슨 증거로 계속 연대장이 팔아먹어서 재고가 없다고 단정하는 거야?"

"김 중사님도 내용을 어느 정도 아시면서 얼렁뚱땅 감싸지만 마십시오. 아무리 말단 부대에 있는 졸병이지만 저도 병참물품을 관리하는 공급계입니다. 그러니까 엠오에스(주특기) 칠육공인 우리 병참병들끼리는 연대에 있든 말단에 있든 다 통하는 데가 있다 그런 말입니다."

"너희들끼리 뭘 통해?"

"그만두십시오. 저도 신작로처럼 뻔한 얘기를 가지고 더 씨부리고 싶지 않습니다."

"자식! 내가 아니라면 아닌 줄 알아야지."

김 중사는 최 일병의 발설을 억누르느라고 애를 먹었다. 직업 군인이 의무병과 함께 부대장의 부조리를 거론한다는 자체가 부끄러웠던 것이다. 병력이 천 명에 가까운 연대급 이상의 부대장들 가운데는 일종에서 사종에 이르는 여러 가지 소모성 병참 물품에 혀를 대는 수전노들이 많았다. 병력들이 주식으로 먹는 쌀이 급양대 창고를 떠나기가 무섭게 부대 밖의 미곡상으로 트럭 째 흘러나가는 것에서부터 군수품 가운데 어느 것 하나 장사꾼들 손으로 넘어가지 않는 것이 없었다.

군 병력이 입는 피복도 엄청난 수량이었기 때문에 그것을 시중에 내다 뒷거래 할 경우에 엄청난 현금으로 바뀌었다. 작업복과 겨울용 순모 정복, 거기에 시오리 점퍼와 부사관 이상에게만 지급되는 파카, 심지어 내복 양말 군화 털모자 장갑 모포 침낭 등에 이르기까지 군인들에게 지급되는 모든 물품들은 일회용 소모품으로 구분되어 있었으므로 부대장과 병참물품 관리장교들은 이 점을 교모하게 악용하고 있었던 것이다.

병력이 일만 명을 웃도는 보병사단의 병기중대나 통신중대 의무중대 병참중대, 그리고 병력 일천 명 안팎의 연대소속 병참 장교들은 공급받은 새 군수품을 빼내서 서울 종로 오가 동대문 시장의 군용품 전문 상인들에게 차떼기로 넘기고 대신 반납용 폐품들을 헐값에 사들여서 창고에 쌓아 놓는다는 말이 병사들 사이에 나돌고 있었다.

심지어 이런 우스개까지 퍼져 있었다. 동대문과 종로 오가 청계천변 사이에 형성돼 있는 수백여 개소의 군수물품 상점에는 언제 어디서 흘러나왔는지 알 수 없는 각종 총기류와 병기 통신 의무 공병 등 군장비들이 산더미처럼 쌓여 있는데, 이것들을 일시에 한 장소로 수집하거나 징발한다면 최소한 몇 개 사단 규모의 보병 병력이 중무장을 하고도 남을 것이라는 소문이 세상에 뜨르르하게 퍼져 있을 지경이었다.

모든 군부대에 있는 각종 군수물품 창고를 정기적으로 재고 조사하는 상급 부대의 검열관들이 뇌물을 받아먹고 부정을 눈감아 줬으며, 부산에 있는 군수기지사령부 산하의 병참기지창에서는 부정한 방법으로 반납된 쓰레기나 다름없는 군용 폐품들을 병력들이 사용하거나 소모한 물증으로 삼아 놓고 다시 원조받은 신품을 배정해 주는 부정부패의 악순환이 거듭되고 있다는 것이었다.

상인들의 손을 거쳐서 시장으로 팔려 나간 군수품과 군복들은 일반인들이 그대로 사용하기도 했고 더러는 염색이나 탈색을 하거나 변조해서 입었다. 휴전이 되고 오래되지 않았기 때문에 사회가 혼란스러운 것은 물론이고 국내의 산업경제가 밑바닥을 맴돌고 있었기 때문에 정부당국은 이런 비정상적인 실태를 뻔히 들여다보고 있으면서도 군대 안의 탈법과 무법을 막으려고 전혀 손을 쓰지 않았다.

그래서 휴전선을 지키는 병영 속의 현역군인들이 오히려 넝마 같은 헌 군복을 입는 기현상이 벌어지고 있었다. 이른바 끗

발이 있다는 특수부대나 사단 사령부급 이상의 상급 부대의 행정반에서 근무하는 군인들은 비교적 신품이나 깨끗한 군복들을 입었지만 전방의 하급 부대, 특히 보병 소총대대 이하의 부대원들이나 육체적으로 힘든 작업을 많이 하기 때문에 '골병대'라는 별칭이 붙은 공병부대에서 복무하는 하급 병사들은 거의가 누더기나 다름없는 해진 군복들을 입고 훈련과 작업을 할 수밖에 없었다.

그뿐만 아니었다. 전후방 각급 부대에 비상시를 대비하고 훈련용으로 비치돼 있는 중화기와 각종 자동차 등도 겉보기로는 멀쩡하지만 타이어와 기타 중요한 부속과 연료(휘발유)를 빼내서 팔아먹는 경우가 많기 때문에 비상출동과 훈련출동을 제때에 못하기 일쑤라는 것이었다. 또 공병부대가 전방지역에서 신축하거나 건설하는 건물과 교량과 각종 비상용 도로들도 소요 자재인 시멘트 철근 목재 등을 빼내서 팔아먹기 때문에 부실하게 건설이 되고 있다는 것이었다.

그러나 부대장이나 장교들은 기회가 있을 때마다 국가의 예산이 부족하고 미국의 군사원조 삭감에 따라서 이런 현상이 생기고 있다고 입을 모아서 변명한다는 것이었다. 그렇지만 이런 장교들의 말을 곧이곧대로 믿는 사병들은 거의 없었다. 부대를 정직하게 운영하는 부대장들도 많았지만 부패한 일부 단위 부대장들이나 병참 군수분야에 근무하는 특수병과 장교들이 노다지로 군수품을 불법으로 팔아먹기 때문에 이렇게 된 현상이라는 것을 대부분의 사병들은 너무도 잘 알고 있었다.

군의 상층부가 부정과 부패로 병들어 있었으므로 이런 고질이 수술되거나 개선될 여지가 아예 없었다. 이런 부정들을 목격하고 겪어낸 병사들이 군복무를 마치고 사회로 복귀하면서 더러는 간판이 그럴듯한 사정기관에다 진정이나 고발도 했다는 것이지만 해당 정부부처와 정치권이 하나같이 부패해 있었기 때문에 고질적 악행이 시정되거나 제거되지 않고 있었다.

사병들을 여러 모로 착취하여 치부하거나 진급을 꾀하는 고급 장교들, 그런 장교들로부터 부정한 뇌물을 상납받는 정부고관과 정치인들이 장관이 되고 집권여당의 국회의원이 되어 북진통일과 반공방첩을 앞에 내세우고 국민들을 위하고 나라를 위한다면서 설쳐대고 있었으니 참으로 기막힌 일이었다.

졸병들 사이에서는 '똥별'이라는 유행어가 떠돌았다. 장군이 될 자질이나 덕목을 갖추지 못한 군인이 장교로 임관한 자체가 문제인데 그런 군인들이 고급 장교로 승진까지 했다가 끝내는 어깨에 별을 달고 장군이 된 경우가 많아서 생겨난 애칭이었다. 국가와 민족을 위해서 몸과 마음을 바치는 성실한 애국적인 장군들도 많겠지만, 군대를 돈 버는 회사나 직장으로 여기면서 병사들을 볼모삼아 오직 도둑질에만 열중하는 사이비 장군들을 겨냥해서 생겨난 비아냥이었다.

그런 똥별 가운데는 낫 놓고 기역자도 모르는 무식쟁이도 더러 섞여 있었다. 국방경비대가 창설되던 해방공간에 말단 사병으로 입대했다가 육이오 전란이 터지면서 갑자기 부사관으로 진급했고 전투현장에 투입되었다가 단위 부대장이 전사하자 현지에서 임시장교로 임관해서 부대를 통솔했었던 군인들 가운데는 과거에 부잣집의 머슴살이를 했었던 사람들도 있었고 겨우 문맹만을 면할 정도의 무학자도 섞여 있었던 것이다.

그 때문에 그들에게는 군대 지휘관이 기본적으로 갖춰야 할 학식과 자질은 물론이고 통솔력과 덕망은 아예 기대할 수가 없었다. 그런데도 그들은 시간이 지나고 세월이 흐르면서 상급자의 총애와 비호를 받아서 고급 장교가 되었다가 장성으로 진급해 별을 여러 개나 달고 큰 부대의 지휘관이 되어서 몇 만, 몇 십만 병력을 지휘하거나 이끌고서 적에 대항하여 대규모 작전을 수행하기도 했으니 생각만 해도 참으로 아찔한 일이 아닐 수 없었다.

취사반에서 조수로 복무하다가 정기휴가를 받아 고향으로 떠나갔던 이길동 일병은 한 달 동안의 휴가기간이 끝났는데도 부대로 돌아오지 않았다. 인솔자인 고진국 일병이 귀대일자에 맞춰서 길동이를 부대로 데려오기 위해서 집으로 찾아갔으나 길동이는 부모들에게도 알리지 않은 채 어디론가 달아나고 없어서 허탕을 치고 고 일병 혼자서 부대로 돌아오고 말았다. 그런데도 길동이네 집에서는 아무런 연락도 없었고 길동이도 부대로 돌아오지 않았던 것이었다.

물론 김만돌 중사는 인솔자로 따라갔던 고진국 일병을 행정반으로 불러서 길동이의 귀대 문제에 대해서 여러 가지로 알아보기는 했었다.

　"길동이를 부대로 데려오려고 예정된 날짜에 단양으로 갔더니 길동이가 어디론가 달아나고 없었다, 그런 말이지?"

　"그렇습니다."

　"그 상황을 접한 뒤에 길동이의 행방을 수소문해 봤었나?"

　"당연하지요. 수소문해 봤습니다. 그날부터 이튿날까지 길동이의 부모는 물론이고 동네 사람 몇 명과 함께 평소에 그녀석이 자주 갔거나 갈 만한 여러 곳을 쏘다녀 봤지만 종적을 알수가 없었습니다."

　"그래서?"

　"하루 동안 찾아봐도 없는데 더 어떻게 하겠습니까? 그렇다고 제가 무작정 길동이네 집에서 머무르면서 그녀석이 집으로 돌아오기를 기다릴 수도 없다는 생각이 들기에 일단 제가 먼저 귀대를 한 것입니다."

　"어디로 달아났는지 부모들도 전혀 낌새를 모르는 것 같았나?"

　"제가 보기로는 부모들도 전혀 행방을 모르는 눈치였습니다."

　"참말로 환장하겠네."

　"더 문제가 확대되기 전에 연대장에게 구두보고라도 일단 해야 되는 것 아닙니까?"

"글쎄 말이야. 길동이가 아주 탈영할 생각을 하고 달아난 것인지 아니면 곧 자진해서 귀대를 할 것인지 그것이 판단돼야 좌우단간 조치를 취하겠는데 말이야……."

"자진해서 귀대하겠지요. 고향 마을에는 자기 부모들도 있고 결혼식을 올린 색시도 있으니까요."

"그러니까 일단은 며칠 더 기다려 보도록 하자. 연대장에게 보고 하는 것도 그때까지로 미루고 말이야."

김만돌 중사는 일이 농짝같이 커졌다고 생각했다. 만일 길동이가 자진귀대를 외면하고 탈영을 계속한다면 중대장과 연대장에게 보고하여 상급부대로 정식 탈영보고를 올리는 방법밖에 없었던 것이다. 김 중사는 골치가 아플 수밖에 없었다.

그렇던 김 중사에게 구원의 손길이 뻗쳤다. 그날 벌목장의 일과가 끝난 뒤 김우주 일병이 길동이가 계속 돌아오지 않고 있다는 소식을 전해 듣고서 김 중사를 찾아왔던 것이다.

"길동이가 제날짜에 귀대를 하지 않고 사고를 쳤다면서요?"

"그 머저리가 그예 사고를 쳤어."

"고 일병으로부터 자세한 보고는 받았지요?"

"불러서 이야기를 들어 봤지. 고진국이의 얘기를 여러 각도로 분석해 보니까 길동이란 녀석이 우발적으로 달아난 것 같아."

"그렇다면 누가 다시 길동이네 집으로 가서 그 녀석을 데려와야지요."

"그래야 되겠는데……."

"누구든 다시 길동이네 집으로 보내야 합니다."

"고진국 일병은 다시는 못 가겠다고 손사래를 치고."

"고 일병이 다시는 못 가겠다는 것입니까?"

"못 가겠다고 버티는 녀석을 폭력을 써서 보낼 수도 없고……."

"마땅한 사람이 따로 있겠습니까? 누구든지 보내면 됩니다."

"그런 일을 맡아서 해낼만한 믿음직한 병사가 없단 말이야."

"김 중사님의 그런 자세가 나는 전혀 마음에 안 들어요. 하고 못하는 사람이 따로 있습니까? 누구든지 맡기면 다 하게 돼 있고 할 수 있습니다."

"야 그렇게 속단하지 마라……."

"그렇게 보낼 사람이 없다면 부득불 내가 다녀오지요. 이럴 때 핀치히터가 필요한 것 아닙니까?"

"김우주 네가 단양 길동이네 집을 다녀오겠다고?"

"다녀올 사람이 없다고 고민을 하니까 나라도 나서야지요."

"김우주가 고역을 맡아준다면 나야 대환영이지."

"해 봅시다. 연대본부에 연락해서 내 출장증이나 끊어 놓도록 하세요."

"고마워 김우주!"

그렇게 해서 김우주 일병이 길동이를 부대로 데려오기 위한 특별사자가 되었던 것이다. 만일 길동이 문제가 쉽게 해결되지 못하고 탈영보고로 발전할 경우 앞으로 벌목장 병사들의 외출 외박 휴가가 전면적으로 중지될 것이 뻔했기 때문이었다. 중노동으로 시달리는 벌목장 병사들이 그것마저 박탈당하게 된다면 큰일이 아닐 수 없었다. 이번에도 김우주는 자기 자신보다도 벌목장 전체를 생각하지 않을 수 없었던 것이다.

그날 오전 부랴부랴 부대를 떠난 김우주 일병이 청량리역에서 중앙선 열차를 탔다가 단양역에서 하차한 시간은 저녁 여섯 시였다. 기찻길 삼백여 리를 무려 일곱 시간이나 달린 끝에야 목적지에 닿았던 것이다. 강제징집으로 입대한 지 팔 개월 만에 처음으로 부대 밖의 민간세상으로 나온 것이다.

중앙선은 주로 산업물자를 수송하는 철도였지만 공교롭게도 단선철도였다. 더구나 연도에는 험준한 치악산과 소백산이 가로질러 놓여 있기 때문에 거의가 오르막이고 길다란 터널들이 많았다. 따라서 오고가는 열차들은 등급이나 종류에 상관없이 중간에 자리 잡은 정거장 구내 대피선에 들어가서 마주 오는 열차를 하염없이 기다리곤 했다. 그 때문에 출발시간이 정해져 있긴 했지만 도착시간은 종잡을 수 없을 만큼 들쭉날쭉이었던 것이다.

졸병들에게 있어서 이십오 일 동안의 휴가는 길다면 길고 짧다면 짧았다. 벌목장에서 중노동에 시달리는 병사들에게 있어서는 참으로 길고 지루한 시간이겠지만 취사반 근무에서 벗어나 고향의 부모 품에 안겨 달콤한 정기휴가를 즐기는 이길동 일병에게는 번개처럼 번쩍하고 지나간 순간이었는지 모를 일이었다.

길동이가 출생한 마을은 소백산 비로봉 동북쪽 기슭이었다. 행정구역으로 따지면 충북 단양군 가곡면 보발이라는 마을이었는데, 단양군 관내에서도 궁벽하기로 몇 번째 안 갈 만큼 유명한 곳이었다. 길 이수로 따져도 단양 읍내에서 시작하는 척박한 신작로 길로 무려 칠십여 리가 넘었으니까.

"시간을 대놓고 정기적으로 다니는 승합버스는 원래 없습니다. 다만 지난해부터 보발마을 주변에 산판이 개발되면서 그곳으로 통나무를 실으러 다니는 후생사업 나온 군용 트럭들 여러 대가 줄창 운행되고는 있지만 오늘은 이미 날이 어두워서 그 트럭들마저 끊어졌을 시간입니다."

단양읍내 기차역 직원의 말이었다. '후생사업'이란 말은 그때 전후방에 주둔하고 있는 군부대장들이 상당액의 사용료를 받고 군용 트럭을 민간인들에게 임대하는 변칙적인 상행위를 일반사회 사람들이 그렇게 부르는 것이었다. 산간벽지인 단양지방의 수많은 산판에도 많은 군용 트럭들이 후생사업을 나와서 벌목한 목재를 대도시와 연결된 기차역으로 수송하고 있었다.

휴전 이후 산업물자를 운반할 민간차량이 부족했기 때문에 군용 차량들의 후생사업은 전국 곳곳에서 육로수송의 큰 역할을 담당하고 있었다. 그러나 이 후생사업 문제는 미군이 한국군에 제공한 작전용 장비인 지엠시 트럭들을 손상시키고 훼손할 뿐 아니라 이 과정에서 고급 장교들의 비리와 부정을 양산한다고 국민들의 비난이 거셌었다. 그렇지만 어쩐 일인지 중단되지 않은 채 계속되고 있었다.

"산판으로 가는 군용 트럭 말고 다른 교통수단은 없다는 말씀입니까?"

"그렇습니다. 가곡면 보발마을은 산봉우리가 사람의 이마를 칠 정도로 험악하고 신작로가 좁은 산골이라서 통나무를 실어 나르는 군용 트럭 말고는 왕래하는 일반교통편이 전혀 없습니다. 아주 긴급한 용무가 아니라면 정거장 앞에 있는 여인숙에서 하룻밤을 묵고 내일 산판에 들어가는 후생사업 트럭을 타고 찾아가는 것이 좋을 것 같습니다."

"가곡면이 그렇게 오지 중의 오지입니까?"

"말도 마십시오. 단양이라는 지방 자체가 원래 산골인 데다가 가곡은 단양에서도 벽지 중의 벽지인 소백산 밑입니다. 그래서 신작로 사정이 아주 불량하고 불편합니다. 게다가 편도 거리만으로도 칠십 리가 넘습니다."

"말씀을 듣고 나니 어떻게 해야 옳을지 판단이 전혀 안 서는데요."

"오늘 중으로 꼭 가봐야 할 만큼 긴급한 용무가 있다면 부득불 십일 번 자가용을 이용해서 가는 수밖에 없습니다."

"십일 번 자가용이라니요?"

김우주 일병의 되묻는 말에 역 직원이 빙그레 웃었다.

"튼튼한 두 발로 걸어갈 수밖에 없다는 말입니다."

역 직원과 김 일병이 한바탕 껄껄 웃었다.

"까짓 걸어가는 것이야 두렵지 않습니다."

"젊은 군인이 뭐가 겁납니까? 이곳의 산골 아저씨 아주머니들은 밤중에도 이웃 동네로 몇십 리씩이나 되는 마실 길도 다니는데요 뭘."

"내일 아침에 출발한다면 통나무를 실으러 다닌다는 후생사업용 군용 트럭들을 때맞춰서 만날 수는 있을까요?"

"그 점은 문제없습니다."

"화물트럭인데도 사람을 태워주겠습니까?"

"글쎄 걱정 붙들어 매십시오. 돈벌이를 나온 후생사업용 트럭이니까 돈만 내면 누구라도 군말 없이 태워줍니다."

역 직원의 이야기를 듣고 한참 동안 머리를 이리저리 굴리던 김우주 일병은 칠십 리 밤길을 걸어가기로 작정했다. 여인숙에서 눈을 붙이고 이튿날 새벽에 떠날까도 잠시 생각해 봤지만 만물이 잠든 깊은 밤중에 느닷없이 들이닥쳐야 혹시 집에 돌아와서 잠을 자고 있을지도 모르는 새신랑 이길동 일병을 쉽게 만나게 될지도 모른다는 생각이 떠올랐기 때문이었다.

김우주 일병은 역 직원에게서 보발마을까지의 자세한 길머리를 익힌 뒤에 대합실을 나와서 큰길을 걸어가기 시작했다.

북쪽으로 쭉 뻗은 신작로를 걸어서 역 앞 마을을 벗어나니까 곧 하방리라는 동네가 나타났다. 그 마을을 지나쳐서 다시 얼마쯤을 걸어가는 사이에 날이 어두워지면서 넓은 강물이 산허리를 감돌아 흘러내리는 작은 나루터 마을에 이르렀다. 김우주 일병은 잠시 다리도 쉴 겸해서 길가에 있는 집으로 무작정 들어갔다.

"주인 계십니까?"

"누구시래유?"

인기척을 들은 중년의 아주머니가 부엌문을 열고 나왔다. 어둑어둑한 해질 녘에 낯선 군인이 나타나자 아주머니가 놀라는 눈길로 바라보았다.

"말씀을 여쭙고 싶습니다."

"어디루 가시는 군인이래유?"

"저는 초행인데 가곡면 보발이라는 마을까지 가려고 합니다. 여기서 거기 까지는 얼마나 더 가야 합니까?"

"아직 까맣게 멀었지유. 여기는 게우 단양읍내 초입인 걸유 뭘."

"한참을 걸어온 것 같은데 아직도 단양읍내를 못 벗어났습니까?"

"그럼유. 아직두 한 오십 리는 더 가야해유. 그런데 군인 아저씨는 그 먼 산길을 왜 이슥한 야밤중에 걸어서 갈려구 그런대유?"

"다 나름대로 사정이 있습니다. 휴가를 나온 같은 부대원의 집을 찾아가는 길인데 단양역에서 기차를 내리니까 벌써 날이 저물었지 뭡니까? 그곳 산판으로 다니는 후생사업 트럭들도 이미 끊어졌다고 해서 이렇게 두 발로 걸어가고 있습니다."

"가곡면 보발 동네루 통나무를 실으러 댕기는 군인트럭들이 왼종일 들락거리지만서두 해질녘이 되먼 끊어지지유. 고생이 참으루 많으시네유."

길가 집 아주머니는 밤늦게 길을 나선 군인의 모습이 안쓰럽다는 표정이었다. 아마도 같은 또래의 자기 아들이 있는지도 모를 일이었다.

"죄송하지만 냉수나 한 그릇 주실 수 있습니까?"

"찬물유! 잠깐 지다리셔유."

아주머니가 금방 부엌으로 들어가더니 찬물을 한 대접 떠들고 나왔다. 산골의 우물물이라 그런지 물맛이 아주 시원했다. 김 일병은 고맙다는 인사를 한 뒤 그 아주머니가 일러준 대로 다시 길을 걷기 시작했다. 여기서도 널찍한 신작로는 강을 끼고 시원스레 트여 있었다. 그 길을 한참이나 걸어가니 오른편으로 다시 마을 하나가 어슴푸레하게 나타났지만 그냥 지나쳐서 계속 동북쪽 방향으로 잰 발길을 옮겼다. 이내 험준한 잿말랑이 눈앞에 나타났다. 방금 전에 전해 들었던 고습재라는 고개였다. 주변에 수목이 울창하기 때문인지 으스스한 한기가 몸에 스쳤지만 김 일병은 연방 헛기침을 뱉어가면서 발길을 앞으로 힘차게 내디뎠다.

이미 밤하늘에는 별무리가 은가루를 뿌린 듯이 빤짝거렸다. 강은 큰 산을 끼고 흘렀다. 높다란 고개 마루턱에 올라서니 강 아래 건너편 마을의 윤곽이 어슴푸레하게 내려다보였다. 또 그 마을에서 토해내는 희끄무레한 불빛이 강물에 쏟아지는 달빛을 받아서 물결과 함께 은하수처럼 일렁거렸다.

김 일병은 시퍼런 강물이 발꿈치 아래로 천야만야하게 내려다보이는 아슬아슬한 고슴재를 넘어서 개바닥마을까지 내려가서 길가 바위 그루터기에 앉아서 가쁜 숨을 진정시켰다. 고개를 넘어오느라고 얼마나 긴장을 했는지 온 몸이 땀으로 흠뻑 젖어 있었고 목덜미가 뻐근하기까지 했다. 그렇지만 넋 놓고 앉아 쉴 수만은 없었다. 다시 일어나 계속 걸었다. 다시 야트막한 고개를 넘어서서 얼마를 걸어가니 신작로 옆으로 장터 비슷한 큰 마을 하나가 나타났다.

김 일병은 길가 집 툇마루에 앉아서 한참 동안 땀을 들인 뒤에 다시 걸음을 재촉했다. 몇 개의 작은 산마을과 몇 개의 얕은 고개를 넘었는지 헤아릴 수도 없었다. 다리가 뻐근하면 길가의 풀섶에 앉아서 잠간 쉬었다가는 다시 내처서 걸었다. 그렇게 줄기차게 걷다보니 자정이 가까울 무렵에는 마침내 목적지인 보발마을에 닿을 수가 있었다.

마을 초입에 있는 민가에 들어가서 잠자는 사람을 깨워 물어 물어 찾아간 길동이네 집은 동네 안에서도 가장 후미진 골짜기의 안자락에 자리 잡고 있는 외딴 집이었다. 방 두 개에 부엌이 가작으로 달려 있는 을씨년스런 초가집이었다. 방 앞 봉당 위에는 두서너 사람이 겨우 궁둥이를 들이밀 만한 좁다란 툇마루가 놓여 있었는데, 마침 서쪽으로 넘어가는 이지러진 하현의 달빛이 집 앞의 손바닥만 한 마당 안에 어슴푸레하니 들어와 있었다.

그때 툇마루 밑에서 잠자던 개가 갑자기 컹컹 짖었다. 낯선 발자국 소리에 놀란 모양이었다. 김우주 일병은 마당으로 다가서서 삽짝 문을 흔들었다. 그러나 등불이 꺼진 방 안에서는 아무런 인기척이 들려오지 않았다. 가족들 모두가 이미 깊은 잠에 빠진 것 같았다. 김 일병은 잇달아 삽짝 문을 흔들었다. 문짝에 달려 있는 찌그러진 깡통이 여러 차례나 짤랑대자 그때서야 집 안에서 사람들의 부스럭대는 소리가 들리고 이내 안방에 등불이 밝혀지는 것이었다.

"누가 왔시유?"

방문이 지그시 열리면서 굵직한 남자의 목소리가 밖으로 흘러나왔다.

"밤늦게 죄송합니다. 저는 길동이가 근무하는 전방의 군부대에서 나온 동료 군인입니다."

김우주 일병이 나지막하게 말했다.

"예에? 그러세유! 아유 이 어두운 밤길에 어떻게 찾아 오셨대유?"

남자는 길동이의 부대에서 나온 군인이라는 말에 반색을 하는 목소리가 되면서 서둘러 방문을 열고 밖으로 나왔다. 손에 호롱불을 들고 있었다. 직감으로 길동이 아버지라는 생각이 들었다.

"밤이 깊었는데 초행길에 찾어오시느라구 을매나 고생이 자심하십니까?"

목소리에 어진 마음씨가 묻어 있었다.

"안동으로 가는 기차가 예정시간보다 많이 연착을 해서 단양역에 도착하는 바람에 제가 이렇게 많이 늦었습니다. 피곤하게 주무시는데 단잠을 깨워서 죄송합니다. 실례지만 길동이 아버지 되시지요?"

"야, 지가 길동이 애비됩니다유."

"저는 길동이와 같은 부대에서 복무하고 있는 김우주 일병이라고 합니다. 잘 아시겠습니다만 휴가가 끝난 길동이를 부대로 동반해서 데려가려고 이렇게 찾아왔습니다. 어디로 갔는지 행방을 전혀 모른다는 길동이는 혹시 그동안에 연락이라도 있었습니까?"

김 일병은 길동이의 안부부터 물었다. 그게 제일 궁금했다.

"그 멍청이 같은 바보 팔푼이 녀석이 뛰어봐야 부처님 손바닥 위에 있지 지눔이 가긴 어디루 가것시유? 어제 저녁 나절에 지발루 집에 돌아왔구먼유."

부지거처 달아났다던 길동이가 다행히도 그동안에 집으로 돌아와 있다는 말이었다. 김우주는 일단 안도의 한숨이 나왔다.

부대를 떠나오면서부터 줄곧 어디론가 사라졌다는 길동이를 어떻게 찾아내서 부대로 별일 없이 데려갈 것인가를 염려하고 있었던 것이다.

"고진국 일병님이 길동이를 귀대시키기 위해서 우리 집에 오셨을 때는 그 부실한 녀석이 아무에게 말두 하지 않구서 영월 상동면 꼴두바우에 있는 즈그 외갓집으루 도망질을 쳤었다지 뭡니까유."

"무작정 집을 나간 것이 아니라 외가로 갔었었군요?"

"야."

"천만다행입니다."

"누추하지만 어서 방으루 들어가시지유. 우리 길동이 녀석 때문에 이렇게 몸고생을 하시니 참말루 많이 미안하구먼유."

"아닙니다."

김우주 일병은 괜찮다고 대답했다. 그러나 기차를 내려서 곧바로 여러 시간이나 밤길을 걸었기 때문인지 온 몸이 노곤하고 팔다리가 뻑적지근했다. 김우주 일병은 곧바로 길동이 아버지를 따라서 안방으로 들어갔다.

앞서서 방으로 들어간 길동이 아버지가 윗방과 아랫방 사이의 문골에 쳐놓은 거적때기를 밀치면서 그쪽에다 대고 뭐라고 중얼중얼 지껄이니까 이내 윗방에도 호롱불이 켜지면서 두런두런 가족들의 말소리가 들렸다.

'휴가기간이 끝나기가 무섭게 무작정 집을 나가버린 길동이의 행동도 못나고 어리석지만 달아날 낌새를 눈치챘을 것인데도 미리 단속을 못했던 것은 부모들이 은연중 방치한 것이나 다름 없는 일이 아닐까? 그럴지도 몰라, 부모들이 그 틈새를 이용하여 가문의 대를 이을 씨를 받아보자는 엉뚱한 생각으로 아들 녀석을 잠시 딴 데로 빼돌렸던 것은 아니었을까?'

김 일병이 그런 엉뚱하고 생뚱맞은 연상을 하고 있는데 윗방문이 열리면서 평복을 입은 길동이가 중년부인을 따라서 안방으로 내려왔다.

"어! 김우주 일병이 우리 집에 왔네?"

길동이는 반가우면서도 어색한지 달려들어서 우주를 와락 끌어안았다.

"길동이 때문에 부대에서 역부러 또 오셨구먼유. 밤은 깊었는데 이런 두메산골을 찾어오시느라구 을매나 고생이 많으셨남유?"

길동이 어머니로 보이는 중년부인이 김우주 일병의 손을 어루만지면서 황공하다는 목소리로 말했다.

"길동이 어머님이시지요?"

"야."

"초행길이라 지루하기는 했지만 별다른 고생은 안 했습니다."

길동이는 김우주 일병이 반가운지 연신 싱글벙글 웃었다.

"이 일병! 지난번에 고진국 일병이 데리러 왔을 때에는 왜 아무에게도 말을 안 하고 집을 나갔었지?"

김우주는 그 이유를 알고 싶었다. 순박한 길동이니까 숨김없이 제가 마음 먹었던 대로 대답할 것이라고 생각했다.

"부대에 들어가기가 싫어서 외가집으루 달아났었지……"

길동이는 부대로 귀대하지 않은 것을 대수롭지 않다는 듯이 지껄이고 있었다. 팔푼이의 생각과 행동은 과연 순진했다.

"군인이 그렇게 자기 마음대로 행동을 하면 안 되는 거야. 휴가를 잘 보냈으니까 상관들과 약속한 날짜에는 어김없이 부대로 들어가야 되는 것이야. 군대생활을 하는 사람이 집에서 무한정 휴가를 계속할 수는 없잖아? 이 일병! 내 말이 무슨 말인지 알아듣겠지?"

"부대에 들어가면 또 휴가를 보내주지 않을 거니까?"

길동이는 부대로 복귀하면 다시 휴가를 못 나온다는 짐작까지 하고 있었다. 참으로 영악스러웠다. 남들 모두가 바보 천치 팔푼이라고 놀려댔기 때문에 생각이 아이들 같을 줄 알았는데 오히려 능청스럽기까지 했다.

"글쎄, 다시 휴가를 나오고 못 나오는 것은 일단 길동이가 부대에 들어가 봐야 알 일이지."

"부대에 들어가서 김 중사님에게 잘 말하면 또 휴가를 나올 수 있을까?"

"이십오 일 간이나 휴가를 하고도 또 놀고 싶어? 동료 전우들은 벌목장에서 중노동을 하느라고 고생들을 하는데……."

"새색시하구 헤어지기가 싫어서 그래."

"뭐라고?"

"난 내 색시가 정말로 이쁘다."

"왜 귀대를 안 했었는지 이제야 알겠구나. 이 일병! 이번에 나하고 부대에 들어가면 김 중사님에게 미안하다고 꼭 사과해야 한다."

"김 중사님에게 잘못했다고 빌란 말이지?"

"그렇지."

"김 일병! 니가 부대에 들어가거든 김 중사님에게 잘 말 좀 해 주라. 길동이 기합주지 말라고 말이야?"

"그래 알았어."

길동이는 자신이 귀대 날짜를 어겼으므로 부대에 들어가면 책임자인 김 중사에게 사과를 해야 된다는 것도 알고 있었고 기합을 받게 될 것도 알고 있었다. 그렇게 길동이와 이야기를 하고 있는데 부엌으로 나갔던 길동이 어머니가 저녁밥상을 차려가지고 들어왔다. 감자가 섞인 보리밥에 김치와 몇 가지 산나물들이 반찬이었다. 저녁밥을 짓겠다는 말이 나오자 김우주는 이미 밤이 깊었으므로 내일 아침밥이나 먹으면 된다고 사양했었다. 그렇지만 길동이 아버지가 자신의 부인에게 부진부진 새로 밥을 짓게 했던 것이다. 미거한 자기 자식의 부대미귀 문제로 밤늦게 산골짜기를 찾아온 귀한 손님을 빈속에 재워서는 사람의 인사가 아니라는 말이었다.

"산골이라서 찬은 부실하지만서두 진지는 많이 드시지유. 내 자식의 일 때문에 최전방 일선 지구에서 이 먼 데꺼정 몇백 리 길을 오시느라구 을매나 고생이 많으셨겠나유? 그저 고맙구 미안합니다유. 아시다시피 내가 팔삭둥이나 다름없는 부실하구 미거한 자식 놈을 두다보니 이렇게 전우님들까지 고생을 시키구 있네유."

길동이 아버지가 말했다.

"아닙니다. 이곳이 부대와 멀리 떨어져서 오는 길이 멀기는 하지만 우리 사병들에게는 이런 특별한 출장도 다 군대생활의 연장이기 때문에 전혀 괜찮습니다."

"그렇기는 하지만서두 우리 길동이의 잘못으루 부대의 군인 양반들만 엉뚱하게 고생들을 하시니까루 부모된 입장에서는 죄송하구 미안하지유."

"아닙니다. 그것보다도 길동이가 집으로 휴가를 나오게 됐던 아버님의 회갑잔치와 길동이 결혼식은 모두 차질 없이 다 잘 치렀습니까?"

"그럼유. 일가친척과 동네 사람들이 구름같이 모여서 내 환갑두 잘 해 먹었구유, 또 길동이놈 결혼식두 잘 올렸습지유."

"그럼 됐습니다."

"이왕 말씀을 하넌 도중이니까루 지가 물어보구 싶은 게 하나 있네유. 우리 길동이가 지금 부대에서는 무슨 일을 맡아서 하구 있는지 그게 궁금하네유? 휴가를 맡아서 집에 온 뒤루는 우리가 아무리 물어봐두 도통 대답을 하지 않네유."

"그렇습니까? 길동이는 취사반 근무병입니다."

"취사반요? 거기가 뭐 하는 곳인가유?"

"부대 안 군인들에게 밥을 해 주는 곳입니다. 말하자면 식당입니다."

"오라! 식당. 군인들 식당에서 근무를 한다면 일은 고단할런지 몰라두 뱃고리가 큰 길동이가 밥 하나는 주리지 않구서 실컷 먹을 수 있겠네유?"

"그렇습니다. 길동이는 취사반 근무병이기 때문에 다른 군인들보다 밥도 실컷 먹지만 힘든 군사훈련도 안 받아서 군대생활이 아주 수월한 편입니다."

"그렇게 편안하구 좋은 데 있으면서두 우리가 그렇게 여러 번이나 물어봤는데두 왜 취사반에 있다는 말을 안 했는지 모르것시유."

"글쎄요. 아마도 남자 꼬팽이라고 밥을 짓고 음식을 만드는 취사반에 있다고 말하기가 좀 부끄러웠던 모양 아닐까요?"

"제 딴에는 밥하는 취사반에 있다는 것이 챙피스러웠나 보네유."

"저도 길동이 부모님들께 하나 여쭤보고 싶은 게 있습니다. 제가 이곳에 와서 이렇게 부모님들을 만나 뵈니까 길동이 아버지나 어머니가 아주 연세가 높거나 연로하시지도 않았습니다.

그런데 이제 막 군대에 들어갔고 제대해서 집으로 돌아오자면 아직도 오랜 세월을 있어야 할 길동이를 왜 장가부터 보내셨는지 전혀 이해가 안 됩니다. 부대에서 모르는 남다른 특별한 사연이라도 있었습니까?"

"군대에 막 들어간 미거한 자식을 서둘러서 장가보낸다니까 부대의 군인들이 생각하시자면 이상하기두 하겠지유. 허지만서두 우리 나름대루 다 사연이 있습지유. 길동이가 저렇게 팔삭둥이루 태어났지만서두 우리 집안의 오대 독자이자 장손이랍니다. 그러니 씨를 받아야 조상님들의 대를 잇지 않것시유? 지금은 일단 휴전이 됐다구는 허지만서두 언제 또 무신 일이 터지구 어떤 일이 어떻게 생길지 모르는 게 시상 일이구 또 군대 문제가 아니겠서유? 그래서 집안 대소가 사람들이 한자리에 모여서 의논을 한 끝에 일단 길동이의 장가를 보내 놓기루 결정을 한 거지유."

"그랬었군요."

"길동이의 아낙이 된 우리 며늘아이두 길동이 마냥 좀 부실한 편이지유. 여기서 한 팔십 리 상거한 단양군 적성면 품달이라는 마실에 사는 박 서방네 딸인데유. 배냇적부터 뭐가 잘못됐는지 매사에 분수없이 지껄이기를 잘 하구 물건의 셈수두 전연 모르지유. 그런데 몸댕이 하나는 튼실해서 자식내이는 잘 할 거라는 생각이 들어가지구서 이내 길동이 허구 짝을 지어주게 된 것이지유."

"그렇습니까?"

"길동이의 처갓집두 우리처럼 똥구멍이 째지게 가난하답니다유. 나이루 봐서는 아직 성례를 시킬 때는 아니지유. 그러나 사돈네두 집안이 하두 간구하게 사니까 식솔의 입을 하나라두 덜겠다는 염량으루 우리허구 혼례가 쉽게 성사되지 않았겠어유. 그래서 우리 쪽에서는 길동이 할아버지 때부텀 세전지재물루 물려 받았던 고래실논 서 마지기를 신부네 집에다 떼어 주구서 불각시리 예를 일구게 된 거지유. 그쪽 사돈네 집은 식솔의 입을 하나 덜었지만서두 우리는 대신 입이 하나 늘지 않았겠서유. 그러니까 따져서 말 한다먼 우리 며늘아이는 우리가 민며느리루 싸 데려온 셈이지유."

"지금 세상에도 그렇게 맺어지는 결혼이 있군요."

"야아, 우리 길동이하구 한 부대에서 같이 군대생활을 하시는 전우시니까루 톡 까놓구서 말이지만 그런 부실한 여식이 아니라먼 우리 길동이 같은 팔삭둥이가 어디가서 제 짝을 구할 수가 있남유? 그 밥에 그 나물이라는 옛말 대루 된 거지유."

"말씀을 들어보니까 나름대로 납득할 만한 사유가 있었군요."

"내가 모자라구 분수가 읎는 사람이다 보니까 부끄러운 우리 집안의 속사정꺼정 다 털어놨네유."

"좋은 일이고 잘 하신 일입니다. 절대로 부끄러울 일이 아닙니다."

김우주 일병은 길동이 아버지와 이런저런 이야기를 나누다가 그 자리에 쓰러져 잠이 들었다. 그러나 이튿날 아침에는 일찍 깨어났다. 귀대할 일 때문에 잠을 깊이 이루지 못했던 것이다. 언뜻 어림해 보니 아침나절 일찍 이곳 보발마을을 떠난다고 해도 해질녘이 가까워서야 부대에 도착할 수 있을까 말까 하였다.

"어제 말씀을 드렸던 대로 부대에 들어가면 벌목장 관리자인 김만돌 중사에게 아버님의 죄송하다는 인사 말씀은 어김없이 꼭 전하겠습니다."

"김우주 일병님은 먼 길에 급하게 오셔설랑 급하게 가시느라구 고생만 억수루 하시네유, 잘 살펴가세유."

"별 말씀을 다 하십니다. 잘 자고 잘 먹고 갑니다."

"어무이 나 가유. 아부지 안녕히 계세유."

벗어 놨던 군복을 다시 챙겨 입고 김우주 일병을 따라 나선 길동이는 발걸음이 떨어지지 않는지 자꾸 집 쪽을 돌아보았다. 길동이의 새색시도 삽짝문 밖까지 나와서 길동이를 먼빛으로 배웅하였다. 대놓고 말은 하지 못했지만 길동이는 갓 결혼한 색시와 헤어지는 게 어지간히도 울적하고 섭섭한 모양이었다.

6. 삶과 죽음

김우주 일병이 이길동 일병을 데리고 단양에서 돌아온 지 약 보름이 지난 어느 날이었다. 그날도 평소와 다름없이 벌목장의 병사들은 아침밥을 먹고 톱과 낫을 챙겨서 깊은 산골짜기로 들어가 각 조별로 지정된 작업현장에서 일을 시작했다. 그런데 오전 작업에 들어가고 채 한 시간도 되지 않아서 큰일이 벌어졌던 것이다.

"큰일 났다!"

"압사 사고다!!"

"조현수 일병이 소나무를 베다가 등걸 토막에 깔렸다."

병사들의 아우성과 비명소리가 갑자기 능선과 골짜기를 울렸다. 주위에 흩어져 있던 작업병력들은 비명소리를 듣자마자 벌목도구들을 팽개치고 잽싸게 사고현장으로 몰려들었다. 그러나 일은 수습이 어려울 만큼 이미 크게 벌어져 있었다. 가파른 산비탈에서 지름 삼십 센티미터가 넘는 아름드리 소나무를 베어 젖히던 조현수 일병이 나무가 넘어지는 순간 발을 헛디뎌 쓰러지면서 원목 밑에 깔린 것이었다.

쓰러지는 육중한 소나무 토막과 함께 산비탈을 몇 바퀴나 구른 조현수 일병은 머리가 으깨어지고 몸 전체가 짓이겨졌던 것이다. 같은 조에서 작업을 하던 병사들이 급히 달려들어서 등걸토막을 밀어 붙이고 조 일병을 끌어냈지만 이미 숨을 거둔 뒤였다. 그야말로 순식간에 일어난 불상사였다. 기가 차는 노릇이었다.

자동차로 한 시간 거리에 야전병원이 있었지만 후송하고 어쩌고 할 수도 없었다. 병사들은 김 중사의 지시에 따라서 숨이 끊어져 싸늘해진 조 일병의 시신을 벌목장 내무반에 옮겨다 놓고 어찌할 줄 몰라서 우왕좌왕이었다. 그 사이에 누구로부터 연락을 받았는지 연대장 김대풍 대령이 본부 중대장을 거느리고 사고 현장에 나타났다.

"안전사고가 발생했다고?"

"네!"

"병사 한 명이 사망했다면서?"

"그렇습니다."

"어쩌다 일이 이 지경이 된 거야?"

눈물이 글썽한 채 몸을 부들부들 떨고 있는 김만돌 중사에게 연대장이 죄인을 심문하듯이 다그쳐 물었다.

"벌목작업 도중에 발을 헛디뎌 쓰러지면서 원목에 깔렸습니다."

"얼마나 큰 원목이기에 사람이 등걸 토막에 깔려서 죽어?"

"직경이 삼십 센티에 무게가 몇 백 킬로 정도나 되는 큰 나무입니다."

"작업병들이 주위에 같이 있었을 것 아닌가?"

"병사들이 세 명씩 조를 짜서 같이 작업을 했습니다."

"그때 다른 작업조원들은 뭘 하고 있었어? 재빨리 손을 썼으면 사망하지는 않았을지도 모르잖아?"

"사고가 발생하자 함께 작업하던 병사들이 곧바로 몰려들어서 원목을 옆으로 밀어내고 인공호흡을 시켰지만 그때는 이미 숨을 거둔 뒤였습니다."

"이건 평소의 안전수칙을 제대로 지키지 않아서 발생한 사고야!"

연대장 김대풍 대령이 김만돌 중사를 바라보면서 꾸짖듯이 말했다.

"제때에 구조는 시작했지만 워낙 육중하고 큰 원목이라 불가항력이었던 것 같습니다. 더구나 경사가 심한 산비탈에서 작업을 했기 때문에 땅으로 쓰러질 때의 큰 충격이 사고 원인이라고 생각합니다."

"그래서 내가 평소부터 병사들에게 안전교육을 철저히 시키라고 강조하는 거야. 바로 이런 사고를 염두에 두었기 때문이지."

"교육은 매주 어김없이 실시하고 있습니다."

"교육을 철저히 시켰는데도 이런 사고가 발생했나?"

"할 말이 없습니다."

"사망한 병사의 시신은 지금 어디 있는가?"

"일단 벌목장 내무반에 안치했습니다."

"이 사고는 작업하는 병사들과 현장 감독자 모두가 안전을 소홀히 한 탓이고 작업하던 본인이 수칙을 방심했기 때문에 발생한 것이야."

"면목 없습니다 연대장님! 사망한 조현수 일병의 가족에게는 곧바로 연락을 취해야 되겠지요?"

김만돌 중사가 연대장을 바라보면서 말했다.

"연락? 하지 마! 이 안전사고는 본부 중대장이 직권으로 수습하고 김 중사는 중대장의 지시만 따르라! 그리고 사망자의 가족들에게는 내 별명이 있을 때까지 누구도 연락을 취해서는 안 된다 알겠는가? 벌목장에서 발생한 안전사고의 경우 지금까지 직계가족들에게 연락하거나 대외에 공개한 선례가 없었다. 사단 사령부에는 미화작업 중 본인의 부주의로 발생한 사고라고 보고하고 저녁때쯤 벌목장 부근에서 시신을 화장해서 유골은 적당히 살포처리하라. 특히 본부 중대장과 김 중사는 이 안전사고가 발생했다는 소문이 부대 밖으로 흘러나가지 않도록 사병들에게 입조심을 시키라, 알겠는가?"

연대장은 벌목장의 책임자인 김만돌 중사는 무시한 채 직속 부하인 본부 중대장을 향해서만 사고를 수습하라고 지시한 뒤 곧바로 현장을 떠났다.

기막히고 억울한 일이었다. 연대장이 사적으로 운영하는 벌목장에 투입돼서 소나무 벌목작업을 하다가 사고로 목숨을 잃었는데 책임을 져야 할 연대장은 엉뚱하게 미화작업 중 발생한 안전사고로 처리하라고 지시하는 한편 유가족들에게는 알리지 못하게 하고 시신을 화장하라는 지시를 내렸다.

그렇다면, 죽음의 책임이 전적으로 숨진 조현수 일병에게 있다는 것인가? 분명한 것은 전술연마나 교육훈련에 주력해야 할 병사들을 자신이 운영하는 벌목장으로 내몰아서 중노동을 시키는 연대장 본인에게 있었다. 그런데 연대장은 사고의 책임을 본인의 부주의와 안전교육을 제대로 시키지 않은 선임하사 김만돌 중사에게만 돌렸던 것이다. 아무리 상명하복의 조직사회이고 계급사회인 군대라고 하지만 세상에 이토록 부당하고 억울한 일이 어디 또 있을 것인가?

조현수 일병이 비명횡사했던 그날 밤 벌목장은 온통 침통한 분위기에 잠길 수밖에 없었다. 본부 중대장의 지휘 아래 조 일병의 시신을 화장처리한 육십 명의 동료 전우들은 저녁식사도 거른 채 슬픔에 잠겨서 울먹이기만 했다. 생때같았던 조 일병이 자기들 곁에서 떠나갔다는 것이 전혀 믿어지지가 않았던 것이다. 또다시 누가 언제 그 같은 불의의 사고를 당하게 될지 모르는 불안감에 휩싸이면서 슬픔은 더욱 클 수밖에 없었다.

'국토방위에 전념해야 할 병사들이 연대장이 운영하는 벌목장의 사역병으로 동원돼 중노동을 하다가 비명횡사했다. 이런 부당하고 슬픈 비극이 있단 말인가? 이런 우리들이 과연 대한민국의 국군인가?'

김우주 일병은 스스로 가슴을 쥐어박으며 울먹였다. 조현수 일병의 죽음이 김 일병에게 주는 슬픔은 남달랐다. 얼마 전 김만돌 중사의 주선으로 벌목장 병사들이 다문장터로 집단외출을 나갔을 때 술집에서 흘러간 노래를 불러 병사들의 심금을 울렸을 뿐 아니라 동료 병사들 모두가 부대로 복귀하는데도 자기 혼자만 여인숙에 남았던 엉뚱한 모습이 선연하게 떠올랐다. 그리고 이튿날에는 배짱도 두둑하게 해질녘이 되어서야 어슬렁어슬렁 부대에 나타났던 그 여유만만하던 조현수 일병이 아니었던가.

"야! 현수야. 우리는 이 천인공노할 벌목장의 비리를 세상에 고발하고 작업출장을 온몸으로 거부해야 하는 것 아니냐? 지금 우리들은 대한민국의 군인이 아니야, 우리들의 이 모습은 군복을 걸친 노예일 뿐이야, 연대장 김대풍 대령의 허수아비란 말이다. 안 그러냐? 너 솔직하게 대답 좀 해봐라?"

"우주야! 너의 말은 정확한 고발이나 다름없다. 그러나 여긴 군영이다. 지금은 다른 방법이 없다. 비통하고 안타깝지만 참아내고 버티는 수밖에 없다. 우리의 몸이 자유를 찾을 때까지 더불어 참고 기다리자."

"참자고? 더 기다리라고? 네 생각이 그렇다면 나도 참는 데까지는 참아 보겠다. 그러나 이 벌목장에서의 노예 같은 중노동을 언제까지 견뎌낼 수 있을지는 장담할 수가 없다."

"우리가 비록 강제징집으로 군에 입대했지만 사회로 복귀하는 날짜는 명백히 정해져 있다. 제대 이후를 생각해서 이 질곡의 시간을 이겨내자."

김우주 일병과 조현수 일병은 자주 남몰래 벌목장 생활에 얽힌 애환을 주고받기도 했었다. 그렇게 뜻을 함께했던 가장 가까운 전우가 느닷없는 사고를 당해 유명을 달리한 것이 김우주 일병에게는 크나큰 슬픔이 아닐 수 없었다.

'벌목장에서 안전사고가 잇따르는 것은 숲이 분노했기 때문은 아닐까? 인간들에 의해 자행되는 무차별한 벌채를 숲이 증오하기 때문은 아닐까? 그럴지도 모른다. 국토를 방위한다는 연대장이 자신의 출세와 치부를 위해서 숲을 무차별하게 훼손하는 행위를 산이 응징하는 것인지도 모른다.

그런데 왜 불쌍한 졸병들이 비극의 희생양이 되는가? 국민의 의무를 이행하려고 군영에 징집된 젊은 생명들이 고급 장교들의 영달을 위한 제물로 희생되는 이 현실은 정말로 지옥이다. 신이 존재한다면 분명히 선악과 옥석을 가려줘야 한다. 중세시대의 노예들보다 더 열악한 중노동에 시달리는 불쌍한 병사들의 잔혹한 희생만은 막아 줘야 될 것이 아닌가?

지금의 지구가 멸망하고 다시 새 세상이 열린다 해도 인간세상은 여전히 기득권을 가진 지배계층 사람들의 전유물이 되는 것인가? 풀잎 같은 서민들은 영원히 지배자들의 노예로 살아야만 하는 것일까? 그렇다면 과연 신은 어느 편인가? 신은 어떤 상황에서도 정의의 편이자 곧 정의라고 믿어 왔는데 지금 눈앞에서 벌어지고 있는 이 약육강식의 어처구니없는 현상을 바라보노라면 신이 너무도 불공평한 게임을 즐기고 있거나 묵인한다는 의문을 품을 수밖에 없는 것이다.'

김우주 일병은 슬픈 상념에 잠겼다. 사람은 자기의 죽음을 어렴풋이 예감하는 것일까? 평소에는 그 어떤 경우에도 가장 정직했던 조현수 일병이 다문장터로 단체외출을 나갔을 때 평소의 그답지 않게 이기적인 행동을 취했던 것은 과연 무엇 때문이었을까? 자신의 비극적 운명을 예견한 마지막 몸짓은 아니었을까?

조현수 일병의 압사 사고는 벌목장의 큰 비극이었지만 시간이 흘러가면서 조금씩 잊혀져 갔다. 조 일병의 화장된 유골이 벌목장 근처의 산 언덕에 뿌려진 그 이튿날에도 병사들은 변함없이 죽음의 벌목작업을 계속할 수밖에 없었다. 부사관들이나 장교들 같은 직업군인들은 그것이 '인간을 재창조하는 군대생활'의 한 측면이라고 대수롭지 않게 떠벌였다. 그러나 군복무를 마치고 사회로 복귀할 날만을 꿈꾸는 의무사병들에게 그것은 참으로 슬프고 뼈아픈 죽음과의 싸움이었다.

그렇게 며칠이 지나간 어느 날 일과시간이 끝난 뒤였다. 공급계 최 일병이 김우주 일병에게 다가왔다.

"너 나하고 이야기 좀 하자."

"눈만 뜨면 매일 눈이 시도록 보면서 무슨 할 이야기가 따로 있냐?"

최 일병의 야릇한 표정을 읽은 김 일병이 말했다.

"너에게는 숨기고 있을 수가 없어서."

"뭔데 그래?"

"좀 기분 나쁜 일이 있었어."

"야! 뭔데?"

"벌목장 병사들의 급식 쌀에 얽힌 문제야."

"우리가 매일 밥해 먹는 쌀 말이야?"

"응."

"쌀에 어떤 문제가 생겼는데?"

"네가 단양의 길동이네 집으로 출장갔던 날 발생한 일이지."

"자세하게 말해 봐."

"글쎄 병참중대에서 사흘 치라고 가져온 쌀이 평소에 공급되던 수량의 절반밖에 안 됐지 뭐야."

"그건 무슨 이야기야? 항상 일주일 치씩 나오던 쌀이 왜 사흘 치만 나왔고 또 그 사흘 치도 절반밖에 안 나왔다는 말은 도대체 뭐야?"

"나도 이상한 생각이 들어서 대뜸 쌀을 왜 사흘 치만 가져왔느냐고 병참담당자를 다그치니까 병참중대 창고로 들어온 재고가 떨어져서 그런다면서 일단 받아 놓으라고 하잖아."

"관행대로 일주일 치가 아니라면 아예 받지를 말았어야지 왜 그대로 받았어?"

"취사반에서는 당장 밥해 먹을 쌀이 없으니까 어떻게 해."

"그렇다면 가지고 온 그 사흘 치만이라도 그 자들이 보는 앞에서 정확하게 수량을 계량하고 확인을 시켰어야지."

김우주가 이길동 일병을 부대로 데려오려고 단양으로 출장을 떠난 사이에 벌목장에서 급식 쌀 부정배급 사건이 발생했다는 이야기였다. 벌목장 전체병사 육십 명이 해먹을 사흘 치 쌀이라고 가져온 것이 정량의 절반밖에 안 되는 바람에 중노동을 하는 병사들이 꼬박 사흘 동안이나 주린 배를 움켜쥐고 벌목작업을 할 수밖에 없었다는 것이다.

"그러니까 하루 반나절 치도 안 되는 쌀을 가지고 사흘 동안 밥을 해 먹자니까 병사들이 밥을 굶다시피 했다는 말이지? 그런데도 누구 하나 입도 뻥끗하지 않은 채 벙어리들처럼 벌목작업만 계속했다는 말이지?"

김우주 일병이 울화가 치미는지 신경질적으로 말했다.

"설마 그렇게 될 줄이야 몰랐지."

"그래서 그 나머지 쌀은 언제 가져왔는데?"

"여태 안 가져왔어. 사흘이 지나서 다른 담당자가 새로 일주

일 치 쌀을 가져왔기에 지난번에 안 가져온 부족분을 마저 달라고 하니까 그때 것은 자기와는 전혀 상관없는 일이어서 모른다고 발뺌을 하면서 그전 담당자에게서 환급을 받으라고 하더라고."

"그런 답변을 들었다면 그길로 연대본부 군수과 담당자에게 연락하던지 보급관을 찾아가서 분명하게 해결하고 넘어갔어야 되는 것 아니야?"

"먼저 번 병참담당자가 나중에 가져다 줄 줄 믿고 있었지."

이야기를 들은 김우주 일병은 매우 우울했다.

"아무에게도 말 안 했었니?"

"네가 단양으로 길동이를 귀대시키려고 출장을 떠나간 몇 시간 뒤에 김 중사마저 아버지가 위독하다는 관보를 받고 갑자기 고향으로 떠나버렸으니까 나는 누구하고 상의할 데가 없잖아."

"김 중사나 나는 왜 찾아? 너는 우리 벌목장의 공급계잖아? 또 나머지 병사들은 입도 없고 손도 없냐? 좌우간 어떤 놈이 이런 못된 짓거리를 저질렀는지 모르지만 정말로 뒈지려고 환장들을 한 것 아니냐? 우리가 제 놈들처럼 사무실 책상 앞에 앉아서 펜대를 놀리고 신선놀음을 하는 행정병들도 아니잖아? 온종일 높고 가파른 산비탈을 기어올라 다니면서 죽기 아니면 살기로 중노동을 하는 사실을 뻔히 알면서 목숨줄이나 다름없는 그 밥해 먹는 쌀마저 떼어 처먹는단 말이야? 생각할수록 이 씨팔 놈의 개새끼들을 그냥 놔두고 볼 수가 없네."

휴가나 출장으로 부대에 없는 사람을 제외하고는 벌목장의 병사들 모두가 연대본부로 몰려가서 항의를 하고도 남을 엄청난 사건이었다. 그런데도 벌목장 병사들은 어쩐 일인지 그런 당연한 항의나 울분마저 발산할 줄을 몰랐다. 사회에 있을 때는 나름대로 자기 앞가림들은 할 만큼 야무지다는 청년들이었는데도 말이다.

더구나 대학시절에는 빗나가는 시국 문제를 그냥 덮어두지 못하고 시위를 벌이다가 감옥에 들어갔던 경력자들이 대부분이었지만 강제징집을 당해서 이 최전방의 벌목장으로 배치가 된 이후부터는 어쩐 일인지 매사에 주눅이 들고 아주 소극적이고 수동적인 인간으로 변했던 것이다.

그러니까 환경이 사람을 지배한다는 말이 맞는지도 몰랐다. 매일 밥만 먹으면 산속으로 들어가서 송충이처럼 소나무를 베어서 목재만 생산하는 노예처럼 살았으므로 그들에게서 희로애락을 느낄 줄 아는 인간 본연의 성품마저 앗아갔는지도 모를 일이었다. 참으로 가슴 아프고 슬픈 현상이었다.

"흉악한 도둑놈들! 밥해 먹을 쌀을 절반이나 떼어 처먹으면 벌목장의 병사들은 그 적은 걸 먹고 배가 고파서 어떻게 중노동을 하느냐 말이야? 병사들을 벌목장에다 몰아넣고 노예처럼 중노동을 시키는 것도 무법이고 불법인데 병사들이 먹어야 일할 수 있는 그 알량한 밥쌀까지 떼어먹는다는 것은 말이 안 돼. 이건 속담의 상말로 벼룩의 간을 내먹는 악랄한 짓거리들이야."

최 일병에게서 자세한 이야기를 전해 들은 김우주 일병은 울분을 참을 수가 없었다. 이미 지나간 일이기는 하지만 그대로 덮어버리기에는 너무 울화가 치미는 일이었다. 일단 그 자세한 내막이나마 알아보고 싶었다. 이튿날 오전 작업을 마친 김우주 일병은 공급계 최 일병과 함께 벌목장을 빠져나와서 연대본부를 찾아갔다. 급양 담당자인 보급관 정 준위를 만나볼 셈이었다.

그런데 연대본부에 도착해 보니 보급관 정 준위가 공교롭게도 의정부로 공무외출을 나가고 부대 안에 없었다. 저녁 무렵이나 돼서야 부대로 귀대한다는 말이니까 보나마나 부대 정문 밖의 자기 집으로 곧바로 퇴근을 했다가 내일 오전에나 부대에 출근할 것이 틀림없었다. 그렇다고 어렵게 짬을 내어서 연대본부까지 왔는데 헛걸음을 치고 벌목장으로 그냥 되돌아갈 생각을 하니까 맥이 풀렸다. 이왕에 일이 이렇게 된 바에는 아예 부대 총 책임자인 연대장을 찾아가서 정확한 저간의 사유를 물어보는 것도 한 방법이라는 생각이 김 일병의 머리를 스쳤다.

김우주 일병은 연대장 김대풍 대령에 대해서 아주 나쁜 인상을 가지고 있었다. 벌목장을 운영하면서 병사들을 중노동으로 착취하는 자체도 받아들일 수 없는 비리였지만 벌목장에서 벌목작업을 하다가 압사 사고가 발생해 생떼 같은 부하 병사가 죽었는데도 유가족들에게 알리지 못하도록 지시하고 시신을 성급히 화장하도록 조치했기 때문이었다.

따라서 연대장을 만나서 급식 쌀이 무슨 이유로 갑자기 정량에서 절반으로 줄어서 공급됐으며 벌목장에서 작업 도중에 사망한 조현수 일병을 왜 부모들에게 알리지도 않은 채 부대장 임의로 화장처리를 했느냐는 자신의 불만을 말하고 싶었다. 깡통계급장을 달고 있는 졸병으로서는 감불생심의 엄청난 생각이었다. 김우주 일병은 이런 자신의 의사를 함께 온 최 일병에게 넌지시 말했다.

　"보급관이 마침 부재중이니까 이참에 아예 연대장을 찾아가서 직접 물어보고 싶은데 네 생각은 어때?"

　"뭐야? 우리가 연대장을 찾아가자고? 그건 절대로 안 돼."

　최 일병은 소스라치게 놀라는 것이었다.

　"왜 안 되는데……."

　"연대장은 우리 부대에서 하늘의 별 같은 존재야. 거기에 비하면 우리는 한 잎 낙엽보다도 더 힘이 없는 졸병이고. 그런 우리가 연대장을 찾아가서 그 문제를 따지자고? 그건 계급을 무시하는 일이기 때문에 난 무서워서 못해."

　최 일병은 그런 일은 감히 범접할 수 없다는 듯 고개를 흔들었다.

　"따지는 것과 문의해 보는 것과는 다르지. 마침 보급관이 외출을 나가고 없다고 하니까 우리가 부대의 최고책임자인 연대장을 찾아가서 직접 물어보는 것도 아주 잘못하는 일은 아닐 것 같은데……."

"야! 너 지금 정신이 있냐? 없냐? 대체 무슨 배짱으로 그런 생각까지 하는 거야? 우리 같은 말단 졸병이 대령 계급장을 단 하늘같이 높은 연대장에게 명령계통을 무시하고 직접 물어본다는 것 자체가 바로 하극상이란 말이야. 겁도 없이 연대장을 찾아가서 이쩌고저쩌고 떠벌이다가는 뼈다귀도 추리지 못할 걸! 정말로 살아남지를 못한다고!"

"글쎄 처음부터 따지겠다는 것은 아니지. 나는 우리 벌목장 병사들의 밥쌀을 누가 어떻게 떼어먹었는지 그 경위를 자세하게 알아보겠다는 것이야. 분명히 잘못된 일인데 물어보거나 알아보지도 못하냐? 이 비겁한 친구야! 자기 밥도 못 찾아먹는 주제에 겁은 많아가지고……."

"야! 이것은 절대로 비겁한 게 아니야. 급식 쌀 문제는 기왕에 지나간 일이니까 오늘은 그냥 벌목장으로 돌아가고 나중에 보급관이 부대로 출근하거든 그때 가서 다시 찾아와서 알아보든지 말든지 하자고."

최 일병은 어림없는 짓거리라는 듯이 고개를 좌우로 흔들었다.

"야! 최 일병! 그러지 말고 나하고 같이 연대장한테 가보자 응? 이 급식 쌀 문제는 벌써 며칠이 지났기 때문에 며칠 더 지체하다가는 아예 흐지부지되고 만단 말이야! 이번 일을 분명히 밝혀내야만 다시는 그런 불상사가 재발하지 않는다고. 최 일병아! 우리 연대장한테 가서 한번 물어보기나 하자."

"난 싫어, 난 못해. 난 안 가! 너 그러다가 오늘 무슨 일을 저지르겠다. 제발 그만두고 벌목장으로 돌아가자 응?"

"겁쟁이! 그렇게 비겁한 놈이 나한테 쌀 떼어먹은 이야기는 왜 했냐?"

최 일병은 겁을 먹고 김우주 일병의 행동을 극렬하게 말렸다. 최 일병의 생각으로는 천부당만부당한 일이라는 것이었다. 군대에서 가장 미약한 존재가 깡통계장급을 단 졸병인데 그런 졸병들이 연대장을 찾아가서 급식 쌀 문제가 어떻게 된 것인지 알려달라고 질문을 했다가는 곧바로 기합을 받거나 혼찌검을 당할 게 분명하다는 것이었다.

"넌 끝내 못 가겠다 이거지? 그렇다면 할 수 없지, 나 혼자 가서 물어보고 와야지. 너는 연대본부 행정반 앞에서 내가 돌아올 때까지 기다리고 있어. 내가 그 두 가지 문제에 대해서 연대장의 명확한 답변을 들어볼 테니까."

"야! 안 돼. 가긴 어딜 가? 너 연대장을 찾아갔다가는 오늘 부대로 돌아가지도 못하고 그 자리에서 죽는다 죽어?"

"그냥 물어만 보고 올 테니까 기다리고 있어. 오래 걸리지 않을 거야."

최 일병이 만류하는 대로 다음 기회로 미루거나 포기하고 벌목장으로 돌아갔더라면 일이 크게 벌어지지는 않았을 것이었다. 급식 쌀 문제를 김우주 일병의 책임이라고 추궁하는 병사들도 없었고 김우주가 벌목장의 최고참병이거나 사병의 우두머리도 아니었다. 그러나 분명히 잘못된 일임이 분명하고 육십 명 병사들이 사흘 동안이나 굶주렸는데도 이 문제를 규명해 보겠다는 병사가 아무도 없었기 때문에 성미가 불같은 김우주 일병이 총대를 스스로 메고 나서게 된 것이었다.

김우주 일병은 최 일병과 헤어져서 곧바로 연대장 부속실을 찾아갔다. 방문을 밀고 들어서자 전속부관이 대뜸 찾아온 용무를 물었다. 김우주는 연대장의 호출을 받고 왔다고 능청을 떨었다. 급식 쌀이 어쩌구저쩌구하면서 벌목장 문제를 건의하러 왔다고 늘어놓으면 전속부관이 연대장을 만나게 해 줄 것 같지가 않았기 때문이었다.

"연대장님 호출을 받아서 왔다고?"

"네."

"정말이야?"

"네."

"지금 방에 계시니까 들어가 봐!"

전속부관은 김우주 일병의 모습을 아래위로 한참이나 훑어보고 난 다음에 아무런 의심을 두지 않고 연대장에게 들어가라고 말했다. 가슴을 쓸어내린 김우주 일병은 전속부관의 말이 떨어지기 무섭게 방문을 열고 들어갔다.

"벌목장 소속 김우주 일병! 연대장님께 용무가 있어서 왔습니다."

전속부관에게는 호출을 받고 왔노라고 거짓말을 한 김우주 일병이지만 문을 열고 들어가서는 연대장을 향해서 차렷 자세를 취하고 방이 떠나가도록 큰 소리로 관등성명을 대면서 신고를 했다.

"소속이 어디라고?"

점심을 먹은 뒤 소파에 앉아서 뭔가 골똘한 생각에 잠겼던 연대장이 갑작스런 김우주 일병의 우렁찬 신고소리에 화들짝 놀라면서 되물었다.

"벌목장입니다."

"벌목장의 병사가 작업시간에 무슨 시급한 용무가 있기에 사전연락도 없이 연대장을 찾아왔는가?"

"다름이 아닙니다. 최근 벌목장에서 발생한 급식용 쌀의 감량 문제와 며칠 전에 발생했던 조현수 일병의 사망사고 처리에 대해서 연대장님의 분명한 말씀을 듣고 싶어서 왔습니다."

"뭐야? 벌목장 사망사고와 급식 쌀 문제?"

"그렇습니다. 연대장님이 알고 계시는지 모르겠습니다만 지나간 사흘 동안에 우리 벌목장 병사들에게 배정되는 급식용 쌀이 평소의 절반밖에 공급되지 않았습니다. 때문에 육십 명의 병사들이 배를 주려가면서 벌목작업을 하느라고 육체적으로 큰 고통을 겪었습니다. 급식용 쌀이 왜 갑자기 절반이나 줄어들었는지 그 경위를 자세히 알고 싶습니다.

그리고 지난번 벌목장에서 발생한 안전사고로 조현수 일병이 사망한 사건에 대해서도 제 의견을 말씀드리고 싶습니다. 연대장님은 유가족들에게 사고 사실을 알리지 못하도록 조치하신 뒤 조 일병의 시신을 직권으로 화장처리하셨습니다. 때문에 지금 고향에 있는 그의 가족들은 조현수 일병이 사고로 사망한 사실조차도 모르고 있을 것입니다. 이것은 정말로 비인도적인 처사입니다."

"뭐라고? 야 이놈의 새끼야? 네 놈의 직책이 뭔데 그런 문제들을 가지고 연대장을 찾아와서 건방지게 소란을 부리고 지랄이냐? 너는 위계질서도 모르는 놈이고 벌목장에는 책임하사관도 없냐? 이 싸가지 없는 놈의 새끼야. 도대체 네놈은 뭐하는 놈이야?"

흥분한 연대장이 호통을 치면서 소파에서 벌떡 일어났다. 김우주는 연대장이 이 정도의 반응은 할 것이라고 예상했기 때문에 조금도 무섭다거나 동요하지 않고 아까보다 약간 낮은 목소리로 침착하게 말을 이어갔다.

"우리 벌목장 병사들의 생명줄인 쌀이 왜 갑자기 절반으로 줄었는지에 대해서 알아보려고 보급관을 찾아갔지만 마침 외출을 나가고 부대에 없어서 도대체 왜 이런 문제가 발생했는지 명백한 사유를 알 수가 없었습니다. 또 거듭 말씀을 드리지만 사고로 억울하게 죽은 조현수 일병의 시신을 유가족들도 불참한 상태에서 부대가 일방적으로 화장해 버렸다는 것은 정말로 비인도적인 처사라고 생각됩니다."

"이 새끼가 미친놈 아니야? 깡통계급장을 단 새까만 졸병인네 놈이 뭔데 그런 문제를 가지고 연대장을 찾아와서 이러쿵저러쿵 협박을 하느냐 말이다. 오늘 네놈이 뒈지고 싶어서 아주 환장을 했냐?!"

연대장은 약이 올라서 길길이 뛰었다.

"저는 의문점을 알아보기 위해서 연대장님을 찾아왔을 뿐입니다. 저는 그것이 맞아 죽을 이유는 아니라고 생각합니다. 노예처럼 중노동을 하는 벌목장 병사들이 먹는 쌀이 왜 갑자기 절반으로 줄었는지 그 원인을 우리는 분명하게 알아야 하고 연대장님은 알려 주실 책임이 있습니다. 그리고 가족들도 모른 채 중음신이 되어 벌목장 상공의 구천을 떠돌고 있는 조현수 일병의 영혼을 달래주지 못하면 우리 벌목장 병사들은 노예나 다름 없는 이 중노동을 더 이상 계속할 수가 없습니다."

김우주 일병은 연대장이 이미 흥분한 상태라는 것을 알면서도 시종 차분한 어조로 또박또박 지껄였다.

"건방진 놈! 싸가지 없는 놈! 그런 것은 내가 너 같은 졸병 놈에게 답변할 성질이 아니야. 이 새끼야! 당장 이 방에서 나가! 빨리 꺼지란 말이다!"

연대장은 입에 게거품을 물고 호통을 쳤다.

"어떤 욕설을 하셔도 저는 연대장님으로부터 명확한 답변을 듣지 못하면 이 자리에서 한 걸음도 물러갈 수가 없습니다."

"이 새끼가 아주 맹랑한 놈이네. 야! 이놈의 새끼야! 여기가 어딘 줄 알아? 알아 몰라? 감히 일등병 놈이 연대장을 찾아와서 행패를 부려!"

"연대장님! 부하 사병이 부대장에게 정당한 건의도 못 합니까? 분명히 말해서 벌목장은 연대장님이 개인적으로 운영하는 사업장이지 않습니까? 그러므로 사업주인 연대장님이 당연히 사유를 밝혀 주실 책임이 있습니다."

"벌목장이 내가 운영하는 개인사업장이라……."

"솔직히 말해서 그렇지 않습니까?"

"이 새끼가 오냐오냐하니까 아주 머리끝까지 기어오르네. 어디 너 오늘 나한테 한번 죽어 봐라! 이 개새끼야. 새까만 졸병 놈이 감히 연대장에게 대들어? 대한민국 군대가 대단히 민주적이라고 생각하는 모양인데 그거 크게 착각하는 거야. 지금 한국의 군대를 움직이는 고급 장교들은 모두가 대일본제국이 조선을 식민통치하던 시대에 일본군대에 들어가서 잔뼈가 굵은 사무라이 정신을 가진 사람들이란 말이다. 우리들은 기본적인 사고방식이 일본 제국주의 정신으로 무장돼 있기 때문에 민주주의는 무엇인지도 모르고 알고 싶지도 않아. 우리는 일본 제국주의 군대에서 복무했고 그 바닥의 물을 먹고 성장한 사람들이니까 너 같이 말이 많고 깐죽대면서 상관에게 기어먹는 졸병 놈들은 그냥 방치할 수가 없어."

그렇게 흥분한 연대장은 자기 책상 옆에 놓여 있던 야전침대에서 각목을 뽑아 들더니 미친 사람처럼 김 일병을 향해서 무자비한 폭행을 시작했다. 머리만 빼놓고 김우주의 온몸을 향해서 몽둥이를 마구 휘둘렀다. 그렇지만 느닷없이 시작된 폭력이라 김우주 일병은 미처 피할 겨를이 없었다. 더구나 김우주와 연대장 단 두 사람이 이야기를 주고받다가 갑자기 생긴 일이어서 옆에서 말려 줄 다른 사람은 아무도 없었다.

한참 동안이나 연대장의 폭행이 이어지면서 자지러지는 김우주 일병의 비명 소리를 전해 들은 전속부관과 당번병이 연대장실로 급히 뛰어 들어왔고, 피투성이가 된 채 실신해서 시멘트 바닥에 널브러진 김우주 일병을 급히 사단 의무중대 앰뷸런스를 불러서 가까운 거리에 있는 야전병원으로 이송시켰다.

한국의 국군은 미군의 무기와 장비, 그리고 미군의 군대 조직과 편제를 그대로 모방해서 창설했었다. 그런데 흥분한 연대장의 발언을 들어 보면 참으로 가소롭기 짝이 없었다. 한국군을 움직이는 장교들의 대부분은 일본군대에서 훈련을 받았으므로 일본의 무사 정신으로 무장돼 있다는 것이고, 때문에 한국군의 실체는 일본 제국주의 군대나 다름없다는 주장이었다.

해방 직후 정부가 수립되기도 전에 남조선국방경비대라는 이름으로 창설되었던 한국의 국군이 왜 이런 엉뚱한 상황에 봉착했을까? 그것은 천구백 사십오 년부터 사십팔 년까지 삼 년 동안이나 삼팔선 이남에 진주하면서 군사정부를 운영했던 미군 장성들과 정부수립 뒤 제헌국회에서 간접선거로 대통령에 선출되었던 이승만 씨의 잘못 때문이었다.

그들이 신속히 시국을 안정시킨다는 명목으로 극렬친일파들과 일제에 협력했던 부일관료들을 학식이 있고 경험이 있다는 이유를 내세워서 정부 부처의 고급 관료로 그리고 국립경찰과 국군의 창설요원으로 대거 기용하면서 민족정기를 의도적으로 말살시켰기 때문이었다. 이 과정에서 식민통치 기간에 일본 제국주의자들과 피를 흘려가며 투쟁했던 항일애국투사들과 민족세력들은 전면적으로 제외되었던 것이다.

"흥분한 연대장이 침대 각목으로 온몸을 마구 때려서 이렇게 중상을 입혔다고 하던데 도대체 폭행을 당하게 된 진짜 이유가 뭐야?"

군복 겉에 덧입은 가운 앞섶에 대위 계급장을 단 키가 큰 군의관이 깨어나서 눈을 뜬 김우주 일병의 환부를 어루만지면서 물었다.

"저도 왜 이렇게 됐는지 잘 모르겠습니다."

김 일병은 남의 이야기나 되는 것처럼 얼버무렸다.

"이렇게 초주검이 되도록 폭행을 당한 본인이 그 이유를 모른다면 누가 알아? 그럼 어쩌다 온몸이 이렇게 절단이 났지? 이 정도의 중상은 몽둥이로 무차별하게 폭행을 당하지 않고는 생기지 않는 거야. 엑스레이 필름을 살펴보니까 양쪽 어깨뼈가 몽땅 박살이 났을 뿐 아니라 그 밑의 갈비뼈도 몇 개나 금이 갔던데……. 적어도 앞으로 사오 개월 이상이나 기브스를 하고 안정적으로 치료를 받아야 완쾌될 수가 있겠어."

군의관은 참으로 야릇한 일이라는 듯이 혀를 끌끌 찼다.

"그렇게 여러 달 동안이나 입원 치료를 받아야 합니까?"

"야전병원에 입원을 해서 치료를 받는 세월도 군대복무 기간에는 어김없이 포함되는 것이니까 잔소리 말고 병원에서 시키는 대로만 해. 주변의 얘기를 들어보니 벌목장에서 소나무를 베어서 목재를 생산하느라고 중노동을 많이 했다니까 한동안 푹 쉬는 셈 치지 뭐."

"알겠습니다."

"그 폭행사건에 대해서야 내가 이러쿵저러쿵 간섭할 일은 아니지만 귀관이 소속 돼 있는 그 부대의 연대장이라는 사람이 아주 문제가 많은 장교라는 소문이더라. 설사 나이 어린 하급 병사가 지휘계통을 모르고 실수를 좀 했더라도 부대를 통솔하는 고급 장교가 자식이나 다름없는 부하 사병을 이 정도로 심각하게 폭행했다는 것은 도대체 상식 이하의 행동으로 밖에 볼 수가 없어! 그 연대장의 심리를 같은 장교인 나는 도저히 이해할 수가 없네."

군의관은 혼잣말처럼 중얼거리면서 병실을 나갔다. 그가 사라지자 곧 옆 자리의 침대에 누워 있던 환자를 비롯해서 같은 병실에 입원해 있는 환자들이 하나둘씩 김우주 일병의 병상으로 몰려왔다. 동물원에 희귀한 동물이 들어왔을 때처럼 새로 입원한 환자에게는 관심들이 많았다.

"벌목장에서 중노동을 하다가 왔어?"

"어깻죽지의 뼈가 몽땅 박살이 났다면서……."

"연대장한테 기어먹다가 작살이 났다는 소문이던데?"

"그런 악질 연대장이면 그 부대의 사병들은 죽었다고 복창해야 되겠네."

환자들이 제각각 중구난방으로 모두 한마디씩 지껄였다.

"어깨뼈가 부러졌다고는 하지만 하룻밤 푹 자고 났더니 지금은 통증이 많이 가라앉았습니다."

김 일병은 갑자기 낯선 환자들에게 둘러싸이니까 기분이 좀 이상했다.

"야전침대 각목을 가지고 폭행을 한다는 것은 사람을 아주 죽이겠다는 것이나 마찬가지 아니야? 기합을 주느라고 그걸로 궁둥이에다 빳따를 친다는 말은 들어봤지만……."

"실상보다 덧붙여졌습니다."

김 일병은 좀 부끄럽고 쑥스럽다는 생각이 들었다. 자신이 벌목장의 대표자도 아니면서 벌목장에서 발생한 부대 문제를 가지고 주제넘게도 연대장을 찾아가서 해명을 받으려다가 폭행을 당한 것이므로 일단은 이야기가 와전 되었다고 흐리고 싶었다.

"덧붙여지기는 뭘. 연대장실에서 정신을 잃고 실신해 있는 당신을 야전병원으로 후송해온 의무중대의 앰뷸런스 운전병이 이 병실 저 병실을 돌아다니면서 이미 다 나발을 불고 다녔는 걸, 뭘……."

"그 운전병이 실제 이야기를 어떻게 알겠습니까?"

김 일병은 더 강하게 부인했다. 이미 저질러진 사고인데 널리 알려져서 좋을 것은 없다는 생각이었다.

"숨길 걸 가지고 숨겨야지. 벌목장에서 나무를 베다가 숨진 사병의 시체를 연대장이 유가족들에게 알리지도 못하게 하고 부대가 일방적으로 화장을 해서 뼛가루를 벌목장 주위에다 뿌려버렸다면서? 아무리 군대라고 하지만 사망한 병사의 유가족도 모르게 시신을 화장해 버리는 것은 너무 잔인한 짓 아니야? 또 벌목장 사병들에게 배급되던 급식용 밥쌀이 갑자기 절반으로 감량되는 바람에 육십여 명의 병사들이 사흘 동안이나 굶주리다시피 하면서 벌목작업을 했다는 것 등 좌우간 그 두 가지 문제를 가지고 김 일병 당신이 단독으로 연대장에게 해명을 요구하다가 흥분한 연대장에게 작살나게 얻어터졌다는 소문이던데 뭘……."

이번에는 다른 환자가 어디서 주워들었는지 모르지만 아주 소상하게 이야기를 늘어놓았다. 환자들의 말마따나 이미 야전병원 안에는 벌목장에서 발생한 김우주의 폭행사건이 깨알이 흩어지듯이 쫙 퍼져 있는 것 같았다.

"그렇게 구체적인 내용까지 나돌고 있습니까?"

"나돌고 말고야, 평소에도 그 부대가 운영하는 벌목장이나 숯 가마에 투입된 사병들이 과도한 중노동에 시달린다는 것은 이미 그 지역의 마을과 군부대는 물론이고 멀리 떨어져 있는 이 야전병원까지 알려져 있는 사실인데, 중노동을 시키면서 배를 굶을 정도로 밥마저 적게 주는 줄은 몰랐다는 것이지 뭐야. 하여간 그 부대 벌목장으로 배치가 되는 신병들은 곡소리 난다는 소문이 파다하더라고."

환자들은 아주 입심들이 좋았다. 남의 부대 내막을 유리알 같이 들여다보고 있었다. 야전병원은 전방부대에서 복무하던 군인들이 부상을 입거나 질병이 발생하면 일시 후송되어서 입원 치료를 받는 곳이었다. 따라서 위생병과 군의관과 간호장교 등 기간요원들은 군복 겉에다가 흰 가운을 입고 근무하고 있었다. 그뿐만 아니라 허가를 받은 외부의 민간인들이 제한적이나마 출입할 수 있는 곳이라서 그런지 분위기가 대단히 자유분방했다.

김우주 일병과 이야기를 나눈 입원환자들은 얼굴의 혈색도 좋았고 대체적으로 건강상태도 양호한 것 같았다. 몸에 깁스를 했거나 보행이 불편한 환자들도 거의 없었다. 한마디로 말해서 지금 이 야전병원에 입원해 있는 환자들의 대부분은 겉으로 보기에 모두 멀쩡한 정상인이었다. 환자복을 입거나 군복을 입는 등 복장도 제멋대로였고 거동들도 자유스러워서 어느 모로 뜯어봐도 부상이나 질병을 가진 환자들이라고 믿어지지가 않았다.

이들은 부대 밖 민간인들이 말하는 이른바 '나이롱' 환자들임이 분명했다. 대단치 않은 상처나 가벼운 질병을 핑계 삼아 한동안 이 병원에 입원해서 요양을 즐기려는 부잣집의 자식들이거나 야전병원에 입원한 것을 빌미로 튼튼한 줄을 잡거나 군의관들이나 간호장교들에게 뇌물을 써서 적당한 기회에 의병제대를 해서 집으로 돌아간다고 소문난 대기병들 같았다.

"여러분들이 아시다시피 나는 부대장에게 폭행을 당해서 양쪽 어깨의 뼈가 몽땅 부러져 야전병원으로 후송이 돼 왔지만 당신들은 모두 무슨 병이나 어디가 아파서 입원들을 했습니까?"

김 일병이 주위의 환자들을 둘러보며 말했다.

"우리 말이야? 우리는 모두가 대충 그렇고 그런 중환자들이야."

"대충 그런 중환자들이라니요?"

"당신은 새로 들어온 환자라 아직은 이 야전병원의 분위기를 전혀 모르겠지만 좀 지내보노라면 자연히 다 알게 될 거야. 이 병원의 환자 가운데 대략 삼분의 일은 이른바 나이롱환자들이야. 군대생활의 절반 이상을 야전병원의 침상에서 보내겠다는 사람들인데, 대개가 고급 공무원이나 부잣집의 자식들인데 때가 되면 의병제대를 해서 고향 앞으로 떠나갈 날을 대기하는 사병들이지. 그러지 말고 당신도 입원한 김에 적당히 군의관들을 상대로 뒷돈을 써서 입대 동기들보다 일찌감치 제대나 하시지 그래."

"제대라니요?"

"뭘 그렇게 놀라? 이 병원에서 의병제대는 식은 죽 먹기처럼 쉬워. 여기서는 몸에 꼭 죽을 병이 든 사람만 의병제대를 시키는 것이 아니야. 전담 군의관을 거쳐서 병원장의 큼지막한 도장만 하나 콱! 받으면 그대로 제대특명을 받는 것이야."

"놀리지 마십시오. 전투를 하거나 훈련을 받다가 몸이 불구가 된 것도 아니고 갑자기 몹쓸 질병에 걸리지도 않았는데 어떻게 의병제대가 됩니까?"

"전쟁할 때는 총상이나 포탄의 파편을 몸에 맞아서 중상을 입거나 불구가 돼야 의병제대를 하지만 기약도 없이 무한정 휴전상태인 지금은 그 기준이 엄청나게 달라요 달라. 야전병원은 의료장비도 부실하고 의약품도 충분히 공급되지 않기 때문에 치료가 어려운 중병 환자라는 군의관의 판정만 내리면 곧바로 의병제대를 시키고 있어. 군에서는 국방예산이 절약되니까 좋고 본인은 일찍 제대를 하니까 좋고, 그야말로 양수겸장이고 일거양득이잖아. 내막을 자세하게 알고 보면 제대하기가 아주 쉽다고."

"세상에……. 이거 군대가 완전히 개판이군요. 사회에서는 제때 군대에 안 갔다고 잡아들여서 감옥에 집어넣는가 하면 자기들이 요구하는 대로 순응하지 않으면 빨갱이로 몰아붙이고 국가보안법까지 씌우는 판인데 군대 안의 야전병원에서는 의병제대를 무기로 온갖 비리가 개판을 친다니……."

"그렇게 흥분할 것 없어. 당신도 이 야전병원에 한 달만 입원해 있으면 야전병원의 비리와 부정부패를 속속들이 목격하고 알게 될 거야."

환자들이 중구난방으로 거침없이 쏟아내는 말들이라 그런지 김 일병은 도통 이해할 수가 없었고 납득도 되지 않았다. 군대에 강제로 징집되어 훈련소를 거친 뒤 줄곧 노역장 같은 벌목장에서만 복무해온 김우주 일병으로서는 의병제대를 할 수 있다는 야릇한 특혜는 물론이고 강도 높은 중노동이 없을 뿐 아니라 흡사 학교 교실같이 자유분방한 야전병원 병실의 분위기 자체가 별천지 같다는 느낌이 자꾸 들었다.

김우주 일병 주위로 몰려들어서 떠들어 대던 나이롱환자들이 모두 자기들 침대로 돌아가자 이내 급식시간이었다. 저녁밥이었다. 위생병이 스테인리스로 만든 널찍한 식판에 담아서 침대 머리맡에다 갖다가 놓은 저녁밥은 보리쌀이 상당히 섞이긴 했지만 쌀밥이나 다름없었다. 김치를 비롯해서 마른 반찬도 두 가지나 되었고 생선을 넣고 끓인 비릿한 국도 따로 있었다. 지금까지 벌목장에서는 전혀 구경조차 할 수 없었던 고급 식단이었다.

김우주 일병은 식판에 담긴 밥을 한 숟갈도 남기지 않고 다 먹었다. 그러나 옆 침대의 나이롱환자들은 병원에서 주는 밥을 거의 먹는 것 같지 않았다. 대부분이 아예 숟가락도 대지 않은 채 식판을 물리는가 하면 두어 숟갈 뜨는 척하다가 그만두는 병사도 있었다. 입원한 환자들이 밥을 저렇게 먹지 않고 어떻게 견디며 과연 치료는 어떻게 받는 것일까 궁금했다. 그때 병실담당 간호장교가 나타나더니 거침없이 김우주 일병 침대로 다가왔다.

"몸의 통증은 좀 어때요?"

깁스를 한 가슴과 어깨를 두루 어루만지면서 물었다.

"주사를 맞으면서 약을 계속 먹어서 그런지 송곳으로 쑤시는 것 같은 통증은 좀 가라앉았습니다."

"엑스레이 필름을 보니까 큰 뼈가 여러 군데나 부러지고 금이 갔으며 작은 뼈들은 잘게 으스러지고 부서지기까지 했더라고요. 그리고 근육에는 온통 시커멓게 멍이 심하게 들었고 피부가 마구 짓이겨질 정도로 찰과상도 심해요. 어쨌든 상처가 대단합니다. 그런데 다행스럽게도 내장의 중요한 부위는 다치지를 않았어요. 본래 신체가 튼튼하고 아주 건강한 체질이어서 그나마 다행입니다."

"고맙습니다. 장교님!"

"그동안 벌목장에서 중노동을 하느라고 고생을 많이 했던 모양이니까 야전병원에 입원한 지금부터는 마음을 푹 내려놓은 채 아무런 근심걱정도 하지 말고 몇 달 동안 치료와 휴식에만 전념하도록 해요."

"감사합니다."

"입대한 지는 얼마나 됐지요?"

"아직 일 년이 채 안 됐습니다."

"일 년이 안 됐다. 그럼 제대하려면 아직도 멀었네."

"제대 말입니까? 그런 건 아직까지 생각해 본 적이 없습니다."

"사회에서는 뭘 했지요?"

"농촌에서 태어나 자랐기 때문에 농사를 짓는 한편 동네 친구들과 영농개량사업도 하고 그밖에 또 다른 일도 했습니다."

"말하자면 농촌운동을 했었군요?"

"거창하게 운동이라고 말할 것까지는 없습니다."

"몸의 다른 부위는 아프지 않아요?"

"며칠 안정을 해서 그런지 몸을 운신하기가 퍽 가볍습니다."

"불편하다고 생각되면 언제든지 나를 찾아요. 병원 치료를 열심히 받고 밥도 많이 먹으면 얼른 나을 겁니다."

간호장교는 엷은 미소를 흘리며 다른 침대의 환자들 쪽으로 걸어갔다. 중위였다. 얼굴도 예쁜 편이었고 목소리도 고왔다. 흰 가운 위에 '장인숙'이란 명찰을 달고 있었다.

"간호장교가 와서 뭘 그렇게 오랫동안이나 물어 봐?"

옆 침대의 환자가 쪼르르 달려와서 말했다.

"별것 아니었어요."

"아주 관심 있게 묻는 것 같던데?"

"부상에 대해서 그냥 이것저것 말해줍디다."

"저 장인숙 중위가 이 병원의 간호장교 중에서 제일 미인이야. 마음씨도 착하고……. 그렇지만 이미 남자친구가 있어서 그런지 입원한 사병들이 아무리 꼬셔도 끄떡도 안 한다는 소문이야."

그 환자는 묻지도 않는 말을 혼자 지껄였다. 그들은 자기들의 표현대로 아픈 데도 없으면서 오랫동안 야전병원에 입원해 있자니 안달이 나는 모양이었다. 멀쩡한 젊은 사람들이 엉터리 환자 노릇을 하자니 하루 이틀도 아니고 그럴 만도 했다. 그들의 말대로 야전병원의 입원환자 삼분의 일이 빽이나 돈을 써서 의병제대를 꿈꾸고 있는 나이롱환자들이라면 이것이야말로 한국군 내부의 크게 잘못된 구조적 부패이고 비리가 아닐 수 없었다.

국군의 부패한 일부 장교들이 미군이 제공한 기재와 장비 그리고 장병들에게 지급되는 급식용 양곡을 비롯하여 모든 병참 물품들을 빼내서 팔아먹는 줄은 알았는데 그보다 색다른 부정도 저지르고 있다는 사실을 목격하게 된 것이었다. 장성급 장교들의 묵인이나 연루, 또는 이들과 연결된 사이비 정치인들과 관료들이 배후에 없고서는 일어날 수 없는 총체적 비리였다.

"내가 꼼수를 써서 의병제대하는 방법을 알려 줄까?"

옆 침대의 환자가 말했다.

"나는 폭행을 당한 것 말고는 신체가 멀쩡한 사람인데……. 다른 질병이 있어야 의병제대를 하지요?"

"당신은 도통 백판이로군. 우리가 말했잖아. 여기 입원한 환자의 절반 가까이는 소위 나이롱환자라고 말이야. 그러니까 나이롱환자는 모두가 의병제대를 희망하는 속칭 날라리들이라고 봐도 틀림없어."

이들의 말은 정말로 웃겼다. 멀쩡한 군인들이 군대생활을 하기 싫어서 질병을 핑계 삼아 야전병원에 입원을 했고, 군의관들

이나 간호장교들에게 접근해서 돈이나 빽을 써서 의병제대를
한다고 거듭 강조할 뿐 아니라 그런 비리를 아예 자랑삼기까지
하는 데는 정말 질색할 일이 아닐 수 없었다.

"의병제대자 가운데는 어쩌다가 담당자의 실수나 업무착오로
인해서 중병에 걸리지 않은 나이롱환자가 간혹 한둘쯤 섞일 수
있겠지만, 입원한 환자의 절반 이상이나 되는 절대 다수가 장차
그런 식으로 의병제대를 해서 일반사회로 나간다는 것은 지나
친 허풍이고 거짓말만 같습니다."

"당신은 새로 입원한 환자이고 이곳의 진면목을 잘 모르니까
아직은 우리들의 말을 받아들이기 어려울 것이야. 그러나 내가
지껄이는 말은 분명한 사실이란 말이야. 그렇지, 며칠 전에도
이 병원에서 무려 다섯 명의 나이롱환자들이 중증 폐결핵 환자
로 판정을 받아서 의병제대를 했는걸."

"정말로 나이롱환자들이 의병제대를 했단 말입니까?"

"그럼. 내가 헛소리를 왜 해? 내 옆 침대에 있던, 그렇지 지
금 당신이 누워 있는 그 침대에 한동안 입원해 있었던 서울의
한다하는 부잣집 아들이라고 떠벌이던 새까만 이등병 녀석도
어떤 군의관에게 빌붙더니 그 중증 환자들 축에 끼어서 의병제
대를 해 나갔지. 입대한 지 사 개월인지 오 개월 만인지 라고
하더라고."

"그 이등병은 무슨 중병에 걸렸었습니까?"

"중병은 무슨 중병이야? 똑같은 가짜 폐결핵 환자지. 일단

병원의 환자 차트에는 폐결핵을 앓는 중증 환자로 기록이 돼 있었지만 실제로는 멀쩡했지. 아주 신체건강한 사람이었어."

"건강한 군인을 어떻게 중증 결핵환자라고 꾸며서 제대를 시킵니까?"

"다 방법이 있는 거야. 내가 그 방법을 말해 줄까?"

"나는 관심이 없기 때문에 별로 듣고 싶지 않습니다."

"그러지 말고 내 이야기를 잘 들어봐. 의병제대는 야전병원에 입원을 해야만 가능하니까 일단은 자신이 복무하는 자대에서 한 일주일 동안은 생으로 밥을 안 먹는 거식을 하고 꾀병을 앓으면서 시작하는 거야."

"신체가 건강하고 외모가 멀쩡한 사람이 어떻게 끼니를 굶으면서 꾀병을 앓습니까? 우리 벌목장에서는 끼니때마다 주는 밥도 모자라서 모두들 배가 고프다고 밥때만 되면 게걸스럽게 안달들을 하는데……."

"그러니까 고픈 배를 참아내야지. 엉터리로 의병제대를 해서 집에 가려면 그 정도의 고생은 각오해야 되지 않겠어?"

"고생을 억지로 참아야 한다고요?"

"그럼. 하루 세 끼의 밥때에도 취사반이나 식당에 가지 말고 몸이 아프다면서 내무반의 침상에 드러누워서 남들이 볼 때는 냉수만 마시면서 무조건 생병을 앓는 거야. 그렇게 일주일 정도가 지나면 눈이 칠십 리는 들어가고 온몸에 원기가 빠져서 탈진을 하게 되지. 상급자 누가 와서 살펴보더라도 틀림없는 중증 병자야. 그럴 즈음에 느닷없이 아우성을 치면서 마구 엄살을 피우는 거야. 몸이 아파서 죽겠다고 말이야."

"같은 내무반에 있는 전우들은 물론이고 부대 안에서 근무하고 있는 장교들이나 부사관들에게 엄살 피우는 게 이내 들통이 날 것 아닙니까?"

"그래서 돈이 필요한 거야. 그렇게 행동에 나서기 이전에 비상용으로 아껴뒀던 씨돈을 슬슬 풀어야 되는 거지. 자기가 소속된 해당 소대장, 그리고 선임하사 또는 인사계와 심지어 내무반장에게까지 말이야. 나는 몸이 약하고 아픈 곳이 많아서 도저히 군대생활을 계속할 수가 없으니까 야전병원으로 후송을 시켜달라고 솔직하게 말하면서 돈이 든 봉투를 건네고 양주나 양담배 같은 선물을 돌리면서 은근하게 버채는 거야."

"정말 대단들합니다."

"그렇게 되면 돈이나 뇌물을 받아먹은 사람들은 못 이기는 체 하면서 의무중대의 앰뷸런스를 불러서 야전병원으로 후송조치를 취해 주는 거지. 먹은 물이 뜨더냐? 는 옛날 속담 그대로야. 돈을 받아먹은 만큼 대가를 해 주는 것이지."

"정말로 그렇게 될 수가 있습니까?"

"그렇게 해서 일단 자대를 벗어나 야전병원으로 후송이 되면 그때부터는 담당 위생병이나 군의관과 간호장교 등에게 여러 가지 방법으로 접근해서 본격적으로 씨돈을 쓰면서 제대를 목적한 정지작업을 해야지."

"내…참……."

"마지막 단계에서 뇌물을 얼마쯤 써야 제대를 할 수 있느냐? 대부분이 궁금해서 물어보지. 그런데 뇌물 액수가 딱히 정해져 있는 것은 아니야. 대략 영관급 군의관 월급액수의 두서너 배쯤은 써야 된다는 것이 정설이야. 그게 야전병원에서 통용되는 사실상의 공정가격이지. 돈을 건네면서 담당 군의관에게 실토를 하고 매달리는 거야. '나는 제대를 하려고 야전병원으로 후송을 왔다. 도저히 군대생활을 못 하겠으니 군의관님이 도와 달라' 그런 식으로 솔직히 하소연을 하는 거지. 그렇게 될 경우 모든 군의관의 십중팔구는 돈을 받고 못이기는 척 호응해 주게 돼 있어."

"사실상 의병제대 계약이 성립된다는 말입니까?"

"그렇지. 바로 거래가 형성되는 거야. 마지막 엑스레이 판정을 받을 때까지 매일 밥은 어떻게 조절해서 먹으라고 지시하는 등 관리를 해 주는 것이지."

"하고 많은 질병 중에서 왜 폐결핵 환자를 사칭합니까?"

"그게 실행하기가 제일 쉽대."

"쉽다니요?"

"아주 간단하다는 거야. 야전병원에서 제대냐 원대복귀냐를 결정짓는 종합검진을 앞둔 하루 전날, 환자가 취사반의 쓰레기 통에 버려진 달걀 껍데기 몇 개를 주어다가 남들 모르게 꼭꼭 씹어 먹고 곧바로 잉크를 한 모금 마신다는 것이야."

"달걀 껍데기를 씹어 먹은 뒤에 글씨를 쓰는 잉크를 먹어요?"

"그럼, 제대를 하려는데 무슨 짓인들 못하고 뭔들 못 먹겠어."

"그런 걸 먹었다고 갑자기 폐결핵 환자가 되겠습니까?"

"내가 직접 실행해 보지 않아서 장담할 수는 없지만 좌우간 달걀 껍데기와 잉크를 먹은 이튿날 엑스레이를 찍으면 영락없이 폐가 시커멓게 썩고 병들어 있는 것으로 필름에 뚜렷하게 나타난다는 거야. 앞서서 폐결핵 환자라는 병명으로 의병제대를 한 친구들도 다 그렇게 했다는 것이니까."

"기가 막히는 이야깁니다."

"암, 엑스레이를 판독하는 수석군의관이 그 필름을 증거삼아서 중증 폐결핵 환자라고 판정을 하고 의병제대 소견을 낸다는 거야. 지금 우리 병원의 시설이나 군에 공급되는 의약품으로는 중증 폐결핵 환자를 완치시키기 어렵다. 자대로 복귀시키게 되면 내무반의 전우들에게 감염될 우려가 매우 높으므로 빨리 제대를 시켜서 일반병원에서 치료를 받게 해야 한다고 말이야."

"방법과 순서가 되 짜듯 말 짜듯 잘돼 있고 명분이 아주 그럴듯합니다."

"그러니까 야전병원의 적재적소 인물들에게 준비해 뒀던 씨돈을 두둑하게 찔러 넣으면 이런 식으로 의병제대가 일사천리로 추진되는 것이야."

"소름이 끼칠 정도입니다."

"당신도 내가 말한 내용을 부모님에게 편지로 자세하게 적어 보내서 의병제대에 필요한 자금을 타내란 말이야. 남들보다 먼저 제대를 해서 사회에 나가서 돈을 번다면 제대하는 데 들어간 본전을 쉽게 뽑을 수도 있으니까 말이야. 미쳤다고 삼 년 동안 생고생을 하면서 군대에서 썩어? 세월 허송하고 몸 고생하고 그건 아주 계산 없고 미친 짓이야."

"나는 부모님이 안 계시기 때문에 그런 편지를 써 보내서 돈을 보내달라고 떼를 쓸 사람도 없지만 그렇게 해서 의병제대를 할 생각도 없습니다."

"남은 열을 올려가면서 열심히 브리핑을 해 줬는데 왜 그래?"

"방법이 아주 고약한 위계여서 전혀 받아들일 수 없습니다."

"당신은 아주 엉뚱하구먼. 그렇다면 의병제대를 못 하는 거지 뭐."

김우주 일병은 나이롱환자들이 의병제대해서 나간다는 과정을 이야기 듣고는 소스라치게 놀랐다. 침대에 누워 있거나 치료를 받는 사병환자들 모두가 그런 식으로 의병제대를 희망하고 야전병원에 입원해 있는 것같이 생각이 되었고, 위생병들이나 군의관 간호장교 모두가 그런 비리의 그물에 연결돼 있는 사람들로 연상되어서 똑바로 쳐다보기조차 싫었다.

길게 이야기를 늘어놓던 병사는 김우주 일병이 강한 거부감으로 받아들이자 크게 실망하는 표정이었다. 한 건 올려보려고 열심히 설득을 했는데도 허사가 됐기 때문인지도 모를 일이었다. 잘은 알 수 없는 일이지만 그 환자는 의병제대 비리 조직의 야전병원 안 심부름꾼 같았다. 전방의 각 부대에서 새로 야전병원에 입원하는 병사들을 비리에 물든 군의관과 연결시켜 주고 중간에서 프리미엄을 톡톡히 받아 챙기는 전업적인 일꾼인지도 몰랐다.

김우주 일병이 야전병원에 입원한 지 그럭저럭 너덧 달쯤이 지나자 그동안 같은 병실에서 입원치료를 받아오던 대부분의 환자들이 의병제대를 하거나 원대복귀했고, 그들이 누워 있었던 침대들은 전방에서 새로 후송돼 온 환자들이 차지했다. 김우주 일병은 야전병원에서 자행되는 의병제대를 둘러싼 부조리의 실체를 목격하면서 경악했지만 그런 비리는 중단되지 않고 계속되었다. 김우주 일병은 이런 비리와 현상을 전혀 납득할 수가 없었다.

그런 어느 날이었다. 폭행당했던 환부의 상처도 어느 정도 치료가 되어 가까운 곳으로 보행은 물론이고 야전병원 안에서 일상적인 활동에도 큰 지장이 없다는 군의관의 진단이 나와 있을 무렵이었다.

점심을 먹은 오후인데 간호장교 장인숙 중위가 사뿐히 병실에 나타났다. 그는 평소 회진을 나왔을 때처럼 병실 입구에서부터 장기간 입원 중인 병사들을 차례차례 둘러보면서 천천히 김우주 일병의 침대로 다가왔다. 다른 환자들에게도 이것저것 증상을 물어는 보는 것 같았지만 그것은 형식적인 질문으로 보였다. 회진시간이 아니었기 때문에 병실 안에 놓인 이십여 개의 침대에 누워 있는 환자들은 겨우 대여섯 명뿐이었다.

"요즘 기분이 어때요?"

장 중위는 지나가다가 들른 것처럼 말하면서 김 일병의 침대로 다가섰지만 다른 병사들을 대하는 것과는 달리 무척이나 다정했다. 더구나 환자들을 부를 때마다 꼬박꼬박 앞에다 붙이던 관등도 김 일병에게는 붙이지 않았다.

"장 중위님이 그동안 정성을 들여서 치료해 주신 덕분에 이젠 상처도 많이 나았습니다. 밖에 나가서 한바탕 달려 보고 싶을 정도로 상쾌합니다."

"다행이네요."

야전병원의 여러 명 간호장교 가운데서 장 중위는 김 일병이 입원하던 첫날부터 남다른 관심과 배려를 베풀어 왔었다. 야전병원까지 입원하게 된 연대장과의 얄궂은 사연을 듣고 동정심이 생겼는지도 몰랐다.

"장 중위님은 주말에 뭘 하십니까? 대부분의 장교님들은 큰 도시로 외출을 나가시는 것 같던데요……."

"나도 병원에서 당직을 서지 않을 때면 가까운 포천이나 의정부로 외출할 때가 많아요. 더러 서울로 나가기도 하고."

"서울이 자택입니까?"

"집이 서울은 아니지만 병원에 오래 있으면 그냥 답답하니까."

"임관하신 지는 얼마나 됐습니까?"

"한번 맞춰 봐요?"

"글쎄요. 계급으로 보면 한 오륙 년?"

"잘 알아맞추네요 뭘."

"제대는 안 하시고 계속 군대생활만 하실 겁니까?"

"나도 병원 일에 지치면 가끔은 제대하고 싶을 때가 있어요. 허지만 내가 제대를 해서 병원을 떠나가면 환자들이 외로울 것 같아서 못해요. 호호."

"그 말씀에는 전적으로 동의합니다. 이 병원에 입원 중인 병사들 중에서 장 중위님을 좋아하지 않는 사람이 없었습니다. 모두들 자기만의 애인이라고 야단들입니다. 인기가 대단하십니다."

"정말이에요?"

"정말입니다."

"남자들이란 군복을 입고 여자들을 바라볼 때는 다 그렇게 속물이 되는 겁니다. 장교고 사병이고 가릴 것 없이 다 똑같아요. 난 그런 놀림에 절대로 속지 않아요."

"내 말은 사실입니다."

"허풍떠는 사람이 내 말은 허풍이라고 말하는 것 봤습니까?"

"그렇습니까?"

장 중위는 얼마 동안이나 그런 식으로 김 일병의 침대 곁에 서서 이야기를 늘어놓다가 잠시 옆 침대 환자들의 시선이 다른 곳으로 쏠리자 작은 쪽지를 김 일병의 손아귀에 슬쩍 쥐어 주고는 천천히 병실을 빠져 나갔다. 장 중위가 병실을 찾아온 것은 그 쪽지를 전하려는 것이 틀림없었다. 장 중위가 입원환자인 김우주 일병에게 전하려는 사연은 과연 무엇일까? 그 내용이 궁금할 수밖에 없었다.

　김우주님께.
　오후 다섯 시 정각에 병원 정문 옆 면회실에서 만나고 싶습니다. 다른 사람과 동행하는 것은 싫습니다.
　　　　　　　　　　　　　　　　　　　　　　　장인숙.

간호장교가 입원 중인 환자 사병을 만나자고? 더군다나 혼자 오라고? 면회실로 나오라는 것은 밥이나 커피를 사겠다는 말 아닌가? 전부터 남달리 친절하게 대해준 것은 사실이지만 갑자기 만나자는 뜻은 무엇일까?

김우주 일병으로서는 전혀 집히는 데가 없었다. 야전병원에 입원하면서 만나게 된 장 중위의 첫 인상은 좋은 편이었다. 여러 간호장교 가운데 가장 친절하게 환자들을 대했고 인품이 자상하고 후덕했다. 언제나 밝은 얼굴에 부드러운 미소를 띠고 있었고 그리고 상냥한 말씨와 맑은 목소리는 특별히 인기가 높았다.

그런 미모의 간호장교로부터 초대를 받았다는 것은 대단한 기쁨이었다. 김 일병은 관물함에 쌓아 뒀던 군복을 꺼내 입었다. 가까운 면회실까지지만 환자복을 입고 나가기가 싫었다. 가슴이 왠지 두근거렸다. 꼭 고향에서 먼 길을 달려서 면회를 온 애인을 만나러 나가는 심정이었다.

김우주 일병이 약속시간에 맞춰서 면회실 문을 밀고 들어가자 이미 장인숙 중위가 먼저 와서 한 테이블을 차지하고 앉아 있었다. 저녁때라 그런지 면회실 안의 넓은 홀은 환자복을 입은 군인들과 이들을 만나려고 온 사람들로 북적댔다.

"오늘 당직근무입니까?"

김우주 일병이 장 중위가 앉아 있는 테이블로 가 앉으면서 말했다.

"당직도 아니고 이미 오늘 근무도 끝났어요."

그 말을 들으면서 바라보니 장 중위는 산뜻한 사복을 입고 있었다.

"전혀 딴 사람 같습니다. 투피스를 입으시니까 더 아름답습니다."

"정말? 오랜만에 사복을 입었더니 몸이 근질근질하고 영 어색해요."

"먼 곳으로 외출을 나가시는 모양이죠?"

"그렇게 보여요?"

"항상 군복만 입으신 모습을 보다가 화사한 빛깔의 양장 차림을 한 장 중위님을 보니까 그런 생각이 들 수밖에요.”

“그럴 수도 있네요. 하기야 간호장교가 군인이지 어디 여자입니까? 옷만 갈아입어도 그렇게들 여기니.”

“나는 쪽지를 받아 읽고 가슴이 두근거렸습니다. 그동안 내가 장 중위님에게 혹시 잘못한 일이라도 있었나 하고 반성도 해 보고요. 그래 왜 나오라고 명령했습니까?”

“그걸 명령이라고 생각해요?”

“군영에서 장교가 사병을 나오라고 하면 그건 바로 명령 아닙니까?”

김 일병이 웃으며 말하자 장 중위도 덩달아 웃었다.

“아까 밖에 나가고 싶다고 말했었지요? 그래서 오늘은 내가 우주 씨에게 바깥바람이나 쏘여줄까 하는데…….”

“네? 아닙니다. 그냥 기분이 그렇다는 말이었지요. 병원에 입원해 있는 군인 졸병인데 어떻게 맘대로 밖에 나다니고 또 어딜 갑니까?”

“병실 책임자에게는 허락을 받고 나왔지요?”

“그럼요.”

“됐습니다. 그럼. 오늘은 내가 주말의 의정부 시가지 구경을 시켜줄 테니까 함께 나가자구요.”

“지금요?”

“실장에게 말했다면서요?”

“잠깐 면회실에만 다녀온다고 말했습니다.”

"그렇다면 내가 다시 전화를 해야겠네."

장 중위는 김우주 일병의 대답도 듣지 않은 채 부리나케 일어나더니 경비전화기가 설치돼 있는 계산대 쪽으로 달려갔다가 곧 되돌아왔다.

"이제 됐어요. 실장에게 김우주 일병이 외출을 한다고 전화해 줬습니다."

"네에?"

"김우주 일병의 부모님이 병원으로 면회를 오셨기 때문에 내가 의정부까지 외박을 허가했다고요."

"네에?"

"군대, 아니지 야전병원에서는 다들 그렇게 하는 거예요."

"난 모르겠습니다. 암튼 난 이 야전병원에 입원한 뒤에는 한 번도 병실규칙을 어겨본 적이 없었는데요."

"이 시간 이후에는 신병을 일단 내게 맡겨 줘요."

장 중위는 머뭇거리는 김 일병의 손을 잡아끌고 면회실 밖으로 나섰다. 바로 의정부로 나가는 큰 도로가 지나가는 곳이었다.

"의정부 시내에 나가면 군기를 단속하는 헌병들이 득실거린다는데?"

김우주 일병이 난처한 얼굴이 되어 말했다.

"내가 미리 준비를 했어요."

장 중위가 핸드백 속에서 야전병원장의 네모진 큰 직인이 찍힌 외출증을 내밀었다. 거기에는 김우주의 군번과 이름이 적혀 있었다.

"언제 내 외출증까지 만들었습니까?"

"초대하는 사람이 그 정도는 배려를 해야지요."

"내 이름이야 아시겠지만 군번은 어떻게 알았습니까?"

"내가 우리 병원의 간호과장인데 환자의 차트 하나 못 찾겠어요."

야전병원의 면회실 앞 버스 정류장에는 많은 사람들이 몰려 있었다. 주말의 오후라 그런지 외출하는 장병들도 있었고 면회를 끝내고 돌아가는 가족들이거나 야전병원을 상대로 군납업을 하는 상인들 같았다. 이들 가운데는 장 중위와 눈이 마주치자 가볍게 목례를 하는 사람도 있었고 차렷 자세로 거수경례를 하는 사병들도 있었다. 그들은 모두가 평소부터 장 중위를 아는 사람들 같았다.

얼마를 기다린 끝에 버스가 도착하자 김 일병은 장 중위와 함께 차에 올라 의정부 시내로 나갔다. 의정부는 전방과 가까운 작은 읍내라 그런지 주변에 주둔하고 있는 미군부대와 국군부대에서 외출을 나온 군인들로 북적거렸다. 군인들의 도시다웠다. 읍내의 좁은 신작로에는 군용차와 사람들이 범벅이 되어 파도처럼 이쪽저쪽으로 넘실거렸다. 길가의 나지막한 건물 속의 상가들도 전등불을 밝혀 놓고 손님들을 부르고 있었다.

"저녁밥을 먹어야겠는데. 우주 씨는 뭐가 먹고 싶어요?"

"저야 사주시는 대로 먹겠습니다."

"그런 말이 어디 있어요. 내가 모처럼 초대한 저녁식사니까 식성에 맞는 음식을 말해야지요. 그동안에 무척 먹고 싶었던 음식이 뭐예요?"

"뭘 먹어야 할지 갑자기 생각이 안 납니다. 난 촌놈이라서 시골에서 먹고 자란 음식밖에는 아는 것도 먹어본 것도 별로 없습니다."

"그럼 내 맘대로 시킬까요?"

"좋습니다."

길가에서 잠시 머뭇거리던 장 중위는 김 일병과 함께 지나가던 택시를 불러 타고 변두리로 나갔다. 장 중위가 야전병원의 상급자들과 몇 차례 왔었던 미군전용 식당을 찾아간 것이다. 중심지에도 이런저런 식당들을 알고 있었지만 자신의 마음에 드는 곳이 별로 없었던지 이 캠프 데이비스 하우스를 선택한 것이었다. 미군들이 직영하는 이 레스토랑은 한국인이나 한국군 사병들은 대체로 출입이 제한돼 있는 곳이었다.

다만 미군들과 동반하는 한국군의 장교들에 대해서만 출입을 허용하고 있었다. 그런데 사복을 입은 장 중위가 출입구로 다가서서 몇 마디 말을 건네자 미군 군속으로 보이는 한국인 수위가 두말없이 문을 열어 줬다. 사복을 입었을 뿐 아니라 한국군 병사를 대동했는데도 출입을 허용하는 것으로 미뤄 장 중위는 수위와 안면이 많은 것 같았다.

"들어가지요."

장 중위가 앞장서서 출입문을 들어서더니 뒤따라오는 김 일병의 겨드랑이 사이로 팔짱을 끼었다. 누가 보든 데이트를 즐기는 다정한 한 쌍의 연인들이었다. 김 일병은 장 중위가 하는 대로 그냥 놔둘 수밖에 없었다.

넓은 홀 안 여기저기에는 미군 장교와 사병들이 삼삼오오 둘레로 앉아서 이야기를 나누며 음식과 술들을 먹고 있었다. 또 그 옆 자리에는 몇 명의 한국군 영관급 장교들도 앉아서 술을 마시면서 떠들어대고 있었다.

"우리는 이쪽으로 앉지요."

장 중위가 창가의 구석진 자리로 다가가 앉으면서 말했다. 김 일병은 도통 어색하기가 이를 데 없었지만 못이기는 체하고 장 중위의 맞은편에 앉았다. 레스토랑의 분위기도 생소했지만 손님들이 거의 미군들이라 운신하기가 거북하고 얼떨떨하기만 했다.

"이 식당의 음식이 아주 맛있어요."

"자주 오시는 곳 같습니다."

"자주는 아니고요, 병원장을 따라서 가끔 오는 곳이지요."

"분위기도 좋고 음식이 맛있으면 값도 꽤나 비싸겠지요?"

"아니에요. 값은 오히려 한국음식점의 절반밖에 안 되는걸요."

"네에?"

"미군 지역사령부에서 직접 운영하기 때문입니다. 더구나 이 곳에서 사용하는 음식 재료들이 모두 수입하는 미군용 면세품

이어서 음식들이 썩 맛있다고 합니다. 특히 미국 본토나 일본 오키나와에서 들여오는 고기나 채소들이 아주 신선한 것들이라고 합니다."

"한국 속의 이방이군요."

"우리 땅 안에 있지만 미국 영토나 다름없지요."

"같은 군인이지만 미군은 정말로 특별한 군대생활을 하는군요."

"뭘 시킬까요?"

"글쎄, 나는 양식이라면 더더욱 아는 음식이 하나도 없습니다."

"그럼 내가 알아서 주문할까요?"

"좋습니다."

장 중위가 카운터로 가서 뭐라고 말하고는 곧 돌아왔다.

"비프스테이크 두 개를 시켰어요. 그리고 맥주하고……."

"그건 쇠고기로 만드는 음식이지요?"

"네. 생 쇠고기 요리나 다름없지요. 살짝 구워서 나오는 것인데 이 레스토랑의 비프스테이크는 미국 본토에서 공수해 온 어린 송아지 고기라 그런지 아주 연하고 맛이 있어요."

"오늘은 장 중위님 덕분에 내가 호강을 하게 됐습니다."

"오늘은 사복까지 입었으니까 부대에 들어갈 때까지는 그 장 중위라는 말은 하지 말아요. 네! 우주 씨."

장 중위는 평복을 입은 자기와 단 둘이 앉아 있는 김우주 일병이 계급으로 호칭하니까 아주 어색한 모양이었다. 곱게 눈을 흘겼다.

"그럼 뭐라고 부릅니까?"

"나는 이름도 없는 사람인가요?"

장인숙 중위는 아까부터 은근히 자기 이름을 불러 주기를 원하고 있었지만 김우주 일병은 눈치를 채지 못하고 있었다. 여자와 사귀어 보지 않아서 그런지 여자의 속마음을 전연 살필 줄 몰랐다.

"내가 장 중위님의 이름을 부르기에는……."

"내가 원하는데도?"

"그렇다면."

"어디 불러 봐요?"

"장인숙 씨!"

"아이 재미없어. 장인숙 씨가 뭐예요."

"오늘 이렇게 초대해 주셔서 고마워요 인숙 씨!"

"천만에요 우주 씨!"

"하하하."

"호호호."

두 남녀는 그때서야 긴장을 풀고 크게 웃었다.

저녁밥을 들면서 그들은 맥주를 여러 병이나 마셨다. 김우주 일병도 입대한 뒤로는 술을 먹는 게 처음이어서 여러 컵이나 마셨다. 그렇지만 여성인 장 중위가 더 많이 마셨다. 남자 군인들 틈바구니에서 오랫동안 군대생활을 해온 여군 장교라서 그런지 이미 중성으로 변한 것 같았다.

"내가 왜 오늘 우주 씨와 외출했는지 아세요?"

"글쎄요."

"남자가 그렇게 센스가 없어요?"

"전 여자와 교제를 해보지 않아서 그 부분에선 좀 아둔한 편입니다."

"정말 멋없네요."

"미안합니다."

"솔직하게 말할까요. 나는 우주 씨가 우리 병원에 처음 입원했을 때부터 야릇한 감정으로 이끌렸어요. 이상한 매력을 가진 사나이. 비록 입원 환자였지만 다가서고 싶었습니다. 그동안 표현은 못 하고 혼자서 얼마나 가슴을 태웠는지 알아요?"

"정말요?"

"장교와 사병이라는 관계 때문이었지요."

"내가 상관에게 매를 맞고 입원했기 때문에 동정이 갔었던 것 아닙니까?"

"그건 아니고 대단히 엉뚱한 사람이라는 생각은 들었어요. 도대체 깡통 계급장을 단 일등병이 대령에게 대든다는 게 군대, 특히 전방부대에서는 있을 수 있는 일이 아니거든요?"

"고문관처럼 보이지는 않았습니까?"

"참으로 씩씩하고 늠름해 보였습니다. 연대장에게 단독으로 항의를 했다는 사병을 지금까지는 보지 못했으니까요."

"졸병인 내가 연대장에게 항의한 것이 잘한 일이라고 생각하지는 않습니다. 그러나 그런 공적인 문제들에 대해서는 병사들도 자기주장이 있어야 한다고 생각합니다."

"바로 그거에요. 사병이라고 상관에게 무조건 복종만 해서는 안 됩니다. 공공의 문제에는 더더욱 그렇지요. 병사들도 제 권리는 제가 지켜야 합니다."

"돌이켜 봐도 그때의 행동은 최악의 자구책이었다고 말하고 싶습니다."

"암튼 나는 우주 씨가 좋아요."

"고집불통이고 타협을 모르는데도?"

"그건 자기 헌신이고 삶의 의미입니다."

"장 중위님이 그렇게 말씀해 주시니까 위안은 됩니다."

"이제부터는 내가 우주 씨를 지켜줄 거예요."

"네에?"

"내가 사랑하니까요."

"네에?!"

"우주 씨! 사랑합니다."

그 순간 장 중위는 티테이블 위에 올려 놓고 있던 두 팔을 길게 뻗어서 김우주 일병의 두 손을 감싸고 어루만졌다. 주위의 시선은 아랑곳하지 않았다. 김우주 일병은 두 손을 장 중위에게 잡혀 있으면서도 기분이 좋기 때문인지 아무런 말을 할 수가 없었다. 갑자기 몸이 전율을 일으키는 것 같았다. 그냥 장인숙 중위가 하는 대로 두 손을 맡겨 둘 수밖에 없었다.

7. 행운유수行雲流水

　기온이 늘 영하 이십 도 언저리를 오르내리는 깊은 겨울의 전방 지역에는 사흘 도리로 눈이 내렸다. 눈은 한번 쏟아졌다 하면 이십 센티미터 이상씩이나 쌓였다. 툭하면 지오피로 통하는 비상도로가 막혔고 부대 사이의 작전도로들도 두절되기 일쑤여서 눈이 내리기 시작하면 모든 부대는 병사들을 동원해 밤을 새워 제설작업을 하느라고 야단법석이었다.

　"김 상병 너 언제 병장으로 진급하냐?"

　김 상사가 물었다.

　"뒤 달 뒤쯤에나 가능할 걸요."

　"새해 이삼 월쯤에?"

"어쨌거나 나도 지긋지긋한 군대생활을 대충 마무리한 것 같습니다."

"의무병들은 병장 계급장을 달고 몇 달이 지나가면 제대를 하지?"

"보통의 경우 병장 계급장을 오륙 개월 이상씩이나 다는데 나는 겨우 이삼 개월밖에 못 달 것 같습니다."

"왜?"

"상등병 진급이 같은 동기들보다 몇 달 늦었기 때문입니다."

"연대장에게 폭행당했던 사건 때문인가?"

"그렇습니다. 연대장에게 작살나게 두들겨 맞고 야전병원에 입원해 있는 기간에 연대본부 인사과에서 내 진급을 누락시켰기 때문입니다."

"그렇게 되었구나, 김 상병! 네가 이등병 계급장을 달고 벌목장에 처음 전입 했던 때가 엊그제 일 같은데……. 그런 네가 벌써 고참병이 되어서 만기제대 소리가 다 나오고."

"그런 섭섭한 말씀일랑 마십시오. 내가 이등병으로 벌목장에 전입하니까 그때 인사계님은 하사에서 갓 진급한 신출내기 중사가 아니었습니까?"

"내가 그랬었나."

"말뚝을 박은 직업군인이 진급을 거듭해서 상사까지 된 것은 계산 안 하고 깡통 계급장들이 진급을 해서 제대하는 것만 빨라 보입니까?"

"미안하다. 미안해."

"미안할 것까지는 없어요."

"앞으로 잔밥 백오십여 일만 먹으면 군대생활도 끝이다 이거지."

"그럼요. 인사계님이 생각하기에는 의무병들이야 금방 들어왔다가 금방 나가는 것 같지만 천만에 말씀입니다. 복무기간 삼 년이 우리에게는 얼마나 길고 지루한 세월인지 알기나 합니까?"

"그쪽 입장에서 군대생활을 해보면 그럴지도 모르지."

"벌목장에서 노예 같은 군대생활이 거의 끝나가고 있으니까 말이지만 내게는 참으로 악몽처럼 지겨운 세월이었습니다."

"그렇다고 봐야지. 훈련소에서 곧바로 벌목장으로 전입해서 나무 베고 제재하는 중노동으로 얼마나 고생을 많이 했었나. 그뿐 아니지, 연대장에게 뚜드려 맞아서 야전병원으로 후송까지 됐다가 퇴원을 하고서도 이 지긋지긋한 벌목장으로 다시 복귀해서 만기제대를 앞두고 있으니 삼 년 동안에 많은 풍상을 겪은 셈이었지."

"지금도 잊혀지지 않는 사람은 연대장을 하던 김대풍 대령입니다. 그 김 대령은 정말 대한민국 육군의 고급 장교라고 말하기가 부끄러운 사람입니다. 자기는 국가의 재산을 절도 횡령 착복하는 등 온갖 나쁜 짓을 다할 뿐 아니라 졸병들을 벌목장과 숯가마로 내몰아서 노예나 씨종처럼 중노동을 시키지 않았습니까?"

"암 그렇고말고."

"그러니까 김대풍 대령은 일본군대에서부터 한국군대까지 두 나라의 군대를 두루 섭렵하면서 못된 짓이란 못된 짓은 다 저질렀던 사람이 아닙니까? 일본군대에 있을 때야 어떤 짓거리를 했는지 내가 보지 못했지만 한국군에서 연대장할 때의 행동을 보면 미뤄 짐작하고도 남지 않겠습니까? 그런데도 드디어 별을 달고 장군까지 됐으니까 말입니다."

"벌목장에서 갈취한 돈을 상납해서 별을 달고 사단장을 하는 거야."

"군대가 불학무식한 작자에게 날개까지 달아준 셈이지요⋯⋯."

"누가 들으면 안 되는데."

"까짓 것 들을 테면 들으라지요. 정말 군대에 남아 있어서는 안 될 국가적으로 암적 존재이고 사회적으로 기생충 같은 그런 쓰레기 같은 인간이 대령까지 진급을 한 것도 안타깝고 서글픈 일인데 하물며 스타라고 불리는 별까지 달고 천군만마를 호령하고 있으니 이 나라의 장래가 걱정입니다."

"그 말에는 나도 전적으로 동감이다."

"그런 사람들은 평소에 줄을 대고 있는 권력자를 이용해서 머지않아서는 군복을 벗고 정부의 장차관 같은 고관대작이나 국회의원 같은 정치꾼으로 탈바꿈을 할 것이 틀림없습니다. 인사계님은 그런 생각이 안 듭니까?"

"너 서울의 연대장네 사택에 가 있을 때 뭔 낌새를 발견했구나?"

"그럼요. 인사계님이 아시다시피 내가 야전병원에서 벌목장으로 복귀하자마자 김 대령이 부대장의 권한으로 나를 서울에 있는 자기 사택의 청소부로 데려다 쓰지 않았습니까? 말로는 연락병이라고 구실을 붙였지만 하는 일은 집안청소와 자기네 자식들의 과외공부를 시키는 머슴이었습니다."

"나는 서울의 숙소와 부대 사이를 왕래하는 연락병 역할만을 하는 줄 알았더니 진짜는 다른 일을 했었구나."

"인사계님까지 그 말을 곧이곧대로 믿었습니까? 부대 사람들에게는 연락병이라고 소문을 냈었지만 실제로는 그게 아니었지요. 그가 나를 자기네 집의 머슴으로 데려다 쓴 것은 아주 악랄한 보복이었습니다. 조현수 일병의 시체를 연대장이 직권으로 화장한 것을 문제 삼았던 것과 벌목장 병사들의 먹는 쌀을 횡령한 문제를 밝히겠다고 나섰던 데 대한 김대풍 대령의 집요한 보복이었다고 나는 생각합니다."

"네 입장에서는 그렇다는 생각이 들겠지."

"그렇게 생각이 드는 것이 아니라 그런 속셈에서 나를 자기 집 청소부로 데려다 놓고 머슴과 노예처럼 부려먹었던 것입니다. 나는 처음부터 그런 낌새를 느꼈지만 어떻게 하겠습니까? 힘없는 졸병 주제에 다른 방법이 없었으니 목매기송아지처럼 끌려갈 수밖에요. 참으로 끈질긴 악연이었습니다."

"본인은 머슴이나 노예처럼 살았다고 말하지만 연대장 자녀들의 과외공부를 지도해 줬다니까 한편으로는 대접깨나 받았겠는데……."

"내가 그 집에서 대접을 받아요? 악질인 김대풍이나 그 마누라나 똑같았습니다. 공부를 죽을 똥 살 똥 시켰었지만 아이들의 성적이 오르지 않으니까 모든 것이 내 잘못으로 돌아왔습니다."

"연대장네 집에 연락병으로 가 있던 시절에 어지간히도 고생을 했었던 모양이로구나?"

"겨울이면 아침저녁으로 장작을 패서 여러 개의 방에 군불을 때는 것은 기본이고요, 가족들이 밥을 먹은 뒤에는 설거지를 하고 집안청소를 했습니다. 사모님은 손에 물 한 방울 묻히지 않고 밖으로 쏘다니기만 하면서 나에게 모든 허드렛일을 시키니 어떻게 하겠습니까? 그뿐 아니었습니다. 아이들이 학교에서 돌아오는 오후부터 밤늦게까지 과외공부를 시켰지요."

"하루도 편히 쉴 날이 없었겠군."

"그렇다고 연락병 생활이 힘들다거나 고생스럽다고 투덜댈 수가 있습니까? 멀리멀리 어디로 도망을 칠 수가 있습니까?"

"그 역경을 참아냈으니 정말 장하다."

"그런데 그때 눈여겨보니까 그 사모님이 육군 참모총장과 국회 국방위원장 그리고 국방부 고관들의 집을 친정집 드나들듯 하였습니다. 모르긴 몰라도 벌목장과 숯가마에서 긁어모은 돈이란 돈은 그때부터 모두 그 고관들과 정치꾼들에게 다 갖다 바치는 것 같더라고요. 틀림없이 그 덕으로 남보다 빨리 장군으로 진급이 되었을 것입니다."

"우리 군대에는 그런 사이비 똥장군들이 하나둘이래야 말이지."

"군대생활만으로 끝내도 안타까울 그런 무자비한 작자들이 군복을 벗은 뒤에는 독재자에게 빌붙어서 하루아침에 정치인이 되고 고관대작의 벼슬아치로 탈바꿈을 하고 있으니까 후손들이 살아갈 이 나라의 장래가 지극히 걱정입니다."

"말은 맞는다만 이제 남의 험담은 그만하자. 보이지 않게 행동하는 특무대 끄나풀들이 우리가 지껄이는 말을 엿들었다면 우리 둘은 아예 골로 갈지도 모르는 일이다."

"그러니까 이런 말을 인사계님하고 단 둘이만 하는 겁니다."

"너 가끔 부대로 편지를 해 오던 야전병원의 간호장교는 어떻게 됐냐?"

"요즘 들어서는 편지가 없습니다."

"한때는 너를 무척이나 좋아했었잖아?"

"일시적인 감상이었겠지요. 대전 교외에 있는 육삼 육군병원으로 전출을 간 이후에 한두 번쯤인가 편지를 보내오더니 그 뒤로는 다시 아무런 소식이 없습니다."

"면회도 한 번인가 왔었지 아마?"

"아닙니다."

"김대풍 장군 얘기를 하다 보니 그 간호장교가 생각이 나잖아."

"이미 한 해가 다 지나가도록 소식이 없는 걸 보면 마음에 맞는 좋은 남자를 만나서 결혼한 것 같습니다."

"그럼 김우주는 땡쳤네."

"글쎄 나하고는 그런 사이가 아니라니까요."

"좋다 좋아, 그건 그렇다고 치자, 그런데 너 제대한 뒤에 취직을 하고 결혼을 하게 될 때 나한테 청첩장 안 보낼래?"

"지금 같아서는 연락하고 싶지만 그때 가봐야 알지요."

"왜?"

"군대생활할 때의 발언은 나나 남이나 다 믿을 수가 없거든요."

"당장은 좀 서운하게 들리기는 한다마는 솔직한 말이라고 생각한다. 내가 오랫동안 군대생활을 하면서 여러 사람들을 겪어 보니까 그렇더라. 부대에서 나하고 복무할 때에는 선임하사님! 김 중사님! 하고 알랑방귀를 뀌면서 제 간이라도 빼 줄 것 같이 아부를 하던 놈들도 제대를 해서 고향으로 돌아간 뒤에는 잘 있느냐는 안부편지 한 장이 없더라."

"그게 세상인심 아닙니까?"

"세상인심이 아침 다르고 저녁 다르다는 말이 그래서 나온 것 같아."

"누구든지 군복을 벗은 뒤 사회로 나가서 살아보겠다고 열심히 뛰다 보면 그렇게 될지도 모릅니다. 정말로 앞일을 장담할 수가 없다고 봅니다."

"넌 제대하면 뭘 할 거니?"

"아직까지는 구체적으로 생각해 보지 않았어요."

"입대하기 전에는 뭘 했다고 그랬었지?"

"농사를 지었지요."

"제대하면 다시 고향으로 돌아가야 되겠지?"

"부모님이 모두 돌아가셨기 때문에 지금으로서는 귀향할 마음이 생기지 않습니다. 아무래도 대도시에서 직장을 얻든지 생업의 터전을 마련해서 살아가야 하지 않을까 궁리 중입니다만 국가보안법 전과자라는 딱지 때문에 현재로서는 장래에 대한 계획도 세울 수 없고 의욕도 전혀 나지를 않습니다."

"너는 그 문제가 좀 걸쩍지근하다, 응?"

"그 국가보안법 전과가 계속 따라붙어서 걸림돌이 된다면 평생 막노동이나 하면서 살 수밖에 없지 않습니까?"

"혹시 국경일 같은 때에 대통령의 특별사면령이라도 내려져서 호적에 올라 있는 국가보안법 전과기록이나 지워졌으면 좋겠다. 안 그래?"

"그런 행운은 생각해 보지도 않았습니다."

"내 짐작이지만 너는 앞으로 모든 일이 잘 될 것 같다는 생각이 들어."

"내게 신경을 써 주시는 것만이라도 감사합니다. 신병 때는 매일 소나무만 열심히 잘라서 목재를 만들어내면 아무런 잡념도 없었고 세상이 참 편안했는데 요즘은 머리가 어지럽고 복잡합니다."

"무슨 얘긴지 대충 알겠다."

"이것저것 생각하지 말고 차라리 장기복무나 지원해서 평생 군복이나 입을까 하는 생각도 가끔은 들어요."

"네가 직업군인 생활을 하겠다고? 아서라, 꿈속에서라도 제발 그런 생각일랑 하지를 말거라. 내가 해 보니까 평생 해먹을 직업은 아니더라."

"부사관 생활이 힘들다면 간부후보생 시험이나 봐서 장교가 되면 어떨까요? 장교를 교육시키는 보병학교는 전라도 광주에 있다지요?"

"입버릇처럼 고급장교들의 부정을 용납할 수 없다고 비판하는 네가 장교생활을 하겠다고? 더구나 국가보안법으로 처벌을 받았던 전과자가?"

"참 내가 국가보안법 전과자지요?"

"야 제발 웃기지 좀 말아라."

"그것도 역시 나는 안 되겠지요?"

"너는 바탕이 군인 무계가 못돼요. 정의로운 성격에다 인정이 많고 착하니까 일반사회에 나가게 되면 분명히 직업군인보다 더 좋은 직장이나 일거리가 기다리거나 나타날 거야. 조금만 더 참고 기다려라."

"그럴까요? 희망을 가져볼까요?"

"그래야지, 욕심을 모르는 너니까 무슨 일이든지 잘할 수 있을 거야. 그리고 너는 누구보다도 잘 되리라고 나는 믿는다."

"인사계님만이라도 믿어 주니까 고맙네요."

"계급은 다르지만 같은 군복을 입고 우리가 한두 해 살아왔냐? 이래도 알고 저래도 안다. 너는 이 간악한 세상에서 정말 좋은 생각을 가진 가장 진솔한 젊은이다. 난 너같이 좋은 놈하고 이렇게 흉금을 터놓고 지내다가 머지않아서 헤어지게 된다는 것이 참으로 안타깝고 섭섭하다."

"우리는 세상 어디에선가 다시 만나게 되겠지요. 만날 수 있을 겁니다. 내 생각이 그렇습니다."

"너 제대해서 바람직한 직장을 잡거든 나하고 꼭 한번 만나자?"

"나도 그때쯤에는 인사계님과 만나고 싶네요."

"그 전에는 싫어?"

"솔직히 말해서 맘에 내키지 않아요."

"나도 그래. 세월이 조금은 흘러간 뒤에, 그리고 서로의 모습들이 지금보다는 달라진 뒤에 만나는 게 더 좋지 않아?"

"역시 우리는 옛날부터 궁합이 맞는 데가 있어요."

"내 생각도 그래."

김만돌 상사와 김우주 상병은 말을 하다말고 서로를 빤히 바라보았다. 그리고는 싱겁게 피식 웃었다.

"참 있잖아요. 소속은 우리 벌목장으로 돼 있지만 지금은 명목상 사단 특무대로 파견을 나가 있는 서울의 큰 종합일간신문사 사장 아들 말입니다. 그 녀석은 지금 어떻게 됐습니까?"

"그놈! 그 형편없는 부잣집의 어리버리 같은 자식 말이지?"

"네."

"지금도 여전히 자기 집에서 후생사업을 계속하는 중이지. 매월 월초가 되면 신상에 이상이 없다는 것을 파견대장에게 증명해 보이기 위해서 일단 사단 특무대로 들어온다는 것이지. 그리고 백 상사에게 그달치 '후생사업비'를 납부하고는 보름짜리 휴가증 두 장을 얻어가지고 그날로 곧장 자기네 집으로 나가 버린다지 아마."

"보름짜리 휴가증 두 장은 또 뭡니까?"

"넌 여태 그런 것도 몰라? 이십오 일짜리 정기 휴가증을 한 장 끊어 가지고 나가면 한 달 삼십 일을 꽉 채워서 놀 수가 없잖아. 그러니까 한 달 삼십 일을 꼭 채워서 놀려고 보름 기한의 휴가증 두 장을 따로 끊어서 집으로 가져간다는 것이야."

"그렇군요? 그 신문사 사장 아들이 후생사업비라는 명목으로 특무대에 바치는 돈은 한 달에 얼마씩이나 됩니까?"

"내가 주고받는 현장을 직접 목격하지 않았으니까 정확한 액수야 나도 잘 모르지. 그렇지만 부대 안에서 떠도는 얘기에 의하면 매달 초급 장교 두 명 분의 봉급 액수만큼을 갖다가 바친다는 것이야."

"그럼 그 돈은 다 누가 먹습니까?"

"누가 먹긴 누가 먹어. 사단본부로 파견을 나와 있는 특무대 대장하고 백 상사가 적당히 나눠먹겠지."

"상급부대 사람들은 그런 비리를 모를까요?"

"잘 모를걸."

"왜 모를까요?"

"파견대장이 보고를 하지 않을 테니까……."

"상급부대에 보고도 안 하고 파견대장이 후생사업을 하겠습니까?"

"보병연대에서 병력을 지원받아 후생사업을 해먹는 것은 특무대 업무를 빙자한 파견대장의 술수일 것이야. 물론 특수한 업무를 수행하는 데 필요해서 한시적으로 한두 명쯤의 병력을 지원받는 정도는 상급부대에 보고를 하고 시행하겠지만 수십 명의 병력을 대규모로 파견 받는 사실은 전혀 보고한다고 볼 수가 없지. 아마도 파견대장 직권으로 할 것이야."

"거대한 일간신문사 사장 아들의 진짜 소속부대는 엄연히 우리 연대의 벌목장인데 후생사업비는 엉뚱하게도 특무대에서 받아먹는군요?"

"보병부대는 힘이 약하고 특무대는 무섭고 힘이 세니까."

"군대도 힘이 �쎈 상급부대나 특수부대가 좋겠지요?"

"그걸 말이라고 하냐."

"우리 사단에 소속된 특무대 파견대에는 그런 방식으로 인간 후생사업을 나가 있는 사병들이 전부 몇 명이나 될까요?"

"정확하게야 모르지만 내가 알고 있는 숫자만도 몇 십 명은 되지."

"그런 걸 봐도 특무대는 참으로 좋은 부대입니다. 딱히 할 일도 별로 없으면서 정치군인 노릇을 한다는 핑계로 보병 부대에서 강압적으로 병력을 지원(파견) 받아가지고 그 병력들을 후생사업이란 명분으로 사회(자기 집)에 장기휴가를 내보내고서 상당액의 임대료를 갈취하듯이 받아먹고 있으니 이것이야말로 사람장사가 아니고 무엇이겠습니까? 정말로 있을 수 없는 군대 내부의 또 다른 부정이고 부패가 아닙니까?"

"그렇지만 네가 신경을 쓴다고 바로잡힐 일도 아니야."

"정말 우리나라 군대는 여러 부분에서 개판이고 지랄입니다."

"온 세상이 개판이지. 입법부와 행정부 사법부 등 모든 정부기관 고관들과 권력이 있거나 돈이 있는 지배층 사람들은 출세와 치부를 위해서 온갖 부정을 무소불위로 저지르고. 그것뿐이냐? 네가 말했지. 야전병원에서는 건강하고 멀쩡한 부잣집 자식놈들이 군의관에게 돈을 먹이고서 의병제대까지 한다면서?"

"참 그렇습니다. 정부의 상층부가 총체적으로 썩었을 뿐 아니라 군대와 얽혀 있는 부정과 부패도 대추나무에 연 걸리듯 한두 가지가 아니군요. 일본놈들이 물러간 해방 직후 시중에 나돌던 '민나도로보데스'라는 말이 무색할 정도로 눈을 뜨고 보면 사방천지 모두가 도둑놈들뿐입니다."

"그래서 서민들 세상에는 억울하면 출세하라는 유행가가 생겨난 거야."

"정말로 억울해서 출세를 하고 싶지만 그게 그렇게 맘대로 되겠어요?"

"하긴 맘대로 안 되지. 그래서 뱁새가 황새걸음을 따라 가려다가 가랑이가 찢어진다는 속담이 생겨난 거야."

"그 신문사 사장 아들을 감싸고도는 백 중사, 아니 지금은 진급을 해서 백 상사지요. 그 사람은 그렇게 공식적으로 부정을 저지르고도 아직까지 특무대에 멀쩡하게 근무하고 있습니까?"

"그럼, 그걸 말이라고 하냐. 월말만 되면 졸병들에게서 받는 후생사업비를 꼬박꼬박 파견대장에게 전달을 하니까 예쁘게 보여서 아무런 뒤탈이 없으므로 중사에서 상사로 진급까지 하면서 승승장구 공존공생하는 거야."

"세상 참 더럽습니다."

"그뿐이 아니야."

"뭐가 또 있습니까?"

"있지."

"뭡니까?"

"이번에는 백 상사가 그 신문사 사장의 아들 녀석을 왕자님 모시듯 하면서 때를 기다리고 있다는 소문이더라."

"무슨 때를 기다려요?"

"사장 아들 녀석이 만기제대할 때를 기다리는 거야."

"아들이 제대하면 국물이라도 있을까 해서입니까?"

"국물뿐 아니야. 건더기도 있다는걸."

"최근에 새로 입수한 정보라도 있습니까?"

"우리 부사관들 사회에서는 소문이 파다한걸."

"어떤 건데요?"

"백 상사가 그 사장 아들놈하고 같이 제대를 해서 그 종합일간신문사의 간부사원으로 취직해서 들어간다는 거야."

"백 상사는 시골에서 초등학교밖에 안 다녔다면서요?"

"학교를 높게, 그리고 많이 못 다닌 게 무슨 상관이야."

"명문대학 출신들만 들어간다는 종합일간신문사에 초등학교밖에 못 다녔다는 백 상사 같은 시골 사람이 어떻게 들어갑니까?"

"아들 녀석의 아버지가 그 신문사의 사장이니까. 그 아들하고 같이 들어가는데 누가 막아. 분명하게 말해서 아버지의 회사가 아들의 회산데……."

"그렇게 되는군요."

"하루아침에 팔자가 피는 것이지."

"동아줄 같은 사장 아들의 빽이니까 신문사에 취직은 하겠지만 군대생활만 해 온 데다가 배운 게 모자라 무식한 사람이나 다름없는 백 상사가 그 신문사에 들어가서 맡아 할 일이 뭐가 있겠습니까?"

"모르는 소리하지 말라고. 없기는 왜 없어, 신문을 만든다는 편집국 쪽 일이야 당연히 못 하겠지만 하다못해 기업체를

찾아다니면서 신문에 낼 광고를 얻어오는 일이나 찍어 낸 신
문을 독자들에게 보급하거나 판매하는 일이야 할 수 있을 것
아닌가?"

"하긴 신문사 안에 그런 지원부서도 있었군요."

"아들 녀석이 제대를 하면 곧바로 아버지 신문사의 중역이
된다니까 그 아들의 군대생활을 편안하게 도와준 백 상사도 덩
달아서 간부사원의 자리에 앉게 된다는 것이야."

"백 상사는 속담에 상말로 땡잡았네요."

"글쎄. 땡 없는 짓고땡판에서 갑오를 잡았는지도 모르지."

"그런 걸 보면 사람 팔자가 시간 문제라는 옛날의 우스개가
그냥 우스개만은 아닌 것 같아요."

"왜 아니래."

"초등학교밖에 안 다닌 백 상사지만 군대에 들어오면서부터
특무대라는 정치군대에 배치된 연줄로 인간 후생사업의 거간꾼
노릇을 하면서 종합일간신문사의 사장 아들을 졸병으로 만나게
되었고 나중에는 그 졸병의 덕으로 벼락출세까지 하게 되었으
니까 말입니다."

"옳거니."

"정말 씨팔! 이네요."

"갑자기 왜 쌍시옷이야?"

"밸이 꼴려서 그래요."

"사촌이 땅을 사면 배가 아프다는데……. 백 상사가 너하고

사촌은 아니잖아?"

"세상의 모든 것들이 정상이 아니래서 분통이 터져요."

"아서라, 혼동 속에 질서가 있고 모두가 부조리투성이 같지만 어느 구석엔 정의가 살아 있는 거야. 세상이 다 썩어 문드러진 것 같지만 어느 한편 건강하게 살아 있는 부문이 있을 거야. 그래서 이 세상은 뒤뚱거리면서도 무너지지 않고 앞으로 나아가는 것이야."

"인사계님은 평생 늙지 않을 거예요."

"왜?"

"그렇게 두루뭉술하게 사시니까요."

"나도 처음부터 이렇게 물렁물렁한 사람은 아니었지. 여러 가지 풍파를 겪으면서 살아오다보니까 나도 모르는 사이에 이렇게 퇴화가 된 거야."

"인사계님은 오늘 할 일이 더 없습니까?"

"야! 벌써 오후 네 시가 넘었어. 오늘 일은 이미 다 한 거야."

"나하고 이렇게 입씨름만 하고도 고액의 월급에다 가족수당에다 훈련수당에다 하다못해 군복까지 온갖 것을 다주는 군대가 참 좋습니다."

"그래서 제대 안 하고 직업군인 생활 하는 것 아니냐? 너 그걸 몰랐구나."

"이야기 나온 김에 옛날 얘기나 한 꼭지할까요?"

"젊은 놈이 무슨 옛날 이야기야?"

"연대장네 집에서 연락병 아닌 머슴노릇할 때 얘기지요."

"재미있나?"

"일단 들어보고 말씀하세요. 아마도 재미있다고 할 걸요."

"뜸은 그만 들이고 어서 이야기나 시작해."

"알았습니다."

"누구 얘기야?"

"초치지 말고 조용히 듣기나 하세요."

"초는 누가 친다고……."

"중학교에 다니는 그 집 아들놈을 밤늦게까지 공부시키고 난 뒤지요. 골머리가 아파서 바람을 쏘이려고 집 밖으로 나가지 않았겠습니까?"

"진짜로 연대장 아들의 과외공부를 시켰었군."

"내가 거짓말하는 줄 알았습니까? 내가 중학생을 지도할만한 실력이 되는지는 잘 모르겠지만 좌우간 상관인 연대장이 연락병이란 명목으로 자기 집에다 파견을 시켜 놓고서 자기 아들의 과외공부를 봐주라고 명령을 하니까 할 수 없이 명령대로 했지요."

"그래서?"

"성북동 산언덕에 올라가서 한 시간 가까이나 시내의 야경을 조감하다가 잠이나 자야 되겠다고 터덜터덜 내려와서 집 대문 안으로 막 들어서니까 글쎄 아래층 어느 방에선가 징징 짜는 듯 하는 여자의 신음소리가 들리지 않겠습니까?"

"그래서?"

"연대장네 집에 성인 여자라고는 부인밖에 없는데 야밤에 여자의 신음소리가 들렸으니 부인의 소리가 틀림없지 뭡니까?"

"그래서?"

"겁이 덜컥 났지요."

"부인이 잠을 자다가 토사곽란 같은 위급한 병이 난 줄 알았겠군."

"그렇지요."

"그래서?"

"그래서 발소리를 줄여가며 신음소리가 흘러나오는 곳으로 살금살금 다가갔더니 그곳은 내 예상대로 안방이었습니다."

"사모님의 안방!"

"그렇지요."

"무슨 일이 일어난거야?"

"가까이 다가가니까 여인의 신음소리가 한층 더 커지는 게 아닙니까?"

"야단났군."

"그런데 좀 자세히 들어보니까 그 신음소리는 몸이 아파서 나오는 소리가 아니고 색다른 소리더라 이런 말입니다."

"색다른 소리라니?"

"짐작이 안 갑니까?"

"부인이 혼자 있었다면서?"

"내가 언제 부인 혼자 있었다고 그랬어요."

"방금 그랬잖아?"

"그 집에는 여자 어른이 연대장 부인 한 사람뿐이라고 그랬지 언제 부인 혼자라고 말했습니까?"

"옳지, 성인 여자가 연대장 부인뿐이라고 말했었지."

"그런데 거기엔 두 사람이 있더라고요."

"그게 어떤 여자야?"

"누가 여자라고 그랬어요?"

"여자 방에 또 한 사람이 있다니까 여자인 줄 알았지."

"여자 방에 있는 사람은 여자가 아니라 남자더라 그런 말입니다."

"남자? 어떤 남자?"

"궁금하지요?"

"거 되게 김 빼고 있네."

"누굴 것 같습니까?"

"글쎄? 그걸 내가 어떻게 알아."

"남편인 김 장군은 전방부대에 있는데……."

"제기랄 여자가 샛밥을 먹는구나."

"이제야 짐작을 하시는군요."

"그 놈이 누구였어?"

"누굴 것 같습니까?"

"글쎄 그걸 내가 어떻게 알아?"

"지프 운전병 이 하사더란 말입니다."

"성북동 연대장네 사택에 파견을 나갔던?"

"그렇지요."

"운전기사하고 사모님이 붙었구먼."

"그렇습니다."

"그래서?"

"뭐가 그래섭니까? 그렇게 되었더라, 그런 말이지요."

"에이 싱거워. 그러지 말고 그 뒤 얘기 좀 해 봐?"

"궁금합니까?"

"알짜는 빼놓은 채 이야기를 중단하면 들던 사람은 어쩌란 말이야."

"역시 끝내기를 해야겠지요."

"그럼."

"갔습니다."

"가다니?"

"소리가 들려오는 현장으로 말입니다."

"옳거니."

"내가 워낙 살며시 다가가서 그런지 모르지만 두 남녀는 정신이 없더라고요. 조금 열려진 문틈으로 살며시 방 안을 들여다보니까 실오라기 하나 걸치지 않은 알몸의 남녀가 방바닥을 데굴데굴 뒹구는데 그거 그냥 보기 난감하데요. 돌아서 나올 수도 없고 그렇다고 계속해서 남의 정사하는 걸 엿보고 있을 수도 없고……."

"집 안에는 다른 가족들도 있었을 것 아닌가?"

"있었지요. 따로 떨어진 이 층이긴 하지만 중학교에 다니는 아들도 딸도 있었고 또 연락병인 나도 있는 것 아닙니까?"

"미쳤군!"

"미쳤지요. 미치지 않고서야 연대장 부인과 운전병이 그럴 수가 있나요. 평소 근엄한 외모에다 조신하던 사모님이 짐승처럼 표변하는 걸 보면서 나는 아! 섹스라는 게 바로 저런 것이로구나, 라고 짐작했지요."

"이 하사 그놈이 연대장 사모님을 해 먹었구먼."

"뭐요?"

"이 하사가 연대장 부인을 범했다고."

"아니지요. 왜 그런 경우에 사람들은 꼭 남자가 여자를 범했다는 표현을 쓰는지 모르겠습니다. 내가 보기로는 분명히 연대장 부인이 이 하사를 해 먹은 것 같다는 생각이었습니다."

"무슨 소리야?!"

"안 그래요? 남자를 아는 삼십 대의 성숙한 부인이 독수공방을 견디다 못해서 나이 젊은 외간 남자를 끌어들인 것이지, 남편의 부하인 일개 하사관이 어떻게 상관인 연대장의 부인을 감불생심 먼저 유혹을 했겠습니까?"

"듣고 보니 그 말도 그럴 듯한 말이네."

"그 이 하사가 소문에는 색골이라고 하더라고요."

"키가 작달막하고 좀 개랑개랑하게 생긴 놈이지?"

"직업군인을 지원했다는 그 이 하사는 지금 어디서 복무하고 있지요?"

"작년인가, 중사로 진급해서 다른 사단으로 전출을 갔지."

"김 대령, 참 아니지요. 김 장군의 부인은 아직도 그 여자겠지요?"

"그럼 그 여자지. 세상일이란 다 그런 거야. 남편이 현장을 목격하지 못했고 그런 낌새를 눈치채지 못했는데 전혀 문제가 될 게 뭐야? 그런 일이란 흐르는 강물에 나룻배 지나가기야."

"강물에 배 지나가기요?"

"그래. 나는 다른 사단에 있을 때 우리와 같은 중상사의 마누라를 소대 연락병 놈이 따먹는 것은 봤지."

"소대 연락병이 자기 부대 부사관의 마누라를 따먹어요?"

"눈이 맞고 배까지 맞아버리는 데야 어쩔 것이야."

"그런 일이 군대 안에서는 더러 있군요."

"더러가 아니고 많이 있을 거야. 그럴 수밖에 없잖아?"

"왜 그럴 수밖에 없습니까?"

"야! 그걸 몰라서 물어? 직업군인이란 상관의 명령에 살고 부대명령에 죽잖아. 부대 안에 비상이나 걸려봐라, 열흘이고 보름이고 계속 영내 거주를 해야 하고 또 전후방 교대에 따라 타부대로 전출을 가게 되면 곧바로 가족들을 데리고 이사를 못하

게 되니까 부부가 최소한 몇 달 정도는 쉽게 떨어져 지내야 하
잖아? 그런 게 다 직업군인 아내들의 부정을 촉발하는 매개로
작용하는 거야."

"말도 안 돼요. 그렇다면 직업군인들의 아내들치고 바람나지
않을 여자가 얼마나 되겠습니까?"

"사람 생겨먹기 나름이지만 그만큼 비율이 높다는 말이지."

"마누라 간수하기가 힘들다 그런 말인가요?"

"그렇다. 그런데 왜 내 얼굴을 자꾸 쳐다보냐? 우리 마누라
도 그럴까봐?"

"아닙니다."

"불쌍해서?"

"아닙니다."

"세상이란 다 그런 거야."

"또 세상 타령입니까?"

"너도 더 살아서 내 나이 돼 보거라."

"내 나이요? 인사계님이 지금 사십 댑니까 오십 댑니까? 왜
맨날 늙은이 같은 말만 합니까?"

"나도 몰라."

"지금도 간혹 생각나는 것은 그때 인사계님이 '부친위독'이라
는 관보를 받고 고향으로 갑자기 청원휴가를 떠나가지 않았다
면 내가 야전병원으로 실려 가는 폭행사건도 일어나지 않았을
것이라는 생각입니다."

"그랬을런지도 모르지. 얄궂게도 네가 길동이를 데리러 단양으로 막 출장을 떠난 그날 나는 부친이 위독하다는 면장의 관보를 받고 곧바로 고향에 갔었잖아. 그 뒤에 내가 아버지 장례를 치르고 열흘 만에 귀대하니까 네가 연대장에게 폭행을 당해서 야전병원으로 후송을 갔다고 하더라."

"인사계님이 부대에 있었더라면 벌목장의 쌀 문제가 불거지지도 않았을 것이고 그랬으면 내가 연대장을 찾아가서 항의도 하지 않았을 일인데……."

"그랬을 수도 있지."

"어찌됐건 연대장이라는 작자가 중노동하는 벌목장 병사들의 먹는 밥쌀까지 떼어 처먹었다는 생각을 하니까 도저히 참을 수가 없었습니다."

"그런데 깡통계급장을 단 네가 무슨 용뺄 재주가 있다고 그 악질인 김대풍 연대장에게 대들었었는지 지금 생각해도 도통 가늠이 안 된단 말이야."

"내가 그야말로 용뺄 재주가 따로 있어서가 아닙니다. 글쎄 벼룩의 간을 내어 먹을 일이지, 업주나 다름없는 연대장이 노예처럼 부려먹는 벌목장 병사들에게 배급되는 밥쌀을 떼먹는다는 것이 말이나 됩니까?"

"그건 해도 해도 너무했던 것이지."

"그런데 더 울화통이 터지는 것은 벌목장의 육십 명 병사들 전원이 사흘 동안 배를 주리고 중노동을 하면서 끽소리도 안

하고 죽은 듯이 죽치고 있었다는 사실입니다. 머저리들도 바보 천치도 아닌 놈들이 어떻게 그럴 수가 있습니까? 김 상사님!"

"그야 그렇지만 김우주 네가 단신으로 연대장을 찾아가서 밥쌀 문제와 조 현수 일병 시신처리 문제를 해명 받으려고 했었다는 것은 정말로 놀랄 일이었다는 말이야. 네가 벌목장의 공식적인 대표자도 아니고 누가 너에게 그 문제의 해결을 위임한 것도 아니었는데 말이야."

"뭐라고요?"

"왜 뭐가 잘못됐나?"

"김 상사님! 지금 무슨 말씀을 하십니까? 지나간 일이긴 하지만 그렇게 말씀하시면 참으로 서운합니다. 내가 몸담아 군대 생활을 하는 벌목장에서 그런 해괴망측한 사건이 생겼는데 대표고 대표 아니고가 어디 있습니까? 그건 중노동하는 병사들 모두의 공분이 아닙니까? 나는 개인적으로 부서지거나 깨지는 한이 있어도 그런 공분을 보고는 참지 못하는 성격입니다."

"나는 김우주 네가 피해를 자초했었다는 뜻이지 영웅심에서 한 지나친 행동이었다는 말은 아니야. 섭섭하게 들었다면 내가 그 말을 취소하지."

"내가 영웅심에서 했거나 과잉반응을 했다는 말은 분명히 아니지요?"

"그럼 그럼. 명백하게 아니야. 그런데 그때 공급계 최 일병은 너하고 연대본부까지 함께 갔었다가 네가 연대장을 면담

하겠다고 말하니까 연대장이 무섭고 겁이 난다고 뺑소니를 쳤다면서?"

"달아난 것은 아닙니다. 그냥 겁나고 무섭다면서 벌벌 떨기에 연대본부 앞에서 기다리게 하고서 나 혼자만 갔었지요."

"좌우지간 그래서 내가 너를 좋아하는지도 몰라."

"그렇게 성깔대로 살다보니 내 몸만 만신창이가 됐습니다."

"만기제대를 앞두고 있는 지금부터라도 세상을 좀 눈치껏 약게 살라고 내가 말한다면 받아들이지 않겠지?"

"글쎄요? 성품은 타고 난다고 하지 않습니까?"

직업군인인 김만돌 상사와 고참병 김우주 상병은 병영 안에서 외로움을 그렇게 달랬다.

8. 너울 속으로

　김우주는 늦은 봄에, 그야말로 파란만장했던 삼 년 동안의 군대생활을 마치고 사회로 돌아왔다. 군복을 벗고 부대를 떠날 때 잠시 동안은 고향으로 돌아갈 생각을 해 보다가 이내 마음을 다잡았다. 조상들이 대대로 살았다고는 하지만 부모님이 모두 작고하셨고 자신도 불우하게 떠났던 땅이어서 귀향이 전혀 마음에 내키지 않았던 것이다. 먹고 살기가 시골보다 조금은 쉽다는 대도시 서울에서 생활의 뿌리를 내리는 것이 먼저라는 생각이었다.

　김우주는 향토사단에서 한 달 동안의 예비군 훈련을 마치자 곧바로 집세가 허름한 서울 변두리 판자촌에다 자취방을 얻어

놓은 뒤 일자리를 찾아 나섰다. 연말연시가 아니어서 취직의 문은 거의 닫혀 있었다. 그때 정부가 자리잡고 있는 서울에서 일반인들이 치를 수 있는 공무원 시험은 고등고시와 보통고시 그리고 준교사 시험 등이 있었고 서울특별시에서 시행하는 지방행정공무원 시험이 있었으나 모두 시기가 지나갔던 것이다.

그때는 서울이나 지방이나 모든 정부기관과 국영기업체들이 신규직원들을 공개전형으로 뽑지 않았다. 대부분 특별채용 제도를 선택하고 있었고 '채용시험'이란 낱말 자체를 쓰지 않았다. 따라서 행정 사법 입법 등 삼 부의 고관들이나 국회의원 같은 현역정치인과 연줄이 닿거나 그들에게 줄을 넣어서 별도의 뇌물공세를 하지 못하면 아예 공무원이나 국영기업체 직원으로 취직할 엄두를 못 내던 시절이었다.

금융권도 상과대학을 졸업한 신출내기들이 선호하는 취업대상이었다. 그러나 은행 가운데 가장 대우가 좋다는 한국은행과 산업은행은 마찬가지로 국영기업체이기 때문에 특채의 관행이 굳어져 있었고, 조흥은행과 상업은행 저축은행 등 몇 개의 시중은행들이 있었지만 신입행원 공채는 그야말로 형식이었고 거의가 뒷구멍으로 직원들을 채용하는 관례가 굳어져 있었다.

또 당시 신문에 게재되는 일반기업체의 사원모집 광고에는 직원채용의 응시자격을 하나같이 병역을 필했거나 면제된 자로서 대학을 졸업한 자로 국한하고 있었다. 고등학교 졸업 이하의 학력자나 독학생들은 아예 응시할 길이 없었다. 조선이 팔일오 해방으로 일본 제국주의의 식민통치에서 벗어나면서 곧바로 정부가 수립됐지만 남쪽 사회에서는 일본총독부 때의 학력우대 전형을 그대로 답습하고 있었다.

따라서 대부분의 취업희망자들이 선택할 수 있는 업체들은 보수도 신통찮고 장래전망도 불투명한 유명무명의 중소기업체와 개인회사들뿐이었다. 일본인들이 경영하다가 놔두고 간 굵직한 방직공장과 산업시설들이 해방과 함께 적산이란 이름으로 상공인들에게 불하돼서 재가동되고는 있었다. 그러나 대부분이 워낙 영세한 자본에다 기술력마저 낙후돼 있어서 생산직을 제외한 일반사무직은 따로 채용할 실정이 아니었다.

그 때문에 농가의 큰 재산이던 소나 논밭을 팔아서 대학 졸업장을 땄던 농촌의 지식인들은 취직을 못한 채 집에서 빈둥빈둥 놀기 일쑤였다. 시중에 '먹고 대학생'이란 유행어가 나돈 것은 이 때였다. 그런 상황에서 시골 출신에다가 특별한 기술도 없는 김우주가 서울에서 취직을 하고 자립을 한다는 것은 참으로 어려운 일이었다.

어렸을 때 김우주는 고향 마을에서 오랫동안 한문 공부를 했었다. 동네 안에는 인품이 고매한 선비가 개설한 한문서당이 있었다. 대부분의 마을 아이들은 거의가 그 서당에서 한문 공부를 했다. 김우주는 이 서당에서 천자문에서 시작해 동몽선습 계몽편 명심보감 소학 대학 중용 논어 시전 서전 주역까지 사서삼

경을 모두 배웠다. 육칠 년이란 긴 세월 동안 한학의 사상과 원리를 폭넓게 공부했던 것이다.

김우주는 이 같은 한학 실력을 바탕으로 취업전선에 나섰지만 어떤 곳에서도 그 능력을 쉽사리 인정해 주지 않았다. 그렇다고 김우주가 취업을 포기하고 물러설 수는 없었다. 서울 시내에 산재한 유명무명의 수많은 중소기업체를 일일이 찾아다니면서 이력서를 넣고 취업의 기회를 달라고 호소하면서 동분서주했다.

그러던 어느 날이었다. 이미 이력서를 제출해서 서류심사에 통과한 어떤 물산회사를 찾아가 최종합격 여부를 확인하다가 인사과 직원으로부터 김우주가 미처 깨닫지 못했던 중대한 사실을 통보받았던 것이다.

"귀하는 경찰의 신원조회에서 불가판정을 받았기 때문에 최종단계에서 탈락했습니다. 참으로 안타깝습니다."

"네에?"

"국가보안법 전과 때문입니다."

"국가보안법?"

"그 전과 사실을 본인은 모르고 있었습니까?"

"알고 있지요. 다만 그건 군대에 입대하기 전의 일이었는데요?"

"입사 지망자의 경우 신원조회 불가는 고려의 여지가 없습니다. 이건 노파심에서 드리는 말씀인데 귀하는 앞으로 공무원이나 회사원 같은 사무직으로 취업하실 생각은 아예 단념하는 게 좋을 것 같습니다."

"사무직으로 취업은 어렵다고?"

"그렇습니다. 반공방첩이 국시인 현 정부 아래서 국가보안법 위반으로 복역했던 전과자가 어떻게 사무직으로 취직을 할 수가 있겠습니까? 본인도 객관적으로 한번 잘 생각해 보십시오. 안 그렇습니까?"

우려했던 국가보안법 전과가 경찰의 신원조회 과정에서 그예 족쇄가 되었던 것이다. 참으로 가슴 아프고 억울한 일이었다.

그 일이 있고부터 김우주는 취업 의욕을 잃고 한동안 방구석에 틀어박혀서 지냈다. 아무런 생각이 없었다. 세상살이가 두렵고 참으로 막막하기만 했다. 살아갈 방법이 떠오르지 않았다. 그러던 어느 날이었다. 셋방집 주인 아주머니가 가까운 이웃에서 벌어지고 있는 자조근로사업장을 소개하면서 그곳에 나가서 품팔이라도 해 보라는 것이었다. 벌거벗은 도시의 야산에다 나무와 잔디를 심는 녹화사업장이 새로 개설되었는데, 마을 주민이면 누구든지 품꾼으로 받아 주고 있으므로 그곳에 나가 막일을 해서 밀가루라도 벌어서 입에 풀칠이라도 하라는 것이었다.

미국정부는 육이오 전란을 치르고 난 한국의 영세서민들을 기근에서 구제한다는 명분 아래 미국공법 사백팔십 조에 의거한 잉여농산물(육십 년대 이전에 출생한 사람들은 미국의 성조기와 한국의 태극기를 배경으로 두 손이 악수하는 그림이 그려져 있는 밀가루 포대를 기억할 것이다)을 한국에 무상으로 제공했고, 한국정부는 원조 받은 그 밀가루를 공평하게 살포한다는 명분으로 작은 규모의 토목공사장을 전국적으로 수없이 개설했었던 것이다.

그 계획에 따라 농촌 지역에서는 몽리면적 백 헥타르 이하의 하늘바래기 논이 산재한 산골짜기에다 소류지 신설공사를 벌였다. 계곡의 병목 같은 지점에다 제방을 쌓아서 하류로 무작정 흘러가던 빗물을 저장했다가 갈수기에 농업용수로 사용하는, 말하자면 천수답을 수리안전답으로 전환시키는 작은 규모의 저수지들을 건설했던 것이다.

그러나 대도시의 자조근로사업장은 기준이 달랐다. 육이오 전란 때 북에서 무작정 남쪽으로 내려온 월남피난민들과 전쟁으로 가산을 잃고 살길을 찾아서 도시로 몰려든 가난한 농민들이 판자집을 지어서 살던 빈민촌을 철거하고 그곳에다 리기다소나무와 낙엽송 스무나무 사시나무 등 속성수를 심는 도시녹화사업을 벌이는 것이었다.

전국적으로 함께 펼쳐지고 있던 이른바 이 '사팔공' 자조근로사업장들은 중앙의 정부 부처에서 주관했고, 각 도청과 시군구 청이나 읍면동 사무소 등 일선의 행정기관들이 상부의 지시를 받아서 사업을 수행했다. 그러니까 작업장에서 일할 일꾼들을 불러 모으고 그 일꾼들에게 품삯인 밀가루를 나눠 주는 일들은 지방의 시군구읍면동 장들이 맡아서 하고 있었다.

　김우주가 집주인의 권유로 셋방을 뛰쳐나와서 막노동을 나가게 된 이웃의 자조근로사업 공사장에는 매일 이백여 명이 넘는 일꾼들이 이른 새벽부터 모여들었다. 시중에 돈벌이가 될 만한 막노동 일자리들이 눈을 씻고 찾아봐도 없으니까 하루 삼 점 오 킬로그램의 밀가루나마 타 먹고 살겠다는 마을 안의 영세민들이 모두 이 공사장으로 몰려들고 있었던 것이다.

　그러나 공사장에서 하루에 쓰는 일꾼의 숫자는 거의 고정돼 있다시피 했다. 따라서 일꾼을 쓰고 안 쓸 권한을 가지고 있는 현장감독의 횡포는 그야말로 기세가 등등할 만큼 무서웠다. 일을 해 보려고 공사장으로 찾아들었던 가난한 영세민들이 감독의 그날그날 기분 여하에 따라서 하루의 밀가루벌이를 할 수도 있었고 또는 못 할 수도 있었던 것이다.

　문제의 현장감독이 작업장을 순찰하다가 머문 곳은 석축 사이에 채울 자질구레한 자갈들을 산기슭으로 나르는 여자들의 구역이었다. 함지나 옹배기나 세숫대야 같은 그릇들을 가지고 나와서 남자 일꾼들이 담아 주는 자갈들을 축대가 쌓아지고 있는 산기슭으로 옮기고 있었다. 오륙십 대에서 이삼십 대까지 다양한 연령대의 여자들이 개미떼의 역사처럼 열을 지어서 자갈이 담겨진 그릇들을 머리로 이어 나르고 있었다.

　"아줌마! 나 좀 봅시다."

　후미진 구렁덩이 한쪽 구석에 앉아서 담배를 피우고 있던 현장감독이 지나가던 얼굴이 해맑고 반반한 어떤 삼십 대 부인을 불렀다.

"감독님! 왜 그러세요?"

여자가 걸어오면서 의아하다는 듯이 물었다.

"내가 보기로 아줌마는 이런 막일을 안 해 본 사람 같은데……."

아주 동정심이 뚝뚝 묻어나는 말이었다.

"막일 할 사람 못 할 사람이 따로 있나요? 당장 가족들과 생활하기가 어려우니까 어떻게 하겠어요."

"내가 며칠 동안을 눈여겨서 살펴보니까 아줌마는 그 돌 나르는 일도 제대로 못하더라고."

"사실은 이런 육체노동은 처음이어서 서툴어요."

"바깥양반은 뭘 하십니까?"

"우리 애들 아버지요? 관공서에 다니던 분인데 얼마 전에 먼 곳으로 돈벌이를 나갔습니다."

"돈 벌러 자주 집을 비웁니까?"

"이번이 처음인데 아직 소식도 없고 돌아오지도 않네요."

"자녀들은 몇 명이나 됩니까?"

"딸 셋에 아들 하나입니다."

"아줌마는 올해 나이가 몇이시오?"

외간 남자가 왜 남의 여자 나이를 다 묻느냐고 옴팡지게 대거리할 줄 알았는데 여자는 서슴지 않고 대답을 했다.

"제 나이요? 서른여섯인데요."

"서른여섯이라……. 한참 좋을 때로군요."

"좋긴 뭐가 좋아요."

"남자가 한참 그리울 나이 아닙니까?"

"나는 그런 것 잘 몰라요."

여자가 부끄러운 듯이 얼굴을 반대편으로 홱 돌렸다.

"아줌마! 이 공사장에서 하루에 버는 밀가루 삼 점 오 킬로 가지고 다섯 식구의 하루 식량이 됩니까?"

"다섯 식구의 입이 모두 고르니까 늘 모자라지요. 그래서 푸성귀와 산나물을 많이 뜯어다가 섞어서 먹어요."

"아줌마! 내가 아줌마를 왜 불렀는지 아시겠습니까?"

"그걸 내가 어떻게 알아요. 왜 부르셨지요? 감독님!"

"아까도 말했지만 내가 그동안 아줌마가 일하는 것을 자세히 살펴보니까 아줌마는 이런 막일이 영 서툴더구만 그래, 한마디로 말하자면 궂은일을 전혀 안 해 본 태도란 말이야. 그렇지요? 내 말이 맞지요?"

"잘 보셨네요. 전 이런 험한 노동은 평생 처음이에요."

"그전부터 이 동네에서 살았습니까?"

"아니에요."

"그럼?"

"육이오 때 삼팔 이북에서 내려왔어요."

"그렇군요."

"함경도에서 내려온 피난민이에요."

"알 만합니다. 그래서 말인데, 내가 아줌마를 좀 도와주고 싶다 그런 말입니다. 조금 전에도 말씀을 드렸지만 자조근로사업장의 엉성한 일도 제대로 못하는 아줌마가 어쩐지 안쓰러워서 그래요. 현장감독인 내가 약간의 호의를 베푼다면 아줌마가 기꺼이 받아들일 용의는 있습니까?"

"호의요?"

"내가 도와주겠다면 받아들이겠느냐고요?"

"감독님이 도와주신다면 두말 않고 감사하게 받아야지요."

"그렇다면 좋습니다. 이건 우리 둘만의 비밀인데 내일부터 내가 아줌마 몫으로 하루 한 사람 분량의 노임을 더 챙겨 주도록 할 테니까 식생활에 보태도록 하세요. 아시겠습니까? 이것은 비밀이에요 비밀. 남들에게 절대로 이야기가 흘러나가면 안 됩니다. 안 돼요 큰일 납니다."

감독이 목소리를 낮춰서 말했다.

"정말로 일한 내 몫 말고 하루에 인부 한 사람의 몫을 더 주신다고요?"

여자는 감독보다 더 작은 소리로 대답했다.

"내가 아줌마를 남달리 봤기 때문이야. 알겠어요?"

"감독님 고맙습니다. 이 신세를 어떻게 갚지요?"

"신세요? 그걸 신세라고 생각하신다면 살아가는 동안에 혹 갚을 날이 있을지 누가 압니까?"

"감사합니다. 고맙습니다."

"다시 말하지만 남들에게는 절대로 비밀입니다. 다른 사람들에게 알려지면 내가 떨려날지도 몰라요. 감독을 못해 먹는다는 말입니다. 알겠지요?"

"그거야 걱정을 마세요. 신세를 입은 내가 왜 입을 열겠어요. 그런데 이거 너무 감사하고 황공해서 어떻게 하지요?"

"황공하긴……. 참 아줌마 이름이 뭐더라?"

"제 이름이요? 박순자에요."

"그렇지 박순자, 알았습니다."

현장감독은 머리를 갸우뚱거리더니 여자에게 싱긋 눈웃음을 던지고는 훌쩍 다른 곳으로 떠나갔다.

공사장을 순시하던 현장감독이 두 번째로 발길을 멈춘 곳은 날라진 돌로 석축을 쌓는 공사현장이었다. 석공들은 남자 일꾼들이 땀을 뻘뻘 흘려가며 지게로 져오는 큼지막한 돌들을 받아서 높다란 축대를 쌓고 있었다. 공사는 약 이십여 미터쯤 되는 넓이의 골짜기를 가로질러서 이뤄지고 있었다. 산사태를 막으려고 꽤나 높고 넓게 침전지의 둑을 만드는 것이었다.

"여보시오! 당신 성씨가 뭐요?"

현장감독이 축대에 쌓을 돌을 옮기고 있던 김우주를 불렀다.

"나 말입니까?"

"그래 당신 말이야."

"김가입니다. 왜 그러십니까?"

"당신도 학교를 다닌 먹물이겠지?"

"노가다판에서 갑자기 웬 먹물 타령입니까?"

"다름이 아니라……."

"뭔데요?"

"서류와 장부를 정리할 줄 아는 식자가 좀 필요해서……."

"학교를 조금 다니는 척은 했습니다."

"그럼 글씨도 쓸 줄 알겠네?"

"글씨요? 그것도 남들이 알아볼 만큼은 쓰지요."

"그럼 됐네."

"뭐가 됐습니까?"

"다른 게 아니라 김씨! 당신이 오늘부터 우리 작업현장의 일꾼들이 누가 나오고 안 나왔는지를 적어 놓는 출역장부를 맡아서 정리해 줬으면 하고."

"나보고 그걸 맡으라고요?"

"그래."

"여기서 일하는 모든 일꾼들이 다 알다시피 나는 구청이나 동사무소 직원이 아니라 한낱 날품팔이를 하는 공사현장의 일용잡부인데 내게다 그런 중요한 일거리를 맡기겠다는 말입니까?"

"글쎄 마땅히 할 만한 사람이 없어서 그래요."

"나로서는 전혀 이해가 안 되는데요?"

"이해가 안 되긴 뭐가 안 돼요. 잔말 말고 내가 시키는 대로만 해요. 그 동안 출역장부를 비롯하여 우리 공사장의 모든 잡다한 업무를 돌봐주던 사람이 엊그제 좋은 곳에 취직이 돼서 현장을 떠나갔기 때문이란 말이야."

"그래요? 간단하게 장부를 정리하는 일이야 내가 맡아서 할 수는 있겠지만 일당을 받는 일꾼이 그런 일을 맡아서 해도 되는지 그게 영 찜찜합니다."

"당신이 그런 걱정까지 할 필요는 없지. 당신이 잘 알다시피 내가 이 공사현장의 감독이니까 군말 말고 내가 시키는 대로만 한다면 별로 땀을 흘리지 않고도 편안하게 밀가루를 벌어먹을 수가 있단 말이야."

"그까짓 장부정리야 어렵지도 않고 또 오래 걸리는 일도 아닌데 감독님이 직접 하시지 군이 왜 남에게 떠맡기려고 합니까?"

"아따, 따지지 말라니까."

"따지지 말아요?"

"그래, 따지지 말라고. 요즘 들어서 내가 벌써 노안이 왔는지 눈이 침침해서 돋보기를 써야 공문서에 써놓은 작은 글씨가 보일 정도란 말이야. 군이 하자고 하면 할 수야 있겠지만 일손이 바쁜 내가 여간 번거로워야지."

"그렇습니까?"

현장감독은 새빨간 거짓말을 하고 있었다. 감독은 불학무식한 사람이었다. 학교 공부를 제대로 하지 않았기 때문에 자기 이름만 겨우 쓸 수 있을 정도였다. 그 때문에 공사장의 출역장부를 기재할 능력이 아예 없었다. 돋보기를 써야 글자를 알아보고 글씨를 쓸 수 있다는 말은 감독이 자기의 무식함을 둘러대기 위해서 지어낸 핑계였다. 명색 감독이라는 자기가 글을 모르는 사람이라는 사실이 공사장 인부들에게 알려지면 수통스럽고 창피하니까 그런 거짓말을 하는 것이었다.

부모를 여의고 평생을 거지소굴에서 양아치로 살아온 현장감독은 싸움질이나 도둑질이 장기였다. 그가 밀가루 공사장의 현장감독 자리를 얻어 하게 된 것은 집권여당 소속인 이 지역 출신 국회의원 덕분이었다. 지난해 총선 때 그의 선거운동을 해 주었는데, 그가 압도적인 다수표로 당선이 되자 자기 선거운동원들에 대한 논공행상을 하면서 불학무식한 그에게는 이 자조근로사업장의 현장감독을 제수해 줬던 것이다.

"지구당 사무국장님께서 동장님을 찾아가 인사를 드리면 상세한 말씀을 해 주실 것이라고 했습니다."

그는 동장에게 인사를 건넨 뒤 집권여당의 지구당 사무국장이 써준 소개장을 동장에게 내밀었다. 동장은 봉투 속에 들어 있는 소개장을 꺼내서 대충 훑어보고는 입을 열었다.

"지난 총선거 때 의원님의 선거운동원으로 활동하셨군요. 지구당에서도 대강은 이야기를 들으셨겠지만 우리 관내에 미국산 밀가루를 노임으로 지급하는 자조근로사업 공사장이 한곳 생기게 되는데 댁에서는 그곳의 현장감독을 맡아주면 됩니다."

이미 당과 동사무소 사이에 모종의 합의가 이뤄진 모양이었다.

"나보고 현장감독을 하라는 말씀이지요?"

"그렇습니다."

"현장감독은 뭘 어떻게 하는 직책입니까?"

"뭘 어떻게 하면 되느냐? 별로 어렵지 않습니다. 아침 여덟 시에 공사현장으로 출근을 해서 모여드는 일꾼들을 제 시간에 집합시켜서 작업에 들어가게 하고 오후 다섯 시에 작업을 끝내고 일꾼들을 해산시키면 됩니다. 그리고 전날에 진행되었던 공사장의 일과를 그 이튿날 아침까지 동사무소에다 어김없이 보고해야만 합니다."

"자세한 업무지침은 나중에 알려 주시겠지요?"

"그럼요."

"그런데 작업하는 내용이 뭡니까?"

"한때 피난민들이 모여 살던 판자촌을 철거한 산에다 나무를 심어서 푸른 산을 만드는 사업입니다. 더 자세하게 말한다면 판잣집을 헐어낸 땅에다 다시 나무를 심는 한편 장마철에 빗물이 흘러내려서 수해가 발생하는 산골짜기의 사태밭에다 석축을 쌓고 잔디를 심어서 벌거벗은 산을 완전한 푸른 숲으로 바꾸는 도시녹화사업입니다."

"공사 기간이 오래 걸립니까?"

"글쎄요. 당초의 계획은 약 십 개월로 잡고 있습니다만 모든 토목공사라는 것들이 예정된 날짜에 깨끗하게 끝을 내기가 어려우니까 모르긴 모르지만 실제 공사 기간은 약 일 년 정도로 봐야 될 것입니다.”

“알겠습니다. 그런데 일을 시작하기도 전에 이런 말씀부터 드려서 미안합니다만 현장감독의 월급은 매월 얼마씩이나 받게 됩니까?”

현장감독으로 내정된 사람이 제일 먼저 궁금한 것이 자기가 앞으로 받게 될 월급의 액수였던 것이다.

“월급 말입니까? 생각하시는 것보다 아주 박절할 것입니다.”

“대체 얼마나 되는데요?”

“더구나 현금이 아니고 현물이거든요.”

“월급을 현물로 준다는 말입니까?”

“그렇습니다.”

“짐작이 가고 알 만합니다. 그렇다면 현장감독도 공사장 인부들과 똑같이 미국산 밀가루를 월급 대신으로 준다는 말이 아닙니까?”

“그렇습니다.”

“한 달에 얼마쯤이나 줍니까?”

“한 달이 아니고 매일 받게 됩니다.”

“인부들과 똑같이 일당으로 계산해서 준다는 말이군요?”

“그렇습니다. 보통 인부들의 세 몫이 감독의 하루치 일당입니다.”

"보통 인부들의 세 몫이라?"

"인부들이 하루 일을 하면 밀가루 삼 점 오 킬로씩을 받게 되니까 그것의 세 몫입니다. 삼삼은 구, 삼팔은 이십사, 그러니까 하루에 밀가루 십일 킬로 사백 그램을 일당으로 받게 됩니다."

"동장님! 이거 현장감독의 보수치고는 너무 약소하지 않습니까?"

"그래서 내가 처음부터 보수가 적다고 말씀드리지 않았습니까?"

"아무리 그렇다고 해도 이건 너무 박하지요. 명색이 현장감독인데, 게다가 현금으로 월급을 주는 것도 아니고 밀가루를 일당으로 쳐 주면서 달랑 인부 세 명 몫이 뭡니까? 사람 웃기는 일 아닙니까?"

그는 현장감독의 대우가 이렇게 인색할 수는 없다고 따지듯이 말했다.

"예? 웃기다니요? 자조근로사업 공사장의 현장감독 보수는 지방에서 결정하는 것이 아니라 중앙부처에서 일률적으로 그렇게 지급하라고 지침이 내려 와 있는 것입니다."

"중앙부처의 어떤 쓸개 빠진 공무원이 그렇게 책정을 해서 내려 보냈는지는 모르지만 너무 현실을 모르고 결정한 것 같습니다. 현금이 아니고 밀가루로 준다면 최소한 인부 대여섯 사람의 몫은 줘야 현장감독에 대한 예우도 되고 보수로서도 값어치를 할 것 아닙니까?"

"우리가 미국으로부터 밀가루를 원조 받아서 공사를 벌이는 창피하고 부끄러운 실정인데 현장감독의 예우 운운해서는 안 되지요. 그렇게 체면을 소중하게 생각하는 사람이라면 애초부터 이 공사장의 감독으로는 일을 할 수가 없습니다. 우리 말단 행정기관인 동사무소에서는 상부 관청에서 내려온 규정을 조금도 어길 수가 없습니다. 만일에 규정을 위반했다가는 담당자가 호되게 문책을 당합니다."

"담당자가 문책을 당해요? 동장님은 아직 뭘 잘 모르시는군요. 이런 밀가루 공사장은 지금 전국적으로 수를 셀 수도 없이 많이 벌어지고 있습니다. 나도 알 만한 사람들에게 들어서 알고 있는데, 다른 지방에서는 중앙부처에서 내려온 규정 같은 것은 일체 무시하고 현지 실정을 감안해서 감독들에게는 별도의 특별대우를 한다고 하더라고요."

"어느 지방에서 그렇게 한다고 합니까? 그럼 댁에서는 그렇게 대우를 안 해 주면 현장감독 일을 못 하겠다는 말씀인가요? 분명하게 말씀해 보세요?"

감독으로 내정돼서 온 사람이 일도 시작하기 전에 보수 문제를 가지고 물고 늘어지자 울화가 치민 동장이 울컥 역정을 냈다. 집권당 국회의원의 선거 운동원이었다고 해서 대접을 해 줬더니 분수없이 건방을 떤다고 생각이 되었던 것이다. 현장감독을 하든지 말든지 마음대로 하라는 동장의 엄포나 다름 없었다.

"내 말은, 기왕에 감독을 시키기로 양측에서 합의가 됐다면 그 정도의 대우는 해 줘야 생계에도 도움이 되고 또 체면도 서지 않겠느냐 그런 뜻입니다. 아까도 얘기가 나왔습니다만 밀가루 공사판이라는 것이 길어야 일 년 짧으면 십여 개월에서 끝이 나는 것이니까 더더구나 안 그렇습니까? 동장님!"

동장이 좀 거세게 나오니까 상대편이 금방 수그러들고 말았다. 그는 국회의원의 선거운동을 해 주고 얻게 되는 일자리인데 겨우 일 년도 못해 먹을 뿐 아니라 보수도 밀가루로 받게 된다니까 아주 떨떠름한 심사가 분명했다.

"여러 가지 여건을 감안해 볼 때 현장감독의 경우 일당을 최소한 인부 오인 분은 받아야 되겠다, 뭐 그런 말씀이지요?"

"미안하지만 지금의 내 심정은 솔직히 그렇습니다."

"무슨 말씀인지 알아듣겠습니다. 그러나 현장감독의 대우 문제는 동장인 나 혼자서 결정할 수는 없습니다. 상부 관청인 구청의 담당 공무원과 다시 협의를 해야 됩니다. 그런데 가급적이면 댁의 의사가 반영되도록 노력은 해 보겠습니다."

현장감독은 그런 경로를 거쳐서 이 공사장에서 일을 시작했었다.

김우주는 이 공사장의 일꾼으로 나오면서부터 석축을 쌓는 데 필요한 돌을 옮기는 일을 해왔었다. 그런데 감독이 무엇을 어떻게 보고 그랬는지 모르지만 자기를 도와달라고 성화같이 보채는 바람에 떼치지 못하고 일꾼들의 출역장부 정리를 맡은 것은 물론이고 현장감독의 온갖 심부름까지 대행해 주다보니까 녹화사업을 벌이는 자조근로사업 공사판 자체가 무시무시한 도둑놈들의 소굴이라는 사실을 자신도 모르는 사이에 알아 버리고 말았던 것이다.

미국이 원조해 준 밀가루를 시군읍면동에 배정하는 중앙부처와 그 밀가루를 넘겨받아서 자조근로사업장을 개설 운영하는 지방자치단체의 사회담당 공무원들, 그리고 공사현장에서 일꾼들에게 일을 시키고 밀가루를 품삯으로 나눠 주는 일부 현장감독들이 그야말로 생판 날도둑놈들이나 다름없었다.

"오늘 창고에 받아 쌓은 밀가루가 모두 몇 포대입니까?"

동사무소에서 온 사회담당 직원이 옆에 서있던 현장감독을 바라보면서 물었다. 그들은 일꾼들에게 품삯으로 줄 밀가루가 트럭에 실려 와서 창고에 쌓이는 현장을 두 눈으로 목격하고 있었다.

"전부 삼백 포댑니다."

현장감독이 대답을 하기도 전에 일꾼들과 함께 밀가루를 직접 창고에다 받아 쌓던 김우주가 동사무소 직원을 향해서 재빨리 말했다.

"자네 지금 무슨 소리를 하고 있나? 오늘 입고된 밀가루는 모두 사백 포대야 사백 포대, 자네는 산수도 할 줄 모르나?"

삼백 포대라는 김우주의 말을 들은 동사무소 직원이 의아스런 눈초리로 현장감독을 바라보자 감독이 김우주에게 힐끗 눈을 흘기면서 곧바로 맞받아쳐서 하는 말이었다.

"감독님! 감독님이야말로 지금 무슨 말씀을 하십니까? 내가 기초산수도 모르는 바보천친 줄 아십니다. 내가 일꾼들과 두 번 세 번 확인을 했다고요? 틀림없이 받아서 쌓은 것은 모두가 삼백 포대입니다 삼백 포대."

"허어, 자네가 뭘 안다고 나서서 부진부진 고집을 부리나? 내가 사백 포대라고 말하면 사백 포대가 틀림없는 거야. 그런 줄 알고 입 닥치고 있어요."

동사무소 직원 앞에서 감독이 김우주를 그야말로 허수아비로 만들었다.

"내가 밀가루 포대도 셀 줄 모르는 팔푼인 줄 아십니까? 오늘 우리들이 여태까지 받아서 쌓은 것은 분명히 삼백 포대밖에 안됩니다. 삼백 포대를 가져왔는데 생뚱맞게 사백 포대라고 말하다니 어처구니가 없습니다."

김우주가 못 알아들은 척 하고 끈질기게 우겨대자 서 있기만 하던 동사무소 직원이 드디어 입을 열었다.

"여보시오 감독님! 저 친구는 뭐하는 사람입니까? 누가 여기다 데려다 놨습니까? 눈치도 없고 통 맹매기 콧구멍 같은 수작만 하고 있습니다."

"죄송합니다. 나를 도와서 일하는 사람인데 원체 고집불통이라서……. 아무 걱정 마십시오. 어쨌거나 오늘 입고된 밀가루는 분명히 모두 사백 포대가 맞습니다. 제가 재삼 확인을 해 드리겠습니다. 좌우지간 오늘도 참으로 수고가 많으셨습니다."

현장감독이 입고된 밀가루 수량을 사백 포대라고 확인을 하면서 동사무소에서 가져온 어떤 서류에다 사인을 해 주자 그때서야 구청 사회계 직원과 동사무소 사회담당 직원이 안심된다는 표정이 되어서 밀가루를 싣고 왔던 트럭에 다시 올라타고 창고 앞마당을 떠나갔다.

"감독님! 밀가루는 분명히 삼백 포대만 가져왔는데 그게 갑자기 어떻게 사백 포대로 둔갑을 합니까? 숫자를 그렇게 허위로 적어 놓으면 허공중에 뜬 백 포대라는 밀가루는 누가 물어 놓을 것이며 그 책임을 누가 집니까?"

트럭이 떠나가자마자 우주가 현장감독에게 대어들었다.

"자네는 왜 그렇게 눈치가 없나? 현장감독인 내가 그렇다고 인정을 하면 잠자코 있어야지 자네가 뭔데 아니라고 빡빡 우기고 나서는가? 자네더러 밀가루 변상하라고 안 할 것이니까 아무런 걱정일랑은 하지 말고 제발 입이나 다물고 있으라고. 우리들은 우리 식대로 계산을 해오고 있다는 말이야."

"우리식 계산이라? 그게 도대체 무슨 귀신 씨나락 까먹는 말씀입니까?"

"그 모자라게 가져온 백 포대는 우리가 꼼수를 써서 다른 방법으로 채워 넣는 방법이 다 있다는 말이야. 백 포대는 우리에게 안 가져온 것이 사실이지만 서류에는 우리가 받은 것으로 만들어 놓자 이런 말이야."

"그 사람들은 오십 킬로짜리 밀가루 일백 포대를 어디에다 팔아먹고 왜 덜 가져왔습니까? 또 그렇게 사라져 버린 밀가루 일백 포대를 왜 우리 현장에서 채워 놔야 됩니까?"

"글쎄, 자네는 그런 사소한 문제에 대해서는 아무런 걱정도 하지 말고 또 자세한 내막을 알 생각도 하지 말란 말이야. 아무튼 자네는 그저 내가 하라는 일만 하고 내가 장부에 기재하라는 대로 기재만 하면 돼."

"나보고 허재비 노릇을 하라고요? 내가 무엇을 하는 사람입니까? 나는 일꾼들이 오늘은 몇 명이나 나와서 일했으며 창고의 밀가루는 얼마가 들어왔고 나갔는지의 숫자를 장부에 올바르게 적어 놓는 사람이 아닙니까? 그러니까 오늘 안 가져온 밀가루 일백 포대는 장부에 어떻게 기재할 것이며 실물이 없는 밀가루 일백 포대는 어디서 어떻게 채우게 되느냐 그런 말입니다."

"이 사람아 채우기는 뭘 채워, 우리는 그 사람들한테서 받은 그대로, 그러니까 모자라면 모자라는 그대로 일꾼들에게 나눠 주기만 하면 되는 거야."

"총량이 모자라니까 그건 말이 안 됩니다. 중간에서 누군가가 백 포대를 횡령착복하지 않고서야 밀가루가 부족될 수가 없지 않습니까? 그리고 그 부족 되는 밀가루를 왜 우리 현장에서 떠맡아야 합니까?"

"허허, 이 사람 정말 앞뒤가 꽉 막혔군 그래. 내가 그렇게 설명을 해도 못 알아들었단 말이야? 모자라는 숫자는 내가 전적으로 책임을 진단 말이야."

"감독님이 밀가루 공장을 차리지도 않았는데 일백 포대나 되는 그 많은 밀가루를 어디서 어떻게 구해 오고 어떻게 책임을 진다는 말입니까?"

"아무튼 자네는 그 밀가루 문제에 대해서 아무런 걱정도 하지 말고 내가 시키는 대로 장부에다 적기만 하란 말이야."

"이거야말로 관계 공무원들이 밀가루를 팔아먹지 않고서는 생길 수 없는 비리고 부정입니다."

"도둑질을 하던 한당질을 하던 자네가 무슨 상관인가?"

현장감독은 김우주의 말을 귀담아 듣지 않았다. 알고 보니 그들이 밀가루를 도둑질을 하는 방법은 아주 간단했다. 그날부터 현장감독은 김우주에게 일꾼들의 동원 숫자를 실제보다 늘려서 장부에 기재하라고 요구했다. 실제는 이백 명이 나와서 일했는데 이백오십 명이 일을 한 것으로 장부에 적으라고 강요했다. 그러니까 장부상으로 매일 유령인부 오십 명씩을 부풀려 조작하는 것이었다. 감독은 그렇게 한 달 동안이나 계속해서 유령인부를 만들도록 우주에게 압력을 넣었다. 우주는 시키는 대로 할 수밖에 없었다. 그 숫자를 모두 합산하니까 연인원이 천오백 명이나 되었다.

김우주는 이런 사실이 최소한 중앙부처나 시청이 실시하는 업무감사에서는 틀림없이 발각이 되어야 하고 시정돼야 한다고 믿고 있었다. 그렇게 되면 현장에는 큰일이 벌어지겠지만 공무원들의 비리와 부정은 일부분이라도 바로 잡힐 것이라고 은근히 기대하고 있었다. 그런데 우주의 이런 기대는 그야말로 부질없는 희망이 되었다.

어느 날부터 중앙부처와 시청에서 감사담당 공무원들이 공동으로 밀가루 창고의 재고감사를 나온다고 소문이 떠들썩했다. 감사담당 공무원들이 여러 사람이나 나와서 각 현장에 있는 밀가루 창고의 재고감사를 벌이게 되는데, 여기서 부정이 적발되면 담당 공무원은 현직에서 쫓겨날 뿐 아니라 유치장에 들어가는 등 법적으로 큰일이 벌어진다는 것이었다. 김우주는 이번에야말로 잘못을 저지른 누군가가 크게 다치겠다고 생각했다.

그리고 막상 예정됐던 감사한다는 날이 되자 동사무소에 상급 관청의 감사공무원들이 관용차를 타고 여러 명이나 나타나기는 했었다. 그러나 자조근로사업이 벌어지고 있는 공사현장만 수박 겉핥기식으로 한 바퀴 둘러봤을 뿐, 정작 텅텅 비어 있다시피 한 밀가루 창고는 한 군데도 둘러보거나 확인도 하지 않은 채 그대로 돌아가고 말았던 것이다.

게다가 그 다음날 공사장 일꾼들에게 들려온 소리는 참으로 가관이었다. 감사를 나왔던 상급 관청의 감사 공무원들은 그날 구청과 동사무소 직원들에게 이끌려서 대낮부터 관내에 있는 고급 요정으로 초대받아 가서 밤늦도록 진탕 술대접만 받고 돌아갔다는 것이었다.

현장의 밀가루 창고에 들어가서 재고 물량을 확인한 뒤 서류와 맞춰봐야 밀가루의 재고량과 부족량을 알 수 있을 것인데, 감사 공무원들은 그런 기본조차 어겼던 것이다. 그러니까 미국이 원조해 준 밀가루가 공정하게 분배되고 있는지의 여부를 목적하고 창고 현황을 감사하겠다는 사전통고는 그야말로 현장에서 움직이는 관계 공무원들로부터 뇌물과 향응을 받기 위한 엄포이자 한낱 요식 행위에 지나지 않았던 것이다.

　　이런 상황으로 미뤄볼 때 관계 공무원들과 현장감독은 한통속임이 틀림없었다. 밀가루를 상급 기관에서 배정된 수량보다 덜 가져왔는데도 정량을 다 가져온 것처럼 장부를 조작하라는 현장감독의 지시와 태도, 그 부족한 밀가루를 어떻게 채워 넣을 것이냐고 자꾸 따지는 김우주에게 잔소리하지 말고 시키는 일만 하라고 얼러대는 현장감독, 그리고 작업현장에 나오지도 않은 일꾼들을 하루에 오십 명씩이나 유령으로 조작하라는 것들이 모두 비리와 부정의 명백한 증거가 틀림없었다.

　　그러니까 동사무소와 시청 구청의 사회담당 공무원들과 공사장의 현장감독이 서로 짜고서 미국이 전란 뒤 굶주림에 허덕이는 한국의 가난한 백성들을 위해서 원조해 준 미 공법 사팔공 밀가루를 교묘하게 빼돌려서 자기들의 주머니와 뱃속을 채우고 있었던 것이다. 바로 말해서 이들은 미국의 원조물자를 중간에서 횡령착복하는 치사한 밀가루 도둑놈들이었다.

　　명색은 국민들을 위해 일을 한다는 공복이라는 작자들이 국민들을 배신하고 원조물품을 빼돌리고 있었지만 누구에게도 적발되거나 처벌되지 않았다. 공무원들은 왜 상습적으로 이렇게 나쁜 짓들을 자행하는 것일까? 월급이 적어서 생활이 어렵기 때문일까? 김우주는 전혀 이해를 할 수가 없었다. 미국산 원조 밀가루 생각만 하면 가슴이 두근거리고 두방망이질을 했다.

"자네는 그 문제에 있어서 더 이상 가타부타 참관하지 말게. 자네가 무슨 책임이 있는 사람이라고 밀가루 문제에 대해서 감나라 배나라 하고 중언부언 참견이야. 자네는 우리 공사장의 일용잡부야 잡부, 그러니까 내가 시키고 하라는 일만 열심히 하면 되는데 웬 시비와 잔말이 그렇게 많아?"

현장감독의 말은 옳은 말이었다. 밀가루가 모자라든 남든 김우주와는 아무런 관련이 없었다. 대서꾼이니까 시키는 일만 하면 되었다.

"그렇습니다. 나는 일용잡부니까 책임이 있다는 당신들끼리 잘 해보십시오. 밀가루를 팔아먹고 유령인부를 조작하는 등의 절도행위와 사기행각에 나는 더 이상 동참하거나 동조할 수가 없습니다."

김우주는 현장감독을 향해서 드디어 포문을 열었다. 가슴속에 묻어 놓고 속만 끓이는 것보다는 툭 털어버리겠다는 생각이었다.

"아주 험악하게 입정을 놀리시는군! 허허. 그렇지만 그냥 못

본 체 하고 지나가는 게 자네 몸에는 이로울 거야……."

"나는 못난이가 돼서 그런지 가슴이 떨리고 두방망이질을 해서 더 이상 이런 나쁜 심부름은 못 하겠습니다."

"자네가 보기와는 다르게 아주 새가슴이군 그래."

"그렇습니다. 잘 봤습니다. 그러니까 내일부터는 아예 이 밀가루 공사판에 나오지를 않겠습니다."

"이 사람아! 자네는 뭘 몰라도 한참 몰라. 상급 기관인 중앙부처와 시청에 근무하는 담당자들이야말로 구청과 동사무소 같은 말단 현장에서 일하는 우리들보다 더 크게 더 많이, 아예 차떼기로 해 먹는다는 사실을 알아야 해. 그들이 해 먹는 것에 비하면 우리는 형편없는 쫄따구야 쫄따구. 자네는 하나만 알고 둘은 모르는 숙맥이야 숙맥."

"숙맥이래도 좋습니다. 좌우간 내일부터 나는 장부 정리하는 일을 그만두겠다는 말입니다. 그런 줄 아십시오."

"자네가 아직은 배가 덜 고픈 모양이로군 그래. 자네 같은 사람은 뱃속에서 쪼르륵 소리가 나봐야 정신을 차릴 것이네."

"그렇습니다. 굶어 죽는 한이 있더라도 이런 부정한 범죄행위에는 더 이상 하수인으로 동조하거나 가담할 수가 없습니다."

"이 사람아 우리를 그렇게 나쁜 불한당으로 몰아붙이지만 말아. 알고 보면 세상이란 다 그렇게 끼리끼리 적당하게 연루가 돼서 살아가는 것이야. 나쁘게 생각하면 상호경쟁이지만 좋은 눈으로 보면 상부상조란 말이야. 미국 사람들이 저희들이 먹고 남아도는 밀가루를 공짜로 우리나라에 원조해 주는 것도 깊이 생각해 보면 그렇게 여러 사람들이 적당하게 나눠먹으면서 다정하게 살라는 것이 아니겠는가?

삽이나 괭이를 들고 공사현장을 누비면서 땀 흘려 직접 일을 한 사람이나 힘들여서 일은 하지 않았지만 공사가 잘 추진되도록 관심을 기울인 사람이 모두 공평하게 나눠서 먹으면서 같이 살라고 말이야. 더구나 외국에서 들어온 원조물자들이란 다시 갚는 게 아니기 때문에 원래 다 중간에서 그렇게 적당히 소비가 되는 것이라네. 자네처럼 콩 심은 데 콩만 나기로 한다면 너무 빡빡해서 세상을 어떻게 살아가는가? 무식한 나지만 자네에게 충고 하나 하겠네. 김우주 자네야말로 세상 살아가는 방식부터 새로 배워야 되겠네."

자조근로사업장 현장감독의 보조원을 그만두겠다고 선언하는 김우주에게 현장감독이 들려주는 핀잔이고 충언이었다.

"좌우간 그 짓거리에 동조하지 못해서 미안합니다."

김우주는 그들의 도둑질 대열에서 빠지는 것이 그들에게는 정말로 미안했다. 그것이 그의 양심이고 진심이었다. 불학무식한 현장감독을 더 이상 도와주지 못하는 것이 마음속으로는 안타까웠다.

"자네는 나와 구청과 동사무소 담당 직원들이 짜고서 밀가루를 횡령한다고 말했지. 규정상으로만 따진다면 횡령은 횡령이지. 그러나 횡령한 밀가루를 처분해서 우리 사회의 각계각층 사람들과 골고루 나눠먹고 있으므로 어떻게 보면 오히려 공정한 분배를 하고 있다고도 말할 수가 있어요. 밀가루를 팔아서 얻어진 돈을 담당 공무원은 물론이고 지역 정치인 경찰 검찰 특무대 헌병대 신문기자 하다못해 동네에 조직을 가진 건달 깡패들하고도 나눠먹으니까 절대로 독식이 아니야. 그래서 전혀 뒤탈이나 문제가 없어요. 같이 나눠먹었는데 어느 놈이 누구를 도둑놈이라고 고발을 하고 벌을 주겠느냐 말이야. 내가 무슨 말을 하는지 이제 알아듣겠는가? 그러니께 이 공사현장에서 발생하는 문제는 모두 내가 책임을 짊어질 테니까 자네는 아무 소리 말고 두 눈 딱 감고 그냥 나하고 같이 내 일을 도와주고 지냈으면 좋겠어. 한 번 더 생각 좀 해 볼 수 없겠어?"

감독은 장부 기재하는 일이 낭패가 될 것이 두려워서인지 김우주를 붙잡아 두고 싶었던 것이다. 한 사람 몫의 잡역부 일당만을 지불하고도 자기에게 맡겨진 여러 가지 일을 도맡아서 처리해 주는 김우주를 오래도록 부려먹고 싶었던 것이다. 그러나 이미 자조근로사업장을 떠나기로 각오한 우주의 마음이 되돌려질 수는 없었다.

"감독님에게는 거듭거듭 미안합니다."

우주는 현장감독의 간곡한 만류에도 아랑곳하지 않고 이튿날부터 도시녹화사업 밀가루 자조근로사업장의 막일꾼 일을 나가지 않았다.

그리고 며칠을 자취방 안에서 하는 일 없이 지냈다. 도통 가슴이 답답했다. 먹고 살아갈 일이 다시 걱정스러워졌다. 더구나 젊은 사람이 아무 일도 하지 않고 무료하게 방구석에 처박혀서 세월을 보낼 수는 없었다. 우주는 시중의 일반 건축공사장에 나가서 닥치는 대로 막일이라도 해야 되겠다며 길거리로 뛰쳐나갔다.

그런데 생각하면 할수록 정부의 규제조치가 야속했다. '병역거부'가 국민의 의무를 불이행한 것은 틀림없지만 반도덕적인 범죄는 아니었다. 더구나 강제징집이긴 했지만 현역으로 입대해서 삼 년 동안 실역으로 복무를 했으므로 경찰이 신원조회 불가라는 족쇄로 생업활동마저 저지해서는 안 될 것이었다. 민주주의를 하겠다는 국가에서 정부가 국민 각자의 기능과 교육 수준에 상응하는 일자리에 나가서 일할 수 있는 공평한 권리는 빼앗지 말아야 했었다.

법망에 걸려서 감옥을 다녀온 힘없고 가난한 사람들의 백이면 백이 '돈이 있으면 죄가 없고 돈이 없으면 죄가 있다'는 이른바 '유전무죄 무전유죄'라는 법과 사회를 불신하는 가슴앓이를 하고 있었다. 이 같은 보통사람들의 한탄은 부조리한 현실을 잘 반영한 무서운 풍자이기도 했다.

김우주는 탄식을 해 봤지만 아무런 소용이 없었다. 당장의 끼니 해결이 눈앞의 과제였다. 모든 번민을 접어 버리고 밥벌이를 할 수 있는 막노동판을 찾아갈 수밖에 없었다. 그야말로 목구멍이 포도청이란 옛말이 떠올랐다.

그날부터 김우주는 일거리를 찾아서 도심에서 벌어지고 있는 건설현장을 두루 헤맸다. 크고 작은 공사장이 더러 눈에 띄었지만 막일꾼들을 선뜻 받아주는 곳은 드물었다. 그렇게 정처 없이 헤매다가 어떤 담벼락에 붙어 있는 벽보를 발견하고 그길로 현장을 찾아갔다.

"막일이라도 좀 할 수 있습니까?"

현장의 책임자로 보이는 사람에게 물었다.

"노동을 해 본 경험은 있습니까?"

"어떤 막노동도 할 수 있습니다."

"그렇다면 좋습니다. 보시다시피 우리 현장은 빌딩을 신축하는 공사장이기 때문에 작업강도가 일반 공사장보다 조금은 쎄다고 봐야 합니다. 막노동을 해 본 경험이 있고 본인이 하겠다면 우리는 무조건 환영입니다."

더 이상 따지고 우물쭈물할 게재가 아니었다. 김우주는 이튿날부터 그 빌딩 공사장에서 막일을 시작했다. 중노동이었지만 일자리가 생겼다는 사실이 고마웠다. 우주는 건물의 골조를 쌓아 올리는 현장으로 배치되었다. 특별한 기능이나 경험이 없는 김우주는 초보자들과 함께 시멘트와 자갈 모래들을 높은 층까지 나무통 지게에 담아서 저 날랐다. 보조일꾼들은 기능공들이 쉬지 않고 일을 계속하도록 부자재들을 대 줘야만 했다.

건축현장의 막일꾼들은 거의가 하루에 열두 시간씩을 일했다. 누구나 기본으로 열 시간씩을 일했으며 수입을 더 올리려는 사람들은 네다섯 시간의 가욋일을 하기 일쑤였다. 하루 일이 끝나면 품삯과 맞바꿀 수 있는 딱지를 한 장씩 받았다. 딱지로 현금을 바꾸는 '간조'는 보름에 한 번씩 있었다. 대부분의 일꾼들은 보름 동안 일해서 모은 딱지로 현금을 바꿨지만, 급전이 필요해서 그때까지 기다릴 수가 없는 가난한 사람들은 선이자를 떼고 딱지를 미리 할인하는 속칭 '와리깡'을 하기도 했다.

김우주는 그 빌딩 건축공사장에서 별다른 탈 없이 대여섯 달쯤이나 일을 계속했다. 작업의 강도는 힘들고 벅찼지만 비 오는 날에도 건물 안에서 작업을 계속할 수가 있었으므로 수입은 그런대로 괜찮은 편이었다. 이런 점 때문에 많은 막일꾼들이 몰려들고 있었다. 그러던 어느 날 해질 무렵이었다. 일하던 높은 층 현장에서 느닷없이 붕괴사고가 발생하였다.

일꾼들 십여 명이 자갈과 모래와 시멘트 포대를 한 짐씩 짊어지고 사 층과 오 층 사이의 비계목 위로 꼬리를 물고 걸어 올라가고 있을 때, 위층 거푸집에서 한참 양생 중이던 시멘트 범벅이 무거운 중량을 이기지 못하고 일시에 산사태처럼 아래층으로 무너져 내린 것이었다.

눈 깜짝할 사이에 일어난 엄청나게 큰 사고였다. 이 붕괴사고 과정에서 무거운 짐을 짊어지고 올라가던 막일꾼 세 사람이 맨 아래층 밑바닥으로 추락하면서 사망하고 다섯 사람은 팔다리가 부러지는 중경상을 입었다. 부상자 가운데서 가장 심하게 다친 사람이 하필이면 김우주였다. 김우주는 모래를 지고 올라가다가 사 층 비계목 위에서 일 층 밑바닥으로 떨어졌는데, 거푸집과 시멘트 범벅과 철판에 온몸이 짓이겨지면서 오른쪽 다리가 잘려나가는 큰 중상을 입고 혼수상태에 빠지고 말았다.

사고 직후 김우주는 공사장 부근에 있는 작은 동네의원으로 옮겨졌다가 다시 산업현장 사고환자들만을 전문적으로 치료한다는 변두리의 허울 좋은 종합병원으로 이송이 되었다. 그러나 김우주의 상처를 살펴 본 병원 측은 떨어져 나가고 짓이겨진 다리의 뼈를 본래대로 봉합할 수가 없다면서 환자 측과는 아무런 상의도 하지 않고 멋대로 한쪽 다리를 절단해 버렸다.

간신히 목숨은 건졌지만 김우주가 하루아침에 장애인이 된 것이다. 김우주가 여러 시간 동안의 수술을 끝내고 회복실로 돌아와 정신이 들었을 때 담당의사가 그동안의 수술 경위를 간단하게 설명했다.

"본인에게는 청천벽력같은 일이겠지만 우리로서는 최선을 다했습니다. 워낙 중상인 데다 동네의원에서 응급처치를 제대로 하지 않고 시간을 끌다가 뒤늦게 우리 병원으로 데려왔기 때문에 부득이 잘려나간 오른쪽 다리를 절단할 수밖에 없었습니다. 참으로 안타깝게 생각합니다."

"그럼 제 한쪽 다리가 아주 잘려서 없어졌다는 말입니까?"

"그렇습니다. 추락할 때 절단되고 마구 짓이겨진 다리의 부서진 뼛조각들을 봉합해서 절단만은 피해보고자 노력 했습니다만 도저히 불가능했다는 말입니다."

"그럼 저는 평생을 한쪽 다리 없는 불구자로 살아야 합니까?"

"안타깝습니다만 생명을 보전한 것만도 다행이라고 생각하십시오. 환부가 완전히 치료된 뒤에는 목발을 짚고 생활할 수밖에 없습니다."

김우주는 의사의 말을 들으면서 절단된 다리 쪽을 만져 봤다. 순간 가슴이 철렁 내려앉으면서 섬뜩하고 허전했다. 갑자기 눈물이 핑 돌았다. 내 한쪽 다리가 없어지다니……. 내가 불구자가 되다니……. 누구 못지않게 신체가 건강하던 김우주가 느닷없이 지체장애자가 되었던 것이다.

먹고 살기 위해서 막노동에 나섰던 것이야 어쩔 수 없는 일이었지만 느닷없는 붕괴사고로 한쪽 다리를 잃은 것은 참으로 불행한 일이었다. 내게 왜 이런 불운이 닥치는 것일까? 이제는 육체노동마저 할 수 없는 불구의 몸이 되었으니 앞으로는 세상을 어떻게 살아나가야만 할 것인가?

김우주는 침통한 심정에 잠긴 채 병원생활을 이어 나갔다. 그렇게 반년 이상이 지나간 어느 날이었다. 절단됐던 상처부위가 아물고 마지막으로 가벼운 수술만 받으면 완쾌가 된다는 희망에 들떠 있을 때였다. 또다시 억울한 일이 벌어졌다. 설상가상이란 이런 경우를 두고 말하는 것이었다. 병원 원무과 직원이 찾아와서 수술비와 그동안의 입원치료비를 정산해 줘야한다고 통보했기 때문이었다. 공사장에서 일하던 노동자가 붕괴사고를 당해서 입원치료를 받고 있는데 치료 중인 환자에게느닷없이 치료비를 내라는 것은 그야말로 날벼락이 아닐 수없었다.

"나는 공사장에서 일을 하다가 중상을 입고 치료 중인 환자입니다. 장애인이 된 환자에게다 뒤늦게 치료비를 내라니 이게어떻게 된 일입니까?"

김우주가 원무과 직원을 향해서 역정을 부렸다.

"우리를 원망하지 마십시오. 그동안 건설회사 측에 치료비를정산하라고 여러 차례나 연락을 했었지만 회답이 없었습니다.기다리다가 하는 수 없이 건설회사를 찾아가지 않았겠습니까?그런데 얄궂게도 사무실 문이 잠겨져 있었습니다."

"그동안에는 건설회사가 한번도 병원을 찾아오지 않았다는말입니까?"

"그렇습니다. 우리는 자기네 회사의 작업 인부들을 우리 병원에 입원시켰으므로 당연히 연락을 해올 것으로 믿었습니다. 그런데 치료비도 지불하지 않고 아무런 연락도 없다가 어느 날갑자기 문을 닫았으니 우리가 얼마나 당황스러웠겠습니까? 그냥 돌아오려다가 건물주를 찾아가서 이야기를 들어보니 글쎄그 건설회사가 얼마 전에 부도를 내고 아예 파산을 했다는 것아니겠습니까."

김우주는 말문이 막혔다.

"치료비를 지불해야 할 건설회사가 부도를 내고 파산했다는 말입니까?"

"사무실 문을 폐쇄하고 직원들마저 종적도 없이 사라졌더라고요."

"그럼 사장과 임원들도 찾을 수 없습니까?"

"사장이나 임원들은 물론이고 회사가 없어졌다니까요? 일단은 우리가 경찰에다 건설회사 임원들의 소재수사를 의뢰해 볼 생각이지만 어떻게 될지는 가늠하기가 어렵습니다. 아무리 생각해 봐도 중경상자들의 그동안 치료비 문제가 해결되기는 어려울 듯합니다."

"공사를 하청 받았던 회사가 파산을 하게 되면 원청회사에도 책임의 일부가 있다는 것 같은데요?"

"당연하지요. 그래서 병원 측에서는 모 재벌의 자회사인 원청회사와도 접촉을 했었습니다. 그런데 천만의 말씀이었습니다. 중경상자들의 병원치료비까지 떠맡으려면 애초부터 자신들이 직접 공사를 시행하지 무엇 때문에 하도급을 주겠느냐면서 펄쩍 뛰더랍니다."

"하청회사가 사고를 내고 도산했는데도 원청회사는 책임을 지지 않겠다는 자세로군요."

"그러니까 이 문제는 법적으로 책임의 소재를 가려내야 하는데, 아주 복잡하게 됐습니다. 다른 환자들이야 경상이니까 둘째지만 중상을 입고 한쪽 다리를 절단한 김우주 씨의 경우가 큰일입니다."

"죄송한 부탁이지만 병원 측이 원청회사와 다시 한번 접촉하셔서 치료비 문제를 해결해 주시기를 간곡히 부탁드립니다."

"김우주 씨의 딱한 사정을 우리도 어느 정도 이해는 합니다. 그러나 시공회사는 도산했고 원청회사는 외면하고 있으니 해결할 뾰족한 묘수가 없습니다. 안타까운 일이지만 우리가 지정한 날짜까지 치료비가 정산되지 않는다면 병원 측이 부득불 일방적인 조치를 취할 수밖에 없을 것 같습니다."

"일방적 조치라니요?"

김우주는 낙망이 이만저만 아니었다. 부랴부랴 같은 병실에 입원해 있는 부상자들을 만나서 알아보니 건설회사가 부도를 내고 잠적한 것은 분명한 사실이었다. 하도급을 맡은 영세한 토건회사가 큰 사고를 내고 수습을 못하면 십중팔구 부도를 맞고 종내에는 파산을 할 수밖에 없다는 것이었다.

그렇게 꼬인 김우주의 병원비 문제는 전혀 해결될 기미도 방법도 없었다. 그날 이후부터는 병원 측이 아예 간단한 치료마저 해주지 않았다. 며칠에 한 번씩 원무과 직원들을 병실로 보내서 치료비를 정산하라고 은근히 닦달만 했다. 그러나 아무런 능력이 없는 김우주로서는 달리 방법이 없었다.

주변 사람들의 권고를 들어보면 변호사에게 의뢰해서 원청회사를 상대로 소송을 제기하는 방법이 있다는 것이었다. 그러나 그것도 이기든 지든 재판의 결과를 봐야만 하는데, 재판비용도 많이 들어갈 뿐 아니라 시간도 많이 소요된다는 것이니 가진 돈도 없고 몸도 자유롭지 못한 김우주로서는 선뜻 소송에 나설 수도 없었다. 이제는 병원 측이 취하는 어떤 조치든 앉아서 받아들일 수밖에는 다른 길이 없었다.

그렇게 다시 여러 달의 세월이 흘러간 어느 날이었다. 병원 측은 예상대로 김우주를 일방적으로 병실에서 내쫓았다. 기다려 줬지만 환자 본인이 치료비를 내지 못하자 베드를 비워서 다른 환자라도 받겠다는 계산을 한 것이었다. 김우주는 억울하고 섭섭했지만 병원 측의 조치를 거부하거나 비난할 수도 없었다. 김우주는 건설회사가 파산했기 때문에 상해보상금은 물론이고 공사장에서 일하고도 받지 못했던 얼마간의 밀린 노임마저 떼인 채 입원해 있던 병원에서 쫓겨 나오고 말았다.

김우주는 병실 한구석에 나뒹굴던 헌 목발을 찾아 짚고 병원 문을 빠져 나왔다. 그렇지만 막상 갈 곳이 없었다. 야속하게도 김우주는 넓디넓은 서울 천지에 아는 사람이나 일가친척이 아무도 없었던 것이다. 한참을 길거리에서 어디로 발길을 옮길까 궁리하던 김우주의 눈에 들어온 것은 시내버스 정류장이었다. 그곳에 앉아서 앞으로의 거취를 생각해 보기로 한 것이다.

김우주는 몇 시간 동안이나 시내버스 정류장 의자에 하염없이 앉아서 오고가는 사람들과 차량들을 바라보고 있었다. 참으로 막막하기만 했다. 세상이 온통 얼어붙은 겨울처럼 춥게 느껴졌다. 한나절 가까이나 그렇게 앉아 있는 사이에 옆 자리에는 몇 차례나 사람들이 바뀌어 들락거렸다. 그러나 김우주는 바닥에 박힌 돌처럼 망연한 자세로 앉아 있기만 했다.

해가 뉘엿뉘엿 넘어갈 무렵이었다. 버스 정류장 앞을 지나가던 작은 트럭 하나가 급정거를 하더니 이내 뒷걸음을 쳐서 김우주 앞에 와서 멎는 것이었다. 멎은 트럭의 문이 열리면서 젊은 청년 한 사람이 운전석에서 성큼 내려서더니 좀 의아스럽다는 표정을 지으면서 김우주 앞으로 성큼성큼 걸어오는 것이었다.

"말씀을 좀 물어보겠습니다."

청년이 대뜸 김우주에게 말했다.

"말씀하십시오."

김우주도 청년의 얼굴을 바라보면서 말했다.

"혹시…… 그전에 내토에 사시던 김우주 형님을 모르십니까?"

그 청년이 김우주의 얼굴과 행색을 뚫어지게 훑어보면서 말했다.

"김우주를 모르느냐고요?"

김우주가 반문하면서 청년의 얼굴을 똑바로 쳐다보자니 어쩐지 낯이 익은 얼굴이었다. 그 순간이었다. 상대방의 청년이 먼저 와락 달려들더니 우주의 두 손을 덥석 부여잡았다.

"우주 형님이지요? 틀림없이 우주 형님이 맞지요?"

"그럼, 너는 박만수?"

굳게 다물고 있던 김우주의 입이 벌어졌다. 박만수는, 김우주가 오래전 고향에서 고아의 집을 운영할 때 원생으로 들어와서 살았던 전쟁고아 가운데 한 아이였다.

"형님! 여기서 우리가 이렇게 만나다니 이게 어떻게 된 일입니까?"

청년이 호들갑을 떨었다.

"글쎄 몰라볼 만큼 어른이 된 만수를 여기서 만날 줄이야."

김우주는 얼떨떨하기만 했다.

"형님! 형님은 지금 이 정류장에서 뭘 하고 있었습니까?"

"그냥 이렇게 앉아서 막연한 생각을 하고 있던 중이야."

"정류장에 앉아서 대체 무슨 생각을 하고 있었단 말입니까?"

"내가 몇 시간 전에 건너편의 병원에서 퇴원을 했거든."

만수는 그때서야 김우주의 온몸을 살펴보았다.

"아니? 형님이 한쪽 다리를 잃지 않았습니까? 언제 어쩌다가 다리를 절단한 장애인이 되었습니까?"

만수가 안타깝다는 듯이 말했다.

"어쩌다가 그렇게 됐다네."

"그럼 저 건너 병원에서 치료를 끝내고 퇴원을 했다는 말입니까?"

만수가 다그치듯이 말했다.

"치료가 완전히 끝나서 퇴원한 것은 아니고⋯⋯. 한 일 년 전에 건설공사장에서 막일을 하던 도중에 사고가 나서 중상을 입고 치료 중이었는데 글쎄 그 건설회사가 부도를 내고 파산했기 때문에⋯⋯."

"그러니까 치료비를 내야 할 건설회사가 파산해서 문을 닫는 바람에 입원 중이던 병원에서 강제퇴원을 당했다는 말이군요?"

"그래그래. 그 이야기를 다 하자면 사연이 길어."

"형님! 그럼 지금 형님이 거주하는 동네는 어딥니까?"

"살고 있는 곳⋯⋯?"

"댁으로 가야 하지 않습니까? 제가 형님을 댁까지 모시고 갈까 합니다."

"말만 들어도 고맙지만⋯⋯. 난 지금 집도 없고 갈 곳이 없어."

"뭐요? 갈 곳이 없다니, 그럼 형님은 집도 없다는 말입니까?"

김우주는 건축공사장에서 사고가 발생한 뒤부터는 일정한 숙소가 없었다. 한때 자취를 하던 변두리 판자촌의 월세 방은 중상을 입고 병원에 입원하면서 비워서 주인집에 돌려줬던 것이다. 만수는 한쪽 다리를 잃은 우주의 온몸을 다시 자세히 살펴보다 말고 느닷없이 벌떡 일어섰다.

"왜? 가려고?"

"형님! 나하고 같이 갑시다. 여기서 이러고 있을 것이 아니라 일단 내 숙소로 가서 하룻밤 같이 지내면서 자세한 이야기를 나누도록 합시다."

"만수는 지금 어디에서 살고 있는가?"

"나요? 여기서 가까이 자리 잡고 있는 한 복지시설이 내 집입니다."

"복지시설……."

"그렇습니다. 나도 그동안에 이런저런 고생을 좀 했습니다. 그러나 지금은 복지원에 들어가서 운전기사로 일하게 되면서 비교적 안정을 찾았습니다. 그런데 순탄할 줄 알았던 형님은 어쩌다가 이렇게 엉망진창이 되었습니까? 안타깝습니다. 좌우간 나하고 내가 살고 있는 곳으로 갑시다."

9. 본디자리

　김우주가 만수의 트럭을 타고 함께 도착한 곳은 서울의 서북쪽에 있는 비교적 한적한 마을이었다. 그 마을 한쪽에는 꽤나 큰 규모의 사회복지시설이 자리를 잡고 있었다.

　"형님! 여기가 지금 제가 살고 있는 복지원입니다."

　만수가 학교 운동장 같이 넓은 마당 한쪽에다 트럭을 세우면서 말했다. 복지원의 규모가 엄청나게 커 보여서 김우주는 어안이 벙벙하기만 했다.

　"들어갑시다."

　트럭에서 내린 우주는 만수와 함께 마당 안쪽에 있는 건물로 들어섰다. 대문을 들어서니 비슷한 건물들이 앞과 뒤로 여러 채나 이어져 있었다. 앞쪽의 건물은 사무실과 휴게실이 들어 있는 것으로 봐서 본채 같았다.

건물들 가운데서 가장 돋보이는 것은 가운데 자리를 잡은 반한반양식인 디근자 모양의 큰 건물이었다. 지붕에 조선식 기와를 얹은 한옥인데, 앞쪽 처마 끝으로 길쭉하게 챙을 달아냈고 챙 밑에는 툇마루를 깔아서 흡사 회랑같이 꾸민 것이 눈길을 끌었다. 그러니까 한옥의 내부를 요즘 사람들이 생활하기에 편리하도록 부분적으로 개조한 것 같았다.

"형님! 이 방이 내 숙소입니다."

만수가 그 건물의 중간쯤에 문이 열려 있는 방 앞에 서서 말했다.

"복지원의 시설규모가 대단히 큰 것 같은데……."

"도심 안에 자리 잡은 보통의 복지시설들에 비해서는 큰 편이지요."

"여기서 생활하는 원생들은 얼마나 되고……?"

"양로원과 보육원을 합해서 팔십여 명이 넘습니다."

우주와 만수가 방 안으로 들어가 마주 앉았다.

"경황도 없이 헤어졌던 우리가 생각지도 못했던 곳에서 다시 만나게 되었으니 참으로 신기하기만 하네."

우주가 감개무량하다는 듯이 말했다.

"정말 그렇습니다. 내토의 형님네 집에서 생활하던 옛날이 떠오릅니다."

"나는 옛날의 고향 생각을 전혀 하고 싶지가 않아. 내가 불명 예스럽게 고향을 등지게 됐던 탓도 있지만, 우리 집에서 함께 생활하던 어린아이들을 생각하면 지금도 가슴이 아프기 때문이 지. 사람이, 사람들이 살고 있는 집을 어떻게 헐어버릴 수가 있 을까? 생각만 해도 원망스럽기만 하고……."

"고향에서 떠나온 뒤에 그동안 형님이 얼마나 고생을 했으면 그런 생각이 아직까지 남아 있겠습니까?"

"지나간 세월은 모두가 악몽만 같아."

"그때 형님이 경찰들에게 연행돼 가고 이어서 우리가 살던 집이 의용경찰들에게 폐쇄되어 헐리면서 우리 고아들도 산지사 방으로 뿔뿔이 흩어졌었지요. 형님은 전혀 모르실 일입니다."

"지금도 그때 생각만 하면 가슴이 마구 울렁거려. 내가 죄인 이고 내가 미우면 나만 잡아 가두면 될 일이지 왜 아이들이 사 는 집까지 폐쇄하느냐 말일세."

"나는 그때 기차에 태워져서 부산 영주동의 어떤 고아원으로 보내졌지요. 그런데 글쎄 그 고아원 원장이란 사람이 아이들 에게 밥도 제대로 먹이지 않으면서도 거리에 나가서 구걸해 오 기만을 강요해서 어느 날 무작정 탈출하고 말았지 뭡니까. 그 뒤 칠팔 년 가까이를 이 고아원 저 고아원으로 정처 없이 떠돌 아다니다가 성인이 되면서 곧바로 군대에 들어갔었지요."

"고아원보다는 군대생활이 나은 편이었겠지."

"그게 그거지만 전쟁고아들의 경우 현역으로 병역을 필하고 나면 사회생활에 빨리 적응할 수가 있으므로 서둘러서 군대에 들어갔던 것입니다. 군대에서는 운전기술을 배워서 공병대 덤프 트럭을 끌었지요. 그 인연으로 제대한 뒤에는 택시 운전도 하고 트럭도 끌어보다가 몇 해 전에 어떤 사람의 소개로 이 복지원의 운전기사로 들어왔습니다."

"만수도 그동안 고생을 많이 했겠구나."

"형님도 대충 짐작을 하시겠지만 고아원을 전전하면서 겪은 험악한 생활이야 어찌 말로 다 할 수가 있겠습니까? 그때 고아원을 운영하는 원장이라는 사람들의 대부분이 자선이나 복지를 펴기보다는 외국의 원조물품을 챙길 목적이거나 원생들을 돈벌이의 수단으로 이용하는 경우가 많았으니까요."

"전란이 끝난 뒤라 사람들은 영악스럽고 사회는 빈곤하고 혼란스러웠지."

"지금 생각해 봐도 형님이 운영하시던 어린이들의 집은 참으로 안락한 보금자리였습니다. 이따금 그때를 회상해 보면 인자하고 다정하시던 어머님이 우리를 알뜰하게 보살펴 주시던 생각이 떠오르곤 합니다."

"그렇겠지."

"형님은 그 뒤로 어떤 풍파를 겪었습니까?"

"경찰서 유치장으로 끌려갔다가 감옥으로 넘어갔는데 국가보안법이 적용되어 군법회의에 넘겨지면서 징역 오 년이라는 중형을 선고받고 복역하다가 어느 날 강제징집으로 군대에 끌려가서 꼬박 삼 년 동안이나 군복무까지 하고 제대를 했었지."

"참으로 험악한 세월을 보냈었군요? 그렇게 긴 세월을 떠나 보내면서도 서로 간의 소식을 알 수 없었던 우리가 넓디넓다는 서울에서, 그것도 변두리의 한적한 버스 정류장에서 느닷없이 만났으니 참말로 야릇한 인연입니다."

"글쎄 말이야. 어디서부터 어떤 이야기를 먼저 해야 할지를 잘 모를 지경이야. 좌우간 만수와 내가 죽지 않고 살아서 이렇게 다시 만났다는 것은 아무리 생각해 봐도 기막힌 일인 것만 같아."

"그렇습니다."

"이 복지원이 규모도 크지만 시설도 훌륭한 것 같은데……."

"그렇습니다. 우리 복지원은 보육원과 양로원이 병설돼 있습니다. 그런데 설립자가 오로지 복지사업 한 가지에만 전념하는 외골수인 데다 아주 청렴결백하기 때문에 원생들이 그 혜택을 듬뿍 누리고 있습니다."

"독특한 자선사업가로군?"

"그렇습니다."

"복지원의 첫 인상이 남달랐던 사유가 거기 있었군."

"우리 복지원에는 이만오천여 평이나 되는 너른 경작지가 딸려 있습니다. 정부가 기부했거나 누가 희사한 것이 아닙니다. 복지원 원장님이 오랜 세월 동안에 걸쳐서 자력으로 마련한 것입니다. 그러니까 건물이 들어서 있는 집터를 빼고는 모두가 논과 밭입니다. 논에서는 해마다 벼농사를 짓고 그 밖의 밭에는 잡곡농사를 지어서 원생들의 식생활을 자급자족하고 있습니다."

"복지원에 자급자족할 수 있는 논밭이 딸려 있다니 놀라운 일이군."

"우리 원장은 아주 기이하고 독특한 행적을 가진 분입니다. 복지원을 설립하고부터 자급자족을 목표로 몇십 년 동안 주변의 논밭을 조금씩 조금씩 사들여서 터전을 이만큼으로 넓혔다는 것입니다."

"팔십 명이 넘는 많은 숫자의 원생들이 식생활을 걱정 안할 만큼의 경작지를 보유하고 있는 보육시설은 국내에서는 거의 찾아보기 힘들 거야."

만수와 우주가 방문을 열어 놓은 채 이런저런 이야기를 나누고 있을 때 간소한 한복을 단정하게 차려입고 머리가 희끗희끗하게 센 할머니 한 분이 대문 안으로 들어왔다.

"이제 돌아오십니까?"

만수가 이야기를 나누다 말고 황급히 방 밖으로 나가더니 할머니에게 허리를 숙여 공손히 인사를 했다. 김우주는 문득 이 할머니가 방금 자신들의 대화에 등장했던 복지원의 주인인 원장이 아닐까라는 생각이 들었다.

"집에는 별일 없었지?"

"그럼요."

"낯선 손님이 오셨네……."

할머니가 방 안에서 엉거주춤 일어서서 자신에게 목례를 하는 낯선 김우주를 물끄러미 바라보면서 만수에게 말했다.

"제 손님입니다."

"자네 손님이라고?"

"네."

"어떻게 되는 분인데?"

"형님이십니다."

"나는 자네가 외로운 사람인 줄 알고 있었는데?"

"혈육을 나눈 형님은 아닙니다. 사실은 제가 어릴 때 몸담아서 살았던 시골 고아의 집 원장 형님입니다. 오늘 채소를 매입하려고 연신내 시장에 갔다가 돌아오는 길에서 우연히 만났지 뭡니까. 그래서 집으로 같이 왔습니다."

"저렇게 젊은 분이 고아원을 운영했었다고."

"그렇습니다."

"그럼 두 사람이 꽤나 오랜만에 만난 셈이겠네."

"그럼요. 헤어지고 나서 십여 년이 넘은 것 같습니다."

"그야말로 반가운 손님이로군. 나하고 인사라도 나누세."

원장 할머니가 그렇게 말하면서 휴게실로 앞장서서 들어가자 만수와 우주도 뒤따라 들어갔다.

"나는 이 복지원의 원장되는 사람입니다."

할머니가 먼저 입을 열었다.

"뜻하지 않게 원장님을 뵙게 되었습니다. 저는 김우주라고 합니다. 방금 만수로부터 말씀을 들으셨듯이 저와 만수는 그런 관계였습니다. 만수가 이렇게 좋은 환경에서 원장님의 보살핌을 받고 있는 걸 보니 기쁩니다."

우주가 공손하게 인사를 차려서 말했다.

"글쎄요. 내 보살핌을 받는다기보다는 만수 군이 우리 복지원의 많은 일을 혼자서 도맡아서 하느라 신욕이 누구보다도 고달픈 편이지요."

"저는 일이 많은 것도 분복이라고 생각합니다."

"글쎄요. 방금 듣자하니 옛날에는 복지사업을 하셨다는 것 같은데……."

"부끄럽습니다. 복지사업이라는 이름을 붙일 만한 시설이나 규모는 아니었습니다. 물론 허가를 받았던 시설도 아니었고요. 전란 직후에 부모를 잃고 거리를 헤매던 불쌍한 고아들 일곱 명을 제 집에 데려다가 한 칠팔여 년 동안 같이 먹고 자고 생활을 함께한 적이 있었을 뿐입니다."

"겸손의 말씀입니다. 시설의 규모나 허가 유무 같은 것이야 둘째지요. 그러니까 박만수 군이 그때 댁에서 원생으로 생활했었던 사람이군요?"

"그렇습니다. 만수 군이 십여 세 되던 어린 시절이지요. 우리 집에 들어와서 저와 함께 칠팔 년 가까이 살았습니다. 그때의 정리야 친형제나 다름없었다고 생각합니다."

"두 분이 어쩌다가 헤어지게 되었습니까?"

"제가 갑자기 고향을 떠나게 되었기 때문입니다."

그때 만수가 두 사람의 말머리를 비집고 나섰다.

"원장님! 그 부분은 제가 말씀을 드리는 게 좋겠습니다. 어느 날인데 고아의 집으로 경찰관들이 들이닥쳐서 불문곡직 형님을 붙잡아 갔습니다. 나중에 들으니까 형님이 '북쪽 동포들도 남쪽과 같은 민족이기 때문에 그들에게 총부리를 겨눌 수 없다'는 명분을 내세워서 현역병 입영을 거부했다는 죄목이었습니다. 그렇게 형님이 잡혀간 지 며칠이 지나서 특무대에서 내보내서 왔다는 의용경찰들이 '빨갱이가 운영하던 고아의 집'이라면서 생활하고 있던 아이들을 강제로 끌어내고 어린이집을 폐쇄하고 허물어 버렸습니다."

"나는 그 정황을 전혀 모르니까 말참견하기가 어렵네."

"원장님은 당연히 그러시지요. 좌우간 형님네 집에서 따뜻한 사랑을 받고 살아오던 일곱 명의 고아들은 하루아침에 뿔뿔이 흩어지게 되었습니다. 저도 그때 강압에 의해 다른 고아원으로 떠나갔었습니다."

"그렇게 헤어졌던 두 사람이 오늘 길거리에서 만났다는 말이지?"

"그렇습니다. 원장님! 글쎄 만나게 된 계기가 기가 막힙니다. 제가 시장에서 복지원으로 돌아오는 길에 버스 정류장을 지나치면서 의자에 앉아 있는 사람과 눈이 마주쳤는데 유난히 낯이 익지 않겠습니까? 이상한 생각이 들어서 곧바로 트럭을 세워 놓고 달려가서 확인을 해보니 바로 형님이었습니다.”

“그래 손님은 지금 어디에서 사십니까?”

원장 할머니가 김우주를 바라보면서 말했다.

“아직 일정한 거처가 없습니다.”

“주거가 없다니요?”

원장이 의아스럽다는 듯이 말했다. 만수가 다시 이야기를 가로챘다.

“그 대목도 제가 말씀을 드려야 할 것 같습니다. 형님이 건설 공사 현장에서 막노동을 하던 중에 붕괴사고를 당해서 한쪽 다리를 잃고 병원에서 장기간 치료를 받다가 오늘 느닷없이 강제 퇴원을 당했다고 합니다.”

“치료 중인 환자가 병원에서 쫓겨나다니?”

“사고를 낸 건설회사가 부도를 내고 파산하자 치료비를 못 받게 된 병원 측에서 무리수를 둔 것 같습니다.”

“아무리 돈이 위세를 부리는 세상이라고는 하지만 치료를 받고 있는 환자를 일방적으로 쫓아내다니…….”

“저를 만나기 몇 시간 전쯤 병원에서 쫓겨났다고 합니다.”

“어쨌거나 두 사람이 무척이나 적조했을 것이므로 오늘은 밤 늦도록 그간의 이야기 나누도록 하게. 손님! 그럼 나는 이만 자리를 뜨겠습니다.”

원장 할머니는 그렇게 말하고 휴게실을 나갔다. 원장은 옛날의 은혜를 잊지 않은 만수를 대견스럽게 바라보는 것 같았다. 두 사람은 만수의 방으로 자리를 옮겨서 잠시 중단했던 옛날 이야기를 다시 시작했다.

"아무리 생각해 봐도 형님의 앞날이 정말 걱정입니다."

"건설회사가 치료비를 안 냈으므로 언젠가 병원을 나가야 한다고 각오는 하고 있었지만 막상 쫓겨나고 보니 막막하기만 하네. 그렇다고 병원만 원망할 수도 없는 일이고……."

"병원의 처사는 그만 잊어버립시다. 몸에 장애를 가진 형님이, 사고무친한 서울에서 어떻게 세상을 살아나갈 수가 있을지 그게 걱정 아닙니까?"

"하늘이 무너져도 솟아날 구멍이 있다는 속담은 있지만……."

"내가 우리 원장 할머니에게 형님의 이야기를 꺼내 볼까 합니다."

"내 무슨 얘기를?"

"아까, 형님의 지나간 얘기가 나눌 때 그 이야기를 듣는 원장 할머니의 모습이 아주 진지했었거든요. 상당히 선망적인 표정이었습니다. 밑져야 본전이라는 말도 있으니 내가 형님 앞날의 문제를 슬쩍 꺼내 볼까 합니다."

"아니야, 그럴 것까지는 없네. 내가 만수를 만나서 하룻밤 회포를 풀게 된 것 만도 큰 기쁨인데 자네에게 더 이상의 짐이 되면 안 되지."

"내게 짐이 될 게 뭐가 있습니까? 나는 나고 형님은 형님이지요. 지금 우리 복지원에는 양로원과 보육원의 원생이 팔십여 명이나 됩니다. 그 가운데는 신체장애를 가진 사람도 여러 명입니다. 나는 형님을 복지원의 원생으로 받아주거나 그게 아니라면 복지원의 직원으로 채용해 달라고 원장에게 부탁을 하고 싶습니다."

"나를 복지원의 원생이나 직원으로?"

"그렇습니다. 내가 혼자 얼핏 생각해 보니까 형님은 한학을 여러 해나 공부해서 학식이 누구보다 높으니까 복지원의 행정 사무를 맡아볼 수도 있습니다. 지금 사무실에는 사무책임자인 도유사 자리가 비어 있거든요."

"그건 만수 자네의 생각이지."

"만약 직원으로 채용하기가 어렵다면 우선은 원생으로 받아 달라고 청원을 할 생각입니다. 몸이 부실한 사람이니 어딘가에 일단은 의탁을 하고 있어야 장차 뭔가를 도모할 수가 있지 않겠습니까? 나 혼자 곰곰 생각해 보니까 복지원 안에는 형님이 하실 수 있는 일이 분명히 있을 것만 같습니다."

"만수가 나를 그렇게까지 생각해 주니 정말 고맙네."

"잠깐 만나 보셨지만 우리 원장님은 여성으로서 평범한 분이 아닙니다. 일생을 남다른 의식과 행동으로 살아온 남성 못지않은 여성이십니다. 사람의 됨됨이를 한눈에 알아보는 탁견을 가진 어른입니다."

"그건 무슨 말이야?"

"우리 원장님은 평생을 반전반핵 평화운동을 펼치신 분이고, 힘없고 불우한 사람들을 위해서 살아왔습니다. 아주 독특한 성품이시지만 사심이라고는 전혀 없는 분이지요. 자기가 가진 모든 걸 내려놓고 사는 분입니다."

"독특한 분이라고는 하지만……."

"그 어른은 집착을 전혀 모르는 분이니까 절박한 형님의 사정을 못 본 체 외면하지는 않을 듯합니다. 이따 저녁에 내가 원장 할머니를 찾아가서 형님의 장래 문제를 진지하게 말씀드려 볼 생각입니다."

"그러다가 만수가 밉상을 받으면 어쩌나?"

"내가 잠시 꾸중을 들으면 어떻습니까? 그러나 나도 직감이 있습니다."

만수는 그날 원장을 찾아가서 김우주가 처한 현실 문제를 정중하게 진언하고 상의했다. 인간 김우주에 대해서 상세하게 이야기하면서 그를 복지원의 가족으로 받아들여 줄 수가 없겠느냐고 단도직입으로 청원했다. 애원이었다. 김우주를 이 세상의 누군가는 도와줘야 한다고 힘주어 말했다. 원장 할머니는 만수의 진지한 청원을 오랫동안 조용하게 듣기만 했다.

"원장님이 도와주셔야 합니다. 우주 형님은 착하고 정의로운 사람입니다."

만수가 원장의 결심을 촉구했다. 벽만 바라보면서 만수의 이야기를 잠자코 듣고 있던 원장 할머니가 이윽고 고개를 만수에게로 돌렸다.

"자네의 간곡한 권유를 받아들이겠네. 김우주 씨를 우리 복지원의 가족으로 맞아들이도록 하겠네."

박만수의 간곡한 건의가 열매를 맺은 것이다. 만수의 청원을 원장 할머니가 심사숙고한 끝에 받아들인 것이었다. 그것은 김우주의 운명이기도 했다.

이튿날 아침이 되자 원장은 만수와 김우주를 함께 사무실에 불러 앉히고 자신이 김우주를 맞아들이기로 한 심경을 차근차근 털어놨다.

"육이오 전란 직후의 혼란한 틈바구니에서 가난한 농촌 청년이 길거리를 떠돌던 고아들을 자기 집에 데려다가 함께 살았다는 이야기를 들으면서 나는 감격했고 대단히 행복했어요. 그뿐만 아니라 '북쪽 동포들도 우리와 같은 민족이기 때문에 그들에게 총부리를 겨눌 수 없어서 입영을 거부했다'는 사연을 들었을 때 이것이야말로 반공이데올로기로 굳어진 우리 사회에서 처음 들어보는 정의로운 씨알의 투쟁이었고 인간 본연의 몸짓이 아니었던가 하는 생각이 들었습니다.

육이오 전란 이후에 일부 젊은이들이 태극기에 대한 의식 거부 등 종교적인 사유로 입영을 기피하다가 처벌된 경우는 있었습니다. 그러나 북쪽 사람들이 우리와 같은 겨레라는 뚜렷한 명분을 내세우면서 그들에게 총부리를 겨눌 수가 없다고 입영을 거부한 경우는 없었지 않았나 생각됩니다.

또 강제징집을 당했을 뿐 아니라 차마 군대생활이라고 말할 수 없는 열악한 벌목장에 배치되어 삼 년 동안이나 노예처럼 중노동을 했었고, 전역을 한 뒤에는 국가보안법 전과가 굴레가 되어 사무직으로의 취업이 막히면서 노동판으로 내몰릴 수밖에 없었고, 끝내는 건축현장에서 막노동을 하다가 한쪽 다리를 잃고 장애인이 됐으니 김우주 씨의 젊은 날은 이데올로기에 의한 비통과 비극의 연속이었습니다.

그럼에도 김우주 씨가 생명을 보전할 수 있었던 것은 신의 가호라고 생각합니다. 나는 그런 김우주 씨를 우리 복지원의 가족으로 기꺼이 맞아들이겠습니다. 열렬히 환영합니다. 오늘부터 우리와 한 가족이 되어서 새로운 삶을 살아가도록 합시다. 김우주 씨라면 우리 복지원의 일을 잘 갈무리해 나가리라고 생각합니다. 김우주 씨의 얼굴에 나타난 인상이 그렇습니다.

그동안 우리 복지원에는 살림을 도맡아 하는 도유사 자리가 비어 있었습니다. 전임자가 퇴직한 뒤에 후임자를 맞아들이지 못했기 때문이었습니다. 이것도 김우주 씨 같은 적임자를 만나기 위한 신의 배려가 아니었던가, 하는 생각까지 듭니다. 도유사는 복지원의 중요한 직책이지만 고아들과 생활했던 경륜이 있고 한학을 오랫동안 공부했다는 김우주 씨라면 능히 감당해 낼 것이라고 생각합니다. 앞으로 우리 복지원의 원생들을 위해서 열심히 일해 주기를 바랍니다."

김우주에게는 정말 꿈같은 일이었다. 복지원의 도유사를 맡아 달라는 원장의 간곡한 제의는 당사자는 물론이고 김우주의 당면한 처지를 원장에게 호소했던 만수마저도 예상 못했던 기쁨이었다. 김우주와 박만수 두 사람 모두 한동안은 어리둥절하기만 했다.

　"원장님! 정말로 어려운 결정을 해 주셨습니다. 김우주 형님을 우리 복지원의 가족으로 받아 주셔서 참으로 감사드립니다."

　만수는 원장을 향해서 고개를 숙여서 인사했다. 뛸 듯이 기뻤다.

　"형님! 원장님께서 형님을 우리 복지원의 도유사로 받아 주셨습니다. 기뻐하시고 감사해 하십시오."

　만수가 우주를 바라보면서 말했다.

　"감사합니다. 고마운 말씀을 어떻게 표현해야 될지 모르겠습니다. 오직 제 신명을 다하여 원장님의 기대에 어긋나지 않도록 맡겨 주신 자리에서 성실하게 일하겠습니다."

　김우주의 눈에도 눈물이 글썽했다. 만수도 덩달아 울먹였다.

　"김우주 씨, 오늘은 우리 세 사람이 다 함께 기뻐합시다. 나는 보육원의 중책을 맡아줄 새 동지를 얻었고 김우주 씨는 한동안 빼앗겼던 당신의 길을 되찾은 것입니다. 젊을 때 펴다가 중둥무이한 봉사와 사랑의 손길을 그때의 열정으로 다시 계속하기만 하면 됩니다. 박만수 기사가 바로 우리의 인연을 이끌어 준 길잡이가 되었습니다."

김우주나 박만수보다도 원장 할머니가 더 흐뭇해 하는 것 같았다.

"원장님! 감사합니다."

김우주는 거듭 고맙다는 인사를 했다.

"오늘부터는 이곳이 김우주 씨의 일터이자 가정이기도 합니다. 움츠렸던 어깨를 쭉 펴고 마음을 아주 평안하게 갖도록 하시오."

원장이 다정한 어조로 말했다.

"알겠습니다. 원장님! 그리고 원장님께서는 오늘부터 제게 말씀을 낮춰 주셔야 합니다. 저에게 존칭을 쓰시니까 처신하기가 아주 불편합니다."

김우주는 먼저 원장과 자신의 위상부터 정립해야 되겠다고 생각했다.

"하긴 그렇기도 하겠군. 그럼 이 시간 이후부터는 내가 김도유사에게 자네라고 부르고 말을 놓도록 하겠네. 그래야 되겠지?"

"그럼요 원장님!"

"자네는 오늘부터 이 복지원의 살림꾼이야. 다른 복지시설에서는 사무책임자를 총무나 사무장이라고 부르지만 나는 오래전부터 도유사라고 불러왔다네. 앞으로 복지원 살림을 꾸려나가는 모든 일머리는 내게서 하나하나 배우면 될 것이고, 도유사인 자네가 주력해 나갈 일은 이 집안의 모든 가족들을 잘 먹이고 잘 재우고 잘 입히는 일, 그것이라고 생각하면 되겠네."

"성실히 노력하겠습니다."

원장은 사무실 옆의 큰 방을 김우주에게 쓰도록 했다. 칸 반은 되고도 남을 만큼 넓은 방이었다. 도배 장판이 새로 한 것처럼 아주 깨끗했다.

김우주가 원장이 정해준 방에 들어가 앉아서 한동안 이런저런 생각에 잠겨 있는데 만수가 방문을 열고 저녁밥을 먹으러 가자고 말했다. 본채의 뒤쪽에 자리 잡고 있는 식당은 꽤나 크고 깨끗했다. 식탁이 놓여 있는 홀은 한 번에 백여 명 가까운 사람들이 밥을 먹을 수도 있는 규모였다. 그 넓은 홀의 의자에는 복지원의 가족들인 노인들과 아이들, 그리고 직원들이 나란히 앉아 있었고 그 한 가운데 원장 할머니가 자리를 잡고 있었다. 우주가 원장 옆자리로 조용히 다가가 앉자 이내 원장이 자리에서 일어나 입을 열었다.

"오늘은 우리 복지원에 새로 부임한 도유사를 소개하겠습니다. 성명은 김 우주 씨라고 합니다. 마음씨가 아주 착하고 재주가 영특한 사람인데, 몇 해 전에 불의의 사고를 당해서 한쪽 다리의 절단장애를 입었습니다. 남들의 눈에는 아주 불편해 보이겠지만 실제로는 어떤 일을 추진하는 데도 아무런 지장을 받지 않을 만큼 신체와 정신이 아주 건강한 사람입니다.

이 김우주 도유사가 오늘부터 우리 복지원의 살림살이를 도

맡아 하게 되었으므로 복지원의 모든 직원들과 양로원 보육원의 원생들은 앞으로 김 도유사를 중심으로 종전과 다름없이 맡은 일들을 열심히 해 주시고, 또 형제자매나 다름없이 친절하게 잘 지내시기 바랍니다."

원장의 간략한 소개말이 끝나자 김우주가 자리에서 일어나 복지원 가족들을 향해서 공손히 고개 숙여 인사를 올렸다. 김우주의 인사가 끝나자 그 뒤를 이어서 직원들이 김우주에게로 다가왔고, 서로 자신의 이름과 직분을 알려 주면서 상견례를 했다.

김우주는 저녁밥을 먹은 뒤 사무실로 들어가 원장에게서 복지원 시설전반에 관련한 현황 설명을 들었다. 복지원 안의 양로원 노인들과 보육원의 청소년들 그리고 상근직원 등 모든 가족들의 숫자, 관리하고 있는 건물의 수효, 모든 가족들이 하루에 먹고 쓰는 쌀을 비롯한 식자재와 소모품의 소요량, 그밖에 정부기관에서 정기적으로 나오는 지원금과 시민단체와 독지가 등 후원자들로부터 부정기적으로 기탁되고 있는 여러 가지 성금 물품 등 복지원 살림살이에 관계된 모든 일들과 이에 따른 서류들도 살펴보았다.

또 복지원의 건물과 농경지 등 소유재산에 관해서도 상세한 설명을 들었다. 복지원 소유의 논과 밭은 이웃 마을의 농민들에게 임대경작을 주고 있으며, 가을에는 임대료를 현물로 받는다는 것이었다. 그러니까 이 논밭에서 수확한 식량으로 복지원 가족들이 풍족한 식생활을 자급자족하고 있었다.

김우주는 이날부터 사무책임자로서 업무를 시작했다. 우주는 꿈을 꾸는 것 같았다. 하루 전까지만 해도 과연 이 세상을 어떻게 살아야 할 것인가로 고민하면서 애를 태웠던 자신이었다. 그런데 옛날에 자기가 운영하던 어린이집의 원생이었던 박만수를 뜻하지 않은 곳에서 만나게 되면서 인생의 새로운 길이 열렸던 것이다. 운명이란 바로 이런 것이었던가?

양로원에는 사십 명 가까운 할머니와 할아버지들이 두 채의 건물에서 생활하고 있었다. 왼쪽 건물은 온돌방이 네 칸이나 되는 단독주택인데 할머니들이 기거하고 있었고, 오른쪽에 있는 온돌방 다섯 칸의 주택에서는 할아버지들이 생활하고 있었다.

할머니 원생들의 행태는 각양각색이었다. 겉으로는 멀쩡하지만 지나간 젊은 시절의 기억이 들쭉날쭉하는 중증의 치매를 앓는 할머니도 있었고 병명을 알 수 없다는 희귀한 지병을 가진 할머니도 있었다. 그런가 하면 나이에 비해서는 훨씬 젊어 보일 뿐 아니라 신체적으로 아주 건강한 할머니도 더러 있었으며 반대로 나이보다 더 늙어 보이는 할머니들도 더러 있었다.

할머니들은 날씨가 매섭게 춥고 눈이 쌓이는 겨울 한철을 제외하고는 늘 양로원 옆 채마밭에 나와서 여러 가지 푸성귀들을 가꿨다. 배추 무 상추 쑥갓 근대 아욱 당근 감자 고구마 등 할머니들이 정성 들여서 기른 푸성귀들은 모두 복지원 가족들의 먹거리가 되었다. 텃밭에서 기르는 채소농사야말로 할머니들의 유일한 소일거리였고 건강을 유지시켜 주는 운동이었다.

할아버지들이 살아가는 모습도 영 들쭉날쭉이었다. 밥도 잘 먹고 병원 신세도 지지않는 몸이 건강한 할아버지보다는 장애와 질병으로 병치레를 하는 할아버지가 더 많았다. 못 배운 탓으로 평생을 가난한 농사꾼으로 살았거나 노동판에서 험악한 막일만을 했기 때문인지 약을 대놓고 먹거나 자주 병원을 들락거렸다. 또 거의가 담배를 끊지 못하는 골초들이었다. 직원들로부터 "폭음과 지나친 흡연은 빨리 죽는 길"이라는 핀잔을 들으면서도 거의가 술과 담배에 찌들어서 살았다.

그 가운데 술에 중독이 된 할아버지들은 숙직하는 직원들이 모두 잠자리에 든 깊은 밤이면 복지원의 맞은편 큰길가에 있는 구멍가게로 나가서 됫병에 든 막소주를 사다가 안주도 없이 밤새도록 마셨다. 하루라도 술을 먹지 않으면 아예 잠을 이루지 못 할 만큼 술에 길들여진 할아버지들이 많았다. 평생 감옥만을 들락거렸던 장발장 같은 인생도 있었고 한 번도 결혼을 못 해 본 채 총각으로 늙은 할아버지도 있었다. 그렇게 병들고 외로운 할아버지들에게 복지원의 생활규칙은 잘 지켜지지가 않았다.

양로원과 담 하나를 사이에 둔 보육원에도 사십여 명의 아이들이 살아가고 있었다. 그 아이들의 사연도 다양했다. 휴전이 되고 몇 해 뒤까지는 전란 통에 부모를 잃고 길거리를 떠돌던 고아들과 기지촌의 양공주 사이에서 태어난 혼혈아들이 복지원으로 들어왔었다. 그러나 세월이 흐른 요즘 들어서 기탁

되는 아이들의 부류는 몰라보게 달라졌다. 부모의 지나친 간섭이 싫어서 스스로 집을 뛰쳐나왔다가 복지원으로 넘겨진 아이들이 있는가 하면 양육능력이 없는 십 대들이 불장난 끝에 낳은 아이들이 무작정 길거리에 버려져서 기탁되어 오는 경우도 많았다.

이밖에 부모들이 갈라서면서 아예 해외입양을 희망하고 버려진 아이들이 일정기간 조건부로 위탁양육이 되는 경우도 있었다. 그 때문에 지금은 이 복지원에서 생활하고 있지만 언젠가는 낳아준 부모들의 품으로 돌아갈지도 모를 만큼 신원이 확실한 아이들도 있었다. 보육원에 들어온 모든 아이들은 스무 살이 될 때까지 무료로 양육되면서 각급 학교에도 다닐 수가 있었다.

김우주는 사무실 동료직원인 은하수 양과 처음으로 인사를 나눴다.

"복지원에 근무한 지 몇 해나 됐습니까?"

"벌써 십여 년이 넘었는데요."

"십여 년이라면 장기근속인데요……."

"엊그제 복지원에 들어온 것 같은데 벌써 세월이 그렇게 흘러갔습니다."

"복지원의 집터가 좋다는 생각이 듭니다."

"그럼요. 우리 복지원은 소위 명당에 자리를 잡았다고 합니다. 처음 오시는 분들 모두가 복지원이 정말로 좋은 환경을 가지고 있다고 부러워들 하시니까요. 큰길에서 걸어오는 들머리의 풍경도 정겹지만 복지원 정문을 들어서면서 시작되는 야트막한 산으로 이어진 넓은 공간의 울창한 수목들, 그 숲에서 들려오는 여러 종류 새들의 평화로운 지저귐이 꼭 무릉도원 같다는 생각이 들어요."

"글쎄 말입니다."

"우리 원장 할머니의 안목이 대단하시거든요."

"복지원 운영에 어려운 점은 없습니까?"

"원장님이 철저하게 배려해 주시기 때문에 지금까지는 아무런 어려움이 없습니다. 다만 서울의 인구팽창으로 도시계획이 우리 복지원까지 확대가 되면 어떻게 하나 그게 걱정입니다."

"그건 무슨 말입니까?"

"지금 우리 복지원이 자리 잡고 있는 지역이 서울시와 맞닿아 있는 경기도 관내의 농촌입니다. 그래서 지금까지는 아무런 도시계획의 규제도 받지 않습니다. 그런데 혹시 서울시로 행정구역이 편입된다면 그 영향을 받지 않을까 걱정이라는 말입니다."

"그건 행복한 고민인데요."

"행복한 고민이라뇨?"

"보통의 경우 농사를 짓던 땅이 도시계획 지역으로 편입이 되면 땅값이 오른다면서 은근히 기뻐하지 않습니까?"

"원장님은 전혀 그렇게 생각하시는 어른이 아니시거든요."

"그러니까 해마다 농사로 수확을 보고 있는 논밭들이 도시

계획 구역 안으로 편입이 되어 농사를 못 짓게 되면 복지원생들의 식량 자급자족에 문제가 생길지도 모른다는 그런 걱정입니까?"

"그럼요. 원생들의 식생활을 자급자족하는 것이 우리 복지원의 궁극적인 목표였는데 그것을 이룩하고 있는 지금 다시 엉뚱한 일이 생긴다면 복지원의 운영에 차질이 생길 것 아니겠어요?"

"식량의 자급자족이라는 목표를 이뤘으니 참 대단합니다."

"원장님은 참으로 막중한 일을 해내셨습니다. 이제는 어떤 어려운 일이 생기더라도 외부의 도움 없이도 최소한 자생할 기반이 잡혔으니까요."

"복지원의 직원들이 모두 몇 사람입니까?"

"사무실에는 우리 두 사람이고요. 간호사이자 영양사인 이 여사님, 그리고 트럭을 운전하는 박만수 기사님, 또 주방책임자인 조씨 아저씨, 그 분을 돕는 최 여사, 최 여사는 양로원의 원생으로 들어온 지능지수가 좀 낮은 사람이지만 아직은 활동능력이 있기 때문에 스스로 봉사자로 일하고 있습니다. 그리고 양로원에서 할머니 할아버지의 숙소 관리를 전담하고 있는 박선자 아주머니인데, 박 아주머니 역시 보수가 지급되지 않는 자원봉사자입니다."

"그러니까 모두 여덟 분입니까?"

"아니지요. 일곱 사람입니다. 그 가운데서 유급직원은 다섯 사람이지요. 그러니까 모두 일곱 사람이 팔십여 명의 가족들을 보살핍니다."

"일손이 딸릴 때도 있겠습니다."

"큰 일이 있거나 외부에서 손님들이 많이 오실 때는 좀 바쁘지요."

"보수를 지급하는 날은 매월 언제입니까?"

"말일입니다."

"급료의 총 지출액은?"

"올해 들어서는 한 달에 오백만 원 정도가 지출되고 있습니다."

"내가 복지원의 모든 일에 제대로 적응할 때까지는 은하수 양이 많이 도와줘야 합니다."

"당연하지요. 그러나 도유사님이 여러 가지로 유능한 분이시니까 오히려 제가 많은 지도를 받아야 될 것 같습니다. 어쨌든 사무실의 우리 두 사람이 서로 잘 합심해야 복지원이 전과 다름없이 잘 굴러가겠지요. 그것이 원장님의 배려에 보답하는 길 아니겠습니까?"

김우주는 예상 못했던 무거운 자리에 앉게 되면서 중압감과 함께 새로운 의욕을 느끼고 있었다. 사고 이후 좌절로 점철됐던 인생살이었는데 새로운 의욕이 솟아나기 시작한 것이다. 한때 잇따른 불운에 휩싸이면서 우주는 신을 저주하기도 했었다. 유독 자신에게만 지나칠 정도로 가혹한 시련들이 닥쳤던 것은 자신이 신에게 버려졌기 때문이라고 믿었던 것이다.

"도유사님은 언제 사고를 당하셨어요?"

"벌써 몇 년 됐습니다."

"어떤 일을 하시다가……."

"건설현장에서 막일을 했습니다."

"한쪽 다리의 절단장애를 입으셨지만 불행 중 다행이었습니다."

"만나는 사람들마다 모두들 그렇게 말합니다."

"원장님과는 첫 만남이시지요?"

"그렇습니다. 내가 우연히 박만수 씨를 만나게 되면서 덩달아 원장님을 뵙게 됐었지요. 정말로 기묘한 인연인 것 같습니다."

"기묘한 필연이지요."

"원장님은 어떤 성품이신지 궁금합니다."

"아주 진중하시고 자상하십니다. 매사에 정확한 것을 좋아하시고 아주 공명정대하십니다. 복지원의 모든 일은 원장 선에서 결정하시면 되는데 사사건건 실무자와 상의해서 처리를 하십니다. 원장님은 복지원 일의 뒷배만 봐주신다는 겁니다. 당신이 하실 일은 그런 것 외에는 없으시다는 거예요."

"슬하에 자녀들은 몇이나 됩니까?"

"원장님은 아들과 딸 남매를 두셨지요. 한 사람은 오십 대 초반이고 한 사람은 사십 대 후반인데 한 사람은 외국에 나가 있고 한 사람은 국내에 있습니다. 독신주의자이자 외과의사인 아

들은 오래전부터 동남아시아의 어떤 가난한 나라 무의촌에서
의료봉사를 펴고 있으며 간호사인 딸 역시 남해안에 있는 낙도
의 한 수녀원에 들어가서 한센인들을 돌보고 있습니다."

"어떻게 자녀 두 사람이 어머니와 똑같은 봉사의 길을 걷고
있을까요?"

"어머니의 훈도와 영향이 아니겠습니까?"

"그럼 사부님은 어떤 일을 하십니까?"

"사부님요? 오래전에 별세하셨답니다."

"별세하셨다고요? 그러면 원장님이 무척 외로우시겠습니다?"

"누구나 그렇게 생각하겠지만 원장님은 정말로 외로우실 시
간이 없는 분입니다. 복지원 일 이외에도 하시는 일이 워낙
많아서 엄청 바쁘게 살아가십니다. 부지런을 타고나신 어른이
십니다."

"복지원 일 말고 어떤 일로 그렇게 바쁘십니까?"

"일상적인 활동으로는 전국적인 조직을 가진 반전반핵 평화
운동을 추진하시지요. 얼마 전까지는 그런 단체들을 몸소 앞장
서서 이끌어 오셨지만 연세가 높아지신 지금은 대표직을 젊은
사람들에게 다 넘기시고 뒤에서 후원만 하십니다. 어떤 경우와
이유로도 이 땅에서 전쟁이 다시 일어나서는 안 된다는 것이
원장님의 평소의 소신이고 주장이십니다.

그래서 핵무기의 보유나 생산은 물론이고 핵발전소도 더 이
상 한반도에 세워져서는 안 되며 기왕에 세워진 것들도 점차적

으로 폐쇄하는 쪽으로 가야 한다는 강력한 소신을 펴십니다. 그뿐만 아닙니다. 병들고 가난한 사람들을 돕는 일도 남들이 모르게 펴시고 있습니다."

"여성으로서 이런 복지시설 한 곳을 운영해 나가기에도 벅차고 힘겨운 일인데 많은 비발과 노력과 탁월한 의지가 없이는 아예 추진할 수도 없는 그런 엄청난 사회운동까지 펴시다니 참으로 대단한 어른이십니다."

"물론 원장님 혼자 하시는 일은 아니고 국내외에서 뜻을 같이하는 분들과 더불어 활동을 하시지만 정말로 존경스러운 분이지요. 남들은 전혀 모르실 일이지만 우리 복지원은 물과 전기를 비롯한 모든 에너지들을 앞장서서 절약하고 있습니다. 누구도 시키지 않았지만 솔선수범하는 것이지요. 여름철에 시원한 바람을 토해 내는 에어컨은 애초에도 없었지만 몇 대의 선풍기도 노인들과 아이들의 숙소에서만 쓰도록 마련하셨습니다. 그뿐만 아니라 냉장고를 비롯한 각종 전기제품은 아예 사들이지를 않았습니다. 몇 해 전에 어떤 외국의 구호단체에서 큰 냉장고를 선물로 보내줬었지만 포장도 뜯지 않고 다른 복지시설로 재차 기증을 하셨습니다."

"알뜰한 사람들이 간혹 절약생활을 한다는 이야기를 들어본 적은 있지만 이렇게 철두철미 실행에 옮기는 경우는 처음으로 보는 것 같습니다. 다른 것은 그만두고라도 냉장고가 없다면 무더운 여름철에 복지원의 식구들이 먹어야 하는 그 많은 분량의 식자재와 음식물들은 모두 어디다 어떻게 저장을 하고 보관합니까? 절전을 생활화하고 있는 곳이니까 냉동 냉장을 겸한 창고도 없을 것 아닙니까?"

"누구든 쉽사리 그렇게 생각을 합니다. 그러나 우리 복지원은 그런 대비책을 일찍부터 갖춰 놓아서 아무런 걱정이 없습니다."

"어떤 대비책입니까?"

"놀라지 마세요. 앞으로 도유사님도 살펴보시게 되겠지만 복지원 식당의 부엌 밑에는 방 두 칸 크기의 지하실이 마련돼 있습니다. 깊은 땅속에 만들어진 지하실은 여름에도 평균 십이삼 도 내외의 기온이 유지됩니다. 따라서 사들인 식자재와 장만한 모든 음식물들을 그곳에 보관하고 저장을 했다가 먹고 씁니다. 말하자면 땅속의 천연냉장고입니다."

"정말로 기발한 대응책 같습니다."

"그 지하실에 들어가 보면 누구나 놀랍니다."

"그렇다면 먹고 쓰는 물은?"

"복지원 뒤뜰에는 바위틈에서 솟아나오는 꽤 깊은 우물이 있습니다. 그 우물에다 뚜껑을 해 덮고 수도관을 연결해서 먹는 물은 물론이고 생활용수까지도 그 우물에서 뽑아 씁니다. 그러나 만일의 비상시를 대비해서 바깥마당에는 상수도가 들어와 있습니다."

"상수도가 들어왔는데 왜 우물물을 씁니까?"

"상수도는 비상시를 대비한 것이지요. 우리가 먹고 있는 우물물은 지방자치단체에서 한 해에 봄가을로 두 번씩이나 수질검사를 하는데 약수나 다름없이 우수하다는 판정이 나오고 있습니다. 좋은 물이 울타리 안에서 나오는데 가족들에게 굳이 약품 처리를 한 상수도 물을 먹일 필요가 있겠습니까?"

"겨울철에 사람들이 거처하는 방의 난방은 어떻게 합니까?"

"복지원의 원생들이 생활하는 방은 모두가 온돌방인데 연탄으로 난방을 합니다. 값이 싼 연탄을 때기 때문에 연료비도 많이 절약되지만 그보다도 온돌방이 따듯하니까 겨울철에 노인들이나 아이들이 생활하기에 그만이지요. 따끈따끈한 온돌방 아랫목의 맛은 생활해 본 사람이나 아니까요."

"원장님은 모든 에너지에 대해서 확고한 원칙이 서 있는 어른이군요."

"그럼요. 원장님은 산업사회가 되면서 이 세상의 공해는 에너지를 남용하는데서 발생하고 있는데 그 가운데서 전기가 가장 크고 위험한, 그리고 모든 공해의 원천이라고 말씀하십니다. 전기는 태양열 발전과 풍력 발전 그리고 수력 발전이 가장 안전하고 발전비용도 적게 들어가는 것이지만 한국은 아직 자체기술력이 모자라기 때문에 풍력과 태양열 발전 기술을 스웨덴과 독일 등 외국에서 도입하느라 많은 외화를 지불하고 있다고 안타까워하십니다.

지금 정부는 국내의 여러 곳에다 화력발전소를 지어 놓고 석탄과 석유 천연가스를 도입해서 전기를 일으키고 있습니다. 그런데 그 발전소들 거의가 화석연료를 사용하기 때문에 사람들이 정확하게 알 수 없을 만큼의 무섭고 어마어마한 이산화탄소와 환경공해를 발생시키고 있으며 또 발전비용도 엄청나게 많이 들어간다는 것입니다.

산업경제의 발달로 전기수요가 기하급수적으로 늘어난 요즘에는 우라늄을 수입해서 바닷가에다 핵발전소를 여러 개나 지었고 또 계속 짓고 있지 않습니까? 그런데 그 핵발전소 건설비용이 엄청나게 비쌀 뿐 아니라 기본적으로 무서운 핵물질 덩어리여서 만일에 운전사고가 일어나거나 지진이나 해일 같은 미증유의 자연재해가 발생해서 방사능이 유출된다면 국토의 훼손과 오염은 물론이고 국민들이 치명적인 방사능의 피해를 입게 된다는 것입니다.

발전소를 건설한 뒤의 운영비용이 적게 들어간다는 국제적인 핵발전 마피아들의 거짓선전에 놀아나서 한때는 모든 선진국들이 핵발전소를 너도나도 건설했었지만 그 가면이 벗겨지는 바람에 지금은 주춤해진 상태라고 합니다.

그런데 그린피스 등 핵발전소 건설을 반대하는 단체들의 캠페인이 워낙 전 세계적으로 꾸준하게 전개되기 때문에 모든 선진국들은 핵발전의 위험도가 높다는 사실을 애써 숨기고 있으며 명칭까지도 핵발전소가 아닌 '원자력발전소'라고 위장하고 있다는 것입니다.

그러니까 원장님은 그런 위험천만한 공해요소를 원천적으로 막아내자면 국민들 모두가 전기를 절약해야 하고 또 꼭 필요한 경우에만 써야 한다고 힘주어 말씀하십니다. 에너지 절약, 전기 절약을 생활화해야 된다는 것입니다. 그러기 위해서는 먼저 정부와 기업들이 뜻을 모아서 전기를 사용하는 모든 기계와 기기들을 작은 용량으로 생산하거나 점차로 생산품목을 감소 폐기해 나가야 된다고 주장하시지만, 정부나 정치인 기업인들은 산업이 발전돼야 국가발전이 이뤄진다는 경제논리를 내세워서 전기사용을 억제하는 에너지 감축정책을 실행할 낌새마저 보이지 않고 있다고 한탄하십니다."

"에너지 절약에 관한 이야기를 듣고 보니 핵발전이 인류에게는 대단히 위험천만한 존재라는 생각이 갑자기 드는군요."

"더 깊이 들여다보면 핵발전이란 핵무기 개발을 전제로 한 전력산업이기 때문에 핵무기의 생산을 꿈꾸는 호전적인 국가들은 자국의 국력을 과시하기 위해서 인류의 불행은 감안하지 않고 무작정 핵발전소를 앞다퉈서 건설하고 있다고 원장님은 걱정하셨습니다. 특히 우리의 이웃나라 일본은 총리를 지냈다는 나카소네 야스히로가 천구백오십사 년 미국과 핵 협정을 체결함으로써 핵무기를 보유하지 않은 세계의 여러 국가 가운데서 유일하게 핵을 재처리를 할 수 있는 나라가 되었다는 것입니다."

"그럼 일본은 지금 핵무기를 만들 수 있는 나라가 되었습니까?"

"핵무기를 만들 수 있는 국가의 범주에 들어가 있다고 합니다. 원장님의 말씀에 따르면 일본이 지금 설치 가동하고 있는 원자로는 몬주 방식의 고속증식로라고 하는데 이것은 핵분열 때 나오는 중성자를 우라늄 이삼팔(238)이 흡수해서 플루토늄 이삼구(239)가 만들어지는 원자로라고 합니다. 한때는 핵연료를 무한증식하게 해주는 꿈의 원자로라고 기대되기도 했었으나 점차로 너무 위험하다는 것이 밝혀졌기 때문에 지금은 일본을 제외한 프랑스 독일 등 모든 선진국들은 그 방식을 포기한 상태라고 합니다. 그런데도 미국이나 한국 정부는 일본이 아직은 핵무기를 만들 만한 플루토늄을 확보하지 못했거나 기술이 없는 것처럼 모르는 척 아예 눈을 감거나 입을 닫고 있다는 것입니다."

"그럼 일본은 왜 핵 중에서도 가장 위험하다는 몬주 방식의 핵발전소를 설치 운영하고 있을까요? 일본은 이차대전 때 미국으로부터 핵폭탄 공격을 받았던 피해국가가 아닙니까?"

"아마도 그때 미국에게서 받은 피해의식이 핵폭탄 제조에 대한 미련으로 이어진 것이 아닌가 볼 수밖에 없다는 것입니다. 지금 일본은 우라늄만을 연료로 쓰게 만들어진 핵원자로에 억지로 우라늄과 플루토늄을 섞은 혼합연료를 쓰면서 플루토늄의 안정적 확보에 집착하고 있다는 것입니다. 일본은 국내에 육 점 칠(6.7) 톤, 영국 프랑스의 재처리 공장에 맡긴 이십삼 점 삼(23.3) 톤 등 모두 삼십(30) 톤의 플루토늄을 안정적으로 확보해 놓고 있다고 합니다.

이 삼십(30) 톤의 플루토늄만으로도 지난날 미국이 나가사키에 투하했던 핵폭탄과 같은 것을 무려 오천 개나 만들 수 있다고 합니다. 이런 위험천만한 현상에 대해 세계의 핵 전문가들이 입을 모아서 일본을 비난하고 있다고 합니다. 생각만 해도 몸이 오싹하고 섬뜩합니다."

"일본은 제이차세계대전(태평양전쟁)에서 패전한 뒤 세계의 평화를 위해서 전쟁을 하지 않고 핵을 보유하지 않는다고 선포했던 것 같은데요."

"그렇지요. 사토 에이사쿠 일본 총리는 중의원 연설을 통해서 '일본은 핵무기를 보유하지도 만들지도 않겠다'고 발언했으며 그 발언인 '비핵 삼 원칙추진'을 공로로 노벨평화상을 받기도 했었습니다. 오늘날 국제사회가 경제선진국이라는 일본의 정치인들을 전혀 신뢰하지 않거나 존경하지 않는 점은 이런 경우를 보더라도 너무도 분명하다고 생각됩니다."

"전기를 포함한 인류가 사용하는 에너지 전반에 대한 원장님의 인식은 정말로 남다른 데가 있었군요."

"그렇습니다. 반전반핵 평화운동에다 빈민돕기운동까지 펴시는 어른이시니까 당연하다고 봐야지요. 다시 말해서 전기는 현대생활에서 필요불가결한 인류의 에너지이면서도 궁극적으로는 대단히 유해한 자원이므로 되도록 안 쓰거나 적게 쓰자는 것이 원장님의 주장이십니다. 무작정 돈을 아끼려고 절전을 내세우는 인색한 어른은 아닙니다."

"사회사업을 하는 분이고 여성이면서 반전반핵 평화운동을 편다는 것은 참으로 힘들고 어려운 일일 것 같은데요?"

"그래서 한때는 국가정보기관의 사찰을 받기도 했었다고 합니다."

"사찰을 받아요?"

"정보기관에서는 원장님이 펼치시는 비핵반전 평화운동들이 마음에 들지 않았기 때문인지 비밀리에 복지원 운영에 대한 뒷조사를 여러 차례나 실시했었던 모양입니다. 해당 정부기관의 불시감사를 포함하여 지방자치단체의 특별감사까지 모두 해 봤지만 한 건의 비리도 적발하지 못했을 뿐 아니라 오히려 다른 어느 곳의 복지시설보다도 모범적으로 운영되고 있다는 것을 확인하였고 또 원장님의 아들과 딸들이 국내외에서 인류사회를 위해서 봉사활동을 펴고 있다는 사실을 알았기 때문인지 근년에 들어서는 조용해졌다고 합니다."

"그런 일도 있었군요."

"한민족은 모두가 같은 할아버지의 후손들이니까 분쟁하지 말고 더불어 평화스럽게 살아가야 한다는 것이 원장님의 평소 신조이십니다. 한반도의 남쪽과 북쪽이 비슷한 수준으로 살아가야만 전쟁이 사라지고 평화가 자리를 잡을 수 있다는 주장이십니다. 그렇게 될 때까지는 잘사는 쪽에서 못 사는 쪽을 은근히

도와줘야 하며 절대로 조건을 달거나 허튼소리를 하지 말아야 한다고 말씀을 하십니다. 도와주면서 크게 떠벌이거나 생색을 내지 말라는 말씀이지요."

"원장님의 고향은 어디입니까?"

"삼팔선 이북인 함경북도 경성이라는 곳이지요."

"월남한 분이군요."

"그렇습니다. 팔일오 해방 직후 어린 자녀들을 데리고 사부님과 함께 삼팔선을 걸어서 넘어오시다가 사부님이 불행하게도 경비병이 쏜 유탄을 맞아 부상을 입고 병원에서 치료를 받다가 사망하셨다는 것입니다."

"분단의 직접적인 피해자시군요."

"그렇습니다. 원장님은 삼팔선에서 부상을 당했던 남편을 잃은 뒤에 서울에서 홀몸으로 어린 남매를 키우시면서 냉면을 전문으로 하는 음식점을 경영하여 성공하자 이내 음식점을 정리하고 복지원을 시작하셨다고 합니다."

"의지와 열정이 대단한 분입니다. 시댁과 친정 쪽 가족이나 친척들 가운데서 남쪽으로 내려온 분은 전혀 없습니까?"

"왜 없겠습니까? 비슷한 때에 남쪽으로 내려오신 시숙들과 그리고 학교 동창생들도 많으시지요. 그렇지만 원장님과는 의식과 살아가는 방법들이 엄청나게 다르기 때문에 평소에는 거의 왕래가 없습니다."

"안타까운 일입니다."

"원장님은 여성의 몸으로 반전반핵 평화운동에다가 빈민들을 돕는 운동까지 펴시는 독특한 분인데 친척들은 원장님의 그런 사회운동을 전혀 이해하시지 못하거나 반대하십니다. 그분들은 남쪽 정부와 북쪽 정부 간의 화해와 교류를 근본적으로 거부하실 뿐만 아니라 미국의 힘을 빌어서라도 하루빨리 북쪽의 공산당 정권을 타도하고 남쪽으로 흡수통일을 해야 된다는 주장들을 하시니까 한민족은 정답게 살아야 된다는 원장님과 언제나 의견이 충돌합니다."

"시숙들이나 친정 쪽 가족들도 사회적으로는 다 훌륭한 분들이겠군요."

"그럼요. 제가 그분들의 성함들을 대면 도유사님도 능히 아실 만한 분들입니다. 한국 정부에서 고관대작을 다 지내신 보수지배층 인사들이지요."

"그렇다면 더욱 이해할 수가 없습니다. 시숙과 친척들은 모두가 똑같은 가문에서 같은 신분으로 살다가 월남하셨을 터인데 왜 여성인 원장님만 자유적이고 진보적인 사상을 갖게 되었고 평화운동과 생명보전활동까지 하시게 되었는지 소이가 궁금합니다."

"원장님은 인간평등 사상을 타고나신 분입니다. 상하와 남녀가 구별 없고 빈부가 차별 없는 세상을 이룩하고 싶다는 분입니다. 그 의식이 반핵반전 평화운동으로 이어진 것이라고 저는 생각하고 있지요."

원장이 펼치고 있는 사회운동은 인류의 내일을 겨냥한 생명
존중사상이자 생존운동 바로 그것이었다. 평범한 사람들이 그런
운동에 나섰다가는 반공을 국시로 내세운 보수정권에 밉게 보
여서 박해와 고통을 당할 수도 있었다. 그런데 복지시설을 운영
하면서 그런 운동을 앞장서서 펴고 있다는 것은 신념을 떠나서
커다란 용기가 아닐 수가 없었다.

북쪽의 주민들도 우리와 같은 민족이므로 그들의 가슴에 총
부리를 겨눌 수는 없다는 생각으로 입영을 거부했었던 김우주
였는데, 자신과 똑같은 생각을 가진 원장이 이미 그것을 오래전
부터 실천에 옮기고 있었으니 눈물겹도록 감격스럽기만 했다.
이것은 자신에게 다가선 운명이라고 생각했다. 운명이 아니라면
이런 원장을 어떻게 만날 수 있었을까. 김우주는 동지를 만난
듯이 기뻤다. 사막에서 오아시스를 만난 것처럼 가슴이 벅찼다.
김우주는 참으로 행복했다.

10. 어떤 나들이

  김우주가 식당에서 막 점심밥을 먹고 사무실로 들어오니 안 채의 원장 방으로 들어오라는 전갈이 와 있었다. 요즘 들어서 복지원에는 별다른 일이 없었으므로 원장이 갑자기 우주를 찾는 것은 필시 사연이 있었다.

  "자네 요즘 바쁜 일이 있는가?"

  "한가한 편입니다."

  "그럼 나하고 어디 바람 좀 쐬러 갈 수 있겠나?"

  "원장님 모시고요?"

  "그래. 내가 요즘 들어서 좀 한가하단 말이야. 당일치기로 어디 바깥바람이나 쐬고 왔으면 하고."

"어디로 가실 생각이십니까?"

"이 사람아! 가는 곳을 미리부터 알고 떠나는 나들이는 재미가 없어요."

"그럼 저는 그냥 원장님을 모시고 가기만 하면 됩니까?"

"그래. 내가 가는 대로 따라만 댕겨."

"내일 몇 시쯤에 떠나시려고 합니까?"

"몇 시는 또 무슨 몇 시야. 평소처럼 아침에 일어나서 대충 얼굴을 씻은 뒤에 밥이나 먹고 떠나면 되네."

"알겠습니다."

"자네가 집을 비운 사이에 처리할 일만 은하수 양에게 당부하면 되네."

"그렇게 하겠습니다."

원장 할머니가 어딘가로 느닷없이 나들이를 떠나갈 모양이었다. 가는 곳을 미리 말하지 않는 것으로 봐서 좀 은밀스럽다는 생각이 들었다. 하지만 원장이 하는 일을 아랫사람이 더 이상 꼬치꼬치 채근할 수는 없었다.

원장은 육류를 즐기지 않을뿐더러 공장에서 만든 음식은 아예 눈길도 주지 않는 식성이었다. 언제나 김치와 된장찌개를 바탕 삼아서 밭에서 기르는 푸성귀와 들과 산에서 자라나는 갖가지 나물들을 즐겼다. 보리쌀에다 입쌀을 좀 섞고 감자와 콩이나 팥 같은 반 밑을 적당하게 넣은 반지기 잡곡밥을 언제나 즐겼다.

즐기는 음식으로만 봐도 원장은 한국의 토박이 여성이 틀림없었다. 일제식민통치시대에 평양에서 여학교를 다니면서 잠시 서양문물을 익혔다지만 그런 냄새가 일상생활 속에서는 전혀 드러나지를 않았다. 또 요긴할 때와 써야 할 곳에서는 남의 나라 말도 더러 쓰기는 했지만 억양이 고집스럽거나 발음이 둔탁하고 생소한 남의 나라에서 들어온 시체 낱말들은 거의 쓰지 않는 편이었다.

그것은 원장 할머니가 지닌 의식의 금도인지도 몰랐다. 시민사회운동을 펼치는 의식의 밑바닥에는 애민애족과 더불어 내 땅에서 나오는 내 먹거리들을 소중하게 아끼고 사랑하는 마음이 깊이 배어 있었다. 언제나 말과 몸짓이 한결같아서 이 땅의 자라나는 젊은이들에게는 몸소 본보기가 되는 어른이 바로 원장이었다.

이튿날 아침이었다. 우주가 준비물을 챙겨 넣은 손가방을 들고 막 방을 나오니 나들이 입성을 챙겨 입은 원장이 이미 마당에서 서성이고 있었다. 그리고 은하수 양도 평소와 달리 일찍 출근을 해서 그 옆에 서 있었다.

"원장님! 벌써 떠나실 채비를 다 하셨습니까?"

"자네는 뭘 그렇게 꾸물대나?"

원장은 뒤늦게 나타난 김우주를 향해서 나무라듯 말했다.

"만수 군이 벌써 트럭에 발동을 걸어 놓고 있네요."

"만수가 우리를 기차 정거장까지 데려다 줄 셈인 모양이지?"

"당연하지요."

그때 트럭 운전석 문을 열어 놓은 만수가 원장에게 가볍게 목례를 했다.

"원장님이 바깥쪽으로 타십시오. 제가 안쪽에 타겠습니다."

우주가 운전석 안쪽으로 올라타면서 말했다.

"그럴까."

원장과 우주가 차에 올라타자 트럭이 곧바로 출발했다.

"안녕히 다녀들오세요!"

은하수 양의 배웅하는 인사말 소리가 등 뒤로 들렸다. 트럭은 복지원을 벗어나 곧장 큰길로 접어들었다. 이른 아침 교외의 도로는 뻥 뚫리다시피 비어있었다. 큰길로 나온 트럭은 길을 몇 번씩이나 이리저리 바꿔 타면서 한동안을 달리더니 채 삼십 분이 못돼서 청량리역 광장에 다다랐다.

"매표창구에 가서 도원역으로 가는 표를 달라고 하게. 그쪽으로 떠나가는 열차가 몇 시쯤에 있는지 원⋯⋯."

"지금 도원역이라고 말씀하셨습니까?"

"그래."

"거기가 어디입니까?"

"가면서 내가 일러 주겠네."

우주는 도원행 기차표를 두 장 끊어 원장과 함께 플랫폼으로 나가 정차하고 있는 객차에 올라탔다. 원장이 왜 갑자기 이름조차 처음 들어보는 낯선 곳으로 가는지 알 수가 없었다. 우주가 기차표를 사면서 매표원에게 물어보니 도원역은 태백선의 민둥산역에서 갈라져 들어가는 지선의 한 작은 정거장이라고 말해 주었다.

'도원'……. 원장이 갑자기 그곳으로 나들이를 떠나는 것은 무엇 때문일까? 우주는 궁금했지만 오래잖아서 알게 될 것이기에 입을 다물었다. 열차가 청량리역을 막 벗어나자 우주는 보온병에 넣어온 따끈한 물 한 잔을 따라서 원장에게 내밀었다.

"언제 따뜻한 물도 준비했는가?"

"원래 찬물은 안 드시잖아요."

"자네가 이젠 내 식성까지도 꿰고 있네."

"저도 복지원의 식구가 된 지 벌써 오래 됐는 걸요."

"그렇지, 어느 사이에 그렇게 많은 세월이 흘러갔는가……."

"유수 같은 세월이라고 하지 않습니까?"

"그건 그렇고, 서울 공덕동 로터리에 의족을 잘 만든다는 전문점이 새로 생겼다고 하는데 자네 혹시 그 이야기 못 들었는가?"

"저는 금시초문입니다."

"젊은 사람이 나보다도 과문하단 말인가? 외국에서 의족 만드는 기술을 새로 배워온 사람이 마포에다 가게를 차렸다는 것이야."

"원장님은 저보다도 귀가 넓으십니다."

"내 귀가 넓은 게 아니라 집안에 몸이 불편한 장애인이 있으니까 자연히 그런 이야기가 귀에 솔깃하게 들어오는 것일세. 사무실 일이 별로 바쁘지 않을 때 짬을 내서 한번 찾아가 자세히 알아보도록 하게."

"값이 굉장히 비쌀걸요?"

"복지원 일로 분주하게 나들이를 하는 사람이 싸고 비싼 걸 따지면 안 되지. 박만수 군이 그런 세상 잡사에는 자네보다 훨씬 밝으니까 만수를 앞세우고 곧 한번 다녀오도록 하게, 내 말 알아들었나?"

"말씀대로 하겠습니다."

원장은 목발을 짚고 다니는 우주에게 조금 편리하다는 의족을 만들어 주고 싶은 모양이었다. 원장은 말을 마치고 고개를 돌려 창밖을 망연히 바라보았다. 열차가 도심을 완전히 벗어나 속력을 높이기 시작하면서는 농촌의 들판으로 이어지는 길과 논밭 여기저기에 널브러져 있는 허술하고 알량한 농가들과 그 사이를 흐르는 흐린 개울물과 그리고 아침부터 논밭에 나와서 일하는 농부들의 모습들이 차창으로 다가왔다가는 금세 사라져 갔다.

"자네도 아직 백두산 못 가봤지?"

원장이 뜬금없이 백두산 여행 이야기를 끄집어냈다.

"자질구레한 일이 이어지니까 복지원을 비울 새가 없습니다."

"그렇겠지."

"원장님은 벌이시는 일이 워낙 여러 가지인 데다가 늘 바쁘시니까 짬을 내시기가 어렵겠지요?"

"짬보다도 우리 민족의 정기가 서려 있는 산이기 때문에 꼭 가보고는 싶지만 중국의 장백산을 밟아서만 겨우 먼빛으로 바라볼 수 있다는 사실이 당최 안타깝기만 해서……."

"건강하실 때 무질러서 다녀오셔야 합니다."

"나 한 사람이 백두산이나 금강산 같은 북쪽 땅의 명승지를 돌아보는 것이 중요한 게 아니라 우리 남북의 모든 동포들이 삼천리강토를 자유롭게 왕래하고 교류하는 날이 빨리 와야 하네."

"그렇습니다만 남쪽과 북쪽의 백성들이 어느 곳이고 자기 마음대로 찾아다닐 수 있는 그런 폭넓고 자유로운 교류가 언제쯤이나 이뤄지겠습니까?"

"그러게 말이야. 남쪽과 북쪽의 정치인들이나 정권 실세들은 툭하면 통일이란 낱말을 입에 올려서 보통사람들의 마음을 느닷없이 감상적으로 흔들어 놓곤 하지만 속내로는 진정한 통일을 바라는 것 같지가 않아."

"그들은 왜 조국의 통일을 싫어할까요?"

"너무도 자명하지 않은가? 진실로 남북통일이 이뤄진다면 자신들이 거머쥐고 있는 지금의 기득권들을 모두 잃게 될 것이 두려워서가 아니겠는가? 그런데도 남쪽의 일부 젊은 진보세력들은 그런 두 쪽 정부의 거짓통일 논리에 멋모르고 흥분하기 때문에 좌파란 말을 듣는 것일세."

"설마하니 그런 이해타산 때문이겠습니까?"

"여보게, 나는 이 땅에서 비핵반전 평화운동을 수십 년 동안 계속해온 사람이야. 그간의 남쪽과 북쪽 정권의 지도자들이 연극이나 다름없이 벌여온 정치행태를 거울처럼 들여다보고 겪은 내 눈과 판단은 거의 정확하다고 말할 수가 있네.

지금 남쪽은 미국과 일본을 종주국으로 삼는 보수 기득권의 종미從美 종일從日 세력들이 해방 이후부터 정권을 거머쥐고 부귀영화를 누리고 있는데, 그들은 남쪽과 북쪽이 지금처럼 분단된 상태 그대로 남아 있어야만 자기들의 기득권을 영원히 유지할 수가 있고 부귀영화를 자손들에게 세습시킬 수가 있다고 생각하기 때문이지."

"그렇다면 지주와 매판자본가들에게서 오랫동안 모진 압제와 고통을 받고 살아온 빈곤 계급의 노동자 농민들에게 진실로 자유와 평화를 안겨 주려고 수립됐다는 북쪽의 공산주의 정권이 남북통일을 기피하는 원인은 무엇이라고 생각하십니까?"

"정치적인 구호야 그럴듯하게 내걸었었지만 북쪽의 공산정권의 실세들도 남쪽 정권의 패거리들과 비슷하다고 봐야 하네. 북쪽은 김일성이가 정권을 잡았다가 죽은 이후 김씨 일가의 단일 왕조가 지속되고 있지 않은가? 그런데 정치적인 술수에 의해서 간헐적으로 실시되던 남쪽과 북쪽의 교류가 어느날 전면적으로 확대되어서 정말로 한반도에서 대망의 평화통일이 이뤄진다면 김씨 왕조가 하루아침에 무너질 수밖에 없지 않겠는가?

그 때문에 북쪽 김씨 왕조의 패거리들과 공산정권에 참여하고 있는 군부 호전세력들 또한 자기들의 기득권 수호를 위해서 은연중 남북통일을 기피할 수밖에 없을 것이야. 남쪽이 정권수호 차원에서 이따금 통일이란 낱말을 거론하게 되면 북쪽도 그것을 정면으로 거부하거나 외면할 수가 없어서 덩달아 통일을 입에 올려서 호응하는 척만 하는 것이지 진정으로는 달가워하지는 않는다고 봐야 되겠지."

　"그렇다면 한반도의 평화통일은 영영 기대할 수 없지 않습니까?"

　"한 가닥 실낱같은 기대가 아주 없는 것은 아니야."

　"그 기대가 어떤 것입니까?"

　"그러니까 현재 남쪽과 북쪽의 정권에게 강력한 영향력을 행사하고 있는 미국과 일본 러시아와 중국 등 사 대 강국들이 한반도 문제에서 완벽하게 손을 떼는 날이 온다면 우리 민족도 자결주의 원칙에 따라서 전폭적인 남북교류는 물론이고 장차 평화통일을 이루는 대 역사도 조심스럽게 기대해 볼 수가 있으리라고 생각하네."

　"옳게 보셨습니다. 그렇지만 그 사 대 강국들이 한반도 문제에서 선뜻 손을 뗄 수 있다고 보십니까? 원장님!"

　"글쎄 말이야. 그런 꿈같은 세상이 열리게 된다면 얼마나 좋겠는가?"

　그 사이에 열차는 덕소 팔당을 거쳐서 북한강과 남한강이 만나는 두물머리를 지나 남쪽으로 달리더니 이내 강원도의 초입인 원주역에 도착했다.

열차가 승강장에 정거하니까 많은 승객들이 내리고 그 수만큼의 승객들이 다시 올라왔다. 주말이 아니었는데도 객차 안에는 자리를 잡지 못한 채 서 있는 승객들도 꽤나 많았다. 좌석이 없어서 서서가는 승객들이 객차 안의 통로를 꽉 메우고 있었다.

"마실 것을 드릴까요?"

열차가 원주역을 떠나 치악산 터널을 향해서 다시 달리기 시작했을 때 우주가 선반 위의 가방을 내리면서 말했다.

"아직은 별 생각이 없다네."

원장은 달갑지 않다는 표정이 역력했다.

"저 들판의 여기저기에 거뭇거뭇하게 보이는 물체들이 모두 군부대의 주둔지거나 숙영지입니다."

우주가 제법 속도를 내서 달리고 있는 열차 창밖의 먼 곳을 손으로 가리키면서 말했다.

"군대생활을 했던 사람이라 군부대 주둔지를 한눈에 알아보는군."

원장은 군대라는 낱말이 튀어나오자 대답은 하면서도 전혀 탐탁한 반응이 아니었다.

"원장님! 옛날이나 지금이나 국가는 왜 군대라는 조직이 필요할까요?"

우주는 여성인 원장 할머니에게 엉뚱하다 싶은 질문을 던졌다.

"군대? 그것을 막강한 통치력이나 국력이라고 생각을 하니까."

"누가요?"

"누구긴 누군가, 왕이나 대통령 같은 통치자들이지."

"그럼 한국의 국군은 언제 생겼습니까?"

우주가 고개를 들어 달리는 차창 밖으로 시선을 주면서 말했다.

"조선이 일본 제국주의자들의 식민통치에서 해방이 된 그 이듬해일걸세. 조선반도 삼팔선 남쪽에 점령군으로 진주한 미군이 그 남반부의 자치와 방위에 필요하다는 명분 아래 한국인들을 주축으로 남조선국방경비대라는 이름의 군대를 창설했었네. 그게 바로 한국국군의 전신이야."

"그때는 미처 정부도 세워지기 전인데 군대를 창설하는 조직의 권한은 누가 가졌으며 소요되는 막대한 비용은 누가 어떻게 조달했을까요?"

"그런 자세한 내용이야 내가 단언해서 말할 수 없는 일이지만 아무래도 한반도의 남쪽에 진주해서 군정을 실시하던 미군이 주도하지 않았을까? 창설에 소요되는 장비와 비용을 지원하면서 말이야."

"주둔군으로 잠시 남쪽 땅에 상륙해서 한국인들이 독립정부를 세우도록 지원한 뒤에 자기 나라로 철수하면 그만일 미군이 무엇 때문에 한반도 남쪽의 치안이나 국방까지 염려했을까요?"

"글쎄 그것도 내가 자의적으로 단정해서 말할 수는 없지만 세계의 지배가 외교적 목표이던 미국이 필리핀과 일본의 몇 개 기지에 이어서 한반도 남쪽에 미군 기지를 한 곳 더 만들어서 극동아시아에서 미군 지배력을 강화하고 싶었는지도 모를 일이지."

"네에? 조선이 일본으로부터 삼십육 년이라는 기나긴 식민통치가 막 끝난 시점이었는데 세계 민주주의 종주국이라는 미국이 설마하니 한반도의 남쪽 땅을 다시 식민통치할 생각을 했겠습니까?"

"해방 이후부터 한반도의 남쪽 정부를 지금껏 지배하고 있는 수구정치세력들은 미국이 오래전부터 우리의 대단한 친구이고 혈맹이나 되는 것으로 선전하고 있지만 그건 한민족의 역사를 오도하는 궤변이야. 그런 식으로 종미 종일 등 서양사대주의 사상에 물들어 있는 사람들이 많아서 우리나라가 아직도 지구촌의 많은 자유인사들로부터 당당하게 문명국가 대접을 못 받고 사실상 미국의 경제식민지 취급을 받고 있다네."

"네에?"

"한말의 역사책을 자세히 살펴보면 누구나 다 알 수 있는 사실이지만 미국이란 나라는 조선왕조 고종 임금 때 군함을 몰고 강화도를 침공했었던 서구열강 가운데 한 침략국일세. 그리고 지금 우리 한반도에 삼팔선이란 금이 그어져서 국토가 반 동강이 나고 수천만 민족이 남쪽과 북쪽으로 분열돼 있는데 이것이 어느 나라 누구의 획책이고 조작 때문이었는지 자네가 알고 있기나 하는가?"

"물론 미국과 소련 때문이 아니었습니까?"

"삼팔선을 경계 삼아서 우리 한반도를 남쪽과 북쪽으로 분단을 주도한 나라는 미국이지 소련은 아니었네. 이차대전에서 뒤늦게 연합국 편에 섰었던 소련은 어부지리로 삼팔선 이북의 땅을 미국으로부터 넘겨받아서 한때 점령군이 됐을 뿐이야. 자네가 알고 있는지 모르겠지만 일본이 패망하기 직전에 미 육군성에는 정책과장을 하던 딘 러스크라는 대령이 있었는데, 그가 통한의 삼팔선을 만든 사실상의 주역이었단 말일세."

"그렇습니까?"

"천구백사십오 년 팔 월 십 일, 그러니까 일본 쇼와 천황의 항복 선언이 나오기 닷새 전, 미 국무성의 계획에 따라서 딘 러스크 대령은 찰스 본스틸 대령과 함께 소련군 측 장교들을 만나 조선반도를 남북으로 분할하는 경계를 일본국의 조선총독부가 주재하고 있던 경성(지금의 서울)의 바로 위쪽인 북위 삼십팔 도 선으로 확정해 버렸던 사람일세."

"그때의 러스크가 뒷날 케네디와 존슨 대통령 시절의 미국 국무장관으로 우리와 일본이 불평등한 한일협정을 맺도록 우리 정부에 강하게 압력을 행사 했었던 그 러스크란 말입니까?"

"그렇다네, 우리 민족의 국토인 한반도와 조선민족을 분열시킨 장본인이라고 말해도 지나치지 않을 만큼 아주 고약한 양키 녀석이야."

"그러니까 한반도의 남쪽은 정부가 수립되기 이전부터 사실상 미국의 통치 아래 들어가 있었군요?"

"그런 기막힌 사실을 아는 일반국민들이 별로 많지가 않아."

원장 할머니의 진솔하고 명확한 이야기를 들은 김우주는 참으로 우울했다. 미국이 우리의 둘도 없는 혈맹이라는 보수정권의 호소와 지배세력들의 일관된 주장도 서글프지만 딘 러스크라는 한낱 미국인의 만행으로 원한의 삼팔선이 획정되었다는 사실에는 등골이 오싹하고 저주스러웠다.

"저는 늘 궁금한 게 있습니다. 이 지구촌의 수많은 국가 가운데서 자국의 군대가 없는 나라도 있습니까? 작든 크든 명색으로 국가라는 조직체를 세우기만 하면 꼭 뒤따라서 창설되는 것이 군대인 것 같아서 그렇습니다."

"자기들의 군대가 없는 국가? 있기는 있지. 지금 지구촌의 이백 수십 개의 크고 작은 국가 가운데서 자기 나라의 군대를 스스로 보유하지 않고도 군소리 내지 않고 국가를 잘 운영해 나가는 나라가 딱 하나 있기는 있지."

"어느 대륙에 있습니까?"

"평화 헌법을 만들어 세계에 공표하고 그 법을 엄격하게 지켜나가고 있는 중앙아메리카의 코스타리카라는 나라야. 그 나라는 국토의 넓이도 한국의 절반밖에 안 되고 인구도 고작 사백

여만 명에 지나지 않는 작은 나라지만, 삼백여 년 동안의 스페인 식민통치로 온갖 박해를 겪었으면서도 아예 자기 나라를 방위할 군대라는 조직을 창설하지 않고 있는 정말로 신선하고 특이한 국가라네."

"군대를 보유하지 않고도 국가를 경영할 수가 있습니까?"

"그야 물론이지. 코스타리카는 인구의 절반이 수도인 산호세에 모여 살고 있으며 국토의 삼분지 일이 국립공원일 만큼 자연경관이 뛰어난 나라야. 코스타리카는 환경 인권 평화 같은 선진국들의 정책과 이미지에 자기네 나라도 공감한다고 선포하고 이를 방위력과 외교력으로 전환시켰던 것이야. '우리는 비무장국가입니다'라고 선언한 국가를 무력으로 침략하는 국가가 있다면 국제사회의 반응이 어떻겠는가? 이것이 코스타리카가 선택한 군대 없는 국방의 힘이야."

"코스타리카가 군대를 창설하지 않은 또 다른 이유는 없습니까?"

"그 나라 사람들이 군대를 만들지 않은 다른 이유는 아주 단순하다네. 많은 세금을 들여서 나라를 지키라고 군대를 양성해 놓았는데 그 군인들이 나라는 지키지 않고 그 무력으로 군사쿠데타를 일으켜서 문민정부를 뒤엎고 군부독재정권을 수립할까 우려되었기 때문이라고 하네.

코스타리카가 속해 있는 중앙아메리카 대륙에는 우리가 이름만 들어도 잘 알 수 있는 가난한 약소국가들이 여럿이 있는데,

툭하면 군사쿠데타가 일어나고 독재정권이 들어서서 곧잘 시행돼 가던 대의민주주의가 훼손당하는 경우가 참으로 많았다네. 이런 서글픈 광경을 이웃 나라에서 눈이 시도록 지켜본 코스타리카 국민들이 에둘러 이런 악습을 차단하기 위해 특단의 조치를 취한 것으로 볼 수도 있네.”

“지구상에서 군대가 없는 나라가 코스타리카 말고는 또 없습니까?”

“명색으로 하나 더 있기는 있지. 우리의 조선을 무력으로 침략해서 삼십육 년 동안이나 식민통치를 실시하면서 한민족을 살육하고 탄압했던 가까운 이웃 나라 일본일세.

그 일본은 태평양전쟁에서 패배한 뒤 남의 나라를 절대로 침범하지 않겠다는 내용의 ‘평화헌법’을 만들어 공표했지만 승전국인 미국과 평화협정을 맺고 미국의 핵무기 우산 아래 안주하면서 그 법을 교묘히 피해 자위대라는 이름의 민병대를 만들었다네. 그 뒤 한반도에서 일어난 육이오 전란의 특수로 큰돈을 벌어 경제대국이 되자 미국의 신무기로 자위대를 무장하여 지금은 세계에서 몇 번째 안가는 막강한 군사력까지 보유한 국가가 되었다네.”

“일본이란 나라는 패전 후 태평양전쟁을 일으킨 데 대해서 잘못을 사죄하거나 반성하는 정부 차원의 발표도 하지 않았었지요?”

“참회하거나 반성한 적이 결코 없었지. 미군사령관인 맥아

더와 밀착되었던 일본은 피해를 입혔던 아시아 사람들은 물론이고 세계인들을 향해서도 어떤 사과의 말도 하지 않고 수십 년을 묵묵부답으로 지내왔었다네. 그러다가 근자에 이르러서야 일본 정부의 관방장관이던 고노 요헤이라는 사람이 담화라는 형식을 빌어서 겨우 '일본은 과거 남의 나라를 침략했던 과오를 결코 반복하지 않겠다는 굳은 결의를 표명한다'고 발표한 바 있었는데, 최근 들어서는 일본 정부를 대표했던 고노 요헤이의 그 담화마저 본질을 왜곡하는가 하면 군국주의 국가로 발전하지 않겠다고 선언한 평화헌법의 제구 조 조항 자체를 뜯어고칠 기세로까지 치닫고 있는 실정이라네."

"일본인들이 간악한 민족이라는 비판을 받는 이유가 그런 데 있었군요."

"세계의 수많은 섬나라 가운데서도 유독 일본 민족만이 가장 잔인하고 악독한 침략근성을 가졌다고 보면 틀림없을 것이네."

"그렇다면 수많은 국가들이 내세우는 군대 보유의 명분은 무엇입니까?"

"군대가 있어야만 국가를 안전하게 지키고 국민들을 평화로이 살게 할 수가 있다는 것이야. 허지만 그건 허울 좋은 명분이고 속내를 까발려 보면 군대가 없으면 독재나 장기집권을 획책할 수가 없고 또 정부의 부정과 비리를 비판하는 자국의 힘없는 서민들을 마음대로 잡도리하기가 어렵기 때문이라고 풀이할 수가 있네."

"그러니까 정치적으로 보면 군대는 바로 권력의 상징이고 자국민을 통치하는 공권력이자 무기인 셈이군요."

"그렇지."

김우주는 물을 한 잔 따라서 원장에게 건네고 자신도 한 모금 마셨다.

"해방 이후부터 지금까지 일본의 극우정치인들은 정치적으로 수세에 몰리기만 하면 어김없이 우리의 땅인 독도를 자기네 영토라고 주장합니다. 그 독도는 역사적으로 우리나라 땅이 분명한데 왜 일본의 정치인들이 그런 못된 짓거리를 합니까?"

"그 전말을 한번 살펴볼까. 일본이 태평양전쟁에서 패망하면서 천구백사십육 년 봄, 일본 도쿄에는 더글러스 맥아더를 사령관으로 하는 연합군 최고사령부 겸 일본주둔 미군사령부가 설치되었고 그 사령부의 외교국장 자리에는 아주 극렬한 친일파이자 미국 해군장교 출신인 윌리엄 시볼트라는 사람이 임명돼 있었네."

"그자가 문제를 일으켰습니까?"

"이 작자가 미국과 일본이 샌프란시스코조약을 만들 때 그 위원회에다 조작된 보고서를 제출했었네. 리앙쿠르 암과 다케시마(일본이 주장하는 독도의 이름)에 대한 일본의 소유권 주장은 아주 오래된 것이며 또 타당하고 유효하므로 안보적인 차원에서 일본이 그 섬에 기상 및 레이더 기지를 설치하도록 미국이 승인을 해 주자고 말이야.

이 시볼트의 보고서를 맥아더가 액면 그대로 받아들여서 미국은 천구백사십구 년 십이 월 이십구 일 일본과 샌프란시스코 조약을 체결하였는데, 이때 전승국의 일원으로 당당히 참가하여 서명까지 하게 돼 있었던 신생 대한민국을 조약의 서명자 명단에서 빼 버리고 자기들끼리만 해치웠던 것이야."

"미국이 왜 새로 출범한 우리나라를 빼 놓은 채 그런 못된 짓거리를 저질렀습니까?"

"자기들과 대등하게 싸우다가 패전한 일본은 위로하고 싶었고 약소국인 한국은 하찮게 보고 능멸했다고 봐야지. 미국의 이런 기회주의적인 외교정책 때문에 역사 이래로 조선의 영토였던 독도는 국제법상 공중에 떠버리게 되었고 일본의 극우정치인들은 그 샌프란시스코조약을 근거삼아서 기회가 생길 때마다 독도를 계속 자기네 땅이라고 끊임없이 주장해 오고 있는 것이라네. 이런 기막힌 사연은 《독도 1947》이란 책에 자세하게 기록돼 있다네."

"정말 가슴 아픈 사연이군요. 한반도의 허리를 끊어 놓은 한많은 '삼팔선'이 미국 대통령 루스벨트의 지시를 받은 딘 러스크라는 미국 육군 대령에 의해서 그어졌다는 것도 가슴 아픈 일인데 우리의 고유 영토인 독도 또한 미국의 한 해군 장교에 의해서 분쟁의 씨앗을 키우게 되었었군요."

"말이 나왔으니까 말이지만 역사적으로 살펴보면 소위 강대국들이라고 하는 서양의 문명국들은 대륙을 가리지 않고 약소국들을 끊임없이 침략하여 양민을 학살하고 식민지화를 자행했었네."

"이십 세기에 들어와서만도 이루 셀 수가 없을 정도가 아닙니까?"

"아무렴."

"서구 강대국들은 전 지구촌에서 무참하고 잔인한 침략전쟁을 벌여서 수많은 민간인들을 살상하는 악행을 저질렀지만 겨우 독일 민족만이 히틀러의 유태인 학살만행에 대해서 사과했을 뿐 그 밖의 어느 선진강대국과 어느 민족도 전쟁을 일으켰던 책임을 반성하거나 참회한 적이 전혀 없었지요?"

"강대한 문명국일수록 행패는 더욱 잔인하다네."

"그렇다면 민주주의 종주국이라는 미국은 대체 어떤 속성을 가졌기에 그토록 전쟁을 좋아하는 것입니까?"

"미국! 자네는 잘 모르는가? 독립한 지 이제 겨우 이백 몇십 년인 미국이지만 그 나라는 생태적으로 전쟁을 해서 먹고 살아온 생존방식 때문에 경제의 육십 내지 칠십 퍼센트를 군산복합체제와 연동된 군사케인스주의에 매몰돼 있기 때문에 하루라도 전쟁이 없다면 굴러갈 수 없는 특이한 경제체제를 구축하고 있다네."

"참으로 무섭습니다."

"그뿐이면 얼마나 좋겠는가. 미국이 주도한 이차대전 이후의 대규모 전쟁인 한반도의 육이오 전쟁에서는 민간인 이백오십만 명, 군인 오십오만 명 등 삼백여만 명이 사망했고, 이어 베트남 전쟁에서 군과 민간인 오백여만 명이 희생되었다네. 또 인도차이나 반도의 공산화를 막는 방파제를 구축한다면서 오십만 톤의 폭탄을 라오스에 투하해서 이십만 명의 양민을 학살했고, 중립국이던 캄보디아에는 폭탄 오십사만 톤을 퍼부어 오십여만 명의 비무장시민을 학살했었네."

"호전국가인 미국의 잔학성이 정말로 무시무시합니다. 그런 미국을 견제할 세계의 경찰국가는 없습니까?"

"동서 진영의 양대 거목으로 버티던 소련이 소비에트 연방의 해체로 약체의 러시아가 되었고, 개혁개방이라는 정책을 들고 세계무대에 등장한 중국이 경제성장은 했지만 강대국의 모습은 보여 주지 못하고 있으니까 아직까지는 미국이 세계에서 가장 힘이 센 강대국이므로 어느 나라가 감히 견제를 하겠는가."

"기왕에 이야기가 나왔으니 한 가지만 더 여쭤보겠습니다. 한반도 남쪽의 정부는 북쪽 정부의 침공에 대비한다는 명목 아래 해마다 수십억 달러를 투입하여 미국의 신무기를 도입하고 있습니다. 그런데 실전에 배치한 그 미국산 무기들도 십 년 이십 년이 지나가면 다시 구식 무기가 되어 쓸모없이 폐기할 수밖에 없는 악순환이 되풀이되고 있습니다. 그런 막대한 국방비의 낭비를 막아낼 최선의 방안은 없습니까?"

"그게 휴전 이후 수십 년 동안 지속되고 있는 한반도의 정세고 정치상황일세. 북쪽의 공산정권이 핵무기를 보유하려고 발버둥치는 소이가 남쪽에 주둔하고 있는 미군의 핵무기 때문이라는 것 아닌가? 그러니까 북쪽은 남쪽에 주둔한 미군의 핵무기 위협에서 살아남으려고 힘에 겨운 핵무기를 개발한다는 것이고, 미국은 이같은 북쪽의 핵 침략을 방어하고 한반도의 긴장을 완화시키기 위해서는 남쪽 정부가 미국이 생산한 신무기를 도입해서 실전에 배치해야 된다는 상반된 주장을 하고 있는 것 아닌가?

그러니까 남쪽과 북쪽이 천구백오십삼 년에 체결했던 현재의 정전협정을 폐기하고 상호불가침의 평화협정을 맺고 전면적인 군축을 실행하기 이전에는 다른 뾰족한 방안이 없을 것이네."

"한반도의 위기론을 주장하면서 미군의 영구주둔과 미국산 핵무기 도입은 물론이고 심지어 한국군의 핵무장까지 들먹이는 사람들이 보수기득권 세력 아닙니까? 민족의 장래를 전혀 의식하지 않는 이들의 의식과 본심은 과연 어떤 것입니까?"

"그들의 대부분은 이 땅의 역사가 시작된 이래 양반(문반과 무반)이라는 이름 아래 지배세력으로만 살아왔던 사람들이네. 한번도 피지배세력이 되어 음지에서 살아본 적이 없는 양지 쪽 사람들이란 말일세. 조선왕조가 대륙의 명나라와 청나라의 지배를 받을 때에는 친명파 친청파로 나눠서 빌붙어 살아 왔고, 러시아가 조선반도에 세력을 확장했을 때는 친러파로 몸을 숨겼으며, 조선이 삼십육 년 동안 일본 제국주의자의 식민통치를 받을 때에는 다시 그들에게 빌붙어서 나라와 민족을 팔아먹었던 친일파이자 사대주의자들이고 그 후손들이지. 그들은 해방과 함께 미군이 지배자로 조선 땅에 진주하자 이번에는 그 코가 큰 양키들에게 빌붙어 친미파와 종미세력이 되어서 민족의 자존심을 짓밟고 있는 불량하고 한심한 세력들일세."

"그러니까 그 세력들은 조국과 민족의 내일이야 어떻게 되든 상관하지 않고 자기네 패거리들과 자기 개인의 영달과 파당의 이익만 챙기는 영악하고 윤리 없는 무정난들이로군요."

이때 열차가 정거한 역은 내토였다. 내토는 청량리에서 안동을 거쳐서 부산으로 이어지는 중앙선과 동해남부선 철길이 지나고, 조치원으로 왕래하는 충북선이, 내토를 출발해서 영월 고한 정선을 거쳐서 강릉까지 이어지는 태백선이 지나가는 중부 지방 철도 교통의 중심지였다. 또 김우주가 출생하고 성장한 고장이었다.

"참, 김 도유사! 자네의 고향이 이 내토 아니었는가?"

"그렇습니다. 제가 태를 버린 곳입니다. 내토는 시내 중심지의 해발표고가 삼백오십 미터가 넘을 정도로 지대가 높아서 한때 남한의 중강진이라 불리기도 했었습니다."

"고향 땅에는 자랑할 걸목들이 많겠지……."

"별로 내세울 것이 없습니다만 근세에 들어와서 자랑스러운 일이라면 한말 최초로 팔도의 선비들이 모여서 항일의병을 발기한 사실 정도입니다."

"그렇지. 일본 제국주의자들이 조선을 병탄하고 식민통치를 시작하자 전국의 유림들이 내토의 의림지라는 연못에 모여서 '향음주례'를 빙자하여 선비의병을 일으켰었던 뼈대 있는 고장이었지. 비록 그분들이 내걸었던 주의와 주장이 민비시해와 단발령에 항거한다는 등 다소 소극적이라고 폄하되긴 했었지만 당시의 정세로 보면 대단히 의기에 찬 항쟁이 아닐 수가 없었다네."

"그 의림지를 구경하신 적이 있습니까?"

"기차를 타고 그냥 지나쳤을 뿐 내토 장터에 내리지 않았기 때문에 유감스럽게도 의림지 구경은 아직 못했어."

"의림지는 경남 밀양의 수산제, 전북 김제의 벽골제와 함께 삼국시대에 축조된 우리나라의 삼대 저수지 가운데 하나라고 전해지고 있습니다."

"농경민족이었던 우리 선조들이 오래전에 만든 저수지로군."

"우리가 탄 열차가 태백선으로 들어서면 이내 동강과 서강이 합류하여 남한강을 이루는 영월에 다다릅니다. 그 영월에는 조선왕조의 여섯 번째 임금이었던 단종이 숙부인 수양대군에게 왕위를 찬탈당하고 유배를 와서 머물던 청령포라는 남한강변의 아름다운 적소가 있습니다."

"예나 지금을 막론하고 삼촌이 어린 조카를 내쳐서 죽게 한 것은 악랄한 반인륜적 행위가 틀림없는 일이지. 그러나 왕조시대의 권력투쟁 과정에서 일어나는 왕족들 사이의 골육상쟁이란 힘없이 살아오면서 오로지 다스려지기만 했던 서민들의 삶과는 아무 관련이 없는 일일세. 물론 인간적으로 보면 지극히 불쌍하고 안타까운 일이지만 말이야.

우리네 서민들은 왕조정치가 강요해온 충효사상에 물들고 회유된 탓으로 왕후장상의 씨가 따로 있는 줄 알았으며 관료와 양반과 지배세력들을 섬기는 것이 사람의 도리인 줄로만 알고 살아왔었지만 이제는 그런 낡고 비루한 사고방식에서 과감하게 벗어나야만 하네. 우리가 지금 조선왕조 시대나 일본 제국주의 식민통치 시대를 살아가고 있지는 않거든."

"무슨 말씀인지 짐작하겠습니다."

"지배세력들에 대한 막연한 선망과 향수는 우리 의식에서 이제 그만 털어내야 하네. 지금도 착하고 평범한 우리네 서민들은 정체성도 잊은 채 맛있는 음식만 봐도, 귀한 물산을 발견해도 '임금님이 잡수시던 것' '대궐에 진상하던 것'이라는 속절없는 넋두리를 토해내고 있는데, 그것은 수천 년 동안을 노예나 다름없이 피지배세력으로 살아온 하층민들이 자신들도 모르게 범하는 기정사실에의 굴복이라는 점에서 안타깝기만 하네. 언제쯤에나 이런 구습이자 악습을 훌훌 털어낼 수 있을 것인가가 자못 걱정이네."

"국민의 구 할 이상이 고등교육과 민주주의 교육을 받았다는 지금에도 서민들은 그런 미몽에서 깨어나지 못하고 있습니다. 참으로 부끄럽습니다."

열차가 물 맑은 동강을 건너 영월읍내의 정거장에서 잠시 쉬었다가는 다시 산골짜기로 치닫기 시작했다. 강을 끼고 이따금 펼쳐지던 작은 들판들마저 사라지면서 좁아터진 산골짜기가 이어지고 여기저기에서 시커먼 무연탄을 캐내던 갱구 언저리를 여러 가지 잡목들로 조림을 한 흔적이 뚜렷하게 나타나 보였다. 그 영향 때문인지 하류로 흘러가는 시냇물이 광산이 개발되던 예전보다는 한층 맑아 보였다. 여기서부터 달리는 열차가 굽이지고 언덕진 길을 올라가느라고 숨을 몰아쉬면서 헐떡거렸다.

　연도의 크고 작은 정거장들을 지나오면서 승객들이 계속 내렸기 때문인지 빈곳 없이 꽉 찼던 객차 안의 좌석들이 헐렁하게 비어 있었다. 차창 밖으로는 푸르고 싱싱한 소나무 숲이 한동안 그림처럼 지나가더니 이어서 얼갈이 배추밭으로 뒤덮인 밋밋한 산언덕이 안총 가득하게 다가왔다.

　"원장님! 강원도의 고원 산간 지대로 들어서면 골짜기 속의 작은 마을 이름들이 동화 속에나 나오는 것들처럼 아주 아기자기하고 아름답습니다."

　원장이 우주에게서 미숫가루 차를 받아 마시고 지그시 감았던 눈을 떴다.

　"골짜기 속의 마을 이름들이 무척 아름답다고?"

　"네. 이번에 지나치게 될 정거장 이웃 마을이 바로 제레니입니다."

"제레니……."

"그렇습니다. 이 제레니마을 이웃에는 작은 규모의 무연탄 광산들이 많이 널려 있었지만 지금은 모두 폐광하고 문을 닫았습니다. 그 골짜기들 주위에는 안골 늪골 오목골 안반데기 가르쟁이라는 우리말 이름을 가진 작은 동네들이 잇달아서 자리 잡고 있습니다."

"자네가 어떻게 이곳의 지리를 자세히도 알고 있는가?"

"여러 해 전에 이곳 두메산골에 살던 고향 사람을 만나기 위해서 한 번 다녀간 적이 있었습니다."

"암튼, 자네 말마따나 이 강원도 산골로 들어오면 아름답고 고운 토박이 이름을 가진 마을들이 참으로 많아."

"그렇습니다. 제가 잘 알고 있는 강원도의 산골 마을 가운데서 새목이라는 이름을 가진 마을이 있습니다. 생김새가 꼭 목이 긴 새 같다고 해서 아득한 옛날부터 새목이라고 불러왔는데, 일본 제국주의자들의 식민통치가 시작되면서 실시한 세부 측량 때 글쎄 조항리라고 바뀌었다는 것입니다."

"조항리? 새 조 짜 목 항 짜, 그렇게 일본식 한자로 이름을 개명했겠구먼!"

"그렇습니다. 당시 그 지방의 조선인 관리들이 일본인 측량기사들의 뒤를 따라다녔을 것이지만 배알때기가 없고 힘없는 백성이라 우리말 이름을 지키지 못하고 빼앗겨 버린 것이지요."

"일본은 조선을 침략하여 자기 나라에다 병탄시킨 뒤에 식민 정치를 펴기 위해서 조선반도 토지의 세부측량을 실시하고 지적도와 토지대장을 새로 만들었었지. 그때 우리의 전통적이고 고유한 땅 이름들을 자기네 일본인들이 부르기 좋게 한자로 멋대로 고쳐서 써 넣었었지 뭔가? 내가 알기로도 서울에 있는 수유리라는 동네 이름도 원래는 냇물이 넘쳐흐르는 마을이라고 해서 무넘이로 불렸었다는 것인데 그걸 일본인들이 물 수 짜에다 넘을 유 짜를 써서 수유리로 바꿔버렸다는 것 아니던가?"

　"전국에 가는 곳마다 엄청나게 많이 널려 있는 새말이라는 마을 이름도 새 신 짜 마을 촌 짜를 써서 신촌으로, 새터라는 마을은 새 신 짜에 터 대 짜를 쓰는 신대리라고 저희들 맘대로 개명시켰던 것이 아주 좋은 예가 아니겠습니까?"

　"나는 잘못의 일부분이 당시 일본 관리들을 따라다니면서 보조역할을 했던 조선인 관리들에게도 있다고 보네. 그들에게 우리 민족 고유의 전통과 풍속을 지켜야 한다는 의식이 조금이라도 살아 있었다면 일본인들의 그런 개악정책을 설득시켜서 저지할 수가 있지 않았겠는가?"

　"그렇기도 합니다."

　"힘이 없어서 그때는 어쩔 수 없이 그렇게 됐다 하더라도 해방 이후에 들어선 우리 정부의 방관적이고 느슨한 정책이 문제야. 일본인들이 물러가고 수십 년이 지나간 지금까지도 일본식으로 고쳐진 땅이름을 옛날 선조들에게서 물려받은 그대로 되돌려 놓지 못하고 있으니 참으로 안타까운 일이 아닐 수 없네."

"원장님도 때론 무척 정서적이시네요."

"이 사람아! 일생을 남자처럼 살아왔지만 나도 명색은 여자라네."

"원장님! 풀리지 않는 의문이 있습니다. 미맥 위주의 농경사회가 산업사회를 거치고 첨단 산업사회로 다가온 지금 우리의 인간생활에서 '경제'가 차지하는 부분이 어디까지라고 보십니까?"

"경제? 돈? 과학적인 문명생활? 광범위해서 한마디로 말하기가 힘들지."

"서양 강대국들이 고삐 풀린 금융자본과 무한증식의 산업기술을 장악하고 있기 때문에 경제적으로 뒤떨어진 개발도상국들을 흡사 지난 세대의 식민지처럼 천대하고 억압하고 있습니다. 경제성장과 관계없이 후진국들이 강대국들의 그 경제식민지 같은 마수에서 벗어나 좀 더 자주적이고 평화롭게 살아갈 전망은 전혀 없습니까?"

"방법이야 있겠지만 실행하기는 쉽지가 않겠지."

"왜 그렇습니까?"

"진보와 보수라는 정치적 입장에 관계없이 지구촌의 약소국이나 후진국의 수많은 지식인들은 이차세계대전이 끝난 직후부터 미국 영국 독일 프랑스 일본 등 서양 강대국에서 새로운 문명과 문물을 배웠고 그 영향 속에서 살아왔다네. 특히 천구백사십구 년 일 월 이십 일, 대선에서 승리한 미국 대통령 트루먼은 취임 연설을 통해 '미국에는 새로운 정책이 있다'고 세계를 향해서 포문을 열었었네. 그 새로운 정책이라는 것은 '미국은 세계의 모든 미개발 국가들에게 기술적 경제적 원조를 제공하고 아울러 과감한 투자까지 실시해서 모든 나라가 잘살 수 있는 경제발전을 유도한다는 것'이었다네.

그로부터 전 세계의 약소국과 미개발국가의 소장학자들과 지식인들이 미국의 포드 기금이나 록펠러 장학금을 받아서 서양 유학에 나섰었지. 특히 삼 년 동안이나 제공되는 미국 국방성의 장학금을 받아 미국의 대학으로 유학을 가는 경우에는 새로운 미국식 경제학과 당시 '전략적으로 중요한 언어'라고 알려진 미국식 영어들을 배워가지고 절반쯤은 미국사람들이 되어 휘파람을 불면서 모두들 자기의 고국으로 돌아갔었지.

그런데 그 가운데서 더욱이 미국 유학을 마치고 자기 고국으로 돌아갔던 미개발 약소국의 소장학자들과 지식인들이 오늘날 어떤 위상에 있는지 아는가? 거의가 자기네 국가의 최고 통치자나 국가지도자들이 되어 있다는 사실이네. 때문에 아직도 미국식 경제발전과 경제성장이 그네들 국가의 사회진화의 전제이자 신화로 남아 있기 때문에 이미 고착되어진 미국의 경제종속에서 쉽사리 벗어날 수가 없을 것이네."

"그랬었군요."

"그것이 바로 미국발 이십 세기 경제발전 이데올로기라고 불리는 것이야."

"그렇다면 현 시점에서 미개발 약소국가들이 선진 강대국들과 총체적으로 교류를 거부하거나 단절하면서 독자적인 국가정책을 세우고 자립국가로 살아나갈 길은 전혀 없겠습니까?"

"어렵다고 봐야지. 선진 강대국, 특히 미국의 정책을 받아들여서 고도경제성장을 전형적으로 밟아온 개발도상국이나 중진국 사회는 그 과정을 거치는 동안에 전대미문의 생산, 소비의 증대와 엄청난 물량적 풍요와 낭비에 근거한 소비주의 문화에 물들어왔다네. 따라서 전통적이고 인간적이던 삶의 기반은 끝없이 훼손됐고 앞으로 지속적인 생존 가능성마저 불투명한 가공할 만한 생태적 재난에 봉착했어. 그런 상황에서 서방 선진문명국과 경제교류를 단절한다는 것은 바로 국가멸망의 위기를 자초하는 것이나 다름이 없기 때문이라네."

"그렇다면 앞으로 오염되지 않은 땅을 후손들에게 물려주기 위해서 자연자원을 핵물질의 오염과 산업공해로부터 보호하려면 인류사회가 어떤 대비책을 세워야 한다고 생각하십니까?"

"내 속단인지 모르지만 모든 중진국과 약소국만이라도 원자력이라는 이름으로 둔갑해 있는 핵물질의 생산과 운용을 분연히 중단 결별하고 화학연료의 사용을 점차적으로 줄이면서 동시에 국가 간 종교 간 종족 간에 이념을 비롯한 모든 이해관계를 앞세운 전쟁을 하지 않기로 선언하는 것이 최선의 대책이라고 생각하네. 그리고 그 약속을 틀림없이 지켜 나가야만 될 것이라고 보네. 바로 반전반핵 평화운동의 길로 나아가자는 말이지.

나는 사백여 년에 걸친 서구문명을 통한 성장시대의 경제번영이 재생 불가능한 석유자원의 고갈과 함께 종언이 임박했다고 보네. 이것은 비로소 인류사회가 생태자연적인 농업과 농경생활, 재래적인 삶의 상태를 회복할 수 있는 마지막이자 바람직한 길로 들어섰음을 알려주는 희망의 신호로도 해석 할 수가 있네."

"그렇습니까? 최고도에 다다른 첨단과학 문명을 누리고 그 문명이 파멸될 날을 또한 명백히 예견하면서도 서로 눈치를 보면서 속수무책으로 종말의 시간을 기다릴 수밖에 없는 우리들 인류의 삶이 정말 불안하기만 합니다."

"우리는 오랫동안 우리가 속한 공동체의 정치적 판단과 선택에 따라 개인적 집단적 삶에 본래부터 내재되어온 인간적 풍요로움을 돌이킬 수 없이 파괴당해왔는데, 그것은 경제성장에 대한 검토되지 않은 맹목적인 신앙이 자리 잡았기 때문이었네. 우리는 하루 빨리 선진강대국들에게 과학과 문명과 경제적으로 순치된 낡은 논리의 가치관에서 과감하게 벗어나야만 하네."

"그렇다면 팔십 년대 이후 고도성장 덕으로 경제발전을 이룩하고 있는 우리가 지금부터 추구해야 할 실질적인 행동지표는 무엇이라고 보십니까?"

"좀 진부하게 여겨지겠지만 주저하지 말고 '대항발전' 정책을 도입해야 될 것이라고 보네. 미국 출신의 생태환경학자 더글러스 러미스에 의하면 대항발전이란 서구식 경제발전에 반대되는 낱말로서 곧 물산의 사용을 조금씩 줄여 나가면서 최소한의 자원만으로도 살아갈 수 있는 인간사회를 구현해 나가는 것이라네. 옛날 선조들의 생활방법을 하나씩 하나씩 회복해 나가는 것이고 본래부터 인간이 가지고 태어난 능력을 향상시키고 발전시킨다는 뜻이지. 더 분명하게 말하면 모든 자원과 에너지를 적게 쓰도록 힘쓸 뿐만 아니라 공작기계의 쓰임새를 줄이고 재래식 도구의 사용을 늘리자는 말일세. 인간의 기본생활과 직결된 재래식 생활도구는 인간의 능력을 증대시키는 특이한 기능을 하기 때문이야."

"인간사회를 멸망시킬지도 모른 체 급속하게 발전해온 선진 강대국들의 현대문명과 경제발전 논리를 폐기 거부하는 행동이 바로 대항발전이라는 말씀이지요? 저는 처음 들어보는 말입니다."

"그럴 것이네. 지나치게 편리함만을 추구하고 살아가는 세상, 최첨단으로 발전한 과학적 논리를 내세워서 문명적인 생활만을 요구하는 세상을 배격하고 조금 불편하더라도 그것을 참고 이겨낼 수 있는 자연스러운 삶을 되찾자는 것이고, 전근대적이라고 폄하되긴 하지만 소음이 없고 공해를 유발하지 않는 재래적인 도구만으로 인간생활을 영위해 나가는 옛날의 자연적인 삶으로 돌아가자는 것이 대항발전의 틀이라고 보면 틀림없을 것이네."

"저같이 평범한 사람들도 장차의 인류생활에서는 이 대항발전이 필요불가결한 명제로 떠오를 것 같다는 생각이 듭니다. 그러나 이 명제를 어느 대륙의 어느 나라 어느 민족이 먼저 시행에 들어갈 것이며 또 길들여진 문명적 습관을 어떤 각오로 분연하게 뿌리칠 수가 있느냐가 관건이 될 듯합니다.

또 하나 이 대항발전이 시작되면 틀림없이 선진강대국들의 정치 경제 문화적 핍박이 다각도로 가해질 것인데 그런 무서운 압력을 무릅쓰고 과연 어느 나라가, 그리고 누가 먼저 대항발전이라는 명제를 거머쥐고 저항에 앞장설 것인가 그 뒤가 주목될 것 같습니다."

"그렇겠지. 따지고 보면 대항발전의 절대적인 주체는 국가이기 이전에 인간이고 더구나 힘없고 가난한 생활인들이라고 볼 수 있는데 그들이 반전반핵 평화운동을 얼마나 호응하고 이해하며 찬동하느냐에 따라서 대항발전의 시행여부와 성패가 달려 있는 것이네."

"참으로 난감하다는 생각이 듭니다."

"자고로 인류가 펼치는 모든 사회운동이 막상 인류의 실생활 속에 깊숙이 파고들어 가서 성공하기가 참으로 어렵다는 것은 바로 이 때문일세."

이야기를 나누는 사이에 열차가 민둥산역에 도착했다. 이 민둥산역에서는 승객들이 꽤나 많이 내렸다. 내린 승객들 거의가 여량이 종착역인 지선 열차로 갈아타고 연도에 자리 잡고 있는 아리랑의 전설이 깃든 아우라지를 찾아가거나 닷새마다 특이한 먹거리가 풍성하게 나돈다는 정선읍내의 오일장으로 떠나가는 사람들이었다.

김우주도 원장과 함께 가방을 챙겨 들고 열차에서 내렸다. 이미 한쪽 선로에는 '여량행'이라는 표지를 단 열차가 대기하고 있었다. 빛깔이 퇴색한 디젤기관차가 허름한 객차 세 량을 달아 놓고 있었다.

정거장 안의 한쪽 구석에는 가까운 석산에서 캐낸 것으로 보이는 석회석을 비롯하여 몇 가지 광산물이 쌓여 있었고, 그 옆의 다른 선로에 정지해 있는 무개화차에는 대도시로 출하되는 껍질이 벗겨진 소나무와 낙엽송 통나무들이 인부들의 목도 작업으로 실리고 있었다. 민둥산역은 산골짜기 속의 물산 집산지 다웠다.

승강장 위를 서성이면서 담배 연기를 뿜어 대던 몇 사람의 승객들이 손목에 찬 시계로 출발시간을 확인하면서 객차에 승차하는 모습이 먼빛으로 보이더니 이내 열차가 기적을 울리면서 움직이기 시작했다.

"기차가 민둥산역을 벗어나니까 태백선이 정말로 높은 고원 산간 지대를 통과한다는 사실을 실감하겠습니다."

"그렇지, 태백선 철길이 영월을 지나면서부터 백두대간의 허리를 헤치고 달려왔으니까 한반도 남쪽에서는 가장 험준한 산악철도인 셈이지."

"원장님은 어떻게 이 지역의 지리를 소상히 아십니까?"

우주가 놀랍다는 듯이 말했다.

"이쪽으로 여러 차례 나들이를 해왔었으니까……."

"원장님은 이 강원도와 별다른 연고가 없으시지 않습니까?"

"내가 이 지역과 연고가 있었는지 없었는지를 자네가 어떻게 알아?"

"그렇기는 합니다."

"내가 강원도 고원 산간 지방과 어떤 인연이 있다면 큰일이라도 되는가?"

"그건 아닙니다만."

"자네! 지금부터 내 말을 잘 새겨서 듣게. 여기서 몇 정거장을 더 가면 내가 청량리역에서 기차표를 끊으라고 말했던 그 정거장에 다다르네. 거기서 기차를 내려서 한참을 걸어가면 작은 마을이 하나 나오는데 그곳이 내가 장차 서울을 떠나와서 여생을 살아갈 마을이라네."

"네에? 원장님이 서울을 떠나신다고요!?"

우주로서는 깜짝 놀랄 일이었다. 한번도 들어보지 못하고 생각하지도 못했던 말이 갑자기 원장의 입에서 흘러나왔던 것이다. 원장이 복지원을 떠난다는 것은 한번도 상상해본 적이 없었고, 더구나 이런 산골짜기에 정착한다는 것은 예상 밖이었기 때문이었다.

"내가 지금부터 그에 대한 자세한 이야기를 하겠네."

원장이 앉은 자세를 고쳤다.

"정말로 원장님 혼자서 이곳으로 이사를 오실 계획이란 말입니까?"

김우주의 표정이 이상하게 일그러져 있었다.

"그럴 작정이야."

"서울의 복지원은 어떻게 하시고요?"

"자네가 있지 않은가?"

"저요? 저야 직원이 아닙니까? 우리 복지원을 설립하시고 또 수십여 년 동안이나 정성을 들여서 운영해오신 원장님께서 무엇 때문에 복지원을 떠나서 갑자기 이곳으로 오신다는 것입니까?"

"갑자기가 아니야. 실은 그와 관련된 자세한 이야기를 자네에게 들려주고 상의하기 위해서 내가 오늘 서울을 떠나자고 한 것이네."

"네에?"

"우리가 목적지로 삼고 온 도원이란 마을을 이 고장 사람들은 쉽게 '진폐환자 마을'이라고 부른다네. 이곳 탄전지대에서 광산노동자로 오랫동안 일하다가 낙반사고로 장애인이 됐거나 진폐증에 걸리고 나이가 많아서 강제로 광산에서 내쫓

긴 사람들이 손에 쥔 돈이 없어서 도회지로 떠나가지 못하고 이 산골에 그대로 남아서 서로 등을 의지하고 살아가기 때문이지."

"그 진폐증 환자 마을과 원장님은 어떤 인연이 있으십니까?"

"아무런 인연은 없지."

"그들과 아무런 관계도 인연도 없는 원장님이 갑자기 왜 그 마을로 이사를 하셔서 그들과 더불어 살아가시겠다는 말씀입니까?"

"그 사유를 내가 차근차근 이야기하지."

"말씀해 주십시오."

"내가 자네와 같이 지내온 그동안에 단 한 차례도 복지원을 떠나겠다는 말이나 떠날 조짐을 보인 적이 없으므로 오늘의 내 말이 갑작스런 충격으로 들리겠지만, 나로서는 이미 여러 해 전부터 결심하고 추진해 왔던 일이라네. 자네가 알다시피 내 나이가 이미 내일모레면 팔십이니 나도 이제는 많이 늙지 않았는가? 여자로서 이만큼 나이를 먹었으니 몸담아서 살아온 평생의 일터를 연부역강한 젊은 사람에게 넘겨주고 물러나야 하는 것이 세상의 이치가 아니겠는가? 나는 그런 생각을 하면서 이곳저곳을 여행할 때마다 늙어서 살아갈 마땅한 곳을 줄곧 염탐하면서 살아왔다네."

"원장님이 대체 왜 그런 생각을 하시게 되었는지 그게 궁금합니다. 복지원은 원장님께서 직접 설립하셨습니다. 그리고 아직은 연세도 그렇게 높지 않을 뿐 아니라 아주 건강하십니다. 따라서 복지원의 운영을 다른 사람에게 넘겨주고 물러나실 이유가 추호도 없다고 생각합니다."

김우주는 원장의 발언을 잘라 말했다.

"자네는 아직 모르는 구석이 있네. 내가 복지원을 세운 사람이긴 하지만 그렇다고 복지원이 영원히 내 소유는 아니야. 물론 문서상으로야 분명한 내 것이겠지만……. 생각해 보면 세상의 모든 물건이란 조물주 이외에는 원래부터 아무도 주인이 따로 없는 것일세. 소유한 사람이 한동안 관리를 할 뿐이야. 그러니까 나는 복지원을 만들어서 지금까지 운영해온 한낱 관리자에 지나지 않아. 따라서 적당한 때가 되면 마땅한 후진에게 관리임무를 넘겨주고 그 자리를 물러나야 하는 것이 세상의 이치일세."

"무슨 말씀을 하셔도 저는 원장님의 말씀을 전혀 받아들일 수 없습니다."

"갑작스런 결정이라 자네가 선뜻 수긍하기가 어렵겠지만 기필코 받아들여야 하네. 사람은 노욕을 부리면 안 되는 것이야. 늙으면 가졌던 모든 것을 내려놓고 집착에서 벗어나는 것이 바람직한 사람의 길이라네. 자네 이제는 억지를 그만 부리고 내 뜻을 받아들이도록 하게."

"원장님! 거듭 말씀드리지만 원장님은 건강하시고 정력적으로 일하고 계십니다. 현장에서 은퇴하시기는 너무 이릅니다. 아직은 복지원 일에서 손을 떼지 마시고 계속 복지원을 이끌어 주셔야 합니다."

"나와 오랫동안 살아왔다는 자네가 아직도 나를 그렇게 모르고 있나? 나는 자신의 일터를 떠나는 용단이 본인의 확고한 의지에 달려 있는 것이지 꼭 나이나 건강과 결부되는 것은 아니라고 생각하네."

"원장님이 어떤 말씀을 하셔도 저는 받아들일 수가 없습니다. 혼자 몸으로 이런 두메산골에 정착하시는 것도 받아들일 수 없는 일이지만 사전에 복지원의 식구 누구와도 상의하시지 않고 원장님 혼자서 은퇴를 결정하셨다는 사실이 너무 서운하고 민망합니다."

"은퇴할 시기도 아닌데 갑자기 무슨 잘못이나 저지른 사람처럼 이런 산간지방으로 떠나올 이유가 없다는 말인가?"

"그렇습니다. 원장님이 젊지는 않으시지만 아직도 건강하십니다. 더구나 복지원 말고도 평소에 추진하시는 다른 일들이 산적해 있어서 서울을 떠나실 수가 없는 어른이십니다. 또 여성의 몸으로 진폐증을 앓는 환자마을에 정착하신다는 것은 원장님 스스로를 자폐하시는 일이나 다름없다고 생각됩니다. 어떤 이유로도 저는 받아들 수 없습니다."

"내가 복지원을 떠난다는 것이 자네에게는 갑작스런 일이어서 마음의 혼란이 왔을지도 모르나, 나는 지금이 내가 복지원을 떠나야 할 아주 적절한 시기라고 판단하고 있네. 내가 은퇴해서 이곳으로 내려오겠다는 결심을 굳힐 수가 있었던 것도 자네가 복지원에 들어와서 구심점으로 우뚝하게 섰기 때문에 가능했다는 사실이네.

그리고 진폐증이란 질병이 우리 사회에는 아직 일반적으로 널리 알려지지 않았고 정부도 쉬쉬하는 직업병이긴 하지. 무연탄을 오랫동안 다루는 과정에서 석탄가루가 몸 안으로 들어가 장기에 쌓이고 그것이 굳어져서 생기는 병이기 때문에 한번 걸리면 완치가 어렵다고는 하는데, 그러나 다른 사람에게 전염이 되는 못된 병은 아니야."

"어쨌거나 진폐증을 앓는 환자들만이 모여서 산다는 마을로 그들과 아무 관계도 인연도 없는 원장님이 들어가셔서 노년을 사시겠다니 제가 받아들일 수 없는 말씀입니다."

"그만큼 설명을 했는데도 자네는 아직도 납득을 못하겠는가?"

"그렇습니다."

"왜 사람이 그렇게 답답한가?"

"원장님의 결정을 제가 전혀 납득할 수가 없어서 그렇습니다."

"자네도 대단한 고집쟁이야……. 내가 어느 날 그 마을에 들어가 보니 분위기가 참으로 삭막했어. 주민들이 병들고 가난하기 때문이겠지만 흡사 전염병이 휩쓸고 지나간 죽은 마을 같았지. 그래서 내가 이 마을 사람들의 동무가 돼야 하겠다는 생각이 들지 않겠는가. 진실로 나는 그들의 형제가 되고 동무가 되고 싶었어. 아무런 친분이 없는 그 진폐증 환자들의 이웃이 되어서 죽을 때까지 그들과 너나들이 하면서 살아가려고 그 마을에 정착할 결심을 한 것일세. 그것이 서울의 복지원을 떠나는 이유가 될 수는 없는가?"

"무슨 말씀인지는 알아듣겠습니다. 세상 사람들 누구도 찾아주지 않고 돌보지 않는 외롭게 버려진 사람들과 노년을 더불어 살아가시겠다는 뜻을 충분히 이해는 합니다. 그러나 안타깝게도 저는 원장님의 말씀과 결정을 받아들일 수는 없습니다."

"이해를 한다면 받아들여야 하네. 이제 내 생각은 변할 수가 없어요. 그 마을에 사는 늙은이들은 거의가 학교 교육을 받지 못한 무식한 사람들이야. 그들은 정부정책이 비켜간 사각지대의 낙오자들인지도 몰라. 석유 값이 비싸고 석탄 값이 헐하던 주탄종유의 시대에는 대우를 받았던 노동자들이었지만 주유종탄의 성장시대가 열리면서 석탄 산업이 사양길로 접어들자 소외되고 잊혀져버린 존재들이 되었던 것이네."

"정부마저 외면해버린 병자들을 왜 원장님이 맡으시겠다는 것입니까?"

"그건 자네의 착각이야. 내가 그들을 떠맡는 것이 전혀 아닐세. 자네 깊이 생각해 보게. 내가 일평생 어떤 길을 걸어왔는가? 내가 무슨 일을 하면서 어떻게 살아왔는가? 나는 병들고 가난한 사람들과 더불어서 평생을 울고 웃으면서 살아온 사람이야. 맞다면 맞다고 대답 좀 해 보게."

"그 말씀은 맞습니다. 인정합니다. 그러나 어찌됐든 원장님이 이제 새로운 일을 벌이실 연세는 절대로 아니라는 말씀입니다."

"자네가 잘못 생각하고 있는 것일세. 이것은 내가 새로운 일을 벌이는 것이 아니야. 내가 죽을 때까지 그냥 그들과 이웃해서 더불어 동무로 살아가는 것뿐이야. 그건 내가 일방적으로 누구를 돕는 일이 절대로 아니란 말일세."

"원장님은 고집이 너무 세십니다."

"마을의 모든 사람들이 정부의 기초수급비를 지급받아서 아침 밥 저녁 죽의 식생활은 겨우 이어가는 것 같아."

"질병의 치료 문제는 어떻게 해결하고 있었습니까?"

"자세한 것은 아직 잘 모르지. 다만 몇 달에 한 번씩 태백인가 원주에 있다는 정부의 산재병원을 찾아가서 약을 받아다가 먹는다는 정도만 알고 있네. 그러나 그 약도 치료제는 아니라고 하니까 진폐증 환자들이란 그야말로 죽을 때만 기다리면서 살아간다고 봐야 되겠지."

"대체 그런 분들을 어떻게 알게 되셨습니까?"

"몇 해 전에 이쪽 선로의 기차를 타고 지나가다가 객차 안에서 그 마을에 사는 환자 가족 한 사람과 이야기를 주고받았는데 참혹한 실정임을 알아차리고 그들과 인연이 되었네. 거의가 칠팔십 대의 늙은이들인데 가난들은 하지만 모두들 심성이 착하고 어질기만 해서 그야말로 법이 보호해 줘야만 살아갈 수 있는 사람들이야. 영악스럽고 똑똑하다는 도시인들의 눈으로 보면 모두가 바보천치들 같지만 말일세."

"지금처럼 복지원을 그대로 운영하시면서 그분들과 친분을 교류하시고 가끔 왕래만 하시면 되지 않습니까?"

"내가 그 마을로 이사를 들어가서 그 사람들과 이웃하여 살아가는 것과는 판이하게 달라."

"안 됩니다, 원장님!"

"자네가 그 고집을 꺾어야 하네. 내가 오늘 자네에게 이곳으로 나들이를 나오자고 한 소이는 이미 굳어진 내 결정을 전해 주고 내가 장차 살아갈 도원 마을과 그 마을에 마련한 내 집을 자네에게 보여 주려는 뜻이었다네."

"이미 거처하실 집까지 마련하셨다는 말씀입니까?"

"그럼. 내가 그 마을로 살러오겠다는 말을 하니까 그들도 처음에는 극구 반대를 했었지. 그렇지만 내가 서둘러서 집까지 장만하는 것을 본 뒤에는 결심을 알아차렸는지 군말이 사라지고 말았다네. 내가 마련한 방이 두 개나 되는 집에는 푸성귀를 심어 먹을 수 있는 마당 겸 채마밭이 또한 십여 평이나 된다네."

"방 두 개에 마당이 겨우 십여 평이라고요?"

"그만하면 내게는 대궐이고 흡족하지 않은가?"

"안 됩니다. 원장님은 일생 동안 가난하고 불우한 세상 사람들을 위해서 몸과 마음을 바쳐 봉사하셨습니다. 복지원에서 명예롭게 은퇴를 하시게 된다면 그때부터는 봉사와는 일절 손을 끊고 누구보다도 편안하게 여생을 사셔야 합니다. 그동안 참으로 수고가 많으셨거든요. 원장님은 충분히 그럴만한 자격이 있으신 분이십니다. 그런 어른이 끝끝내 남들을 위해서 또다시 희생의 삶을 살아가셔야만 되겠습니까?"

"나는 이 세상을 위해서 남달리 헌신한 것도 없고 또 내 것을 남들과 많이 나눴다고도 생각하지 않네. 다만 힘없고 가난해서 어렵게 살아가는 사람들과 더불어서 즐겁고 행복하게 살아왔을 뿐일세. 때문에 앞으로는 이 도원마을의 진폐증을 앓는 늙은이들과 등을 기대고 여생을 보낼 생각이야. 그렇다고 그것이 봉사나 나눔은 전혀 아니야. 늘그막에 하는 일없이 도시에서 혼자 외롭게 살아간다는 것도 정말 재미없는 노년이 아니겠는가? 마음씨 곱고 착한 사람들과 더불어서 동기간처럼 얼굴을 바라보고 살아간다는 것은 내게 보람이자 행운이 아닐 수 없다고 생각하네. 자네가 조금도 걱정하거나 안타까워 할 일이 아니야."

"그렇지만 저는 두렵기만 합니다. 원장님이 왜 이런 산골로 들어오시려고 고집하시는지 갈피를 잡을 수가 없습니다. 원장님께서 결정을 바꿔 주셔야 합니다. 이건 저를 버리시는 일입니다. 불행에 빠진 저를 어렵사리 거둬서 복지원의 살림을 맡겨 주시고 이렇게 빨리 제 곁을 떠나시면 저는 어떻게 합니까? 원장님!"

우주는 가슴이 답답해왔다. 눈시울이 뜨거워졌다.

"김 도유사! 자네가 약간의 충격을 받으리라고는 예감을 했네. 그러나 이것은 결코 자네를 버리는 일이 아니야. 어쩌면 자네가 스스로 서는 길이 되기도 하네. 인생이란 회자정리라고 했네. 사람이 만났다가 헤어지는 것은 세상의 이치가 아닌가? 자네와 내가 영원히 함께 있을 수도 또 살 수도 없네."

원장은 우주를 다독거렸다.

"방이 두 개라면 집이 너무도 협소합니다."

"자네는 아직도 내 마음을 그렇게도 모르나? 내가 가난한 이웃들 옆에서 그들과 더불어 살아갈 집이 왜 크고 넓어야 하는가? 마당이 넓다면 여름에 풀을 뽑는 것도 가을에 낙엽을 치우는 일도 늙은 내게는 힘겹지 않겠는가? 내가 그 흔하게 만날 수 있는 고관대작을 지낸 벼슬아치도 아니고 재물이 많은 갑부여서 죽을 때까지 부리는 사람을 두고 살아갈 사람도 아닌데 거두기에 힘든 너른 터전과 큰 집이 가당키나 한가 말일세.

자네는 옛날에 명망이 높았던 양반가의 선비들이나 명문거족의 지배세력들이 높은 벼슬을 지낸 뒤에 시골로 낙향해서 소위 명당이라는 터전 위에다 화려웅장하게 지어서 살던 종가 주택이나 고대광실들을 떠올리고 하는 말 같은데, 그런 건축물들이란 어떤 눈으로 바라본다면 모두가 가난하고 힘없는 서민들의 고혈로 이뤄진 또 다른 흉물들은 아니었는지 모르겠네."

그때 열차가 빽 하는 경적을 울리면서 작은 정거장에 멎었다. 전신주에 붙어 있는 이정표에 '도원'이라는 글씨가 눈에 들어왔다. 아주 한적하고 쓸쓸한 정거장이었다. 그렇지만 젊은 역무원 한 사람이 집찰구에 나와 서서 열차에서 내린 몇 사람의 승객에게 연신 허리를 숙여 인사를 하고 있었다.

"이 정거장을 벗어나 길쭉하고 좁다란 들판의 끄트머리 산 밑에 도원마을이 자리를 잡고 있다네."

"정거장에서 얼마쯤이나 됩니까?"

"걸어서 십오 분 정도니까 아주 지척일세."

우주는 원장을 따라서 기차에서 내렸다. 승강장 바닥 여기저기에는 질경이와 왕고들빼기 바랭이 망초 같은 잡풀들이 무성하게 자라 있었다. 고원 속의 한적한 정거장이라는 것이 첫눈에 들어왔다. 정거장 구내의 모습이 참으로 을씨년스러우면서도 한편으로는 정다웠다.

원장과 우주는 대합실을 벗어나 좁다란 신작로 길을 걸었다. 길가에는 집이 없었다. 이어진 울퉁불퉁한 구릉지는 거의가 손바닥만 한 좁은 밭뙈기들이 산과 잇닿아 있었다. 잠깐 걸었다고 생각했을 때 마을이 나타났다. 첫눈에도 마을의 모습은 삭막해 보였다. 높다란 산봉우리가 마을을 감싸 안고 있었고 폭이 별로 넓지 않은 강물이 좁다랗게 하상을 이루면서 마을 앞을 휘감아 흐르고 있었다.

그 강물이 멀리로 바라보이는 야트막한 언덕바지에 여러 채의 올망졸망한 집들이 듬성듬성 자리를 잡고 있었다. 집들의 모양새는 거의가 비슷비슷했다. 초가집도 아니고 양옥도 아니었다. 육이오 전란 직후 도시 변두리에 임시로 들어섰던 부흥주택들과 흡사했다. 겉모양만으로도 가난한 사람들이 사는 마을이라는 냄새가 진하게 풍겼다. 마을 뒤편은 군데군데가 돌무더기와 구릉이었고 그 사이사이를 비집고 작은 화전들이 능선으로 이어져 있었다. 화전 밭에는 여러 종류의 곡식들이 자라고 있었다.

"마을이 아담하지 않은가?"

원장이 정적을 깨고 입을 열었다.

"그나마 다행인 것은 강이 마을 앞으로 흘러간다는 점입니다."

"마을 앞으로 맑은 강물이 흘러가는 아름다운 이 마을에서 새로 사귄 사람들과 더불어 노년을 살아가게 되었으니 나는 참으로 행복한 사람이 아닌가? 이제부터 자네는 내 걱정은 조금도 하지 않아도 되네."

"장만하셨다는 집은 비어 있습니까?"

"아니야. 지난해부터 진폐증을 앓는 아버지 한 분을 모시고 사는 귀농한 젊은 부부가 살고 있다네. 집을 비워두는 것도 언짢아서 어떻게 할까 망설이는데 마을의 이장이 집을 지켜줄 사람들을 소개해 주지 않았겠나. 그들은 내가 이곳으로 내려올 때까지만 살다가 언제라도 집을 비워 주기로 했다네."

우주가 원장과 이런저런 이야기를 하면서 마을 들머리의 어떤 집 앞에 다다랐을 때 부부로 보이는 젊은 남녀가 부리나케 뛰듯이 달려왔다.

"원장님! 어서 오십시오."

"잘들 있었어요?"

"연락도 주시지 않고 갑자기 웬일이신지요."

흡사 도시에 사는 부모 형제들을 맞는 시골 가족들 모습이었다. 털이 흰 강아지 한 마리가 따라 나와서 꼬리를 절래절래 흔들면서 원장의 앞뒤를 감돌았다. 초면이 아니라는 몸놀림 같았다. 김우주는 그런 모든 것들이 조금은 신기했다.

"아버님은 잘 계십니까?"

"네. 별일 없이 잘 계십니다. 오늘은 마침 태백에 있는 산재병원으로 약을 타러 가시고 안 계십니다."

"약을 한 번 타오면 얼마 동안이나 드십니까?"

"석 달에 한 번씩 약을 타러 가시지요."

"동네에도 다 별일 없으시지요?"

"그럼요. 마을 어른들은 모두가 죽겠다! 죽겠다! 입으로 말씀하시면서도 그런대로 또 지내 가십니다."

"오늘은 내가 동네 어른들을 만나 뵙지 못하고 그냥 돌아갑니다. 어른들께 안부나 전해 주세요."

"오늘 올라가셔야 합니까?"

"가야지요. 도원마을에 불어오는 바람을 쐬고 싶어서 우리 복지원의 도유사와 함께 훌쩍 떠나왔습니다."

원장과 우주는 젊은 부부의 뒤를 따라서 방 안으로 들어갔다. 집과 마당 둘레에는 연녹색의 부드러운 측백나무를 울타리로 심어 놓았고 마당 안의 작은 꽃밭에는 원추리 참나리 금낭화 참 취나물 산당귀 같은 두메산골의 정취가 풍겨나는 흔하고 소박한 꽃들이 활짝 피었거나 피어나고 있었다.

"올해는 원장님이 좋아하시는 산꽃들을 더 심었습니다."

"참 예쁩니다. 가꾸느라고 애 많이 썼겠습니다."

"원장님은 언제쯤 이사를 내려오십니까?"

"아직 작정을 못했습니다. 좀 더 있어야 될 것 같아요."

"저희들이 마을 한쪽에 비어 있던 헌 집을 사들여서 봄부터 수리를 시작했습니다. 아마 추석 전후쯤 되면 새집에 들어갈 수 있을 것 같습니다."

남자가 말했다.

"그거 참 잘된 일입니다. 아들 며느리가 새집을 장만했으니 아버님이 얼마나 기쁘시겠습니까. 방이 몇 칸이나 되는가요?"

"방이 두 개에 가작 부엌이 달려 있으니 이 집과 똑같습니다. 그렇지만 내 집을 장만한 기쁨으로 요새는 아주 일하는 것이 즐겁습니다."

"그럼요 얼마나 기분이 좋습니까?"

"수리가 다 되는 대로 저희들이 먼저 이사를 하겠습니다. 원장님이 내려오시는 그때를 맞춰서 이 집은 제가 손질을 해 놓겠습니다."

"아니에요. 비용도 들어가는 일이고 또 일손도 부족할 텐데 무슨 손질을 합니까. 절대로 그렇게 하지 말아요. 그동안 빈집에서 살아준 것만도 고마운 일인데요."

원장과 우주는 부부에게 이끌려 안방으로 들어갔다. 부인이 부엌으로 들어가더니 시원한 냉수와 찐 감자 몇 개를 접시에 담아왔다.

"이것은 올에 농사지은 감자입니다. 잡숴 보세요?"

"맛있어 보입니다. 올해는 농사 일거리가 좀 생겼나요?"

원장이 젓가락으로 감자를 한 개 집어 들면서 물었다.

"재 너머 마을 뒤편에 대도시 사람이 사놓고서 묵히기만 하던 이천여 평짜리 밭이 있었습니다. 올해 들어서 이장님이 그 묵밭을 부쳐 보라고 저희들에게 소개해 주셨습니다. 밭이 워낙 넓으니까 신출내기 농사꾼인 저희들로서는 감당하기에 힘겹기는 했지만 고맙게 일하고 있습니다."

"그 너른 밭에다 뭘 심었습니까?"

"봄 그루로는 감자를 심었는데 아주 풍작을 이뤘습니다. 가을 갈이로는 김장배추를 심어볼까 생각 중입니다."

"열심히 해 보세요. 잘 될 거예요."

"원장님께서 늘 격려해 주셔서 감사합니다."

강원도 산골에서 기른 감자라 잘 여물어서 그런지 먹어 보니 분이 나면서 달착지근했다. 또 마당가에 있는 우물에서 방금 길어온 찬물은 아주 차갑고 시원했다.

원장과 김우주는 감자를 맛있게 먹은 뒤 이내 그 집을 나섰다. 젊은 부부는 점심밥이라도 해 잡수시고 가야 한다고 붙잡았지만 서울로 가는 열차시간이 가까웠기 때문에 그 시간에 맞춰야 한다면서 훌쩍 일어섰던 것이다.

원장과 우주는 마을을 한 바퀴 돌아본 뒤에 도원역으로 가는 마을길을 되짚어 걷기 시작했다. 하늘도 맑았고 바람도 선들선들 불어왔다. 날씨가 덥지 않을 만큼 포근했다. 원장은 앞서서 걸으면서 무엇이라고 연신 중얼거렸다. 그런 원장을 뒤따라가는 우주의 표정은 별로 밝지 않았다. 그렇게 한참동안 시골길을 걸어서 정거장 마당에 당도한 두 사람은 곧장 대합실로 들어갔다.

좁은 대합실 안에는 승객들이 별로 없었다. 민둥산역에서 서울로 가는 태백선 열차를 갈아타게 해 줄 지선열차가 도착할 시간이 아직은 좀 남아 있기 때문인지 먼저 와 있는 몇 사람의 승객들은 길쭉한 나무의자에 나란히 앉아서 눈을 감은 채 졸고 있었다.

"원장님! 이곳으로 내려오시는 문제를 재고해 보실 수 없습니까?"

"허허, 이 사람아! 이미 결정된 일일세. 다시는 그 말을 꺼내지 말게."

"원장님이 서울에 계시면서 그동안 펴 오시던 시민사회운동도 계속하시면서 복지원과 저희들을 더 돌봐 주셔야 합니다."

"그건 나를 욕보이려는 자네의 욕심이야. 대체로 노인들이 현장에서 물러가지 않으면 세상의 진정한 신진대사가 이뤄지지를 않아요. 신진대사란 바로 세대교체를 말하는 것이지. 진솔한 세대교체가 무엇이냐? 그건 한 곳에 오랫동안 고여서 혼탁해진

물을 모두 퍼내고 그곳에다 신선한 새물을 갈아 넣는 일이라네. 그건 만고의 진리이자 순리이지.

그런 순환활동이 멈추게 되면 세상이 썩어요. 부정과 부패 그리고 온갖 비리가 난무하는 것은 신진대사와 세대교체가 제대로 이뤄지지 않기 때문이라고 나는 믿어요. 나이를 많이 먹어서 늙은 사람들이란 주위에서 좀 아쉽다고 생각할 때 미련을 두지 말고 물러가고 떠나야 해. 그때를 놓치면 잘 살아온 인생 모두를 후회하게 되는 것이야."

"원장님의 생애는 참으로 남달리 훌륭한 일생이 아니셨습니까?"

"자네가 어떤 말을 하더라도 내 생각은 이제 변함이 없어요. 내가 서울을 떠나 도원마을에 살면서 이따금 답답하고 세상이 궁금할 때 자네 김우주의 얼굴이나 한 번씩 볼 수 있었으면 더 바랄 것이 없겠어. 그게 내가 가진 소망의 모두야.

자네를 우리 복지원을 이어받을 주인으로 과감히 선택한 내 결심의 소이를 잘 알아들어야 하네. 나는 만수와의 인연으로 김우주라는 한 젊은이를 만나는 순간 하늘로부터 묘한 계시를 받는 느낌이었네. 내 전생을 만나는 감상이었다고 할까, 어쨌든 평소에는 전혀 느낄 수 없었던 전율 같은 것이 엄습했었지. 나는 이 만남이야말로 바로 우리 두 사람의 '운명이었구나'라는 생각을 굳히게 되었었네.

멸공과 북진통일만을 줄기차게 주창하던 반공독재정권시대에

'같은 백의민족인 북쪽 동포들에게 총부리를 겨눌 수 없다'면서 딴죽을 걸어 입영을 거부했던 김우주의 천진난만하면서도 과감했던 행동은 정말로 영웅적이 아닐 수 없었네. 그런 자네의 패기와 선견지명은 내가 그동안 벌여온 반전반핵 평화운동과도 어떤 측면에서는 자웅처럼 닮았다고 생각했었지.

더군다나 십 대 후반의 어린 나이에 관청의 허가도 받지 않고 길거리를 헤매는 전쟁고아들을 집으로 데려다가 내 것을 먹이고 입혀서 돌보고 길렀었다는 사실은 아무나 흉내낼 수 없었던 탁월한 인류애적인 실천이었네. 가난하거나 부유하거나를 막론하고 모든 사람들이 제 목숨 하나만 알고 제 살길만을 찾던 전란 직후의 폐허 위에서 자네는 우리 민족의 장래를 염려했고 인류가 장차 걸어가야 할 사랑과 봉사의 길을 실천했었던 사람이야.

그래서 나는 우리 복지원의 진정한 주인이 나타났다고 생각했었네. 이제는 자네가 내 뒤를 이어서 우리 복지원을 굶주린 사람과 버림받은 사람들이 안락하게 여생을 보낼 수 있는 터전, 내가 몸담아 일했었던 지난날보다 더 명실상부한 보금자리로 만들어 나가도록 더욱 노력해 주기 바라네."

"저를 복지원의 후임자로 결정하셨다는 말씀입니까?"

"그렇다네. 오늘 알려주는 말이네만 지난 주중에 은하수 양과 함께 시청의 복지과에 들어가서 우리 복지원의 사회복지법인 대표자 명의를 자네 김우주의 이름으로 바꿔 놨다네. 물론 그 전날 지방법원의 등기소에 나가서 김우주 명의로 부동산

등기서류도 이미 이전해 놨지. 이제는 명실상부하게 자네가 우리 복지원의 대표이자 주인이야. 내가 오늘 자네와 같이 이 도원마을을 찾아온 바탕이 바로 그런 결정된 사실을 자네에게 알려 주면서 내가 여생을 살아갈 마을과 집을 보여 주려는 속셈이었네."

"네에? 여러 가지로 미숙한 저를 우리 복지원의 대표로 만들어 놓으셨다고요? 저는 복지원을 이어받을 만한 재목이 못 됩니다. 원장님!"

"쓸데없는 소리는 그만두게. 자네는 경륜이나 신념이나 심성이 우리 복지원을 도맡아서 일해 나갈만한 마땅한 사람이야. 나는 그렇게 믿고 결정한 것이네."

원장 할머니의 뜻은 단호했다. 그렇게 말하는 원장의 모습은 상기한 어린아이처럼 들떠 있었다. 자신의 뜻을 차질 없이 밀고 나가겠다는 행동이었다. 너울을 헤치고 살아온 사람의 길이 어떤 것인가를 본보기로 보여 주는 것이었다.

끝